嗜血战神

刘裕大传

疯狂的博士/著

吉林出版集团
吉林文史出版社

嗜血战神

刘裕大传

目录

一章 出生

公元363年4月16日，一个月黑风高的晚上，刘裕出生在东晋的晋陵郡京口镇，也就是今天的江苏省镇江市，按照后世的传说，一代大帝出生时应该生具异象，比如霞光万道瑞彩千条，紫微星大放异彩什么的，可是刘裕出生时就没有这样的记载，或者是南朝梁国编著《宋·武帝纪》的沈约不想让他更为出名，又或是那时候的人还没有后世的帝王们那么厚黑，做个什么事都要讲究天命所归，顺天应人。

当然，不管从哪方面来讲，这家里生了一个男丁，那么家里的男主人都是应该高兴的，毕竟不孝有三无后为大，自家也算后继有人对得起列祖列宗了。

可是刘裕的老爹小公务员刘翘（注：郡功曹）就不是很高兴，原因是什么？一个字就是穷，家里都快揭不开锅了，哪里还能再多一张吃饭的嘴？

最主要的是刘裕这小子不老实，可能是出生时动作过大了，他的亲娘赵安宗难产而死，刘翘和妻子感情很好，他指着儿子骂道："你这个杀千刀的，真是个扫帚星啊，一出生就克死了你娘，以后是不是还要克死你爹我啊？"

刘裕当时只是个刚出生的小屁孩，知道些什么？婴儿刚出生时是没有焦距的，所以他只知道朝他老爹傻笑，看着儿子做错了事还对自己笑，刘翘很火大，完全忘记了自己的儿子到现在还没有自己的意识。

不行，这小子克死了他亲娘，以后肯定还要克他老子我，一定要把他给扔了。古时候的人就是这么迷信，亲生爹娘因为某些原因要扔了子女的事情很常见，就比如希腊神话中俄狄浦斯刚出生时，祭司预言说他将来要杀了自己的父亲，所以他的父亲拉伊俄斯就让人刺穿他的双脚，并扔到山上给野兽吃。

可是刘翘的想法还没有成形，就被刘裕的姨妈，也就是他母亲赵安宗小姐的妹妹给扼杀在襁褓中了，赵小姐很生气，后果很严重，“你想干什么，这可是姐姐和你的亲骨肉啊，你这样做对得起姐姐吗？”刘翘听了这话很惭愧，毕竟是自己的亲儿子，可是他又实在不想见到他，一见到刘裕的小脸他就想起自己挚爱的妻子。

赵小姐看到姐夫痛苦的表情，就知道他的心里肯定有了阴影，说不定以后还要干傻事，“既然你这个父亲不愿意养他，那就由我这个做姨妈的来养。”被赵小姐接回家后，刘裕有了出生后的第一个名字，叫寄奴，这位养母对他确实很好，她也是刚生儿子不久，可是刘裕天生就比别的婴儿胃口大，常常和她的儿子刘怀敬抢奶吃，他的养母为了履行自己的诺言，经常把奶水喂给了刘裕，却把自己的儿子刘怀敬饿得哇哇大叫。（注：上面这段故事是出自《宋书·列传七·刘怀肃传》，刘怀肃就是刘怀敬的兄长，原文为“高祖产而皇妣殂，孝皇帝贫薄，无由得乳人，议欲不举高祖。高祖从母生怀敬，未期，乃断怀敬乳，而自养高祖”。）

为什么刘裕同志的家这么穷呢？怎么说他老爹大小还是个公务员了，为什么连养家都这么难了？现在来看一下刘裕的家庭成员：祖父，刘靖，东安太守；外祖父，平原太守，这太守之位就相当于现在地级市的市委书记加市长，按说出自这样的显贵人家，刘家不说是豪门大户，怎么也是小富既安吧。

可是刘裕的父亲刘翘同志只混到了京口的一个小公务员，这个职位是郡太守直接任命的属官，可以不用经过中央政府批准，在某一方面来说，这有点临时工的意思。他的老爹和老丈人只能帮他到这一步，再也上不去了，家里人口一多就接近低保了。这里要说说当时的社会形态。

话说，自从公元249年起，司马家的老祖宗司马懿发动高平陵政变诛杀曹爽，司马家便逐渐取代了曹魏的政权，直到司马炎立晋朝，为了避免再一次贵族夺权的事发生，就大封天下，一下子封了几十个王爷，而且个个都有兵有权有钱，司马炎他老人家在的时候还没什么人敢动，可是他一死，他的几个儿子和他封的那些姓司马的王爷们为了那张椅子便开始争夺起来，打得那叫一个天昏地暗，日月无光，打了整整十六年，史称“八王之乱”，导致的结果就是饿殍遍地，哀鸿遍野，这北方的人口少说也是比以前少了几百万人，有战乱死亡的，有发病死的，还有逃向南方的。

晋朝的中央政权势力一减弱，周围的野心家自然大大增加，汉人也有，比如当时的幽州刺史王浚，但更主要的是三国战乱前后内附的五胡蛮夷，这时展露了凶恶的獠牙，对汉人的江山起了逐鹿之意。就如同刘渊一伙人说的“今司马氏父子兄弟自相鱼肉，此天厌晋德，授之于我”（《晋书·刘元海载记》），匈奴一众人最多不过百万之众，居然也敢说天授之，可见朝廷的势力已衰退到什么样子了。

这样，有了带头的，后面的就跟着效仿，一众少数民族纷纷起兵反晋，打到317年西晋灭亡，这就是史上著名的“五胡乱华”，北方的士族与民众为避刀兵之祸，纷纷南下，寻求新的安身之地，并且帮助晋朝宗室司马睿重建朝廷，就是东晋。那北方的士族来了南方，做皇帝的总要安置吧，于是一个新词儿就出现了，他们容身的地方就称为“侨郡”，那些南下的北人就称为“侨人”。（注：《宋书·州郡志·序》：“自夷狄乱华，司、冀、雍、凉、青、并、兖、豫、幽、平诸州一时沦没，遗民南渡，并侨置牧司，非旧土也。”）

有了侨郡，自然要有郡太守管理吧，而且，东晋朝廷那帮人还挺开明的，实行的居然也是“一国两制”，你原来是哪个地方的人，就由哪个地方的太守管理，可是安排之前这些人员都混杂着住了，这些侨郡机构也就多了。就拿晋陵一郡来说吧，它最多的时候，同时有六个州的十多套郡政府和县政府班子进驻，一个县长管的地盘还没有现在一个居委会老大妈管的街道大。

刘翘的老爹刘靖，在史上记载他做过东安太守，东安在哪里，东安在今山东沂源县，刘翘老丈人任的是平原太守，平原在今山东平原县南，那时的山东是属于北朝的天下，也就是说刘翘的老爹和老丈人都是侨郡太守，管的人不多，权力自然大大缩水了，俸禄也低啊。

据史料记载，晋时官员的俸禄只为东汉的一半，有的更少，只有三分之一，汉时郡太守的品秩是二千石，月俸是120斛米，东晋就是汉时的一半也就是60斛米，按照当时的计算方法，就是3200斤大米，再说晋朝实行的是品官占田制，几品官就对应了占多少田，太守是四品，可以占35顷田，当然，这是实权太守的具体俸禄，侨郡太守的俸禄有多少史上没有明确记载，不过怎么想，也多不起来。而且占田就不用想了，那些田地早就被先行南渡的世家给占了。

而且刘翘到死都只是个小功曹，就说明老爹和老丈人的这侨郡太守靠不住，于是刘翘只能自力更生，做些买卖。所以史书上说刘裕出身贫寒之家，但他的祖父、父亲都是公务员，所以也算是士族之列，是相对于高门的次等士族。

刘裕出生后没几年，小公务员刘翘重新娶了兰陵萧氏的旁支，洮阳县令萧卓的女儿萧文寿，（《宋书·卷十一》）没多久刘裕的后妈就给他添了两个弟弟，刘道规和刘道怜，可是天道是奖有余而罚不足，小公务员病死了，刘裕的后妈发现亡夫的儿子被别人养着，这对自己名声不好，就带回来自己养。一个寡妇带着三个孩子，家里自然是更苦的了。所幸刘裕对后妈很孝顺，而且他归家时也到了懂事的年纪，从小就开始上山砍柴，下江捉鱼，以贴补家用，稍微长大一点，又学了一点扎草鞋的手艺，和史上的刘皇叔一样，成了一个光荣的草鞋贩子，总算可以勉强糊口了。

刘裕同志长大后，没条件读书，身体高壮，学人好勇斗狠，和一帮人四处玩耍，哥们儿义气极重，这玩耍的人里什么鸟儿都有，结果就学坏了，染上了赌博的恶习，想想本来家就穷，这赌起来能有好结果吗？偏偏刘裕同志的赌技还差，有一次就闹大发了，刘裕赌博时欠了骠骑咨议刁逵三万钱的赌债，被打得半死，绑在柱子上示众。

也许是他受辱后眼神不屈，也许是他一身伤还在挣扎，当时过路的有一位贵人好奇地停下，问明情况后，莫名其妙就帮他还了赌债，放他走路。这人就是当时的骠骑长史王谧，他可是出身琅玡王氏，正经的高门大户，还是名臣王导的孙子。东晋初期，天下传唱“王与马，共天下”中的这个王，就是王导。（注：王谧帮刘裕还赌债记于（《宋书·武帝本纪》，此后再有出自《武帝本纪》，就不赘述。）

关于王谧为什么帮刘裕还赌债，这个有许多的说法，有的说有人看见刘裕晚上睡觉时就变成了一条龙。（《宋书·符瑞志》）也有的说是刘裕和王谧的跟班很要好，他们俩合伙骗了王谧的钱。但现在也有些人的看法是，在东晋后期，王氏已不如开国时那么风光，所以王谧四处拉拢寒门士人，而刘裕的武力值在史上的记载是很高的，对于刘裕来说，三万钱是天文数字，但对王谧来说，只是毛毛雨罢了，所以王谧才会帮他还了赌债，并示好于他。不过这些说法都有些问题。那是没有手机和名片的时代，战乱频仍，经常是一分离即成永别。伸手帮人还指望回报，实在渺茫。笔者认为，这不过是春秋战国以来的豪侠之风尚未消失而已。古中国人，做事有气派的很多。

刘裕这次还了赌债之后，还真的就痛改前非，重新做人了，不仅按时回家，天天加班加到十二点，扎草鞋成堆。以前的一些狐朋狗友来蹭他，他也不恼，只是笑着说，“兄弟，我现在缺钱用啊，要不你先借我点，以后有了一定还你。”这帮人一听这话，自然消失。十里八村的都知道刘裕欠了人家许多赌债，他这借钱就等于赶人了。而且这些家伙也都是些好吃懒做的，有钱也不会借给他啊。

苦熬了几年之后，家里的弟弟长大了，也会跟着赚钱养家了，家里的条件也好了一些，而刘裕的年纪渐长，也到了该娶妻生子的时候，他的后妈萧氏就给他四处张罗，终于说动了一户姓臧的人家，这臧姓人家的主人也是一位郡功曹，当年同刘裕的父亲刘翘还是好友，两家世交，臧世叔考察了刘裕的人品之后，发现这桩亲事属于浪子回头金不换型，于是就把自己的女儿臧爱亲小姐嫁给他做老婆。（注：臧爱亲出于《中国名人传第二卷，东晋/附传》）

臧小姐和刘裕同志可以说得上是门当户对。成婚的当晚，刘裕就深情地握着妻子的手说：“夫人，将来我一定会让你过很好很好的生活，不再让你吃苦。”为什么这么说呢？因为臧小姐的父亲臧大人当时还在位，所以臧小姐可以说得上是身娇肉贵，从小就没有吃过什么苦的，而刘裕却是父亲早死，家里也没有留下什么财产，用家徒四壁来形容不算过分。两人婚后很是吃了一些苦，只不过夫妻两人感情很好，婚后没多久就生了女儿刘兴弟，为什么取名叫兴弟，就是刘裕希望妻子给自己多生几个儿子，讨个好彩头。

生了女儿后，原本就只够勉强糊口的刘家这下就更要紧巴着日子过活，本来家里就穷，又多了一张吃饭的嘴，光靠刘裕同志卖草鞋得的那几文怎么能养得起家人？

于是，岳父大人发话了，“寄奴，你看你现在家里情况不好，又生了女儿，开支就更大，你应该想办法另谋条生路。”

刘裕认为老丈人说得很有道理，他很干脆地道，“父亲说的没错，我听您的，我要去投军，将来也好让爱亲跟着我享福，只是我走后的这几年就要您多照顾她们母女俩了。”

“嗯，你放心，爱亲怎么也是我的女儿，你就放心地出门闯荡吧，不闯出个名堂，就不要回来了。”岳父的话是如此难听，刺激到了刘裕骄傲而又自卑的心。

回到家中，刘裕同妻子交代了两句，就撇下成亲没几年的妻子和年幼的女儿，出门从军去了。

二章 军中的苦涩

关于刘裕参军的具体时间，史上也没有一个确切的记载，但有一个说法是公认的，就是他参军时他的女儿刘兴弟已经出生了，刘兴弟是约383年出生，女儿刚出生做父亲的不应该出门吧，怎么也得有个几年等闺女长大再说，所以笔者认为刘裕参军是在390年左右比较靠谱。此时27岁，正是好年华。

公元390年，此时是晋孝武帝在位，他的弟弟司马道子在383年的淝水之战后打压谢安谢玄叔侄二人。两位名将死后，朝政混乱，朋党乱起，居然连孝武帝也被自己的妃子搞死了，有人说这是皇帝的弟弟司马道子让她干的，原因很简单，皇帝死了，她居然没事，还继续活在世上，而此时掌权的正是司马道子。（《晋书·卷十一》载“帝为张贵人所弑”）

新皇帝嗣立时，烽烟四起，有兵权的诸侯四处征战，直到399年北府军由刘牢之掌控，朝廷之外是权臣桓温的幼子桓玄占据大半国土，朝中则是司马道子的世子司马元显掌权，刘裕初时在冠军将军孙无终手下做司马，后来才被推荐到刘牢之手下任参军。

我有一个怀疑，为什么刘裕会恰好在这个时候归到刘牢之手下了呢？刘裕小时候和刘毅以及何无忌那是一个赌桌上的牌友，关系好得不得了，刘毅当时是刘牢之的爱将，而何无忌则是刘牢之的外甥，刘裕先前只是一个东晋国防军小卒子，直到刘牢之快掌权时，借着与两人的关系和孙无终的推荐才调入刘牢之的麾下，从此靠着自己的努力一步步攀爬。

刘裕要参军肯定要选一个有名气的军队，那时晋朝闻名天下的就是荆州军和北府军，荆州军就不说了，是当年桓温起家的资本，一直打到北边去的，而北府军是由谢玄所创，在383年以八万大军大败前秦百万大军（史书夸张描写），那是京口人的骄傲。刘裕虽是侨人，但也是京口人是不，所以他很英明地选择了加入北府军。

加入北府军之前，他最大的愿望就是博个功名好回去封妻荫子，也好让乡里的人和他那个老丈人都知道，他刘寄奴不只是能卖草鞋，不只是会赌博，还能建功立业。

只是现实的社会再一次打击到了刘裕那颗热血汹涌的上进之心，刘裕在参军之前就是一个草鞋贩子，家里穷得很，哪里知道军营里的一些潜规则。刚入军营时，一个老兵油子就指着他说，“小子，你是从哪来的，跟哪个伍长混的，知不知道这是我的地盘，以后你每个月的军饷分我一半，以后这里没人敢欺负你。”

刘裕愤怒了，可是好汉不吃眼前亏，自己在这里人生地不熟的，只能说了两句不痛不痒的话就走了，这时候是门阀的天下，在外面当官你要有个好爹或是好祖宗，不然你别想做个清官（注：清官是指有品级的官）。

回去后，刘裕一夜之间就大彻大悟，拿出了自己在家乡的豪气，发了军饷就去请同僚们出去喝酒、拉关系，每个月到了发军饷的时候，都听到刘裕的话，“兄弟们，今天还是我请客，雁归楼见，大家不醉不归啊。”于是，一众人高高兴兴地去了酒楼大鱼大肉，热闹至极。

刘裕把军饷花光了，不好同老婆交代，没脸回家，想必臧小姐那几年是受了很多苦的。要知道刘裕当兵后就在京口，离自己家也没有多远，还有当兵的不可能一年都不放人回一次家的吧。

可是刘裕和臧小姐生了刘兴弟小姐后，十多年一直没有生过第二个孩子，这就不得不让人怀疑，他们那段日子是相当窘困的。

不过后来刘裕发了家之后，即使他娶了身份再高的女子或是再漂亮的女子，都没有让她们威胁到臧氏的大妇之位，而且他做了皇帝之后，追封他早死的元配为皇后，并且没有再立皇后。再从另一方面来讲，他对女儿刘兴弟的宠爱还在几个儿子之上，后来的皇帝刘义隆看到姐姐刘兴弟都有些害怕她，也是因为小时候的阴影吧。

刘裕在军中用钱开路，再加上他人又很会说话，在军队里学到了很多东西。刘裕多年的好勇斗狠、泼皮的武艺都是不差的。而且京口这个地方习武成风，是以出强兵闻名的。想当年，权倾天下、差点灭了晋朝的大司马桓温就曾说过这么一句话，“京口这个地方真是个好地方，又有好酒，又有好兵，只可惜落到了郗愔那家伙手里去了，明珠暗投啊。”（《资治通鉴·卷一百零二晋纪二十四》），当时的京口出名酒曰京清，天下闻名。（注：《至顺镇江志》引《舆地志》称：“京口出酒，号曰京清，埒于曲阿。”）

只是刘裕确实是草根出身，他知道自己没读过书，不知道地理山川，不知道兵法谋略，将来就做不到将军，更做不到主帅，所以刘裕同志发挥他天生好学的精神，不耻下问，天天问这个问那个，在军中很是出了名的“十万个为什么”。直到某一天遇到了他在军中的第一个贵人，北府大将孙无终。孙无终当年是和刘牢之他们一起入的北府军，关系很铁。孙无终一看到刘裕，就眼前一亮，好家伙，八尺大汉啊，相当于现在186公分的身高啊。而且还爱学习，不错。“嗯，小伙子，你愿不愿意跟我啊？”孙无终问道，刘裕是什么人？京口的人精啊。他立马上前拜倒，“师父，我以后就跟你混了啊。”

从此，孙无终就把他带在身边亲自调教，还把他提为自己的行军司马，亲自教他战阵攻伐之术，学了没多久，刘裕同志就发现，不知道是不是自己太聪明的原因，这个老师可以退休了。孙无终也有些感叹，“寄奴啊，师父现在也没什么可教你的了，为了不影响你的前途，我决定把你推荐到现在的北府名将刘牢之麾下任参军，你愿不愿意啊？”

刘裕就知道眼前这个人对自己确实是推心置腹，把自己当弟子看待，他感动地说，“师父，我去，我以后发达了一定不会忘记您老人家的。”孙无终只是挥挥手，给刘牢之写了一封信，让刘裕亲自去见刘牢之。

刘牢之出身于晋朝的将门世家，祖父是西晋武帝时的雁门太守，父亲刘建则是东晋的建武将军。他少年就以武勇成名，377年谢玄组建北府军时就投入他的麾下，在入伍的第四年就打退过前秦的进攻。他的成名之战是在淝水之战中，以五千精兵夜袭驻洛涧的前秦先锋部队，一战成功，毙杀前秦一万五千人，对整个战役都起到了很大的作用，从此以后官越做越大，他此时已经做到彭城内史，辅国将军，只是朝廷派了一个大佬叫王恭来压制他，王恭乃是太原王氏的嫡系，家门高贵，便看不起出身不高的刘牢之，两人之间很是有些嫌隙。

刘裕见到刘牢之后，奉上了孙无终的信。外甥何无忌又不停地在旁边吹风，“舅舅，这个刘裕是和我一起长大的，我很了解他，他加入北府军就是自己人，而且刘裕很聪明，以后也好多一个人来对付王恭啊。”刘牢之也觉得外甥说得有道理，再加上他也姓刘，都是一家人嘛。

于是，刘牢之终于决定任命他为自己的参军，刘裕完成了他的第一次跳跃。

三章　第一次遭遇战

此时的朝廷里，分成帝党与道子党两派，各路军阀都是混战一片。具体的有东江的王愉，荆州的殷仲堪、郗恢，豫州的庾楷，京口的王恭，益州的毛璩，总之天下是一片大乱，各路军阀都想杀入中央去做第二个桓温。

398年，王恭起兵作乱，刘牢之率领北府精兵轻松灭掉王恭，从此彻底掌握北府军的军权。地方上还剩下桓玄、杨佺期、殷仲堪三位军阀，中央与地方进入一个相对平静的时期。

只是朝中掌权的道子党首领司马元显犯了一个大错误，他为了对抗地方的军阀，决定扩军。这个想法是没有错的，只是他的行动方针就有待商榷了。他下令把三吴地区的地主家的佃家改为军户。军户是什么？军户是只要入了军籍，你的子孙都要为皇家种地，大部分的产出还要交给国家，自己还吃不饱。这样一来，地主不愿意了，你把我的人抽走了谁帮我种地啊？佃户们也不愿意了，入了军户以后子孙都要成奴隶了，谁愿意干啊？故此三吴的人民果断地揭竿起义了。

此时，刘裕霸业上的第一颗踏脚石出现了。

孙恩，其叔父为孙泰，孙家东汉末期起就世代为五斗米教世家。孙泰在398年王恭之乱中造反，以为晋朝天下就要完了，他曾对侄子孙恩说："侄儿啊，如今北府军的首领王恭作乱，朝廷是气数已尽啊，合该我孙家取得天下。"可惜，这家伙只会些装神弄鬼的本事，没多久就为朝廷所杀，连同的还有他的六个儿子。孙恩逃出海外，孙家就剩下他一条根了，可见起义也不是什么人都能做的。起码也需要一定的专业知识。（《晋

书·孙恩传》）

孙恩在海上啸聚了一帮水匪，合有几千人，天天操练。司马元显犯了众怒，惹得群情激愤，三吴百姓起义了，他一看大喜，好机会啊！

于是，在399年孙恩率众从海上登陆，第一站是上虞县，那些饱受征兵之苦的贫苦大众一看救星来了，纷纷加入孙恩的队伍，“天师，您就是我们全家的指路明灯啊，请允许我们全家都加入您的队伍吧，我们也想做长生人。”孙恩起义后，他的队伍就被称为长生人。

有一次，一位七十多岁的老人，头发花白，两腿颤抖，后面还有他的老婆和两个小孙子，与其说是加入起义军，不如说是找口吃的，可是孙恩毫不犹豫地答应了，其他人一看连七十多岁、快要进棺材的老家伙都要，那我还这么年轻，天师肯定会要吧。

榜样的力量是无穷的，或许那个老头是孙恩找的群众演员，可是孙恩的目的已经达到了，大量的人从四面八方赶过来投奔他。势力大增的孙恩接着就攻占了江南大郡会稽。司马道子大怒，他本来爵封会稽王，会稽就是他的封地，这可是道子党的根本之地啊！

攻占会稽时还出了个搞笑的事情。当时的会稽长官也是个名人，他是“书圣”王羲之的次子，王献之的哥哥，王凝之。他的妻子乃是谢玄之妹谢道韫。可是他王凝之却是个书呆子，并且还是个不折不扣的五斗米道徒。孙恩大军压境，他不思率军抵抗，居然在道观里求神拜佛，做起法事来，可想而知，他的下场是如何凄惨。（《晋书·孙恩传》）

攻下会稽郡后，孙恩的势力猛增。会稽可是大郡，人口众多，户数在五万户以上。之后他的攻势可以用势不可当来形容，一连攻下吴郡（今江苏苏州）、吴兴（今浙江湖州）、义兴（今江苏宜兴）、临海（今浙江临海）、永嘉（今浙江温州）、东阳（今浙江金华）、新安（今浙江淳安）八个州郡。

这时候，朝廷反应过来了，派了名将谢琰来剿灭孙恩。谢氏家学渊源，兵法熟稔，一出手就连下义兴、吴兴两地，斩了孙恩两员大将。这时候已经是都督六州军事的刘牢之看着眼热，主动请缨上前线，不等帝国话事人也就是司马元显答应，他就进兵了。刘牢之的第一站是吴郡。而此时的吴郡太守是孙恩任命的陆瓌，派了几千人在城外游弋，做战场覆盖，扫除郡城周围的侦察兵。

刘裕入了刘牢之门下后虽说做了参军，可是实权却不高。什么叫参军，就是参赞军务，就是只有建议权，没有执行权的那种。再说他从军以来还没有遇见过亲自打仗的机会，再加上这次刘牢之进兵三吴，根本就不是为国尽忠，而是为了发财来的，北府军所过之处，人仰马翻，掠财无数。刘裕也是贫苦人家出身，自然看不过眼，但以自己的身份又没有在刘牢之面前说话的资格。他就主动请缨到刘牢之的儿子刘敬宣手下做探路先锋，也就是俗称的探马。一蹦子探出几十里，到了吴郡附近，后面还有数千北府军主力。

对刘裕来说，探马有个好处，就是胯下有一匹良马。他最早是个步卒，现在鸟枪换炮，骑术练得很精湛。虽然带的人只有一个小队，但也有天下之大我自去得的豪情。

刘裕也不知道是不是他出门没看皇历，居然撞到了吴郡的几千敌军出城。几十人傻眼了，还是刘裕机灵，大喊一声，“跑啊，还愣着干什么？”众兵丁调转马头就跑。几十人遇到几千人，就是当年的天下第一猛将吕布遇上了也会选择逃跑。

可惜的是，敌军也有马，虽然不是很多，可是总要比几十匹要多。几百匹马追上了几十匹马，刘裕一看这情景，就知道今天要挂了，泼皮的热血上来了：“各位同僚，反正都是死，大家同他们拼了！”

刘裕平时在军中还是很有点威望的，其余的人一听长官的话，都是热血沸腾，个个都不要命了似的同敌军拼杀起来。也不知道是不是敌军太孬，还是刘裕他们太勇猛了，一开始刘裕他们居然还占了上风。为首的就怒了，老子就知道你们这些泥腿子是烂泥糊不上墙的东西，几百人居然打不赢几十人，传出去天师都要砍我的脑袋，这家伙马上大喊，“输了今天回去不准吃饭，你们一家人也不准吃饭。”

听到为首的大佬发话了，打输了回去不准吃饭啊，为了全家人都能吃上饭，他们爆发了，双方打成了恶战。

好汉架不过人多，就是北府军精锐也顶不住义军你一枪我一刀的围杀。刘裕手下的人渐渐少了起来。刘裕气得发狂，他本就看不起这帮毫无训练的农民、渔民，但一个人的力量毕竟不能同几百人相比，他能战斗到现在没有损伤完全是老天保佑。刘裕很不想死于无名小辈手中，他边跑边打，凭借一股血气和凶狠砍死了许多人，但他的手下现在也都全部战死。最后他的坐骑一阵哀鸣着倒了下来，圆睁的大眼里流出了血泪，无辜地望着自己的主人，好像在诉说自己好累，好累，终于要休息了。

刘裕身着重甲，马腿一软就知道不妙，连忙侧身一滚，没被马身压住。可是三吴一带多河流，刘裕坠马的地方正好在一个河岸边，他这一滚没收住劲头，正好滚出河沿，刘裕惊叫一声，扑通，摔下水去。

刘裕可是从小下江摸鱼的能手，这个小河当然难不住他。一下掉进河中，久久没有冒出头来，旁边的叛军看到终于把这名身手颇高的朝廷将军赶入河中，都不由大声欢呼起来，还是那个首领冷静点，“去河边看紧了，谁知道他到底有没有死？”

刘裕掉入河中之后就感到一阵久违的舒爽感。参军之后，他有好多年没有下过河了，这次摔入河中，身子也比较乏力，干脆就解开甲胄，在河中恢复力气。以他的水性，解甲上浮都不是难题。正好此时叛军往河边看他有没有死，一下看有个人冒出来，吓得众人齐呼，“他还没死！”

刘裕纵身跳上岸，捡起自己的长刀，朝着自己周围的这几个兵丁杀去，而叛军十多人奔来杀刘裕，顿时战作一团。

而此时的叛军首领突然得到探报，说是有大批北府军朝这边过来了，离这里不足五里。这首领很是恐惧，自己这几千人可不能和北府军比啊，大手一挥，“撤军，快点，撤回城里。”

周围的叛军可是早闻北府军的凶名，立刻往回跑，那边缠斗的叛军中有人眼尖，一看自己人跑了，也不招呼一声，自己赶紧也跑了。刘裕在河边打着打着，便感觉自己的压力越来越小了，他定神一看，围攻自己的只有三个人了，其余的叛军都撤得老远了。另三个人也不是笨蛋，趁着刘裕一愣的瞬间，都是撒丫子开跑，刘裕的泼皮热血还没凉下去，你们杀了我那么多兄弟，现在就想一跑了之，没这么容易！

于是，在随后赶来的北府大军眼中，便出现了这么一副荒诞无稽的场面：前面是几千人的叛军乱糟糟地跑着，后面则是一个孤零零的北府军探马在持刀追赶。这人用的是长刀，但是马都没了还不罢休。超人？战神附体了？

一时间北府军中无数人都被他给刺激了。当即有一千多骑着快马的北府军分散包抄，没用多久就把这几千人的叛军围在吴郡城下，一鼓而歼。北府军大胜，吴郡可用之兵尽没，就地投降，这一仗也成就了刘裕不败威名的开始。

四章 刘裕与孙恩的攻防战

一

吴郡被破。立下大功的刘裕也跟着转战江南三吴之地，只是北府军所过之处，天高三尺，百姓苦不堪言，只好纷纷逃入深山，等北府军过境之后，才敢返回家乡。

北府军虽然军纪泛滥，可是战斗力真不是盖的，孙恩起兵是在十月，这才两个月，刘牢之的大军就剪除了孙恩的外围诸城，逼近钱塘江，朝会稽郡赶来。

孙天师看到大军压境，还是很有骨气的，说了一句差点让人笑喷了的话，“孤不羞走。”这是三国时火烧赤壁之后，曹孟德说过的一句话。孙天师逃跑之余，充分发扬了雁过拔毛的精神，会稽城内稍微值点钱的东西全都拿走，还卷了二十多万男女老幼一起向东逃窜，也就是向着他初次登陆的路线逃走。

可是北府军追得挺急，孙恩得知北府军的士兵们军纪败坏，到处抢劫之后，就一路留下金银财宝和被裹胁的女子，过一段路就留下一点，果然，北府军的速度慢了下来，孙恩他们安全登上舟山群岛。北府军又缺少战船，没有追上来。

这是刘裕参加的第一场大型战斗，开启了他人生的第一份成功。但北府军一路上烧杀抢掠的表现，在让刘裕震撼的同时，也让他了解到不管是在什么时候，这世上最苦的是老百姓。叛军来了要抢，朝廷的军队来了也要抢，难怪他们会造反啊！所以刘裕掌了大权之后，都会注意关心百姓的疾苦，为百姓减除负担，算得上是一位明君。

同时，他更知道了刘牢之等人所掌握的权力到底有多么的大。他为什么有权力？还不是因为他有兵，有很多的兵，而刘裕他自己只不过是个可有可无的参军，为了不让自己也遭受到三吴地区百姓一样的命运，就只有让自己强大起来，怎么强大？立更大的功劳，当更大的官，管更多的兵。这就是刘裕当兵以来的第二个梦想。

对于刘裕在战场上的惊艳表现，刘牢之表现出了极大的关注，赏赐了不少金银财宝，还吩咐下次如有战事，就让他独领一军。刘裕把钱财送回家一部分，其他的全部请了北府军中的熟人吃酒。他对独领一军兴趣很浓，盼着赶快开战。不久，天遂人愿。

刘牢之上次赶走孙恩之后，留下一个千疮百孔的三吴地区，自己拍拍屁股走人了，朝廷没有办法，只好让谢琰领会稽内史，都督扬州五郡诸军事，防备孙恩卷土重来。

可谢琰自视出自高门大户，对于刘牢之这个当年的寒门小将现在居然骑在自己头上了，心里很不舒服，他也更看不起出身庶族，现在却沦为海盗的孙恩。谢琰整天只知怨天尤人，对下属自然没有好脸色，对于下属所说的，孙恩会再次作乱，更是不屑一顾，他心里想到，当年本将军能从苻坚的百万大军中杀了个七进七出，还怕他小小的毛贼？（《晋书·谢琰传》）

400年五月，孙恩再次给了他一巴掌。因为先前掳了许多人上了舟山群岛，所以这次孙恩带的人马比较多，他率军取道浃口登陆（今浙江镇县东南甬江口），三战三捷，再次攻克上虞县，第三十日，孙恩率军又奔会稽城下。

趁着朝廷东边的乱子，西北边的军阀桓玄杀了以前的盟友殷仲堪、杨佺期二人，接管了他们二人的地盘，而朝廷也不得不授他以实职，桓玄此时已掌握了晋朝三分之二的国土，成了地方上第一大军阀。

谢琰出兵讨伐孙恩，把他的军队拉成了一条长蛇阵，在长长的道路上走得大摇大摆，连探马都没派齐。孙恩早已探知这个军情，在路边设伏，把长蛇阵分成几截，谢琰军溃不成军。在败逃中，谢琰居然被部下所杀，连两个儿子都不能幸免于难，此战之后，孙恩再次占据了会稽城。

掌握了北府军的刘牢之也没有把孙恩放在眼里，懒得理睬。朝廷只派了刘裕原来的老上司孙无终、宁朔将军高雅之和冠军将军桓不才出战孙恩。可惜高雅之大败于孙恩，导致战局糜乱，朝廷无法，只得派刘牢之都督扬州军事，进攻孙恩。

可惜孙恩上次被北府军打怕了，一听刘牢之要来，马上撤退，刘牢之便自己驻守上虞县，派刘裕驻守句章城（今浙江宁波南），吴国内史袁崧在沪渎（今上海市西）驻扎，以防备孙恩的再次进攻，刘裕也迎来了他人生中第一次单独领军的机会。

虽然句章地理位置不佳，而且兵也少，只有不到一千人的规模，但刘裕还是很高兴，鉴于北府军先前在三吴地区的斑斑劣迹，刘裕在上任之初，便与句章城中的军士约法三章，不得骚扰百姓，不得入室抢劫，不得强抢民女。

当然，既然又要马儿跑，也不能不让它吃草，刘裕与句章城中的富户商定，你要负责劳军，伙食要有肉，酒也要管饱。不然的话，这帮兵痞能干出什么来只有天知道。富户们没有丝毫犹豫，马上便同意了。

刘裕与士卒同吃同睡，一起训练，同甘共苦。他平等待人的表现得到了士卒们的敬重，加上他先前在北府军中的威望，很快便掌握了这支不足千人的队伍，再加上所过之地秋毫无犯，也赢得了城中百姓的称赞，城中军队与百姓的关系也很快改善。结果他守卫的这个小城，就变成了固若金汤。

401年二月，孙恩第三次登陆，因为沿海还是有很多百姓家是五斗米教的信徒，早已把沿海的虚实告知给了孙恩。这打仗嘛，自然是要挑软的捏，听闻句章城兵力最少，城防空虚，孙恩决定进攻句章城。

在孙恩的眼中，句章城人穷兵少，区区不足千人的守城队伍应该很快就能攻破，可是事实大大出了他的意料之外。这句章城里的兵不仅作战勇猛，而且城中的百姓还帮他们守城，这个局面让孙恩很难理解。要知道在以前的战斗中，老百姓不给当地的官儿添乱就了不起了，哪里还有帮助他守城的道理？

尤其是那守城的将官，不仅武艺高强，有好几次孙恩军都差点攻上城头了，但都给他一把长刀给杀散了。这也是句章城比较小，防守容易的原因。如果是大城，同时爬上几股人马，刘裕也会分身无术。

在这期间，孙恩也是使尽手段，比如派很多人一起喊话：投降孙天师，可以得长生。刘裕一看不好，就怕民众们受不住诱惑啊。这泼皮脑子也快，他马上派人拉上几面鼓上了城头，鼓敲得咚咚响，让那些人的话喊出来也听不清楚。孙恩又派了上千人的夜行军准备突袭城内。谁知刘裕早有埋伏，孙恩军反遭突袭，损失不小。这一攻一守的就持续好几天，等到孙恩接报，刘牢之已经派了大军赶来支援，就是攻下城池也捞不到多少好处，决定撤军。孙恩此后也从各方面的情报中知道了句章城的守将叫刘裕。这是刘裕人生中的第二次胜仗，却是他第一次带兵打胜了敌军。

孙恩军退走之后，全城欢呼，毕竟他们的家园保住了，没有遭受到贼兵的洗劫。以前孙恩军所过之处。连人带财全部掠走，他们算是幸运了百倍。

刘裕也赶紧修筑城池，补充士卒，严防孙恩的再一次来袭。但孙恩的第四次登陆很快就来了，距上次退走后仅仅一个月，就是因为孙恩的部众甚多，粮草问题只能靠掠夺来解决。但是孙恩知道句章城虽小却是个硬钉子，就不去碰它，绕过去直接向北，攻击海盐县城。

可能是刘裕的情报工作搞得好，当然也跟刘裕的判断精准有关系。他探知孙恩上了陆地之后没走句章城，就估计自己北面的海盐城多半要糟。刘裕立时发觉这是一个大好的机会，假如自己能够赶到孙恩的前面，先入海盐城，能不能再次阻止孙恩前进的脚步?

只是，刘裕镇守的是句章之地，只要保证句章城不破，他便是有功，但如今，孙恩军绕路而走，自己还要不要赶上去呢?万一他要打的不是海盐呢?这是一个艰难的选择。孙恩军人多势众，自己去了海盐，如果连累得句章城也被攻破，那自己先前立下的功劳就全部没有了，说不定还要因失地之罪而被砍头。

但刘裕紧接着就想起了在北府军刀下哀嚎的百姓，钱财被抢，妻女被污辱却无能为力。此时的他还很年轻，有着小人物的热血念头，想当英雄，不然也不会让自己属下的军队严守军纪。

或许更有甚者，刘裕心中早已滋生了一种叫权力的欲望，掌握更大的权力，就要有更多的胜利。

还有一点也是个默认前提：对于孙恩手下这些流民，刘裕真的没有放在眼里。

于是，刘裕只带着几百人的一支小部队出征。那些人大多是上次句章守城战中留下来的老兵，对刘裕也很是信服，刘裕一说，他们就同意了，星夜驰往海盐，得到了海盐县令鲍陋的热情欢迎。鲍陋原先在城中征召了一千多的民夫，见到大名鼎鼎的刘裕带领北府军精兵到来，就把全城的防备都交给刘裕来负责。那时候的人都挺豪爽，鲍县令知道自己是不行的，要是刘裕也不行，那自己不过也就是跟着死。

二

很显然，鲍陋做了一个聪明的决定。刘裕掌握了全城的兵权之后，首先就是把城头上的民夫撤下大半，只换上几个装装样子，这个叫示敌以弱，而自己则是带着几百精锐，埋伏在城门口。这次孙恩军的前锋也没有把这个小县城放在眼里，大大咧咧地就往城门口走。刘裕等人也没把对方看在眼里，大大方方打开城门，直接杀入敌军中。孙天师的前锋大将姚盛被北府军铁骑一围一挤，掉了脑袋。

初战告负，孙天师怒不可遏，马上发动大阵，举兵攻城。可刘裕还真不是盖的，防守得十分出色，几座小城门都派了精锐把守，滚木礌石弓箭开水，孙恩的人被打得狼狈不堪。但是孙恩的人多，刘裕兵力太少，所以刘裕感到不能这么死守下去。这种情况，历史上的大佬们是如何解决的？

很快，刘裕便想到一个办法，那就是诱敌深入，再逐一歼灭。因为兵少，照例是示敌以弱，他学诸葛亮的空城计，把城门打开，城头上也只留下几个老兵，主力埋伏起来。为求大量杀伤。刘裕让鲍县令带领大批民夫，在各条主要街道里面挖好了无数陷阱。

或许孙恩军的海盗真的对刘裕有了阴影，进城之前居然向城头上的老兵们打听，“你们守城的人呢？”

那老兵倒也不害怕，“唉，刘裕大人损失惨重，昨夜就偷偷逃走了，兄弟们，你们进了城可要对我们好一点啊。”（《宋书·武帝本纪》）

孙恩军也不是傻瓜，自然不会相信这老兵的话，可是整整等了一天，那城门都没有关，任人进出。这下孙恩军都确定了，刘裕已经走了，个个都想上前立上一功，孙恩大手一挥，攻城——不是，是进城。

果然，孙恩军进了城之后没有发现一个敌人，任他们前进。于是孙恩军便发挥他们的老传统，此时不抢，更待何时啊？一个个的士兵乱糟糟分着地盘，你，这条街，你，那条街。

分好地盘之后，便向目的地出发了，那些街道上满布陷阱，一不小心就掉进去被里面的尖桩刺个透心凉，就连城内的民居屋内都是坑。于是孙恩的队伍就是一片“中计了”的叫喊。等他们乱得差不多了，刘裕率领几队精兵冲了出来，闷声杀人，砍瓜切菜。

古城街道窄小，北府兵训练有素加上兵器质量好，在有限的战场上特别能发挥威力。加上城门口还传来“关城门！”的口号，抢先冲进城的海盗们被吓住了，真以为那城门可以马上关闭，不要命地往城门口跑。结果刘裕还没冲到城门口，孙恩的大军居然就退出来了。

直到此时，孙恩才终于确定，论打仗，十个自己也不是刘裕的对手。走吧。

但是天师就是天师，他可没沮丧到撤出大陆的地步。刘裕兵少，我的兵多，而且我也不相信晋朝的将军都像刘裕一样难缠，总会有草包来给我打的。而且孙恩也是深知，多年战乱之下，晋朝的下层将士都是很有能力的，但上层就不是那么有用了。你看那些太守、内史都是些草包，我还不如去找他们的麻烦。于是孙恩又绕过海盐，继续率着大军朝北方行进，就是袁崧驻守的沪渎。

刘裕看孙恩跑了，决定率军追击，而海盐县令鲍陋发现刘裕在军事上有极高的天分，便想着让自己的儿子也跟着刘裕去立些功劳，将来也好作为升迁之本。

刘裕考虑到这段时间他和鲍陋合作得很愉快，答应了。鲍县令就派了儿子统领一千的民夫跟着刘参军剿匪去。

可是这个鲍公子不像他老子这么谦虚，他自认为自己的年纪同刘参军差不了多少，凭什么老爹说要我听他的，而且自己的本事也不差啊，三四个人想近我的身还是很难的，于是，鲍公子就向刘裕提出了一个请求，自己要当先锋。

刘裕肯定不同意，“鲍公子，孙恩军的士卒有一些是打过了三四年仗的老兵，你手下这些民夫，连刀枪都舞不顺，就不要想打赢他们了。”或许刘裕是好心，不想让鲍公子冒险，但在鲍公子听来，就是刘裕看不起自己，而且他也怕自己立了功之后，抢了他的风头。于是，鲍公子把脸儿一甩，“我又不是属于刘参军管的，我有手上这支军队的自主权，所以刘参军就不必劝了。”

刘裕劝不动，便瞧着他爹和自己的关系，自己也不能不管他啊！于是，刘裕悄悄地率军跟在鲍公子的身后，做好准备，准备了大量的旗鼓。鲍公子赶上孙恩军的后队，立马杀了上来，鲍公子开始还凭一腔热血拼了几回合，后来就不顶事了。孙恩的兵比他的多，比他的兵素质也要高，他很快落入下风。刘裕赶紧发动埋伏，战场后面顿时彩旗晃动，鼓声震天，孙恩军又以为是中了埋伏，马上撤军。

鲍公子发现胜利来得是如此的容易，都没同刘裕交代一声，又率着不多的人马赶了上来，这下，马上暴露了追兵不多的事实，孙恩军杀了一个回马枪。鲍公子和他的一千人马七零八落，甚至连累了刘裕的军队，在野外，孙恩军凭着人数优势把刘裕打得节节败退，而刘裕也是且战且退。

他渐渐退到原先鲍公子和孙恩军交战的地点，刘裕便命人停了下来列阵。让那些民夫不慌不忙去剥死人身上的衣甲，显得从容不迫，而追上来的敌军也在列阵，看到对手在干这个，疑心病又发作了。这几天他在刘裕手下吃了太多的亏，军中谈刘裕色变，以为他们又要耍什么花招，一个个阵而不战，半天没动。

海盐这个地方地处王盘洋附近，可以说离海极近，不时就有海风吹过来，而原先刘裕埋伏的彩旗被海风吹动后，发出“呜呜”的响声，甚至还有轻微的鼓声，战场上的敌我两方都听得见。刘裕趁此良机，大喊一声，“杀啊，他们已经中了我们的埋伏了。”跟着刘裕的兵丁也是机灵，都是大喊敌军中了埋伏了，赶紧杀个片甲不留。敌军们先前就是在这里吃了一个大亏，这时又看到刘裕冲了上来，脑海中不由闪过这个念头，难道自己又中了刘裕的埋伏？

一想到中了埋伏，也不知哪个喊了一声跑，马上就有大批的人接着跑。刘裕率人追赶了一段距离后就不追了，毕竟他的人马不多，也不是真的有埋伏。

刘裕不得不率领着他的残兵回到海盐县，顾不得鲍县令是如何的伤痛，刘裕此时的想法就是尽量补充自己的人马，在这个乱世，他早就知道要是自己手上没了人马，那个鲍县令肯定要抓自己替他儿子陪葬，尽管他儿子的死只能叫咎由自取。尽管鲍县令的态度不明确，但刘裕凭着他先前在海盐县积累的声望，很快又招到了几百人马，与他原先的几百残兵一加，差不多有一千之众了。他把那几百残兵与新兵分开打散到一起，充做基层军官，如十人长、百人长，让老兵带新兵，这支队伍便很快进入磨合期。

而摆脱了刘裕的孙恩就如下山的猛虎，虎威震天下，而且这晋朝的官儿也真没有出乎他的意料之外。那个沪渎城的内史很不顶用，一战而下沪渎城，连他自己的脑袋和麾下四千多人一起被杀。而且孙恩此时的眼光也比之前高了许多，大局观也比之前要强。他认为建康是晋朝的心脏所在，只要自己攻入建康，那么各地的军阀就会混乱战成一团，自己不仅可以浑水摸鱼，说不定还能混个皇帝当当，这个鸟天师也当得够久了。

乘着一战而下沪渎城的军威，孙恩决定不再走陆路，毕竟陆路的人太多了，难保没有刘裕一类的人再出现。反正这次剿获了许多战船，加上自己的小舟，顺流而上，这么多船吓也要吓死他们。401年六月，孙恩率军杀入长江，兵锋所指，正是晋朝国都建康，而且孙恩军共有大小船只千余只，条条船上都悬挂彩旗，迎风招展，沿路的百姓看了之后，大为震动，毕竟有好多年没有看到如此多的船只在长江里行进了。

沿江的官吏见了这般盛景，马上快马报向京城，建康城中大乱，要知道建康城就在长江边上，真要让这孙恩几万人马给围了城，晋朝百年的威严就丧尽了，再加上西北边桓玄，还有北方的秦国、燕国，恐怕都要来分一杯羹啊，这引起的连锁反应是如今的朝廷承受不起的。

朝中掌权的司马元显马上发布了一系列的命令，调兵守卫建康城四周的重要军事地点，又派精锐守护皇宫，而最重要的一条就是召刘牢之率军勤王。毕竟除了桓玄之外，整个朝廷就只有他的北府军有点战力，而此前占据会稽郡的刘牢之却一直没有动作，接到朝廷的命令之后，声称马上赶到，却命令驻扎在海盐的刘裕全速前进，阻击孙恩的军队，毕竟刘裕的军队离孙恩近一点点。（注：其实只隔了一个杭州湾，刘牢之有没有消极怠工的想法是不得而知。）

接到命令后，刘裕没有说什么，只是马上日夜兼程，终于在丹徒赶上了孙恩的船队。

三

丹徒，这个地方和刘裕出生的京口镇是挨着的，也是属于晋陵郡的辖地，也就是说，刘裕在外拼杀了这一两年，终于杀回到自己的家乡来了。

按照常理说，京口一般驻有重兵，但此时的北府军主力却随刘牢之驻扎在会稽郡，远水救不了近火，刘裕也只能自力更生。他手下不足一千人马，即使加上京口的驻军，也远远不是孙恩的对手。

只是这次刘裕还是防守，不是进攻，所以他还是有一定的机会的。孙恩的军队都是坐船而来的，那么他要上岸，才能进攻丹徒，而且这登陆的地点也要选好，不然也只会是一败涂地的结果。

孙恩会选择登陆，不是继续坐船赶往建康，也有他的苦衷。要知道天下河流都是西高东低，黄河长江莫不如是。孙恩的大军是逆流而上，如果上游有重兵逼阵，则必须水陆并进以防不测。否则一溜船只拦江，点上火，你还不头疼。这是一个原因，再一个就是据他得到的消息，刘牢之的军队还在会稽没有出发，或者在出发的路上，但总不及自己快是真的。以自己手下的攻击力，除了北府军，还有桓玄的荆州军，天下大可去得。从丹徒去往建康的道路应该是一片坦途。

京口北方有一个战略要地，名为蒜山，这个蒜山山高坡浅，而且一直连到江水中，也可以说是连到江中的小半岛，但是斜坡越上去就越陡峭，有的地方跟悬崖一般。而山顶却又是一片平坦，可以驻军，易守难攻，这个地方在三国时期就是战略要地，经孙策、孙权以后几代人的苦心经营，早已成了跟绞肉机差不多的地方。

而现在刘裕与孙恩的共同目的都是为了抢占蒜山，谁抢占了蒜山，谁就占据了这场战争的主动权。以前刘裕和孙恩的战斗中，孙恩的人马一直就比刘裕的多，这次也不例外，而且刘裕军还是疲劳之师，仓促应战。但是刘裕也有他的优点，首先他是一个京口人，这个蒜山他就比孙恩熟悉，这是地利。而京口人为了保护自己的家园，肯定齐心，不然连自己的老婆都会被人抢了去，由不得他不拼命，这是人和。当然，都没有天时，这就是地形战。

刘裕带来的疲惫之师是肯定不能再用的，用了也不起效啊。他只得把手下的人马全换成京口的驻军。在刘裕没来之前，听说孙恩要来打丹徒时，整个晋陵郡的人都要收拾包袱走人的，可是刘裕赶到了，毕竟他也是北府军中声名鹊起的大将，在京口人心中还是有些威望的，大批百姓和豪族也就留下了。刘裕把他们召集起来，发给兵器，做足了战前动员，然后就去抢夺蒜山。

差不多同时发起了攻山的战役，刘裕带着自己的人马自南方登山，而孙恩则是自北方江水中登山，刘裕的人马毕竟是熟门熟路，比孙恩的人马先一步登上山顶。接下来就是白刃战。先前就说了，这个蒜山地方不是很大，所以孙恩的几万大军没起到什么作用，反而刘裕的一千多人马在那个地形上发挥得正好，加上战前动员良好，京口驻军为了保护自己的家乡，发挥了百分之两百的战斗力，而孙恩的军队一股脑儿地想冲上山，却由于人多反而从半山上摔下来不少。打到中途，刘裕的军队在山顶越来越稳，居高临下，即使孙天师亲自上了前线，给手下人鼓劲，也不起作用。最后刘裕大举反攻，把孙恩的兵从平坦的山顶全赶了下去。很多人摔伤摔死摔进水里。孙恩运气好，找到一个小木筏，才得以逃回大船。

看着远处一面倒的战局，孙恩仰天长叹，“为什么上天生了我孙恩，又要生出刘裕呢？”只得鸣金收兵，虽然这次损失的人马不算多，可是孙恩军队里的海盗们心里早就蒙上了刘裕的阴影，加上这次刘裕破坏了孙恩的战略计划，海盗们简直是畏刘如畏虎。

孙恩的战略还是很正确的，只是他手下的人马太稀松了一点，也不能说是稀松，只是因为刘裕会借势，这个势就是京口向来都是天下强兵驻扎所在，自然有他们的一份骄傲所在，京口人不会让人随便抹杀这份骄傲。更何况自己要是尿了，自己身后的老婆儿子就不是自己的了，由不得他们不拼命。

抢占蒜山之战虽然规模不大，孙恩军的损失也不是很大，但意义却不小，不仅彻底从军心士气上打击到了海盗们的嚣张气焰，还使得孙天师错过了入建康的最佳时机。

孙恩退回到船上之后，只能看着蒜山上的刘裕干瞪眼，绕过去坐着他的船继续向西，朝建康挺进。不得不说，孙恩的军队除了斗不过刘裕之外，对其他人还是很有战斗力的，把司马元显统领的水军打得落花流水，当然也不排除中央的水军疏于训练，不能同久战之师相比。司马元显损失虽大，但把孙恩拖到了建康城之外耽误了一阵，北方的豫州刺史司马尚之的军队已赶到建康城西的白石垒，而南方刘牢之率领的北府军也赶到了新洲（建康城北面的江中）。

在如此情况之下，孙天师也知道大事是无论如何都成不了了，自己还要在朝廷合围之前逃出建康水面。孙恩率军绕过新洲北面，出长江，直取东北方的郁州，而且他还派了一支偏师击破广陵郡，杀灭晋军三千多人，牵制朝廷的人马。宁朔将军高雅之前些日子被孙恩打得大败，折损人马不少，要不是他是刘牢之的女婿，恐怕朝廷还要治他战败之罪，现如今孙恩要逃跑，他就讨了追击的任务，想将功折罪。可是追击也是一个高难度的事情，尤其对象还是孙恩这样一个屡胜朝廷军队的海盗头子。孙天师被高雅之追得火了，老子打不赢刘裕，难道还打不赢你？回师一场恶战，孙天师果然摆平了高雅之，把他生擒。

前些日子，控制朝廷大半土地的桓玄听说孙恩要上建康，表示对此事极为关注，自己要带兵进京勤王。这个大军阀是司马元显的心腹大患，绝对不希望他进京。司马就说朝廷完全有能力打退几个海盗，等郁州和广陵两地的战斗结果出来之后，司马元显大为恼火。为了不让桓玄有借口带兵进京，他必须尽快把孙恩赶出去。而这个任务，除了屡败孙恩的北府军大将刘裕之外，还有何人可以胜任？

这就叫：任你高门大阀，关键时刻不顶用也没法。这一年的八月，草鞋贩子迎来了他人生中最爽的一件事：朝廷下诏封战功显赫的刘裕为建武将军、下邳太守，正式成为东晋朝廷中的高级将领，受命统领整顿朝廷水军，击破孙恩。

在这一次抵抗孙恩的会战中，北府军大佬刘牢之的表现实在乏善可陈，在会稽郡的不动如山就不说了，再加上在新洲时，刘牢之居然没有拦阻孙恩的船队。刘牢之率北府军慢吞吞地在后面赶时，北府军里的士兵心里都把他骂了个狗血淋头：老大，京口可是我们的根据地啊。要是京口落入孙恩的手中，我们的家人孩子怎么办？还好刘裕将军把京口守住了。这一次刘牢之在北府军里就威信大减，而刘裕则是大大提高了他的威望，可以说这一次他成了北府军的救命恩人。

那么刘牢之是怎么想的呢？或许是刘牢之心里有着这样一个可笑的念头，就是养贼自重。如果孙恩剿灭了，那朝廷还需要他刘牢之吗？显然不可能。刘牢之对下面的人一向很好，可是这一次他差点让京口陷落于孙恩之手，确实是一大败笔。

在刘裕还只有几百人的时候，孙恩就不是他的对手，现如今刘裕率领的可是正规军，而且人数大增，兵源优质，军饷足额，那还不把个孙恩打得落花流水？刘裕迅速整顿了水军，征发了新船，追上孙恩。两军在郁州一战，孙恩败北，断了在此地发展的念头，继续南下。十一月，孙恩逃到了沪渎，也就是孙恩上次登陆时杀了内史袁崧之地。但这一次不同了，追击的刘裕再次把孙恩打败了。接着又是海盐，回到了原先的起点。孙恩看着海盐就头疼，而刘裕的兵看着海盐就高兴。一阵猛攻，孙恩船队毫无悬念地再被打散。总之孙恩是一败再败，最后手下的人马也所剩无几，只得再次逃往舟山群岛。

这一轮征讨，刘裕有个大收获藏在暗处。他对大规模的水师战船有了深刻的研究。

孙恩的第四次登陆又失败了，而刘裕以他战无不胜的战绩和挽救了京口的功劳，在北府军中威望大增，越过一众老将，直逼刘牢之。

五章 讨伐桓玄

一

刘裕赶跑孙恩后，时局暂时得以平定，但事实上可以说得上是暗流涌动。朝廷里面掌权的司马元显被几次的孙恩之乱弄得声望大跌，差点还被孙恩攻入建康城，成了天下罪人。

而地方上经过三大军阀的混战，虽然桓玄成了最后的赢家，但事实上也是满目疮痍。要知道古时候的军纪一般都不怎么好，看看前文的北府军就知道，桓玄虽然是荆州军的统帅，但对下面人的一些什么强抢民女，掠夺百姓家财，甚至杀良冒功之事都是睁一只眼闭一只眼的。他自己就是出身世家，自是不肯为了他眼中的草民泥腿子损了他在军中的威望，那么桓玄掌握的地盘上的情况就可想而知。

朝廷直接统管的三吴地区经过北府军的洗劫和几次孙恩之乱，加上司马元显的征军户之事，自然就更加残破不堪，民不聊生。

司马元显为了重新树立他作为朝廷掌权人的威信，决定讨伐桓玄，而桓玄也不甘示弱，自己现在坐拥朝廷七州之地，还会怕你一个连兵都没几个的孤家寡人？而且桓玄到此时也认为，他应该继承他的父亲桓温当年未完成的事业，就是逼迫东晋朝廷的皇帝下台，让自己也过一把皇帝的瘾。

桓玄的父亲桓温当年剿灭益州的成汉李氏政权，三次北伐，打下了江北的大片疆土。可惜第三次北伐时被慕容垂所败，桓温那时已掌握东晋朝廷军政大权，先废了一个

皇帝。他被封海西公，又等着朝廷加封他的“九锡”，可惜朝中反对的势力不小，他死都没有等到这一天。（《晋书·桓温传》）

司马元显讨伐桓玄的最大倚仗不是建康城内的那点兵力和宗室司马尚之所率领的豫州军，而是坐镇京口的北府军统帅刘牢之，结果朝廷的军队一败再败，刘牢之的大军却是一动不动，颇有任尔风吹雨打的风采。他怕自己打败了桓玄之后，被司马元显所忌，所谓高鸟尽，良弓藏；狡兔殚，猎犬烹，加上他自己也没有信心打败坐拥荆楚大军的桓玄，遂派自己的儿子刘敬宣向桓玄投诚。（《晋书·刘牢之传》）

在刘牢之兵屯冽州的时候，刘裕便请求率兵攻击桓玄，“明公（魏晋时对高位者的尊称），您老是屯兵不动，可是犯了朝廷大忌啊，不如由我去试探一下桓玄的虚实？”可是刘牢之思索许久，还是缓缓地摇头，这要是开了打可就没有回头路了。

刘牢之派他的儿子刘敬宣去往桓玄军中投降的时候，刘裕与北府军大将何无忌都明白了，这老帅原来是不准备打啊。刘裕顿时就急了，跪在地上喊道：“明公，这要是一仗未打就投降了，不仅北府军名声扫地，而且您还成了一个反复无常的小人啊。”当年刘牢之杀王恭还可以看做是奉朝廷之命攻打叛逆，可如今他要投降桓玄这不是自打耳光吗？可惜刘牢之已听不进忠言了，他自己心里自有他的小算盘。

桓玄的兵马未伤根本就入驻建康，史上大凡地方军阀勤王进入京城，强者就挟天子以令诸侯，弱者自求出镇一方，巩固自身权势。桓玄也不例外，他先是贬了当朝太傅司马道子，接着又杀司马元显于闹市，掌握朝廷军政大权，大封兄弟亲族与亲信手下。他现在已经做到了他父亲桓温当年的高度，就是权盖人主，势倾天下，他现在也想着我应该很快就能过一把皇帝的瘾了吧。（《晋书·桓玄传》）

朝廷里面的局面已经稳定了，接下来就是外面的威胁。桓玄入主建康，地方上唯一能和他抗衡的就是北府军统帅刘牢之了。桓玄得势之后，立马解除了刘牢之的兵权，贬为征东将军、会稽内史，刘牢之对手下人不甘地说道：“现如今桓玄小儿才初掌权柄，就想着要夺我兵权，诸位再随我反了吧。”

当然，这个手下人就是此时在北府军中威望甚隆的建武将军刘裕。刘裕看得很清楚，现如今桓玄掌握着朝廷大势，挟天子以令诸侯这个招儿历史上很多人都用过，而且屡试不爽，就是因为当时的皇室还掌握着天下大义。

刘裕很是干脆地摇摇头，“明公，您先前不战而降，早已损了北府军的士气，而桓玄则是新近掌控朝政，威震天下，不论是谁都会先躲避他的风头，您已经没有和他叫板的资格了，而且您要造反，我身为您的手下势必不能出卖您，但又不能跟着造反，所以，我只好解甲归田，回往京口了，而且，我现在也很想念家中的妻子和年幼的女儿。"

何无忌也觉得刘裕的话很有道理，便去向刘裕讨教自己的前程。刘裕便对他说："现在您的舅舅去造反，只是死路一条，我们可不能跟着他一条路走到黑。兄弟可以跟我一起回到家乡，如果桓玄那个家伙能够保守一个晋朝臣子的本分，我们就跟着他混也没什么，如果他想着要篡位，到时我们再另做计较。"

刘裕如此决绝地离去，并非对东晋效忠到多牢固的程度，也不是怕了桓玄。他最后称帝，怎么可能从内心里效忠朝廷？他只是认为刘牢之以一己之私来办天下事，太不可靠；而北府军实力不足，若无大义，则不够争夺天下。刘大帅许以重利，刘裕不为所动。他虽然看重军权，但并不盲目地求私利。画饼的事都看不穿，那是现代都市白领，不是刘裕。

刘裕走了，何无忌也走了，刘牢之傻了。刘牢之手下的大将中现在声望最高的就是刘裕，自己和儿子刘敬宣现在在北府军中也快到人人喊打的地步了，他就是想着利用刘裕的声望来控制北府军了，现在打算落空了。

二

尽管没能得到刘裕的支持，但刘牢之还是决定起兵反抗桓玄。没办法，必须保住自己的军权和头衔啊。但这时手下的众将都不依了，就连以前一直支持他的参军刘袭（这位应该是他的同宗）也出口反对，"世上最大的事莫过于造反了，你先前杀了王恭，接着又背叛了司马元显，现在又要三叛桓玄，这世上还有你的立足之地吗？"（《晋书·刘牢之传》）

刘袭口中隐讳的意思就是你和历史上的三姓家奴吕布也差不多了吧，到最后难免落得个身死的下场，说完就离场而去。

刘牢之早先令儿子去往京口接自己的家眷，免得落于别人之手，可是刘敬宣老是不回来，刘牢之就以为儿子已经被人给杀了，加上他现在可以称得上众叛亲离，忧虑之下，一时想不开，居然上吊自杀了。（《晋书·刘牢之传》）

桓玄知道后把刘牢之的尸体从坟墓中挖出，斩首弃尸，并大举屠杀北府军高层将领。这人先投降自己，再被自己剥夺权力，然后背叛自己，最后还没怎么打就自杀了。㞞成这样，不辱不行啊。

后来刘裕起兵反对桓玄，念着以往刘牢之对他的提拔之恩，不仅给他收尸（此时刘敬宣逃亡南燕），还恢复了刘牢之的官爵名声。（《晋书·刘牢之传》）

刘牢之死后，桓玄便派自己的兄长桓修任抚军大将军，坐镇丹徒。桓修念及刘裕没有参与刘牢之的叛乱，加上刘裕在京口一带有着很高的声望，便重新任命他为自己的中军参军，就连以前所担任的建武将军、下邳太守这两个职位也还给了他。

刘裕先是和刘牢之划清界限，解甲归田，不仅免除了可能的血光之灾，接着还能继续得到掌权的桓氏重用，他的精明头脑和先见之明又一次起了作用。可见刘裕早期在军中沉寂的几年确实有非常大的长进。

《韩非子·喻老》中记载，南方有大鸟，三年不鸣，一鸣惊人，三年不飞，一飞冲天。刘裕此时不仅在军事上有着别人无法比拟的统兵才能，在政治上的智慧也丝毫不弱于别人，起码就比军事人才、政治蠢材的刘牢之要强了百倍。

刘裕把政治和人情分得很清楚，现在朝中掌权的桓氏能够重用他，他马上就接了新任命前去镇压孙恩的余党。

孙恩自从第四次败退之后，因为海岛物资贫乏，发起了第五次进攻，可是这次孙恩的运气就没那么好了，他被临海太守辛景打败了。他知道以自己的罪责，如果被晋朝的官儿抓住了，到时想死也死不了，一时想不开，居然投海自尽了。（《晋书·孙恩传》）

孙恩死后，五斗米教的余党便推举了他的妹夫卢循做了继任天师。此时的桓玄刚刚控制朝政，不想在东南边上再起波澜，就下令招抚卢循，任命他为永嘉太守（今浙江温州）。而卢循出于“长生人”的首领刚刚身死，人心不稳，部众也是损失惨重，重整旗鼓也是需要时间的，就同意朝廷的任命。但他虽然去往永嘉上任，却不受朝廷节制，时不时地还要出去打劫一番。（《资治通鉴·一一二卷》，“循虽受命，却寇暴不止。”）

当然，桓玄也不是吃白饭的，他不会以为卢循从今往后就会老老实实的了，在402年五月，他派了孙恩军的老对手，就是建武将军、下邳太守刘裕屯兵于浙东，开始牵制卢循。两人一时之间都没有什么过激的军事行动，可能是刘裕见卢循没有公开打起反抗朝廷的大旗，卢循此时也还是属于晋朝的官，抢劫地方那是很正常的一件事，他不能以此理由就对卢循进兵吧。更何况刘裕现在手下的人马是后来才跟他的，他要收服这些人也是需要时间的。

公元403年正月，卢循在临海郡（今浙江临海）把自己手下的人马休整完备之后，重新打出了反抗东晋的旗帜。卢循任命自己的姐夫徐道覆为司马，典兵掌事，攻击东阳（今浙江金华）。二月，刘裕作出反应，兵出浙东，把徐道覆打得那叫一个落花流水。卢循的手下也是出自孙恩军的余众，见到刘裕的旗号就只想逃跑，徐道覆又不是什么统兵的天才，怎么可能不败？

这次打败了徐道覆之后，刘裕没有趁机进攻卢循，或许是为了养贼自重，又或许是为了自保，因为在不久前，桓玄杀了提拔他的老上司冀州刺史孙无终（《资治通鉴·一一三卷》），又或许是刘裕对桓玄表示恭顺之意：你有了命令我才打，你没有命令我就不打。因为前几次出兵都是桓玄下了命令他才打的。（《宋书·武帝本纪》）六月，因为刘裕的出色表现，他被升任为彭城内史。

卢循的祖上是三国时期的大忠臣卢植，他家几代都在东晋做过高官，他也算是正儿八经的士族。这几年姐夫孙恩几次败于刘裕之手，还有先前徐道覆的战败，他是大为不服的，总认为自己就是不同的，刘裕遇到了自己就不会那么顺利。

八月份，他整军攻向永嘉。上次刘裕大胜后没有揍他，这次刘裕没有再给他机会。一战就把卢循军打得大败而逃，卢循不仅自己一败涂地，连自己手下的大将张士道也阵亡了。

从399年起到403年，五斗米教的长生人与刘裕交战不知道有多少次，可是一次都没赢过，恐刘症越来越严重。加上卢循的军队十分迷信，他们认为刘裕就是他们的克星，这次又被打败，军心不振，士气低迷，卢循也没有办法，只好南下向晋安（今福建福州市）撤退。

可是刘裕没打算放过他啊。跟在卢循的身后就像赶当年的孙恩一样，一下子就把卢循赶下了海。卢循寻思着只要刘裕在浙东这一带，自己就没有好果子吃，他避开刘裕的锋芒，乘船南下广州。

三

桓玄杀了司马元显之后，初时还狠狠地打击了朝中的一些奸佞不法小人。当然，这些奸佞都是跟随司马元显的余党，然后又提拔了一些声名、才望俱足的名士进入朝廷。这其中有多少偷偷地或是光明正大拜访过桓玄的我们也不得而知，但他这一番动作很有一股辅政大臣的派头，要还朝廷一片明朗的晴天，就赢得了建康城中官僚百姓的满堂喝彩声。

不管桓玄是不是仗着他的父亲桓温和叔叔桓冲的余威，他能从军阀混战中脱颖而出，从而成为东晋第一大军阀，继而掌控朝政，这能力还是有的。

可惜，桓玄的出身注定了他身上有纨绔气质，他一看到晋朝天下再也没有可以和桓氏对抗之人，便以为天下无事矣，他的纨绔子弟习性就彻底暴露出来了。

他喜欢珠宝玉器，华美衣物，还有古玩书法字画，甚至那些风景优美的别墅庄园，但凡是个名士所喜欢的东西，他都喜欢。如果是别人的东西，他也不强抢，他要和你赌博，试问天下有哪个人敢赢他的东西？他要让你心甘情愿地输给他，而且他听说哪里有了漂亮的竹子，美味的鲜果，不远千里，都要让手下人把它给移栽过来。（《晋书·桓玄传》）

本来，这些毛病对当时朝廷里的一些官儿来说——如果他只是一个普通的身居高位的士族，倒不是什么大事。可是他不同，他现在是掌一国权柄，皇帝之下，万人之上的人物，他的一举一动，天下人都在看着，桓玄的这些奢侈放纵的行为开始削减他在建康的名望。

接着，桓玄看到刘裕把卢循给赶到海上去了，可以说天下算是平定了。他迫不及待地想要称帝了。可是，北府军的高层将领虽然被桓玄给杀了个干干净净，但下层的军兵还是有不少，如果他们反对那怎么办？桓玄马上就想到了新近立功的刘裕，刘裕是桓玄树立的一杆大旗，只要归顺于他，都可以像刘裕一样加官晋爵，只要刘裕也同意，想必北府军也翻不起什么大浪来。

于是，桓玄下令让刘裕把兵权交给坐镇丹徒的桓修，然后只身赴彭城上任，那时的彭城是徐州州治，而当时的徐兖二州刺史乃是桓修，可以说刘裕还是在人家的眼皮子底下。

当初，桓玄初次进京掌权的时候，就接连诛杀了吴兴太守高素、辅国将军竺谦之、谦之从兄高平相竺朗之、辅国将军刘袭、刘袭的弟弟彭城内史季武（《晋书·桓玄传》），这些人都是北府旧将、刘牢之的死党亲信，刘裕的彭城内史还是接替了北府前辈的职位，偏偏这前辈还是被桓玄给杀了的，可见桓玄这是要把刘裕放在火上烤啊，刘裕还是毫不犹豫地接任了。

现在他刚刚打败了卢循，桓玄就要他先交兵权再单身赴职，明显就有过河拆桥的嫌疑，可是刘裕还是很干脆地答应了，不得不让人佩服刘裕的隐忍。等刘裕和他的兵马到了会稽郡时，他以前的好友何无忌这时也从京口赶到了这里，劝他在这山阴县起兵，“寄奴兄，我们怎么说也是一起长大的，我舅舅就是死在了桓玄手里的，前车之鉴啊。你手上要是没有兵，生死可就由不得你做主了啊？不如干脆趁现在你还有兵在手，反了他的。”

对于何无忌的建议，《资治通鉴》上说，刘裕是问计于当地的土豪孔靖，《宋书·武帝本纪》上则没有相关的记载，但刘裕确实是反对的。笔者认为以刘裕在政治上的头脑，还需要问一个当地的土豪吗？就算这个土豪有见识，刘裕应该是借着这个土豪之口拒绝了何无忌的建议，毕竟何无忌与他关系相当的亲厚。当初他刘裕一句话，何无忌就跟着他回了京口，现如今刘裕做了大官，何无忌还是一个白身，刘裕也不好意思当面拒绝他的要求啊。

此时建康城内的桓玄越加紧锣密鼓地进行他的篡位大业，先是把自己的亲族和当时要笼络的一些名士都封大官，示好于朝臣，接着就是让皇帝下诏分十郡之地为楚国，封桓玄为楚王，这还没完，接着又封桓玄为相国，总领天下百官。

要知道在汉朝之后，魏晋朝是没有丞相、宰相，或是相国这个官职的，就是以前的皇帝鉴于这个官位权太重撤销了的，现在桓玄重新把它翻了出来，其野心可见一斑。最后，就是篡权之行中必不可少的一项活动——“受九锡”，想当初，桓玄的老爹桓温想“受九锡”都想疯了，可是到死都没有等到这一天，现在桓玄终于完成了他老子的愿望。

现在，万事俱备，只欠东风了，这个东风就是刘裕了，刘裕此时也正好回了彭城（今江苏徐州），桓玄就派了他的从兄桓谦去问刘裕，“现在这朝中大臣有不少人认为楚王德高望重，天下归心，应该让当今皇帝禅位于他，不知道刘兄以为如何啊？”

如果说刘裕在会稽时还不确定桓玄是否会篡位，但他此时看着桓谦一脸笑眯眯的和蔼模样，刘裕就知道桓玄是铁了心要造反了，现在桓谦问他的意见，想必头脑没有问题的都不会提出什么反对的意见吧。

刘裕就恭顺地答道：“楚王殿下是当初桓大司马的爱子，两代人都有大功于晋朝，所以这声望功业都已经足够了，现在天下的民心早已不在司马氏的身上了，楚王受禅可

谓是顺天应人，天命所归啊。”（《宋书·武帝本纪》）

得了刘裕的答复，桓谦大喜过望，“刘老兄你说行，那就一定行了。”（《晋书·桓玄传》）当然，桓氏兄弟这么相信刘裕的话，不能不说刘裕先前的隐忍起了很大作用。

就在桓玄准备受禅的时候，当中还发生了一些小插曲，比如前三大军阀之一的殷仲堪的手下庾仄突然攻克了襄阳，说是要替晋朝讨伐乱臣贼子桓玄，可惜没过多久就败逃北方。

朝廷里的官位桓玄也做到最顶头了，九锡也受了，官方的一些准备条件都做好了，那么民间的反应呢？毕竟这时候百姓的民心说它没用时就是一块可丢的抹布，说它有用时它还真的就有用。

就比如现在，桓玄要称帝，就要顾及老百姓的想法，老百姓一般都是很愚昧的，各地官儿也会看上面的脸色做事啊，所以，各种各样的祥瑞就上报朝廷了，比如淤塞多年的钱塘县临平湖突然畅通了，又比如江州突然天降甘露。不管老百姓们相不相信，这些个消息都已传遍天下了，而且全都跟禅让挂起钩来。

桓玄看到历史上许多君主开国时朝廷之外有许多的隐士，他也算是开国之君吧，朝廷之外自然不能没有隐士啊，接着就自找人导演了一出戏，朝廷征诏这个“隐士”为官，这个“隐士”自然不从，一来二去的这个隐士就成了高人，当时人们笑称“充隐”（《晋书·桓玄传》）

一切的准备工作都做好了，桓玄在403年十二月正式受安帝禅位，把晋安帝迁往寻阳（今江西九江），桓玄正式建国号“大楚”，改年号为“永始”，兄弟子侄俱都封王。

四

称帝的同一月，桓玄下诏召安成王桓修进京述职，随行的就有彭城内史刘裕。当时，刘裕的名声比起北府军实际上的掌舵人桓修还要大，而且刘裕从军以后，无一败绩，桓玄也是早闻其名。此次召他进京，不外乎两点，要么杀了他，如果刘裕不知趣的话；要么就是重用他。因为益州刺史毛璩听闻桓玄造反，已公开表明不承认桓楚王朝，还要号召天下造他桓玄的反。桓玄要用刘裕去北伐。

按照史料记载，刘裕是在404年二月公开扯旗造桓玄的反，与进京述职只相隔两个月。根据后来他起义时，天下都纷纷响应的情况，想必他此时就在筹谋着联络有志人士反对桓玄了。听闻桓玄要召他进京，他就只带了何无忌去往建康城，或许是联络大业还没有完成，他还要与桓玄虚与委蛇。离起兵只有两个月的时候还敢孤身进京，刘裕的胆识是没说的。

刘裕进京后，桓玄很快召见了刘裕，两人之间说了什么，史料没有记载，不外乎刘裕表忠心，大大赞扬桓玄的家世门第不凡，又说自己出身寒微什么的。桓玄平素就是以自己的出身自豪，以前不得志的时候就叹道，"父为九州伯，子为五湖长。"（此句出自《晋书·桓玄传》）

那么刘裕到底是怎么取得了桓玄的信任呢？没有人能说得清楚明白。但据笔者推测，应该有以下几个原因，首先就是门第问题。东晋是世族门阀的天下，虽然桓玄他自己打破了这种制度，但它的影响力还是不小。刘裕出身寒门，怎么也比不上具有先天优势的桓玄。

第二个就是年纪，当时，刘裕虚岁都有四十二了，而桓玄却只有三十四岁，要知道古人的寿数都比现在的人要短，如果没有出什么意外，刘裕是肯定要死在桓玄前面的。

第三个就是身体状况了，《宋书·武帝本纪》中记载刘裕后来是以金疮疾发，回家养病而离开的建康城，可是桓玄又不是傻子，怎么刘裕一说他就同意了呢？肯定是初次见面时刘裕就在桓玄面前秀了他满身的"伤疤"，为以后埋下伏笔。从而证明自己就是一行军打仗的将军，说不定什么时候就箭疮复发而死了。

所以，这两位都篡了晋朝的造反人士的第一次见面就显得宾主和谐，其乐融融。见面之后，桓玄曾对当时的司徒王谧说道："朕昨天见了刘寄奴，果然是风骨不同一般的人物，当世人杰啊！"这个王谧就是以前帮刘裕还了赌债的那位"贵人"，现在王谧见刘裕果然发达了，没有辜负自己当初的投资啊，看到现在的老板夸奖刘裕，也跟着说道："这刘寄奴就是上天派来帮陛下您来建功立业的啊。"

以后，朝中还是大臣家里有什么宴会或是游猎，刘裕都是桓玄的座上宾，并且桓玄对刘裕那是越发的殷勤，对刘裕与他手下的人也赏赐丰厚。桓玄即皇帝位后，比起以前就更加的骄奢放纵，郊游打猎都是夜以继日（《晋书·桓玄传》），刘裕跟在桓玄的身边，看到他天天的大鱼大肉，手上还拿着珍贵的珠玉时时把玩，这心里的火就大了。老百姓连吃的都没有，你还天天地这么奢侈，果然不是当皇帝的料，老子要反你。

刘裕的厉害是怎么也藏不住的，桓玄的妻子刘氏便提醒他："刘寄奴走路时有龙行虎步之姿，而且头角峥嵘，恐不是久居于人下之人，不如及早杀了，免留后患。"桓玄摇摇头道："我现在正准备北伐中原，非刘寄奴不可，杀他的事还是以后再说吧。"

从这句话来看，桓玄肯定早就知道刘裕不是普通人，而且他也甚有自知之明，知道北伐中原这件大事，当今朝廷只有刘裕才有这个能力。他的眼光看得很准，刘裕扫平了桓玄之后，就北伐中原，并且次次都成功了。只是桓玄看别人看得准，却有点高估了自己的实力。他就没想到刘裕发兵揍他的日期只剩下个把月了。

历史上投降了又反噬主君的有不少，比如张绣之于曹操，反叛时杀了曹操的大儿子曹昂和得力护卫典韦。但是曹操的本事大，后来又再次收降张绣，这是成功的例子，但反面的例子也有，比如吕布之于董卓，为了美人而杀了自己的义父，再比如慕容垂之于苻坚，慕容垂在淝水之战后，先取得了关中之地又在苻坚失势后杀了他的儿子苻丕（《晋书·慕容垂载记》）。

这个桓玄恐怕也要成为反面教材了，刘裕就是桓玄驾驭不了的一匹烈马，他见得桓玄的生活如此荒唐奢侈，就更坚定了反对他的决心。笔者猜想说不定桓玄与他的老婆之间的对话被人知道了，却反过来告诉了刘裕。这个人应该是王谧，王谧的眼光也的确是厉害，他早已知道现在的大楚帝国就如同烈火上的烹油，不知道什么时候就要爆炸了，他王家也不能一条道走到黑，还要为以后做打算啊。

所以，桓玄与他老婆说话之后没几天，刘裕就以自己的箭疮复发，身体不行了，要回老家养病。开玩笑，天天有人在你的顶头上司面前吹枕头风，说要杀了你，是个人也晓得这个地方不能呆了。所以桓修返回京口的时候，刘裕就和何无忌两人坐船回到了京口，两个人在船上就定下了兴复晋室之计，他此时的身上应该是有职无权。

正好此时，刘毅回京口探亲，闻得刘裕两人有起义的心思，他也表示赞同。三人虽说都是一起长大的，互相了解得很，但这是造反，不是过家家这等小孩子玩的游戏，可是要掉脑袋的。为了探明刘毅的心意，何无忌就假意说道，"现在桓氏势大，怎么能够对付得了？"

刘毅也发现何无忌不是存心拒绝，只是要试一试他罢了，就答道，"天下间的强弱之势总是不断变化的，有时候强的也可以变弱，现在我们只缺一个领头的人罢了。"何无忌见说到点子上来了，又说得明白一点，"依我看，这天下间还是有英雄的。"

嗯，说了半天终于绕到正题上来了，刘毅就坦然答道，“你说的有道理。但这天下间的英雄我只看到刘下邳一个人而已。”（注：刘裕曾官居下邳太守，所以叫他刘下邳。出自《资治通鉴·一一三卷》）

探得刘毅的心事，何无忌放下心来。此时刘毅是青州刺史桓弘的参军，而桓弘则是刘裕的上司桓修之弟。这起义大事除了刘裕、刘毅和何无忌三个主谋的以外，其余的还有以下几人：

刘裕的两个异母弟弟刘道规和刘道怜。刘道规此时是桓弘的中兵参军，和刘毅乃是同事。历史上记载刘道规还是个打仗的人才，刘裕后来掌权，也借助了他不少力。

平昌人孟昶（平昌在今天的山东临邑东北），他是青州刺史主簿，原来桓玄准备重用他，可是桓玄的宠臣刘迈与孟昶的关系一向不好，赶紧就给他上眼药水，“这个孟昶也不是什么了不起的人，平日也只晓得吟诗作画。”从此以后，孟昶就一直不得志，刘裕一来邀请他，他马上就同意了。（《资治通鉴·一一三卷》）

北方的太原人王仲德、王元德两兄弟。他们两人原来是前秦苻坚手下，后来攻打慕容垂失败来投东晋，朝廷封了王元德为弘农太守，又是一个侨郡太守，没有实权的。王仲德见桓玄称帝，就说道，“自古以来称帝造反的有不少，但是当今这位恐怕时日不长。”（《资治通鉴·一一三卷》）

任城人魏咏之（任城就是今天的山东济宁市南），他天生就生了一兔唇。那时候他家里穷，以前荆州刺史殷仲堪，也就是桓玄原来的上司，听说了他的事后就让医生免费给他治疗，只是百日之内不能说话，吃一些稀粥，魏咏之就道，“只要能治好这个病，不说一百日，就是半辈子也行，以后还是有半辈子可以好好说话啊。”魏咏之做荆州主簿的时候，桓玄成了荆州刺史，看他长相不好就罢了他的官。（《晋书·魏咏之传》）

高平人檀凭之（高平是今天的山东金乡北），也是世居京口，小时候同刘裕也是一条街上的近邻，并且檀凭之多次跟随刘裕参加镇压孙恩之乱，两人的关系也是非常亲厚。（《晋书·檀凭之传》）

因为前文就说过，刘裕的祖父当过东安太守，是从山东搬迁过来的侨郡之人，而孟昶、魏咏之、檀凭之也都是从山东搬迁至京口的侨郡之人，所以这集会才开得这么容易。

琅玡人诸葛长民，应该是以前西晋琅玡诸葛氏之人，也是出身世家大族，他能文能武，可惜的是名声不好，他开始在桓玄手下做参军，后来以贪污罪被免官，刘裕来请他，他马上就同意了此时在桓玄的手下豫州刺史刁逵手下任参军。（《晋书·诸葛长民传》）

还有陇西人辛扈兴、东莞人童厚之，前者是为河内太守，后者为振威将军，史上没有关于这两人的记载，差不多就是打酱油的，因为刘裕起事，这两人和王元德当时就在建康城内，他们几人就是当内应的，可惜不久就被桓玄给杀了。

综上所述，刘裕所请的不是亲朋好友就是在桓玄手下不得志之人，这些人要么是赌徒（刘裕、刘毅、何无忌），要么就是博前程（孟昶、魏咏之），能力有强有弱，但刘裕知人善任，驾驭自如。

五

刘裕和他们一帮人总共也只有十二个人，可以说是史上人最少的起义队伍了吧。这还不算，他们制定起义计划的时候，居然要兵分几路，同时起事：刘道规、刘毅、孟昶都是青州刺史桓弘的手下，刘裕便安排他们去青州驻地广陵杀桓弘，然后掌握广陵的军队；诸葛长民是豫州刺史刁逵手下的参军，便让他去杀刁逵，夺取历阳；然后京口重地就由刘裕、何无忌、檀凭之、魏咏之这几个地头蛇负责。要是这三地都成功了，再让建康城内的王元康、辛扈兴、童厚之几人一起行事，来个里应外合，到时只要声势造起来了，想必天下会有很多人响应义举。

建康城内，刘毅的兄长刘迈，现在是桓玄的邢狱参军。刘裕和刘毅联名写了一封信让一个叫周安穆的人送给他，让他在建康城内和王元康、辛扈兴、童厚之几人一起举事，来个里应外合。可惜这刘迈胆子小，想了好久决定不参与其中，第二天早晨就把这件事告发给了桓玄，连累王元康几人一起被杀，就连他自己也不例外。这建康城内的一路还没有实行就胎死腹中了。

桓玄这才知道刘裕早有反意，狗日的还敢大摇大摆进京述职，吃我的喝我的表了好多忠心，居然也不怕被告发，气得不行。

而历阳的诸葛长民也因为突然被琐事绊住了身，也没能及时响应，后来反而被豫州刺史刁逵给抓住了关在囚车里准备送往建康。关于诸葛长民到底发生了什么意外而没能响应呢，史上没有明确的记载。但是后来刘裕得势之后，还是封了他的官，可见这次意外应该不是他的错。

这里笔者从他的出身试猜一下，他是琅玡阳都人，而史上最有名的鬼才军师诸葛亮也是阳都人，说不定他还是诸葛亮的后辈子孙也说不定啊，那么他就是出身世族了，这也好解释他当初年纪不大时就能做桓玄的参军。世族之人一般不会光明正大地扯旗造反，更何况现在桓玄势大，怎么看刘裕都没有机会，说不定就是诸葛长民的家人把他给关了起来，然后又把这个消息报告给了刁逵。到了此时，刘裕的第二路伏兵又失败了。

早前就说过了，造反是一件高难度、高智商的事，一般的人做不来，有成功也有失败的，但刘裕此时也不知道其余的几个地方怎么样了，反正在京口的几人准备好了。

就算是起义，这手下也得有兵马吧，他们差不多都是光杆司令。刘裕和他们几人也只能找自己家里的部下和亲友，还有北府军的旧将和往日的同僚，一共也就找了一百多人，这起义的日期就定二月的最后一天。

404年二月二十七日，久病不愈的刘裕身上的箭疮好了，这一连好多天没有动弹了，身子骨都要生锈了，所以刘裕大手一挥，非常豪爽地道，“兄弟们，今天出去打猎，都带上你们的亲朋好友，大家一起乐呵乐呵。”

在城外一个比较隐蔽的地方，差不多有一百多人从各个方向聚拢在一起，这其中有刘裕、何无忌、檀凭之，还有以后刘宋的名将檀道济等二十七个比较有名的人，这些人中后来除了战死的之外，都成为刘宋的将领。

人到齐了，接着就是商量具体的行动办法，这么多人中，要说与桓家有深仇大恨的就是何无忌一个。他的舅舅刘牢之被桓玄逼杀，然后又被剖棺斩首，这杀桓修的任务就给了他。

至于如何造反，刘裕已经有定见。大家一起备马，收集兵器和甲胄，忙了一整天。晚上枕戈待旦。

404年二月二十八日，对于新生的大楚帝国来说，这是一个至关重要的日子。建康城里的人在搜捕要犯。而刘裕等人则扮做官差，而何无忌就扮做传旨的钦使，一行人驰马直奔桓修的刺史衙门。

桓修不明就里，还真的以为来了圣旨，乖乖地跪下接旨，等到圣旨的内容念完，才发现不对劲，居然是晋朝司马家的天子所传的圣旨。其他的官吏士卒也都被惊呆了，但是看到堂中的这一百多条大汉，个个都不敢动，何无忌把圣旨念完后，上前一刀就把桓修的头给斩了下来。

不论是做戏还是真的有感情，反正刘裕看到桓修的首级与身体分家后，那是哭得一个伤心，把周围的人都给感动了，刘寄奴真是一条好汉子，有感情。等事完后，刘裕还举行盛大的仪式来厚葬他以前的上司。然后刘裕在大堂上坐下，分派职守，下达命令。下面一帮人仿佛天经地义一般领命而去。这京口重镇就这样被刘裕夺了过去！

头天在青州刺史府内，主簿孟昶就对刺史桓弘建议去郊游踏青，顺便打打猎。刘道规和刘毅等人紧跟着起哄，桓弘一看属下们这么热情，便答应了。这天刘裕举事，孟昶、刘道规、刘毅等人领着五六十人骑马叫开了桓弘的府门，说是同刺史大人说好了的，今天出去打猎。可能是桓弘早有吩咐，守门的兵丁居然放行了，几十人一路轻轻松松地进了桓弘的府邸，此时的桓弘正在吃粥，身边也没有几个侍候的人。刘毅等人一看到桓弘，二话不说，一刀斩了。桓弘一死，刘毅几个北府军老人就轻松接收了广陵的军兵。

京口的刘裕刚刚才控制了城池，桓修手下的司马刁弘就率领了嫡系人马前来攻打京口。刘裕拿着那假造的圣旨，站在城门上就对来犯的敌军喊道，“江州的郭刺史早已决定拥戴寻阳的皇帝反正（桓玄把晋安帝迁到寻阳，由江州刺史郭昶之看管），我们奉圣，只肃桓玄一党，跟其余的人没有关系，桓玄的首级现在已经挂在大航（建康城南朱雀桥）桥下，难道你们不是大晋的臣子吗？今天到这里是想干什么？”

下面的刁弘等人听了，面面相觑，居然就此退走了。其实刘裕靠的不是那张假圣旨，而晋朝司马家一百多年统驭天下的威望，已是深入人心。而所谓的桓楚帝国如今只不过才建立三个月，说不定有的地方还不知道天下已经改朝换代了。

等到刘毅率领广陵的人马一到，两军合兵一处，刘裕就命刘毅把在京口的刁弘一家人全给杀了。不仅是为了不给后方留一个定时炸弹，更重要的是刘裕要报以前被刁家欺负之仇。刘毅以前也是混京口的，刁家人在京口一向霸道不讲道理，对于这等横行乡里的豪门，刘毅对刘裕的决定那是举双手赞成。

虽然刘毅已经到了京口，但是历阳的诸葛长民却没有按时到达，刘裕就知道历阳那边肯定是失败了，刘裕拥京口、广陵两镇之兵，也不过千余人，与桓玄的力量对比实在太过悬殊，但此时已是箭在弦上，不得不发了。

只是现在有一个问题不解决，刘裕还有点脱不开身。要说带兵打仗，刘裕可是一把好手，可是这造反不仅仅是带兵打仗的问题，还有人心的安抚，军械粮草的准备，受伤的兵丁怎么处理，立功的兵丁还要奖赏，哪一项都不容忽视。以前他是朝廷的官儿，这一切自有专门的人来负责，现在刘裕可是在造反，哪有闲工夫管这些琐事。所以，忙了一整天的刘裕终于发现，自己要找一个秘书了，还得是一个称职的秘书才行。何无忌在京口待得比较久，有什么人才问他应该最清楚。何无忌想了一下就说，"要说这合适的人选吗，还真有一个，那就是刘穆之。"

刘穆之何许人也？首先他是个穷人，再有就是肚量大，专门喜欢到大舅子家蹭饭吃，最后是博学多才，在处理内政上是一把好手，曾经做过琅琊内史江敳的主簿。

刘裕把人请到后，就开门见山说了一句，"现在义军草创，需要一个有真才实学的内政人才替我管理好后方。你行吗？"刘穆之见他省略了礼贤下士的礼节，自己也就省略了矜持和谦逊了："现在的京口镇，应该没有人比我更合适的。"

刘裕高兴地抚掌大笑，"有了先生，我们的事业肯定会成功。"（《资治通鉴·一一三卷》）

刘裕得了刘穆之，就好比刘邦得了萧何，刘备得了诸葛亮，这就是贤臣得遇良主的典范，他们两人在以后的日子里一直合作无间，刘裕带领军队在外面开疆拓土，而刘穆之就帮他管好朝廷里的大小事务，简直是史上最有名的君臣搭档之一。只可惜刘穆之死得早，而且死得很不是时候，恰好是刘裕攻取长安的关键时段。若他没死，或者没在那个时候死，这中华历史上就没有南北朝了，也无须等三百年后才由得隋朝统一天下。

六

有了刘穆之的加盟，后方就稳固了，那些琐事也不用刘裕操心了，他就可以专心地干他的起义大事。

无论起义，还是造反，总要打一个旗号出来吧，你官小了吸引不了别的人前来投靠啊。

于是刘裕自领徐、兖二州刺史，以孟昶为长史，守京口重地，怎么着这老家也不能丢了，檀凭之为行军司马，然后又在彭城招兵买马，就是先前刘裕所任职的地方，让自己的主簿刘钟统领这些人。（《资治通鉴·一一三卷》）

几人合计最后就是传檄天下，向天下人宣读桓玄的罪状，什么桓玄乱臣篡国，大逆不道，还有贪污受贿，不顾百姓死活，反正这水有多脏就都往他身上泼，虽然有许多都是桓玄手下的人做的，但他这个领头的也是有罪的。

檄文里就是让人认清现在的形势，什么先前反对桓玄的益州刺史毛璩现在已经打到了桓玄的老家荆州去了，什么江州刺史郭昶之已经反正，拥戴晋安帝复位了，还有建康里的有我的内应辛扈兴、童厚之已经兵临城下了，还有豫州的诸葛长民已经夺取了历阳的兵权，正准备会师于建康城下。

反正这檄文上就是把桓玄的处境写得跟已经败了差不多，怎么凶险怎么写。先不管这檄文上的内容是真是假，给天下人的震动显然是很大的，而刘裕的目的也没指望天下的诸侯起兵帮他，只要让那些人作壁上观，那刘裕的机会就会大了许多。

此时的建康城里，那是一阵鸡飞狗跳，先是桓玄派兵诛杀了三位大臣，知道是那几个人谋逆，不知道的还以为这位新皇帝要秋后算账了。那些曾经忠于晋朝的大臣们那是一个提心吊胆，生怕哪天桓玄就派人过来把自己给杀了。

桓玄开始从刘迈那里得到消息，说是刘裕要谋反，他还有点不相信，我对刘裕可算是掏心窝子了吧，可是刘迈又供出了三个与刘裕勾结的大臣后，桓玄就怒了，刘裕你可真是白眼狼啊，想当初你在建康城的时候，朕对你可不薄啊。

桓玄马上派兵把王元康、辛扈兴、童厚之给杀了，还不解气，又把告密的刘迈也杀了。这豪门子弟说起来是家学渊源、彬彬有礼，放手一逞时就露出了二的本性。桓玄马上就召集文武大臣商讨对策，大方向上是确认了，任命扬州刺史、新安王桓谦为征讨都督，殷仲文接替桓修任徐兖二州刺史，也就是刘裕先前自己封的那个官。

在具体的对敌作战的方针上，桓玄与桓谦发生了矛盾，桓谦认为应该趁着刘裕立足未稳，以雷霆扫穴之势把刘裕一干人等一网打尽。桓谦这样讲一是看不起刘裕，认为他兵少将寡，二是他觉得很没有面子，上次他专门跑到彭城问刘裕楚王当皇帝怎么样？刘裕当时还答很好很好，那是天命所归。现在距这话说了不到半年，刘裕居然反了，这不是打本王的脸吗？

而桓玄则是认为刘裕等人现在是光脚的不怕穿鞋的，他们抱着必死的信念和我们来决战，士气正盛，我们应该先避其锋芒，等到他军队的士气消下去，再和他决战，或者我们先把军队集中在覆舟山这个战略要点，然后坚守不出，他们攻击不到我们，又不能趁机攻击建康城，这前无去路，只有向后退，说不定他们的军队到时就自动解散了。说起来他还是有点怕这草鞋贩子。

可是下面的人不依，一定要给刘裕一个好看。桓玄也拗不过他们那么多人，只好派出现在朝廷中的两员大将顿丘太守吴甫之和右卫将军皇甫敷先行阻敌。

军队是派了出去，可是桓玄很担心外面的战况，反正自从桓玄知道刘裕起兵了之后，这表现就跟往日大不一样，生怕哪天刘裕就杀了过来。他下面的人就很不解，"陛下，刘裕那些人不过是乌合之众，人数又少，成不了大的气候，陛下不用担心。"

桓玄却说道，"刘裕可称为当世之豪杰，自从军以来，无一败绩，而刘毅以前家里没有一分钱的时候都敢在赌桌上下注百万，可见他的胆子之大，性格多么疯狂。而何无忌就像是他的舅舅刘牢之，一样的有勇有谋，善战无双，三个人合在一起，干什么事都会成功啊。"

桓玄曾接连打败殷仲堪、杨佺期两个地方军阀，接着又杀了朝中掌权的司马元显，自信心膨胀得不得了，以为天老大，我老二，这时候接连有人（庾仄、毛璩，前文有述）冒出来要造他的反，他又清醒过来了。清醒了就变得特别谨慎，到了自缚手脚的地步。

刘裕二十八日清晨起兵，二十九日整备军队，传檄天下，接着就率军西进至竹里，朝石头城进发，三月一日在江乘（今江苏句容北）的时候，就遇到了楚军大将吴甫之所率领的几千人马。吴甫之也是猛将，麾下兵强马壮。可是这也要看是和谁比，刘裕手下的兵丁都是北府军兵中退役了的老兵，完全是虎狼之师。

虽然吴甫之很勇猛，可是在刘裕率领的北府兵冲击之下，没有丝毫反抗之力。只见刘裕手执长刀，高声大喊，"兄弟们，这是荆州军，不可留情。"众军齐声高呼，热血沸腾，自从主将刘牢之自杀后，北府军已是名存实亡，现在终于又在一面大旗下聚集了。随着刘裕长刀前指，北府兵如虎入羊群。楚军一败涂地，连楚军将领吴甫之也被砍下了人头。

也不知吴甫之和皇甫敷是不是有矛盾，居然没有合兵于一处，一起攻击刘裕。或者是他们两人看不起刘裕，都想要单独立功，又或者是两人商量好了，一人先行拖住刘裕，然后一人从旁攻击，只是没想到刘裕这么勇猛，一仗就把吴甫之给打趴下了。皇甫敷只好退到下一个刘裕的必经之地——罗落桥。

罗落桥对面，是严阵以待的皇甫敷与他手下的数千精兵。罗落桥这个位置有点特殊，它处于今天的南京东北，长江南岸，桥下面是奔腾不息的罗落浦（现名九乡河），向北流入长江，而从京口入建康，过了罗落桥之后，就是一路坦途，所以此桥一定要渡，这是必经之路。

而刘裕的人马不仅少于皇甫敷的人马，而且还要夺桥而过，还要彻底打败皇甫敷的人马，不只是驱散，而是要彻底打败或是收服。不然刘裕上路之后，这数千人马一直跟在他身后甩不掉，也是一个大麻烦，说不定还要陷入被前后包围的危险，所以刘裕的压力很大。

当时，刘裕和檀凭之是分作两队，先让檀凭之前去探探路，试试皇甫敷的深浅。檀凭之此前也跟过刘裕几次讨伐孙恩，算得上是一员勇将了，即使是人少，他也不惧，率着人就冲杀了上去。而皇甫敷也不愧为右卫将军，作战能力比起吴甫之是强了几筹，他让手下人以逸待劳，围成一个半圆，檀凭之一过石桥，就陷入重重包围，力战之下，却是死不后退。

刘裕一看情况不妙，马上率军前去救援，可惜这人数相差过大，即使北府健儿都勇猛过人，可是好汉敌不过人多，檀凭之力竭被杀，刘裕也陷入包围。

这南方的河岸边上一般都栽有树木，这罗落浦也不例外，打着打着，刘裕就退到了一棵大树之前，背靠大树，周围全是楚军，四面围攻于他。皇甫敷这时感觉刘裕已到了穷途末路之时，得意地哈哈大笑，“你想怎么死啊？”说完就要把手中的大戟刺向刘裕。刘欲圆睁怒目，大吼一声，声震四野，皇甫敷也被刘裕的厉喝声吓得浑身一抖。

北府军一看主将危急，各个都是奋勇杀敌，还有的人居然拿起了弓箭射向刘裕那边。反正除了刘裕之外，其他的人都是敌人，而皇甫敷也是运气不好，正好被一支冷箭射中额头，倒地不起。刘裕一刀杀了皇甫敷，主将一死，其余的楚军不是投降就是败逃，一哄而散。（《资治通鉴·一一三卷》）

随后，刘裕把檀凭之手下的兵丁交给他的侄子檀祗带领，率军继续向建康挺进。在上路之前，刘裕和何无忌等人给军兵们说了一个故事，说是在举事之初，就有一个相士给他们几个看相，刘裕、刘毅、何无忌、檀凭之都在场，那相士看了前面三个都点头赞好，说是他们将来都是大富大贵之人，尤其是刘裕更是贵不可言，只有看了檀凭之之后却默然不语，原来他们今天才知道那个相士的意思是檀凭之会早亡啊。（《宋书·武帝本纪》）

以刘裕的性子怎么可能和军兵们讲故事，多半是后世的人牵强附会，或是刘裕假借相士之言以鼓舞士气，毕竟这次大战不仅折了一员大将，人员损伤也不在少数。

六章 桓玄败亡之覆舟山之战

此时，建康城里的桓玄听闻他派去的两员大将都被杀，就连两人手下的军兵不是投降就是被杀，大惊失色。或者是情急失控，或许是桓玄现在也相信了天命，到了这个关键时刻，他居然开始求神问卦，问问看老天有没有办法收拾刘裕？（《资治通鉴·一一三卷》）

其实桓玄之所以会求神问道，主要是当年他在姑孰，见得天上的将星与相星两颗星不住地变动，后来朝中果然发生了党争。昌道之战，朝中掌权的人先是司马道子，接着又是司马元显，而外面的将领先是王恭死，接着就是军阀混战，战死的将领不计其数。

更可怕的是，在篡位前一天晚上，桓玄居然看到月星侵入太白星了，这个事件早有历史记载，“青龙二年十月戊寅，月犯太白。占卜的结果是：‘人君死，又为兵。’景初元年七月，公孙渊叛。二年正月，遣司马懿讨之。三年正月，明帝崩。”（《晋书·志二》）。这个星象表明皇帝会死或是有刀兵之祸，现在刀兵之祸果然来了，桓玄就是想问问自己的脑袋保不保得住。（《晋书·桓玄传》）

可惜，那些装神弄鬼的道士们显然让桓玄不是很满意，他有些沮丧地问着下面的群臣，“难道朕真的要败了吗？”吏部郎曹靖之就答道，“现如今已是天怒人怨，臣也说不准以后会怎么样啊？”

桓玄就有点奇怪地问道，“老百姓怨恨朕，朕还可以理解，可是为什么老天都要怨恨朕呢？”

曹靖之答道，“前朝的宗庙（里面祭祀的是晋朝历代先帝），被陛下四处迁动（死去的人不满了），而您的宗庙却只到您的父亲一代（开国皇帝建国一般追封高祖、曾祖、祖父、父亲四代人为帝），上天怎么会不怨恨呢？”

桓玄就奇怪地问道，“那你当初怎么就不说呢？”曹靖之苦笑道，“陛下，当初满朝文武都说您是尧舜之君，当今乃是繁华盛世，我要是跑到您面前去触霉头，那不是找死吗？”（《资治通鉴·一一三卷》）

桓玄听了这话是什么反应我们不知道，不过他接着就做了一系列的动作来防备刘裕。让桓谦与游击将军何澹之率领军兵驻扎在东陵，后将军卞范之进驻覆舟山之西，两军共计两万多人（《晋书·桓玄传》）。

覆舟山，是建康城外的一座具有重大军事战略意义的地点，因山形似倒覆船只而得名，今已辟为九华山公园。当初三国时东吴就是依鸡笼山和覆舟山建城，所以这两座山一直就是建康城的要地，而东晋的建康城只是在建业的基础上增建东府城与西州城，拓展了建康城的地域范围罢了。

鸡笼山坐落在建康城的西北角，而覆舟山则是坐落在建康城的东北角，刘裕是从京口而来，肯定要抢占覆舟山这个战略要地，就和当初在丹徒抢占蒜山的意义差不多。

三月二日清晨，刘裕就带着他手下的北府兵赶到了覆舟山，虽然不知道前面有多少大军在等着刘裕他们，但他们的处境想必是非常严重的，刘裕也没有自大到以自己这区区不足两千人的兵力强攻覆舟山。

如果要想胜利，只有置之死地而后生。用过早饭之后，刘裕让人把剩下的粮食全部丢掉，对着士兵们大喊，“兄弟们，建康城离我们只有一步之遥，只要打下覆舟山，今天晚上我们就在建康城吃晚饭，到时荣华富贵，封妻荫子就不再是梦想，如果打不下来，我与兄弟们同生共死，一起死在这覆舟山。所以，我们已经没有退路了，杀向覆舟山，攻入建康城。”

“杀向覆舟山，攻入建康城。”

……

刘裕的境况就与巨鹿之战前，项羽与手下的楚军差不多。同样的敌人势大，敌方不仅是精锐军兵，数量还要比自己这一方要多出数倍，只有下决心破釜沉舟，把自己的退路都给切掉，才能爆发出最大的战斗力。

当然，与对方硬碰这是白痴才会干的事，以刘裕的军事素养，他先是让老弱军兵们带着旗帜一路走，一路插，一直插到覆舟山的东边蒋山（今天的南京钟山）之上。这里简述一下建康城的地势，其东面是巍峨的钟山（蒋山），西面是嶙峋的石头山（清凉山），南面是蜿蜒流淌的秦淮河，北面横亘着小九华山（覆舟山）和鸡笼山，这四者构成了风水学上的“四象”，可见建康城六朝古都的深厚底蕴。（注：四象之说在《六朝都城》与《金陵王气解》上都有论述。）

所以楚军一眼望去，东面全部是北府军的旗帜，简直是遮天蔽日，无边无际，不知道北府军到底来了多少人马。这疑兵之计刘裕也用过不知多少次了，次次都给他得手了，而且这次还有一个意外的惊喜（对刘裕来说），也不知是桓玄还是桓谦的失误，桓玄这次驻扎在覆舟山上的军兵居然全部是北府军。

刘牢之死后，桓玄自然是要把这支天下闻名的强兵要纳入自己的掌握之中，就没有让他们再回京口驻地，他们要是回去了，以后再有个人领头和我为难怎么办。这是桓玄的想法，也不能说错，反而还很是高明，毕竟一支强大的军队，却没有效忠自己，还是放在自己眼皮子底下好一点（或许当初桓玄能够放刘裕回京口与这一点也不无关系，他认为北府军都在建康，刘裕也翻不出多大的浪花来），以后局势稳定了，这支军队没有了领头人，只能效忠于我桓玄。

可惜，不知是不是刘裕也看出了这点，所以他才会迅速的起义，就是趁着桓玄没有彻底掌控北府军之前，再起波澜，不然，等上个一两年，人心思定刘裕就是再有翻天的本事也无能为力。

而覆舟山上的北府军看着东面遍布山野的北府军旗帜，这心里会怎么想，手底下到底还能发挥多少的战力，我们就不得而知了，但是自刘牢之死后，刘裕就已经成了北府军的精神领袖了。

桓玄早早就派人在打探战场的情况，知道义军人数众多后，心里越发忧惧，做着两手准备。先是派武骑将军庾赜之率领精锐的军兵与守山的利器去支援桓谦，另一边就先偷偷地收拾行装，只要覆舟山上一有消息传来，自己也可以及时地作出反应。

攻山之前，也不知道是不是老天帮忙，这时候居然吹起了东北风，以刘裕为首，分为几队，还有刘毅、何无忌等人的带领下，有的负责攻山，有的就负责放火。

刘裕身先士卒。顶着头顶的箭雨，悍不畏死地直往上冲。他身后的兵丁跟在主帅的后面，嘴里发出巨大的喊杀声（史上记载声浪都传到建康城去了）。光是那股拼命的气势就吓住了不少山上的士兵。火势燃起来后，漫天的烟火与黑烟直往山上飘，山上属于逆风，刘裕借着顺风，一路冲杀上前，楚军在稍微抵抗一下后（不知道是不是故意的），都纷纷投降。山上的桓谦与庾赜之一看大事不妙，谁也不傻，赶紧顺着下山的路逃跑，而覆舟山西面的卞范之则是被烟火一吹，早就退走了。

占据了覆舟山，刘裕与桓玄的战斗就已经胜利了一大半。想必那些原先的北府军兵是很愿意再次投入刘裕的麾下。刘裕站在山上，看着山下狼狈而逃的桓谦，心里应该是只想仰天长啸一番吧，毕竟这次惊天的豪赌自己胜利了。

覆舟山一战是桓玄与刘裕强弱形势逆转的一次决定性战役。刘裕胜利后，桓玄就开始走下坡路，再也不能同刘裕相提并论，而刘裕也以一介次等士族的身份，开始在东晋朝廷建立他的功业，掌控朝廷的大权，最终代晋而立。

这次刘裕与桓玄的覆舟山之战不是史上的第一次，几十年后，将梁武帝饿死台城的叛将侯景，也曾于覆舟山挫败了邵陵王萧纶的京口援军，但好景不长，侯景篡位不久，就被梁将陈霸先所灭。到了北齐犯梁时，覆舟山再次成了陈霸先与北齐徐嗣徽鏖兵之处，他们在覆舟山下争战之时，都没有刘裕这么容易，以少胜多，大败敌军。

七章 桓玄败亡之刘裕进城

桓玄先前在派出援军的同时，就把家私什么的东西都打包好了，悄悄地让领军将军殷仲文准备了小船放于石头城的渡口。这个渡口叫石头津，石头津连着的水道就是长江，只要一有确切的消息，他就可以从石头津乘船入长江，然后逆流直入荆州。（《资治通鉴·一一三卷》）

桓玄是打着整军再战刘裕的借口带着几千人出城的，要是让城里的世家大族知道他这位大楚皇帝不战而逃，说不定他还没有那么容易出城了，因为自覆舟山一战后，桓玄手上可用的兵力已经不多了。

桓玄带着他五岁的儿子桓升与侄子桓浚出宫城南掖门，再过建康西门直奔石头城那里的渡口，遇到前来追随的相国参军胡藩，他骑在马上就问道，“陛下，现在您手下还有八百神箭手，都是荆州人士，世代受桓氏一门大恩，陛下还可以和刘裕一决死战啊。一旦舍弃了建康城，天下之大，哪里还有安身之所啊？”（《资治通鉴·一一三卷》）

桓玄只是望着天空叹气，不予回答，不知他是不是又看到了什么星象，心里烦乱了？其实桓玄是这样打算的，荆州是他桓氏一门苦心经营的根基所在，自祖父那一辈起，桓氏就是荆州的大族。桓氏在他的父亲桓温手上发扬光大，再到他的叔父桓冲，至他已是四代执掌荆州了，只要他退回荆州，未必不能从头再来。想当年，他只是荆州刺史殷仲堪手下的一个太守，还不是干翻了老大殷仲堪，就是凭借桓氏在荆州的人脉和威望。

只是桓玄不知道，现在的情况与当年不同了，现在天下人都知道桓玄败在了刘裕的手里。当年桓温与桓冲都没有叛乱（桓温想，却没干成），可是他桓玄现在是篡了晋朝的皇帝之位，如果桓玄一直顺利地把这个皇帝当下去，相信跟着他的人会有很多，但是现在他败了，还有几人愿意跟随他一个败军之将呢?

长江上漂浮着许多的船只，船上的军兵也不少，几十条大船上浩浩荡荡地装着好几千人，本来应该气势如虹，军威震天，可是在落日的余晖之下，夕阳洒满船头，怎么看都只能感觉到一丝凄凉。船上的人情绪很是惶恐，就像是被赶走的丧家之犬一样。

桓玄望着远处渐行渐远的建康城，心里长叹了一口气，不知何日还能再回建康。这时，手下人端着一碗煮好的粗麦饭递给他，现在的条件不好，桓玄也不好怪罪手下人，只是他从小长在豪门，哪里吃过这等东西，再加上两个孩子都没有吃，他哪里咽得下去。桓玄的儿子桓升今年已经五六岁了，到了懂事的年纪，就摸着父亲的胸口给他顺气，桓玄看着懂事的儿子悲从心中来，号啕大哭。

收编了覆舟山的北府军之后，刘裕稍事歇息一下，重新整编，他的军队不论是数量还是质量，马上就上升了好几个台阶。一切准备就绪之后，刘裕率兵进入建康城。在进城的路上，刘裕就看到了原先一起举义的王仲德和他的侄子王方回在路边等候，这可是一起进行起义的好兄弟，一个多月前两人还见过面，现在再次相逢却有一点劫后余生的感觉啊。互相劝慰一番后，刘裕马上表示要追赠王元德为给事中，任命王仲德为中军参军，这也算是酬功，即便这两人没有立下功劳，刘裕也要做给手下的人看，我是一个赏罚分明的人。

刘裕控制了建康城之后，除了守住城内各个要点之外，还派原来的彭城内史主簿刘钟屯兵东府城，刘裕自己就驻扎在石头城，一东一西，同建康城成掎角之势，互相守护，一方出事，另外两方也可以及时反应过来。虽然现在大局已定，可是刘裕还是觉得小心谨慎一点为好，毕竟桓玄还没有彻底被剿灭，说不定就会有余党作乱。

刘裕驻在石头城后，在这里建立晋朝临时政府，义军——不，现在应该称晋军。先是捣毁了桓玄所立的楚国宗庙，其实也就是桓温的神主牌位，烧于宣阳门外（不知道桓温在天之灵，会不会怪罪他的儿子使自己死了也不得安生），然后又重新制作了晋朝历代先帝的灵位放入太庙，嗯，庙还是这个庙，只是要祭拜的对象不同罢了。

先前刘裕所做是为了正名，证明自己是拥护晋朝的，不是和桓玄一样的反叛分子。然后就有几件重要之事要办，第一件就是追杀桓氏，桓玄一党虽然败亡，但现在逃到了他们的老家荆州，还是要派人去追杀他们，以免被他们再次做大，这个任务就交给了刘毅、何无忌、刘道规等人，主要由刘毅负责全部，按照现在的话说，刘毅就是剿匪总司令。

再就是诛杀桓氏留在建康城中来不及逃走的族人，但凡发现，一个不留。话说这个事情比较奇怪，好像刘裕和桓玄有着深仇大恨一样。刘裕对桓玄从来都是赶尽杀绝，而桓玄只要对上刘裕，就是错漏百出，大出昏招，完全不像是以前对阵各大军阀和皇室时那么算无遗策。也许刘裕在他面前曾经太过卑屈求全，此时正在雪耻！

接着，刘裕就派臧熹封了建康城内的府库，尤其是装着军械、粮草、钱财的重地都派重兵看守。再就是宫城中桓玄收集的历代名人名画与古籍善本，还有那些珠宝玉器，服饰珍玩（桓玄搜刮了这么久，都便宜给后来人了），其中金银首饰与古典乐器最多。刘裕看到搜刮了这么多的财宝，他就问了一下封库的臧熹，“这里这么多好乐器，要不要拿一两件回家？”（毕竟谁都知道史上封库与抄家是肥得冒油的差事，只要假公济私手底下漏一下，便会有大把大把的钱财进账）。

这个臧熹可不是平常人，他是刘裕的妻子臧爱亲的弟弟，也就是刘裕的小舅子，平时最好丝竹之声，但他知道自己的老板（姐夫刘裕）最恨贪污，就说道，“将军解天下百姓于水火，我虽然没有将军这么大的本事，但这时也没有心思去想这附庸风雅之事。”刘裕就哈哈大笑：“只是开个小玩笑，不用放在心上。”（《资治通鉴·一一三卷》）

第三件，这晋朝虽然在刘裕的起兵之下暂时恢复了国号，可是俗话说得好，国不可一日无君，以前的皇帝被桓玄掳到寻阳去了，自然是要接回来的。先前刘毅等人已经追赶桓玄去了，刘裕和朝廷中现在的领头羊司徒王谧商量了一下，让尚书王嘏去往寻阳迎接晋安帝司马德宗。

刘裕的军队虽然占领了建康城，可是建康城内的形势错综复杂，他只能算是地方上一个比较有名的将军，加上他是寒门出身，在士族当政的当前形势下，根本不可能像桓玄一样占了建康城就掌握朝政。刘裕必须要和当前的豪门世家妥协，在内廷扶一个宰相。

当前最适合的人选就是前桓楚的司徒王谧，这个王谧不仅出身门第高，而且和刘裕的交情也很好，两人商量后，在朝廷上互相表演一番。王谧推荐刘裕为扬州刺史（建康就是属于扬州辖内，扬州刺史的官位和清朝时的直隶总督一样，是天下疆臣之首），而刘裕也推荐王谧为录尚书事、侍中、扬州刺史，主理朝政。这推来推去的，朝廷上的人也不傻，不过王谧也是属于世家之人，总比刘裕这个泥腿子上台要强，于是，王谧就摇身一变，从桓楚的司徒变成晋朝的录尚书事，从待罪之身转变成当朝最有权势的人之一。

而刘裕毕竟也是有大功于朝廷的，不可不赏啊，王谧当了名义上的话事人后，就封了刘裕为徐州刺史（刘裕先前的二州刺史是自封的，没有法律效力，这个就可以看成是朝廷的正式官员了），领军将军，使持节，都督扬、徐、兖、豫、青、冀、幽、并八州诸军事，连带着刘裕的手下也跟着水涨船高，刘毅也被封为青州刺史，其他跟随起义的将军也都封太守内史之职。果然，这造反的难度系数虽然高，一旦成功了就是百倍的回报，刘裕的那些手下以前都是一文不名的小人物，现在最差的也是四品太守了。

当初刁逵把诸葛长民抓住之后，不知因为什么延迟了送他进京的时间（可以猜测一下是否是他的家人出了力），可是半路上，这押送的人就得知了刘裕已经攻下建康城，桓玄向西逃窜的消息。诸葛长民立时对押送他的官兵策反，官兵们也不傻，现在是义军占了上风，这要是把这位大爷送到建康去，可不是把自己的脑袋送给别人吗？

于是，戴罪立功是很有必要的。在诸葛长民的率领下，又杀回历阳去。刁逵得到消息后立即组织人马抵抗，可是现在谁还肯听从他的召唤？诸葛长民马上擒下刁逵一家人，用囚车把他们押回建康（这可真是现世报来得快啊），且不提刘裕当年和刁家的恩怨，现在刁逵还是桓玄的死党，刘裕自然是不会放过，把刁逵一家押到菜市场全部砍头。刁逵的幼弟给事中刁骋没有杀，刘裕还给刁家留了个香火。可惜这个刁骋后来又造反，到底被刘裕给杀了。

然后，刘裕也没忘了自己的乡亲，毕竟这次起义他们也帮了不少忙啊，刁逵在京口的大宅子里的所有财产他全没收，然后就让京口的百姓们给搬回家了。其喜气洋洋，跟后世的打土豪分田地差不多。金银财宝、粮食布帛全给百姓们拿了，搬了好几天才搬完，可见这刁家不愧是世代大族。

不久后，刘裕就任命魏咏之为豫州刺史，镇历阳，诸葛长民为宣城内史。

八章 桓玄败亡之刘裕的麻烦

虽然王谧也是朝廷上的主事人，可是刘裕手下也另外有一套班子在运行，这套班子的首脑就是刘穆之。这些天刘裕和建康里的人扯皮，这手下一大堆事就丢给了刘穆之。刘裕对刘穆之绝对信任，而刘穆之也不负刘裕所托，把所有的事都处理得井井有条，废除了许多不合理的法令，并且在建康城里严惩不法之徒。刘裕也是以身作则，一时城里风气大好。

可是晋朝就是士族当政，晋朝也是世家大族妥协下的产物，朝廷里纲纪松弛，豪族特权甚重，欺压百姓之事时有发生。因此，当初刘裕颁布的法令中有一条就是限制士族的特权，这自然引起了某些人的不满，尚书左仆射王愉与他的儿子王绥自负是江左望族太原王氏之后，密谋起兵推翻刘裕，可惜事机不密，反被刘裕给抓了，全家抄斩。当然，这其中与王氏和桓氏有姻亲之属有没有关系就不得而知了。(桓玄是王绥的舅舅。)

自此之后，建康城里的官员们看到刘裕也不是好欺负的，一个个都老实起来。此时的晋朝明面上和暗地里是由王谧和刘裕掌控，刘裕虽然恢复了晋朝的国祚，但建康城里一个姓司马的人都没有，加上这时的晋安帝还远在寻阳，不知道什么时候才能回来，所以他们的掌权自然不能算是名正言顺，所以刘裕就找到了武陵王司马遵，也就是皇帝的堂叔，立他为临时政府司马家的代表，封大将军，主持国事，然后就是大赦天下，当然桓氏一门除外。

武陵王称制之后，刘裕就准备回到京口做他的徐州刺史，毕竟现在的刘裕可没有篡晋的想法，他现在想做的就是晋朝的忠臣。桓玄的前车之鉴不远，篡位哪是那么容易的事？可是树欲静而风不止，朝中又发生了几件大事。

这第一件事还算是好事，就是前年流亡南燕国的刘敬宣与司马休之听说刘裕起兵把桓玄给打跑了，而且重新建立了晋朝，就从南燕回来了。刘裕就上奏立刘敬宣为晋陵太守，这晋陵郡治也就是京口，也就是做他们家乡的父母官。

而司马休之是皇族，武陵王就封他为荆州刺史，监荆、益、梁、宁、秦、雍六州诸军事，可别看这一串的头衔很大，却丝毫没有一分的实权。这荆州现在还在桓玄的手上，益州的刺史是毛璩，这家伙虽然是讨伐桓玄，可是要他听从司马休之的命令，恐怕不太现实。其余的几州都是江北之地，空白名头罢了。（《资治通鉴·一一三卷》）

第二件事就是那些世家大族看一时不能奈何刘裕，就把主意打到王谧身上来，毕竟当初王谧也是桓玄的辅政大臣，他还曾亲自从皇宫之中把安帝的玉玺拿出来送给桓玄，光从这一点上来看，就可以说是罪大恶极了。可是这些朝廷里的人也不傻，都知道刘裕是个不好说话的人，自己不敢出头，就唆使刘裕的手下，现在北府军的二号人物刘毅出头。在一次朝会上，刘毅就当着众人的面问王谧，“陛下的玉玺何在？”

王谧当时就吓得大惊失色，这刘毅如此问我，莫不是军中有人对我执掌朝政不满？王谧的弟弟王谌就说，“当初刘裕他们就是随便找了一个借口诛杀异己，大哥你当初也是桓玄的死党，现在刘裕想要除掉你自己都不用动手，只要一个手下人打前阵而已。”

王谧听了弟弟的话更加不安，加上朝中讨伐他的话声越来越多，王谧害怕之下就跑到了曲阿（又名丹阳，就在晋陵郡旁边）去了，想必他还是不相信刘裕会杀他，所以才跑到离他不远的地方来观望一下。刘裕知道这件事后，果然不负他所望，亲自写了一封信送给武陵王，让王谧重掌朝政，这次可以看做是世家们对刘裕第一次的试探。

相比于前两件事来说，第三件事倒不是什么大事，就是光禄勋丁承之、左卫将军褚粲、游击将军司马秀私自让老百姓和下级官吏为他们干一些杂事，结果就被监察官御史中丞王祯之给发现了。这位王大人还真是不畏权贵，立时就弹劾他们。褚粲家里曾出过皇后，算是皇家的外戚，而司马秀则是宗室，爵封章武王，晋的光禄勋虽然不像汉代时可以执掌兵权，现在也是专门为皇家跑腿办事的。

这三个人代表着外戚、宗室、皇家近臣三方势力，真要说起来，在以前他们三人犯的事还真不是什么大事，可是现在他们犯的事却和刘裕颁布的法令有了冲突，而且三人的态度还很不好，一个个嚣张得很，浑不把刘裕颁布的法令放在心上。刘裕知道后又写了一封信给武陵王，直接就把三个人给下了岗。这次的事件可以看做是世家第二次对刘裕的试探。

桓玄当初坐船逃走后，在经过寻阳的时候，想起晋安帝还在这里，就上岸想把他给带走，毕竟晋安帝也算是一个重要的人质了。在初上岸时，桓玄还担心江州刺史郭昶之会背叛自己，没想到他到了江州刺史门前时，早已得知消息的郭昶之却率人跪在大门之外迎接他。

忠臣啊！桓玄感动得热泪盈眶，在长江上漂泊了十多天的桓玄此时的心里那个激动。郭昶之知道桓玄肯定会要赶回去，又为他准备了大量的物资和天子出行要准备的仪仗（应该就是晋安帝以前用过的那套），甚至还送了他两千军兵，不久从岸上赶来的殷仲文也到了，看到桓玄后面的旌旗仪仗和皇帝舆驾就说，“从逆境中再振作起来，这就可以了。”也不知道殷仲文说这话是不是拍桓玄的马屁，因为他不久后就投靠晋朝了。（《晋书·桓玄传》）

桓玄听到后面刘毅等人率兵追来了，他就发现寻阳这个地方不是很安全，于是，他马上就挟持晋安帝继续向荆州治所江陵逃窜。临走前，他让龙骧将军何澹之，前将军郭铨与郭昶之在湓口（今江西九江市，湓水入长江处）御敌。

在去往江陵的路上，他没有时间去安慰下面的士兵和追随他的大臣，反而问起身边的人有没有写这几天的《起居注》。《起居注》是古代史官记载帝王的生活、言行的记录，供日后编著史书之用，一听说没有，桓玄马上便来了极大的兴趣，他亲自动手，把这十几天之内自己的行动写了出来，自己是如何的运筹帷幄，如何的算无遗策，把刘裕那个泥腿子打得狼狈而逃，他现在之所以会回到江陵，完全是手底下的人没有理会到他的精神，才会让刘裕逞一时之快，非战之罪也。写好之后，他就让人传示大楚帝国辖下的所有州郡，不论远近。

到了江陵时，他的堂兄桓石康还是摆着迎接皇帝的排场来迎接他归来，虽然他是败军之将，但桓玄看到这个场景也会感动得流泪吧。回到江陵之后，他又重新任命了文武百官，以江陵为桓楚帝国的国都，让卞范之为尚书仆射，也就是丞相，然后大造战船，大肆扩军，没过多久，居然又招了两万多人。这桓氏在荆州的影响力可真不是盖的，从者如云，即便是桓玄如今败了，还是有着如此多的人支持他。

荆州各郡的太守听闻桓玄回来后，纷纷上表表示问安之意。可是桓玄这次败北之后，十分在意别人看自己的眼光，他竟然下令把那些向他问安的奏章通通打回，只能上祝贺迁都的奏章。这下子各地的太守们可就有点蒙了，不过桓玄变的可不止这一点，为了重新树立权威，他下令使用严刑重法。不论是谁犯了一点小错就要被重罚，甚至还要被杀，这样下面的人就更是和他离心离德。(《晋书·桓玄传》)

古往今来，快要败亡的君主在他人生的最后一段日子里都是歇斯底里的，言行举止也会和往昔大不相同，同样的死不认错，同样的独断专行，这真是天欲令其亡，必先令其狂。

桑落洲，这是长江中下游的一个交通军事重镇，一直就是兵家必争之地，简单来说，它就是在江水中的一座小岛。赤壁之战前，周瑜曾在此练兵，演义千古风流，后世著称的点将台与他的墓地都在这里。

由于桓玄先前逃走的时候带去了大部分的船只，刘毅等人要加紧赶制船只，耽误了很长一段时间，才赶到寻阳。等到刘毅等人赶到时，桓玄又加派了武卫将军庾稚祖，江夏太守桓道恭等人率了几千兵马去救援先前守在湓口的何澹之等人。

四月二十三日，何澹之率领的船队主动向驻扎在桑落洲的刘毅军队进攻，两军在长江之上相遇，何澹之的船队加上桓玄派来的援军差不多有一万多人，而刘毅等人率领的军队在数量上来说要弱于对方，但是北府军天下闻名，何澹之也不敢怠慢，于是他就想了一个自以为是妙计的计策。

九章 桓玄败亡之连战连胜

长江之上，何澹之率领的水军与刘毅率领的水军相对而望，一时江上战鼓声震天响，打鼓的鼓手拼了老命纷纷为自己一方的军队打气。何澹之让人把一艘高大华丽的大船排在前头，上面的仪仗和旗帜都是超越以往的规格，非常的繁多，让人一看就知道这是一位重要人物的坐船。而他自己则是隐身于另外一艘坐船，打算等晋军全军扑向那艘大船时，他从侧面率军横击，而晋军在猝不及防的情况下，也只能败退。

可惜他的打算是好的，晋军这边的人也不差，何无忌第一眼看到那艘华船，就疑心里面有诈。当初刘裕就经常故布疑兵吸引敌军的注意力，从而奠定一次又一次的胜利。跟随他的人对各种战场诡计都看熟了。

何无忌就把手下人招来，聚在一起议事："何澹之肯定不在船上，他是想故布疑阵，吸引我军攻击，等到我军进攻到一半时再来攻击我们。所以我们应该先下手为强，把这条船给拿下。"众人都有些反对，"何澹之又不在船上，就算是攻下了它也没有任何好处。"

何无忌笑着说道，"现如今的情况是，我军比起对方要势弱一点，如果要赢只有出奇兵之计，既然那艘船是何澹之故意抛出来让我们吃的鱼饵，想必这条船上的兵力肯定不多，那我们就将计就计，以中间的这条大船为突破口，一举拿下，到时我军必定会气势大盛，而敌军的气势则会下降，此消彼涨之下，肯定能大破敌军。"众人一听有道理，刘道规也是一个军事上的人才，遂也点头同意。

定下作战计划后，关键的时刻就要到了。刘毅坐镇中军，何无忌与刘道规率领手下的坐船直扑那只大船。果然，这大船上面的抵抗出乎意外的微弱，众人一战功成，按照先前定好的计划，把船上插着的代表大楚帝国的旗帜与“何”字大旗拔下来，然后插上晋朝的旗帜与“刘”字大旗，接着就是全军一起呼喊，“何澹之被擒了，何澹之被擒了。”

战场之上，形势瞬息万变，谁也判断不出准确的情形。何澹之的手下见“何”字旗不见了，只看到敌方的“刘”字旗，哪里还有斗志，加上水上联络不比陆地那么快捷方便，只能靠旗语传递命令，而现在主将的坐船都被擒，去哪里看旗语呢？

而何无忌的手下也以为将军真的擒住了敌方的大将，都是士气高涨，乘着这次的胜利，一直猛攻。而何澹之此时也发现了自己计划中的一个大疏漏，就是自己知道这次是诱敌，可是手下的军兵不知道。他仓皇退走。首战失利之后，就一败再败，直到何澹之的军队被杀得七零八落，再不成势，晋军再一次取得胜利。

楚军败退途中，只有相国参军胡藩坚持抵抗，就是先前劝桓玄转向刘裕杀回去的那个人。可惜大势所趋之下，胡藩也不能力挽狂澜。他的坐船被晋军的火攻给点着了，身无立足之处，只好跳下江去。他跳下去的时候那身盔甲，起码也有个几十斤，没想到他的水性还不错，简直可以和刘裕比了，在水里潜行了三十多步又爬上岸，晋军追之不及，居然让他给跑到豫章郡去了。最后，刘裕听闻他的忠义之名，亲自写信招揽他，他投奔于刘裕的麾下，倒成了一代名将。这个也可以看成是贤臣择良主而侍的典范了。（《资治通鉴·一一三卷》）

晋军一战而胜而占据湓口，接着不费吹灰之力攻下寻阳，江州全境也随即光复。那些太守也都是机灵人，换了谁上台都没关系，反正自己不要不知趣地对抗他们就行了。只是安帝已被桓玄带到江陵去了，刘毅他们只找到了晋朝历代皇帝的牌位，只好让人把这些宝贝疙瘩送回建康。

就在桑落洲之战进行的同时，在豫州郡治历阳一带也发生了一次战斗。原来桓玄这次派兵增援湓口的同时，还派了从兄桓歆带领一军说动了氐族渠帅杨秋，两军结盟，共同攻击历阳，以达到牵制北府军的意图，但是却为魏咏之、诸葛长民和刘敬宣所败，就连准备跟着打秋风的杨秋也在练固（历阳北）被杀。

桑落洲之战后，朝廷又命刘裕监江州军事，借着这次的功劳，刘裕接着就把刘敬宣安排为江州刺史，毕竟刘裕自己镇江口，刘敬宣再任晋陵太守就太浪费人力了，而魏咏

之又被朝廷任命监淮北军事，镇山阳。（《资治通鉴·一一三卷》）

此时，桓玄在江陵也准备得差不多了，听闻桑落洲之战楚国失败后，他决定亲自领军坐船东下，并且带上了被挟持的晋安帝，任命前秦的前太子苻宏为先锋开路，自己任中路大军的主帅压后。金鼓齐鸣，旌旗逶迤，迎向刘毅。

此时，刘毅等人率领的北府军也早就赶往江陵的路上，五月，与桓玄率领的楚军相遇于峥嵘洲。

峥嵘洲，在长江流经湖北之地的一个小岛，大概在今天的湖北黄岗西北长江中，不过千年江水的冲刷，现如今早已消失不见，只是在当时，这个峥嵘洲还是长江之中一个颇为重要的落脚点。

桓玄一方的船大部分是夺自原来建康水军的船只，还有一小部分是收自荆州水军，楼船高大坚固，数量也很多。桓玄这次东征可是带着他的全部家当，二万多人几代都是效忠于桓氏，可以说是桓氏的死忠，而刘毅这边只有不到一万人的规模，而且他们的船只是临时赶制而成的，船只的大小与排水量自是不能和桓玄一方相比。

在古代的水军作战之中，要么就是凭着船身高大直接撞翻对方的小船，这是以势取胜，或是用火攻之法，这就是取巧，再就是船舷相接的白刃战，这就是凭真功夫了。不过这种作战方式的伤亡数目一向很大。而刘毅一方的船只太矮，连个桥都搭不到对方的船上，加上对方人多势众，这次作战对北府军是一个极为严峻的考验。

而桓玄面对刘裕大军又开始犯糊涂，他居然异想天开地想要招安刘裕等人。要是刘裕等人不战而降，这次也能挣回面子不是？桓玄当时是这样对手下人说的，“刘裕等人不识天命，妄图与我对抗，这样是不正确的，只要他们解散军队，向我投降，我可以在大楚朝廷中为他们留一个位置。”（《晋书·桓玄传》）

也不知是不是歪打正着还是桓玄的“攻心之计”起了效果，反正这个消息传到北府军的耳中时，北府军中就分成了好几股意见。当时有许多人建议向寻阳撤退，等待建康的援军，而刘裕的三弟刘道规这时也展现了他的军事才华，他向众人说道：

“现在敌强我弱，我们北府军的军心就是靠着不断的胜利而累积起来的，要是我们后撤，桓玄这时从后面追来，我们的小船也跑不多远就要被他们顺风顺水的大船给追上。就算万一让我们退回了寻阳，可寻阳也不是一个坚守之地，难道还要一退再退？再说桓玄他的手下却是连战连败，这次也不是肯定打得赢我们，要不然他还招什么安？

而且两军交战勇者胜，气势是最为重要的，人多人少并不是绝对的制胜因素。”

尽管大家都认为刘道规说得有道理，可还是有些犹豫不决，最后刘道规咬牙道，“既然这样，不如就由我去打头阵，你们在后面接应我。”这个建议大家都很赞同。

当年在建康的时候，桓玄就在石头城的边上常常摆着几条快船，船上装着各种的古玩字画，别人问他为什么，桓玄就说道，“兵凶战危，这些东西还是随身带着方便，安全。”打仗的时候带着古董宝贝，这不是扯淡吗？当时建康城里的人就知道桓玄将来肯定成不了大事。这次出征，桓玄又系了几艘小船放于船队后面，既是为了逃命，也是为了保护他的古董字画，就是不知道跟着桓玄出征的将士看到了会作何感想？有时候习惯和爱好可以害死一个人，这话果然不假。

决战一开始，桓玄的军队船身高大，又人多势众，尽管刘道规的军队是进攻的一方，尽管北府军大多是悍不畏死，并且拼命杀敌，但两军没有接舷之前，靠的只有弓箭、投石等物，所以一开始北府军是处于绝对的下风。

但就是这个时候，老天爷又一次帮了北府军一方，这长江之上突然吹起了东风，刘毅等人大喜，或是点燃小船，或是射出火箭，一时长江之上，火球不断射向桓玄那一方的船只。火借风势，风助火威，桓玄这边的船被点着了，燃起熊熊大火，船上的士兵不得已只好跳下大船，刘毅等人看到胜利在望，都是拼命冲杀，受了伤的人还能时不时射死水上的楚军，楚军顿时大乱。

十章 桓玄败亡之 桓玄身死

天威之下，谁又能与之相抗？在这个关键的时候，谁都知道情况不妙，桓玄也不是傻瓜，此时的他早没有了先前送诏给刘裕等人时的志得意满，他先是一把火点了自己这条坐船，就是因为船上有许多的粮草辎重，桓玄宁愿喂鱼也不留给刘毅他们，接着就裹胁了晋安帝，坐着他的小船逃跑了。当然，这其中也有他心爱的书画等价值连城之物，在随军士卒的划水声中，离开了火光冲天的战场。

此时不得不说一下殷仲文这个人了，殷仲文是前任荆州刺史殷仲堪的堂弟，同时也是桓玄的姐夫，他的妻子就是桓玄的亲姐姐。当初殷仲堪在与桓玄争斗的时候，殷仲堪败北身死，而殷仲文那时还是司马元显的长史，后来桓玄率兵入建康城，殷仲文弃太守之位不顾来投奔他，从此得到桓玄的信任，在大楚一朝可以说是一人之下，万人之上，当时只有王谧、卞范之两人能够与他相提并论。

他那时弃自己的恩主司马元显于不顾投奔桓玄，别人都说殷仲文知进退、明事理，是个聪明人。现在，桓玄的境况有点不妙，他这心里又琢磨开了，自己是不是应该再换一个老板啊？

到了巴陵（今湖南岳阳）的时候，桓玄他们也要上岸补充干粮与食水，殷仲文就对桓玄说道，“陛下，现在的情况太危急了，不如您先带着平固王（桓玄对晋安帝的封号）先行返回江陵，臣留在后面收集散失的兵卒，替您抵挡追兵。”桓玄听了大喜，真是我大楚的忠臣啊。

桓玄前脚刚走，殷仲文就掳了晋安帝的嫂子何皇后与晋安帝的王皇后，先奔夏口（今湖北武汉），他这是怕离荆州太近了，马上给朝廷上书请罪。等朝廷下了赦免诏书后，他才带着两位皇后去往建康。由此可见这个殷仲文审时度势的本领不差啊。这换老板换的时机也好，只是他运气不好，最后还是被刘裕找个借口给杀了。（《资治通鉴·一一三卷》）

五月二十四日，桓玄带着晋安帝到江陵。老将冯该劝他再次集中人马，与刘毅等人一决雌雄。可惜桓玄这时候怕了，他这次出征不仅把荆州的子弟兵全部陷在峥嵘洲，现在他的手下已经无兵可用了，他也镇不住荆州城里的那些世家大族了，并且后面的追兵随时可以赶到，他也不能留在这个无兵可守的地方。他决定明早就投奔他的堂兄桓希，桓希此时是梁州刺史。

果然不出桓玄所料，在当天入城的晚上，城内就有人起兵要杀他。可是桓玄运气好，硬是带着一百多的亲卫逃出城去了，这时候他身边跟着的就只有以前的狗腿子卞范之了。因为卞范之在桓玄得势时，贪赃枉法就不说了，仗着桓玄对他的宠信，在建康城很是得罪了一些人，他知道自己这辈子只能跟着桓玄混了。

经过这么一场叛乱之后，桓玄心里的神经已经绷得很紧了，就连自己的堂兄桓希也不大相信了。这时，他手下的相国参军毛修之（毛璩的侄子）就对桓玄说，"陛下，不如您去投奔益州毛刺史？"桓玄思索了许久才决定入蜀投奔毛璩。

桓玄一行人到了枚回洲（江陵城西的长江上的一个小岛）的时候，正巧碰见了毛佑之（毛璩的侄孙）护送叔父毛璠的棺木回荆州老家安葬。毛佑之看到桓玄这个天字第一号的大反贼在面前，立时便下令开打，手下人箭如雨下，而毛修之则趁乱跳下江去。

桓玄手下的亲信宦官扑到他的身上替他挡箭，可见桓玄也不是一无是处，只是敌强我弱。毛佑之手下有二百多人，而桓玄手下只有几十人，再加上弓箭的威慑力，在这种情况下除非是老天保佑，不然桓玄绝对会输。

而老天爷并没有大发慈悲，桓玄手下的人逐渐减少，直到一个年青军官冯迁（官居益州都护）持刀冲进桓玄所乘的船舱。桓玄大惊失色，他拔下头上戴着的玉簪递给他（难道是想贿赂他），嘴里还说道，"你是什么人，居然敢杀天子？"冯迁之冷笑道，"我杀的不是别人，正是天子的叛贼。"说着手起刀落，当了几个月皇帝的桓玄就死于一个无名小卒手上。（《资治通鉴·一一三卷》）

至于其他的桓玄氏族人，桓石康、桓浚、庾赜之当场就被杀死，而桓玄的儿子对着抓他的军兵说，“不要杀我，我是豫章王（桓玄称帝后所封）。”他被押送到江陵，斩首示众。

桓玄为什么不投奔桓希而投奔毛璩，其中关键就是毛修之的说辞打动了桓玄。至于毛修之到底说了什么，史上并没有确切的记载，不过可以试想一下，那时的桓玄可以说是众叛亲离了，不久前的殷仲文就是明证，而堂兄桓希值不值得信任？这是一个很严肃的话题。

而毛璩早先在桓玄篡晋的时候，就明确表示反对桓玄，那桓玄为什么又会在这个走投无路的情况下反而投奔仇敌呢？后人有许多猜测，有说毛璩为了杀掉桓玄，假意说要和桓玄联手，以对抗朝中的新贵刘裕（出自天涯ID：总老师麦加）。

这个说法很有道理，不过笔者在这里有另外一种猜想，如果两家要结盟，桓玄手上一点兵力都没有，怎么可能跑到别人的地盘上去，把自己的性命交给别人？早先他连自己的堂兄都有怀疑，除非一点，那就是桓玄本来就是去投降毛璩的。

首先要知道一点，毛璩的父亲毛穆之当年是桓温的旧将。毛穆之跟着桓温北伐立过很多功劳，两家的关系应该是很好的，可是自从桓玄叛晋后，毛璩才和桓玄反目成仇。

而提出这个建议的毛修之是毛璩的亲侄子，他先任殷仲堪的宁远参军，后来又在桓玄手下做过后军参军、太尉参军、相国参军、屯骑校尉，直到现在毛修之还跟在他的身边，可以说是一路走来，跟着他的老手下了，桓玄听了他的话，会考虑这点也不奇怪。

毛修之此时知道桓玄也到了山穷水尽的时候，建议他向毛璩投诚，以保全性命，请毛璩看在两家世交的分上，向朝廷求情，饶桓玄一命。

这个说法也不是没有根据的，按照当时世家掌朝的情况，桓玄如果主动投降，朝廷应该不会要了桓玄的性命。毕竟桓氏一族在荆楚一地威望很高，尤其是桓温当年北伐中原，声威显赫。按照当时的游戏规则，胜利者不会杀了失败者，最多也只是幽禁，毕竟桓玄上位后也只是幽禁了晋安帝，也没有对晋朝的宗室大肆杀戮。

至于为什么不投降刘毅等人，这个就好说了。桓玄杀了刘毅的兄长刘迈，又杀了何无忌的舅舅刘牢之，落他们的手下桓玄还有活路吗？

遇到毛佑之，有可能是一个意外，也很可能是毛修之早就知道毛佑之等人的行踪，毕竟毛璠回葬江陵，他身为毛氏后人，怎么可能不知道？

毛修之故意说了前面的一番话来迷惑桓玄，让他再三考虑，再三思考得失，拖住桓玄的脚步，让两方相遇，从而一举杀了桓玄。毕竟史料上记载，桓玄是二十四日晚上出江陵城，而到了二十六日才到了枚回洲，要说桓玄没有经过一番深切的思虑那是不可能的。

接着，桓玄的人头先送江陵，江陵的人再送到刘毅手中，等刘毅验明正身后，再送建康。

十一章 桓氏的彻底覆灭

在桓玄逃跑的第二日，荆州别驾王康产与南郡太守王腾之就率人把晋安帝从幽禁的房里放出来，说是要反正，陛下您受惊了，今后您就不用提心吊胆了。而且为了取得安帝的信任，毕竟他原来是依附桓玄的，就下令杀了桓玄的儿子桓升，在荆州这个地方，除了刺史之外，就属别驾的官职最大，总管一州的官员，相当于半个刺史，要说昨夜的叛乱与王康产没有关系那是谁都不会信的。

本来这形势大好，眼见这桓氏就要败亡了，可是追击的刘毅等人却迟迟不到。在峥嵘洲之战后，刘毅等人就以为桓玄必败，大事可定了，在路上磨磨蹭蹭地，再加上运气不好，又遇到了逆风，不能行船，干脆停了下来，在江边上的州县提前摆起庆功酒，那是喝得一个热闹。

可惜，江陵城中本就没有大军镇守，军力薄弱，全靠王腾之的兵丁镇守，桓玄的侄子桓振与堂兄桓谦召集心腹几百人，到了江陵后又招了大概有一千人（桓氏在荆州的底蕴真是强大啊），在城中内应的里应外合之下，又重新攻下了江陵城。先前弃暗投明的王康产与王腾之这两位自然是没有他们的好果子吃的，两人全家都被抄斩，他们两人大概也没有想到桓氏会反攻吧。

桓谦与桓振两人给桓玄上谥号“武悼皇帝”，比当年的武悼天王冉闵的谥号还要高一级，他们大概是要向天下人表明，桓玄虽然大业未定，但总归是一个有为的皇帝吧。（《资治通鉴·一一三卷》）

他们大概也知道桓氏现在不得人心，便让晋安帝复位，以江陵为都城，接着桓振封自己为荆州刺史，监八州军事，桓谦封侍中，卫将军，豫州、江州二州刺史，而安帝的弟弟琅琊王司马德文也被封了一个名义上的徐州刺史，要知道现在的徐州刺史可是刘裕，这不是成心恶心刘裕吗？

先前跟着王康产反正的荆州各郡太守听说形势大变，现在又掉转风向，投降桓振，荆州再次一统。所以现在晋朝就有了两个名义上的政府，一个在建康，一个在江陵，只是人心大多向着建康罢了。

这时才反应过来的刘毅等人知道桓振居然重新攻下了江陵城后，这心里是又怒又惧，怒的是到手的功劳就跑了，惧的是自己等人这次可是犯了大罪，要是稍有不慎可能人头还要不保。

在种种复杂的心态中，刘毅等人加快进军的脚步。刘毅率军在巴陵（今湖南岳阳）杀了守将王稚徽，而刘道规、何无忌两人也在马头（今湖北公安西北）打败桓谦，再破桓蔚于龙泉（离江陵不远）。

这时的何无忌就被连战连胜给冲昏了头脑。他认为在北府军的冲击下，什么荆州军都是纸老虎，他认为不等刘毅，先入江陵城攻破桓氏，迎安帝复位，这可是一桩大功劳啊。与此同时，刘道规就反对，"兵法有云，进攻要审时度势，不可轻忽冒进，现在的桓氏已是到了最后的关头，下面的人都会誓死效力，不如先养精蓄锐，等到刘毅的大军到来，两军合为一处，就可以一战而下。"

可惜何无忌不听刘道规的建议，坚持要进攻，等到了江陵城不远的灵溪这个地方时，桓振率领荆州军与何无忌战了不上不下，等到稍显败迹时，就马上退走。何无忌自然是紧追不舍的，等到了杨林（今松滋市杨林市）时，早已埋伏好的冯该率军冲了出来，与桓振前后夹攻何无忌，何无忌中伏大败，被杀了一千多人，这是北府军西征以来的第一次失败。（《资治通鉴·一一三卷》）

何无忌进攻失败之后，自然知道现在的江陵是块不好啃的骨头，与刘毅合兵后一下就退到了寻阳（今江西九江），也就是先前桓玄幽禁晋安帝，刘敬宣任江州刺史的驻地，等待朝廷的援军。这仗打败了，自然是要人来承担责任的，加上先前的失期之罪，刘裕免了刘毅刚到手没几天的青州刺史。不久后，刘裕就自己兼任了这个职务。（《资治通鉴·一一三卷》）

从这里可以看出，刘裕与刘毅这一起共过患难的兄弟现在的关系已经不是太好了。刘裕对于刘毅先前恐吓王谧的行为开始秋后算账了，不是为了别的，就是因为刘毅对于刘裕的地位起了觊觎之心。

此后直到年底，北府军都一直没有对江陵发动攻势，不仅是因为北府军新败，士气不振，更重要的是北方南燕皇帝慕容备德看到晋朝内乱，便想着能不能占个便宜，本来都已经调兵遣将准备好了，可是慕容备德后来自己生病了，这个打算就胎死腹中，没有成行。

可是慕容备德没有南下，这镇守京口的刘裕却不能不防备来自北方的威胁，此时的桓氏已是强弩之末，不足为患。而北面的威胁明显大于江陵之乱，加上晋朝此时的南方，先前逃到广州的卢天师开始占据了广州，此时的东晋朝廷容不得两面或是三面同时作战。

在六月时，卢天师看到刘裕和桓玄战成一团，就知道自己的机会来了，朝廷里的两大巨头现在恐怕顾不上自己，卢循立即率兵攻向番禺（今广州），历时三个多月的大战，终于攻下了广州城，就连广州刺史吴隐之也被卢循所擒。攻入广州之后，卢循自称平南将军，之后马上就命姐夫徐道覆攻占了始兴（今广东韶关），占据了北方军队南下的咽喉之地，自此之后，广州暂时被割据。

更为重要的是朝廷里一连串的事情让刘裕分不得身，在六月时，益州刺史毛璩攻入汉中，杀了桓希，却自领梁州刺史，这其中的意味就要让人仔细思考一下，毛璩这样做是不是不把朝廷放在眼里？是不是不把刘裕放在眼里？

七月时穆帝的何皇后死了，按说皇后乃是母仪天下之人，她死后的一段时间里应该免除刀兵之祸。刘裕要是擅起刀兵恐怕要落人口实，成为政敌的攻击借口。可是刘裕想清静，别人还不放过他？在九月的时候，刁骋谋反了，就是刁逵的弟弟，也不知道他是听了哪些家伙的唆使，好不容易逃得一命，非要干这个掉脑袋的事，反正最后这个年轻小伙子死得很惨。刘裕先前饶他一命已经格外开恩了，这次当然是毫不犹豫地举起屠刀把他给杀了。

大概在十二月的时候，刘敬宣在江州又重新造好了大船，准备了更多的粮草器械，加上经过这几个月的休养，北府军也恢复了以前的士气。刘裕看到北方暂定，毛璩占了梁州也没有动静，而卢循前不久还上书说支持朝廷攻打桓玄，他自己也把广州的门户封了当起土皇帝，就知道反攻的时刻到了。

这次还是刘毅挂帅，其他人为辅。待刘毅等人到了夏口（今武汉市汉口）的时候，桓振已经做好了他认为的万全准备，就是让镇东将军冯该率水军守东岸（离武昌区近一点，长江在这小地方呈南北走向），扬武将军孟山图据鲁山城（今湖北武汉市汉阳区），辅国将军桓仙客守偃月垒（今湖北武汉市武昌区），合起来差不多也有一万多人，水陆两面互为援助。

刘毅等人这次是憋了一肚子的火，打起仗来那是毫不含糊，刘毅亲自率军攻克了鲁山城，刘道规就攻破了偃月垒，何无忌则率领水军居中策应，直面老将冯该。老将冯该或许是真的老了，不能像廉颇一样，到了八十岁还能吃一斗米十斤肉，两人不是一个重量级的，结果那是败得稀里哗啦地，败走于石城（今湖北钟祥）。

就在刘毅等人继续攻占巴陵的时候，北方的南阳太守鲁宗之，或许是看到此时的北府军应该能一举打败荆州桓氏，便也想捡个现成的功劳赚赚。他在405年正月便率兵南下攻击襄阳。而此时襄阳的守将乃是桓蔚，他先前在江陵左近的龙泉被何无忌给打败，桓振一看他确实不行，就把他派往了北方的襄阳。可惜这小子确实是烂泥糊不上墙，在襄阳也是一仗没打，直接就跑回了江陵。

刘毅等人这时的攻势当得上势如破竹几个字，一路走来，没有一人能够阻挡他们前进的脚步，等到刘毅再次驻扎在马头（今湖北公安县西北）时，桓振衡量了一下鲁宗之与刘毅的对他的威胁程度，决定还是去会一会刘毅，这个鲁宗之是打哪冒出来的，振爷我不认识。

再说，此时的桓振心里已经有点心虚了，他此次出征时还带上晋安帝，屯兵在江津（湖北沙市东南）这个地方，他向刘毅等人提议，他愿意归还晋安帝给建康，而朝廷也要同意桓氏割占荆州、江州两地作为回报。

开玩笑，你想打就打？想停就停？现在不想打了居然还要割让领土，回去了朝廷里的人都会收拾我一顿吧。刘毅几人自然不会同意桓振的条件。

而此时的鲁宗之也是过五关斩六将，先在柞溪（今湖北江陵县北二十里）打败桓振的部将温楷，接着就是屯兵纪南（是春秋时楚国的都城，名郢都，离江陵城只有五公里），自家后院这火也起得太大了，桓振这时也没时间同刘毅他们磨嘴皮子，急忙回师江陵，他要灭了这个不知道从哪里冒出来的鲁宗之。

刘毅他们等的就是这个机会，毕竟桓振从前打败过他们几人。要说刘毅他们不怵桓振那是假话，等桓振一回师，刘毅等人立马杀了过来，先在豫章口（江陵东南）打败了冯该，而守城的桓谦反正也不是第一次逃跑了，咱不丢人，拉着一帮兄弟亲族，连夜逃出了江陵城。

等桓振这位“桓氏最后一位名将”，打败了鲁宗之回师江陵的时候，老远就看到江陵城外四散的人群，还有城里冲天而起的大火，哪里还不知道江陵城已经破了，他手下军心涣散，逃兵无数，不多时身边除了几个亲卫，居然一个人都没有了。

桓氏彻底败亡，就算以后有一些零星的叛乱，也都是癣疥之疾，不足挂齿。

十二章 渐生抵牾

一

刘毅这下可算是立下大功了，晋安帝毫发无损地被救了出来，对他感激得很，复位之后居然下了一道荒唐的圣旨，从今以后这国家重要大事的处理权都要给冠军将军刘毅。这道诏书不问可知，说明了刘毅的野心，不甘居于刘裕之下，现在安帝在他的掌握之下，他怎么能不做一些对自己有利的事呢？

可惜刘毅的行为注定得不到北府军中其他人的支持，这道圣旨最后也是杳无音信，就当是从来没有发生过一样。

接着，安帝改元义熙，大赦天下，当然桓氏一族除外。不过，有鉴于当年桓冲忠于司马家的精神，安帝特地赦免了桓冲的孙子桓胤。对于这次在反正立过功劳的人他也没有薄待，原来的南阳太守鲁宗之被封雍州刺史，毛璩就被封为镇西将军，都督益、梁、秦、凉、宁五州军事，他的弟弟毛瑾也被封为秦、凉二州刺史，毛瑗为宁州刺史。这真是一人得道，鸡犬升天啊。

二月，建康的朝廷派来了皇帝的仪仗迎接安帝回归，鉴于桓氏还有死党在外流窜，刘毅与刘道规就镇守在江陵一带，何无忌就负责护送安帝回京。

就在安帝回京的时候，益州发生了一件大事，当初桓振等人攻陷江陵的时候，毛璩就派了三万大军前来援助朝廷的军队，只可惜蜀人不喜欢远征，在参军谯纵等人的带领下，回兵成都。这算是造反了。谯纵自称成都王，杀了毛璩一家，封弟弟谯洪为益州刺

史、谯明子为巴州刺史。(《资治通鉴·一一四卷》)

蜀地大乱，梁州也没有人接管，仇池王杨盛看到汉中空虚，就派他的侄子平南将军杨抚占据了那里。不过他也算是聪明人，只是占据这个地方据地称王，没有自大到继续南下攻击晋朝。

本来东晋就偏安于长江以南，地盘不大，可是现在境内居然出现两个割据势力，一个是广州卢循，还有一个益州谯纵，只不过他们所处的地盘同晋朝还相距甚远，晋朝此时刚灭了桓氏，自身也是元气大伤，暂时没有工夫理会他们罢了，更重要的是，晋安帝回京了。

三月十三日，晋安帝便到了建康城，第二天，文武百官都跑到宫门去拜见他顺便请罪。这也是没法子的事，当初桓玄篡位的时候，他们可说是附逆，真要算起来除了起义的刘裕等人以外，他们全都有罪。这么多人前往也是打着法不责众的主意，最后，安帝没有怪罪他们，都恢复了他们的官职。

皇帝回宫了，接下来就是要论功行赏了，毕竟安帝能够复位，全靠北府军上下一刀一枪打下来的。安帝先前对其他的人都那么大方，对于刘裕等人也不例外，加封刘裕为侍中、车骑将军、都督中外诸军事，徐、青二州刺史还是没有变动。加封刘毅为左将军，何无忌为右将军，其他人都有封赏。

只不过这加封刘裕的官职里面有一个刘裕那是打死也不肯接的，就是都督中外诸军事。这个官儿可以看做后世的全国兵马大元帅，天下所有的军队名义上都要听从他的调遣。这个职位一般来说都是司马氏宗族来担任，就是高门大姓都很少担任这个官职，毕竟这个官位太敏感了，凡是担任这个官位的必定是辅政大臣，那个侍中之职就是为刘裕辅政做铺垫的。

以刘裕的精明，怎么可能接受这个封赏，他要是接了，恐怕全天下姓司马的和其他的高门全都要视他为仇敌。安帝又改封他为录尚书事，这个官儿可以看做是宰相一类的职位。那时的东晋朝廷实行的三省制，尚书省主管政事，而录尚书事就是尚书省中最大的官，安帝封刘裕这个官儿还是让他辅政的。

刘裕也不肯接受，他知道自己现在的根基很薄弱，在朝中众多的高门眼中，他就是一个暴发户，虽然立下了不小的功劳，可是想要涉足朝堂，现在还不行。安帝甚至亲自驾临刘裕的府邸，劝他留下辅政。刘裕越加的惶恐，坚持要回地方。到了这个时候，刘裕哪还不明白，肯定是有人要对付他，想要把他架在火上烤啊。

刘裕不同意在朝辅政，高兴坏了好多人，也让很多人失望了。其实刘裕心里想得很明白，只要王谧在朝一天，他就不用入朝当别人的靶子。正好这时，被任命为荆州刺史的司马休之居然被桓振给赶回来了，安帝就让魏昶之代替他去荆州任刺史。

要说桓振还真是一个不服输的人物，其他的桓氏族人大多北逃投奔后秦皇帝姚兴去了，而他却纠集了人马在江陵打败了前来接任荆州刺史的司马休之，又占据了江陵城。只不过这也是他最后一次向世人显示他的光辉了，建威将军刘怀肃从云杜（今湖北京山县新市镇，属当时的南郡管辖）带兵迅速赶到，在沙桥与桓振展开决战。刘毅派遣广武将军唐兴前来助战，在战场上将桓振杀死，重新夺回江陵。

四月的时候，刘裕回到了京口，朝廷改任他为都督荆、司等十六州诸军事，兼任兖州刺史之职，这一回暗中的较量应该是刘裕胜了。

此时，朝廷对于实际上占领了交广两州的卢循也作了回复，正式任命卢循为广州刺史，徐道覆为始兴（今广东韶关）相，承认他们对于广州的占领是合法的，并且要把原先的广州刺史吴隐之交还给朝廷。原因是交广两州在朝中诸位大佬的眼中是蛮荒未开化的地方，只是桓氏现在刚刚剿灭，各地的零星小叛乱还不断，暂时没有精力来管他们。

史上传闻，因为卢循出身于世家子弟，他现在虽然当了贼寇之首，却依然看不起刘裕等人。他私下里派人送了"益智粽"给刘裕，以讽刺他粗疏不通文墨。而刘裕也毫不客气，以"续命汤"回赠，暗示卢循现在是苟活于番禺，这条命早晚要被朝廷给收回。（《资治通鉴·一一四卷》）

刘裕等人都是起义拥戴安帝复位，他们的官职也大多是这个功劳封上来的，因此刘裕这些人就被称为"建义诸人"，当时在东晋政坛上占据着举足轻重的地位。

当初，刘敬宣南归的时候，刘裕就准备让他做江州刺史，可是刘毅这时给刘裕写了一封信，信上是这么说的，"刘兄，刘敬宣又不是建义出身，现在您麾下有许多立过大功的人还没有封赏，刘敬宣就靠后一点吧，就算您念着以前的情谊，给员外侍郎什么的就可以打发他了。"

刘裕也知道刘毅说的有道理，现在就算是让刘敬宣做了江州刺史也不能服众，于是就让刘敬宣做了宣城内史。后来刘敬宣立了大功，才让他做江州刺史，不过刘敬宣和刘毅两人的梁子就算结下了。

可是刘毅为什么要说刘敬宣的坏话，起因就是当年刘敬宣得势的时候，刘毅正好在他手下做宁朔参军。那时候有许多人就说刘毅是个大英雄，刘敬宣却说道，“非常人自有他的胸怀和气度，他也不算什么英雄豪杰，依我之见，这个人外表宽厚，但内里却气量狭小，又自视甚高，总想居于别人之上，将来他一旦掌握大权，一定会因为犯上招来祸患。”（《资治通鉴·一一四卷》）

当时的刘敬宣父亲刘牢之还在位，说这番话也不怕传到刘毅耳边里去，可是刘毅从此就把刘敬宣给恨上了。

二

此时，刘裕镇守京口，广州的卢循也暂时安分起来，朝廷的注意力就放在了内部的一些叛乱和占据益州的谯纵上面。

比如地方上的桂阳太守章武王司马秀，也就是原来在建康城里用官吏百姓帮他干私活的那位，原本已经撤职了，可是人家是皇亲，后台也大，没多久就下放到地方当桂阳太守。桓振死后，这家伙的胆子也被吓破了，因为他的妻子就是桓振的妹妹，怕被刘裕秋后算账。恐惧导致攻击，他就联合益州刺史司马轨之一起造反。

这个司马轨之也只是一个名义上的刺史，毕竟现在的益州在谯纵手上，他现在有官当不得，这心里对于朝廷能没有怨气吗？

可惜两人都是含着金钥匙长大的，从小到大即使是看到大军出征，想必自己也是没有上过战场的，这样的人怎么能够带兵打仗，不出意料，这两人没掀起多大风浪就被杀了。

与此同时，桓玄的余党桓亮，苻宏裹胁着百姓转战于荆湘江豫四州之地，时不时地掀起叛乱。这四州之地可说是占了晋朝一半还多的领土，他们也太能跑了。刘毅、刘道规、檀祗等人分兵突进，追得气喘吁吁，总算最后追上了，一鼓而歼。

此战之后，东晋的腹地算是平息了，朝廷任命刘毅为都督淮南等五郡军事、豫州刺史，任命何无忌为都督江东五郡军事、会稽内史。

六月的时候，北青州刺史刘该勾结北魏谋反，还有清河郡、阳平郡两郡太守孙全响应，声势浩大。北魏也派了豫州刺史索度真、大将斛斯兰进犯徐州，围攻彭城。刘裕派弟弟彭城内史刘道怜、东海太守孟龙符率领人马救援，也不知道是北魏的人太没用，还是孟龙符太厉害，一战就斩杀了刘该和孙全，击退了北魏的进犯，就连北魏的大将斛斯兰也差点回不了国。(《资治通鉴·一一四卷》)

根据史上记载，刘该原来是司马道子的亲信，在401年，就任徐州刺史时曾投降过北魏的兖州刺史长孙肥(《资治通鉴·一一三卷》)，后来又不知道怎么回国担任了北青州刺史，这次直接就勾结北魏叛乱，可见当时主政的刘裕那是内忧外患不断啊。不过幸好，造成的影响也不是很大。刘裕派兵北上，连叛军带北魏军一起打回去。

北魏既然出了手，后秦也不甘寂寞，都想着能在东晋这块肥肉上咬上一口。不过后秦就婉转一些，派遣陇西公姚硕德进入杨盛新近占据的汉中等地，也就是东晋原来的梁州之地。杨盛上表向后秦姚兴投降，而姚兴也很大方，就像是明清时的天朝上国一样，只要你投降，我就接纳你，还给你官当，给他封一个大大的官职，都督益、宁二州诸军事、征南大将军、益州牧。其实这都是虚的，杨盛也不在乎，只要后秦不再攻打他就行。

405年七月，后秦的姚兴还在考虑到底要不要进攻东晋的时候，刘裕主动出招，居然向后秦请和了。

可是刘裕的这封求和书信简直开了自三皇五帝以来，自从有了国家这个集体名称之后的天字第一号玩笑，这个书信上的内容大致是这样的：

"告后秦君臣上下，我刘裕现如今向后秦求和，为了表示您的诚意，我请求您能够把占据了多年的我朝国土南乡郡等十二郡还给我国，在下不胜感激。"

这种求和书史上大概也就只有刘寄奴写得出来，你是求和的一方，现在居然要向我们这个"胜利国"索要领土。这下后秦的群臣就炸锅了，一致反对东晋的求和，甚至有反应激烈的还要打到建康去，给那个卖草鞋的一个好看，真是欺我大秦无人还是怎么的?

可是让人大跌眼镜的事发生了，后秦的皇帝姚兴居然同意了这个荒诞莫名的要求。刘裕信上所说的十二郡之地全部归还给东晋，姚兴知道下面的大臣不理解，就跟他们说，"天底下最大的善行就是成人之美，而刘裕从社会底层最卑贱的地位上发展起来，能够诛杀桓玄，重新振兴晋室，对内整顿日常政务，对外核查勘定封地疆土，我怎么能为了珍惜几个郡，便因此不成全他的好事呢？"

总而言之，到了最后，南乡（今河南淅川）、顺阳（在南乡之南）、新野（今河南新野）、舞阴（今河南泌阳西北）等十二郡之地全都回到了晋朝的手中。至于历史的真相如何，后人也有许多猜测，有人认为就像姚兴自己所说的那样，他在做好事，也有人认为姚兴是为了两国的和平，而作出了让步。

不过笔者认为，当时北逃后秦的桓谦对于刘裕可以说是相当了解的，姚兴肯定问过桓谦关于刘裕的看法。桓谦大概是这样分析的：东晋内部平定，刚刚又打退了北魏的进攻，士气正盛，南方的卢循现在也很老实，就连益州的谯纵那么过分，刘裕也没有派人去收拾他。刘裕想干啥？肯定就是想着要同大王您打一架啊！

而后秦当时的处境也在走下坡路，402年与北魏皇帝拓跋珪的柴壁之战后，后秦痛失四万多精锐大军，现在的国力不比以前，而刘裕所要的几个地方一向都是由东晋统管，对于外族人一向没有好感，对后秦的忠诚度可以说是零，姚兴有必要为了几个鸡肋之地同东晋朝廷死磕吗？尤其是东晋此时刚刚打败了北魏的进攻。所以，衡量到最后，姚兴觉得打这一仗不值得，打赢了那些个地方的百姓也不会顺服自己，打输了就更不好办了。

后秦地处关中，四面八方都是国家林立，北面有北魏，东面有南燕，西北有凉州各国、吐谷浑，虽然南燕与凉州各国都称臣于自己，可是自己要是败了，或是与东晋两败俱伤了，这些国家还会乖乖地不动吗？显然是不可能的。当年他的父亲姚苌原本是前秦的龙骧将军，383年淝水之战后，他趁着前秦大败就自己立国了，几次打败前秦，又挤走了西燕，才有现在的根基。他能不仔细考虑吗？尤其是面对刘裕这个不按常理出牌的人，当初他二十七个人就敢起兵，居然还给他成功了。

结果就是东晋兵不血刃，又占了个大便宜。

安帝自405年还朝后至407年这三年之间，东晋地方上各州郡刺史太守充斥的都是“建义诸人”，朝中由王谧任录尚书事掌控朝政，他与刘裕的关系很好，中央对地方上采取的是无为而治，东晋这几年的政局相对来说很是平稳。

不过中间发生了一件事，让刘裕与刘毅之间的关系更为恶劣。当初，谯纵叛乱后，朝廷就派了宗室司马荣期为益州刺史，同龙骧将军毛修之，涪陵太守文处茂，巴东司马时延祖等人，共同出兵讨伐谯纵，可是半路上司马荣期就被他的参军杨承祖给杀了，毛修之等人只好退守白帝城。

后来毛修之与汉嘉太守冯迁（杀了桓玄的那位）两人联合进兵攻打杨承祖。这下杨承祖就挡不住了，连人头都被毛修之给摘去了，正当毛修之准备继续进军的时候，现任的益州刺史鲍陋不同意。

要知道谯纵可是毛修之的灭门大敌。毛修之与谯纵之间可是有着不共戴天之仇。只是鲍陋却不想打仗，拖拖拉拉地不肯进兵。这鲍陋是何许人也？当初刘裕出道兵屯海盐县城时，海盐县令就是鲍陋，他对刘裕可以说是大力支持的。虽然后来鲍陋的儿子鲍嗣之轻敌冒进战死了，可是刘裕念着他以前对自己的好，现在就把他安排为一州刺史任上，也算是对当年他帮助自己的投桃报李。

鲍陋也不是出自什么名门世家，好不容易混了一个刺史之位，还没享受够了，怎么可能再去和人拼命？你同谯纵有仇，鲍老爷我可没有。毛修之就急了，上书朝廷，大吐苦水，刘裕也知道他心里的难处，就派了刘敬宣率五千人帮他剿灭谯纵。

三

这为什么会派刘敬宣出征呢？刘敬宣从南燕归来后，一直没有立过什么太大的功劳，所以他在东晋朝廷中的地位实在不怎么样。当初安帝反正的时候，刘敬宣担任的是江州刺史，可是他知道自己的功劳不足，自己上表解除了官职。不久之后，他从前担任过的冠军将军、宣城内史、襄城太守几个官职都被朝廷给免了，这在其中大作手脚的不问可知，一定是刘毅。

安帝反正之后的第二年，也就是406年，刘裕以讨伐桓玄第一功封豫章郡公，刘毅第二被封南平郡公，何无忌第三被封安成郡公。要说刘裕被封豫章郡公还是有一点来由的，当年桓温灭蜀时，朝廷讨论要把豫章郡封给他，可是尚书左丞荀蕤就说，“豫章乃是大郡，将来桓温要是平定黄河以北，那朝廷还拿什么封给他？”可见桓温是欲封豫章郡而不得啊。（《中华荀姓》）

后来桓玄率兵进入建康后，牢牢地记住了这个耻辱，又让朝廷加封自己为豫章公，并且还封自己的亲生母亲马氏为豫章公太夫人，到最后他篡晋建楚，又封自己最疼爱的小儿子桓升为豫章王，由此可见桓玄对于豫章郡这个地方有着多么大的怨念。（《晋书·桓玄传》）

这次朝廷论功行赏，加封刘裕为豫章郡公，不仅是表明了朝廷对于他的功劳赏赐之大，更重要的一点还是表明了朝廷对于桓氏的怨念，你不是想要豫章郡吗？今天老子就要把它封给打垮你的敌人。

刘裕一向是个念旧的人，那些以前对他好的人都记在心上，他发达了之后从来没有忘记过，比如王谧，比如鲍陋等等。刘裕以前在刘敬宣手下的时候，没少得到他的照顾，现在自已飞黄腾达了，以前的老朋友却无官无职的，他心里也过意不去，这次毛修之上表要朝廷出兵讨伐谯纵，刘裕就举荐了刘敬宣，毕竟想当官很容易，可是他也要立功劳才能堵住别人的嘴啊。(《资治通鉴·一一四卷》)

不过刘敬宣无官无职的，怎么能做领军的大将。406年，刘裕就派了自己的弟弟荆州刺史刘道规为征蜀都督，刘敬宣为前锋领着五千人向益州进发。跟着出征的人都知道这次的主角是刘敬宣，而刘敬宣自然也不会客气，先让巴东太守温祚带领二千人沿外水（益州内有三江，岷江称外水，沱江称中水，涪江称内水）进军。刘敬宣自己则率领益州刺史鲍陋、辅国将军文处茂、龙骧将军时延祖从垫江（今合川一带）走内水（涪江）一边作战一边前进。

益州自古就是地势险要之地，最是易守难攻，刘敬宣短时间之内想要攻到成都那是不可能的，这战事自然也就拖延下来了。

到了406年十一月，朝廷又旧事重提，加封刘裕为侍中，晋升车骑将军、开府仪同三司，这个封赏虽然比起当初的都督中外诸军事要小了许多，可是刘裕还是没有接受。车骑将军是二品，而开府仪同三司是从一品，刘裕当初立下大功，朝廷已经封了他豫章郡公的爵位，现在他又没有立功，怎么可能接受这几个品级高却又只是虚职的官位，要知道刘裕一向很是务实的。

更重要的是，在古时要升官可以，你要立下大功，那么别人也没有话说。无功不受禄这句老话最能体现这一点，现在刘裕如果接受朝廷的封赏，即便朝中的大臣嘴上不说，心里又会怎么想？这是不是又有人想把刘裕架在火上烤？刘裕坚持不受，朝廷又下旨让同刘裕相熟的官员前去相劝，这事情又拖了下来。

第二年也就是407年二月，刘裕回建康述职的时候，坚决推辞了朝廷去年对他的官职封赏，甚至他一回建康，就自己准备投入到廷尉大牢中。他的意思就是，陛下，臣现在抗旨不遵了，所以自请入罪。安帝知道后就下旨命廷尉里的牢官，不让他把刘裕放进去，后来，刘裕亲自拜见安帝，安帝才同意他的要求。

自从安帝回到建康后，对刘裕可以说是宠信有加了，三番四次要升刘裕的官，并且请他回京执掌朝政。但刘裕总是一次又一次地推脱拒绝，从朝廷这么明显的动作来看，朝中的人对于刘裕应该很是忌惮的，加封他肯定是带着试探的意思，看他到底会不会像桓玄一样，将来也会做出大逆不道的事。

还有一点，建康城内世家大族经营了上百年，根基深厚，如果刘裕入了京，凭他一介次等士族出身的粗汉，大字都认不得几个，怎么可能是世家们的对手？到时，他要是不听话，直接就灭了他。当然，这只是世家们的一厢情愿罢了。

闰二月的时候，刘裕辖下北府军中有一名叫骆冰的小军官，也不知道他是哪里来的胆子，居然敢犯上作乱。很显然，他一个小军官怎么可造反成功，事情还没有进行，就被人给告发了，他只得一个人跑路。可是在强大的国家机器面前，他哪里有机会逃走，不久就被人抓到，当场给斩了。

自己的手下居然会发生图谋作乱之事，刘裕自然是雷霆大怒的，立马表示要查个一清二楚。查来查去就查到骆冰的父亲骆球身上。此时的骆球虽然官居永嘉太守，同刘裕比起来自然就是蚊子跟大象的差距差不多，骆球被抓后，立时便又招出来了一桩惊天的大阴谋。

骆球原来是东阳郡的小吏，此时的东阳太守不是别人，正是奉二位皇后回建康的殷仲文，而骆球、骆冰父子与殷仲文等人暗中联络，打算以桓胤（桓冲的孙子，先前被朝廷赦免）为首，加上桓氏以前的余党一起起兵反晋，重建大楚。

于是，刘裕的屠刀就举起来了，除了骆氏父子之外，还有殷仲文和他的两个弟弟以及同姓亲族数百人，还有桓胤、桓石松、曹靖之、卞承之、刘延祖这些桓氏的余党全都被抄家灭族。这件事的起因就缘于一封信，一封何无忌写给刘裕的信。

殷仲文一向自忖名气声望很高，他原本以为可以留在朝中辅政，可惜他投降大晋后朝廷只封他做了一部尚书，后来居然又被调到地方上去当太守，他原来在大楚可以说是一人之下，万人之上，现在到了晋朝居然只得到了一个东阳太守的官位，他这心里难免就有些失落。

恰好此时，殷仲文的上司就是何无忌。何无忌此时都督荆、江、豫三州八郡军事，江州刺史，何无忌听说殷仲文要调到他的手下来做事，这心里就很高兴，因为何无忌一向仰慕殷仲文的名气，殷仲文也答应前来拜访上司，何无忌就在家里很是准备了一番。酒宴自是不必说的，还请了当时府中有名的名士，可是殷仲文也不知道是怎么搞的，居然敢放顶头上司的鸽子，何无忌心里就火了，我以诚待你，听说你要来了，家里都准备好了大肆欢迎你，你却让我在别人面前下不来台，你是不是看不起我啊？

正好此时，南燕的新皇帝慕容超进犯边疆，何无忌就给刘裕写了一封信，信上是这么写的，“桓胤、殷仲文才是我们的心腹大患，而北方的强盗算不了什么，不用担心。”（《资治通鉴·一一四卷》）

这件事里里外外都透着一种阴谋的味道，以刘裕在北府军中的声望，怎么可能有人敢在京口谋反，而且一下就牵涉到了桓氏的许多余党，根据《晋书·殷仲文传》记载，殷仲文归降晋朝后，一直郁郁不得志，却同刘毅等人交好，恐怕这才是刘裕讨厌他的原因。他从京里被调到东阳郡，肯定也是王谧出的力，而何无忌的那封书信只是催化剂罢了，这才有了后面的一切，什么骆氏父子谋反，都是为了桓胤与殷仲文这两个桓氏余党。

当然，也有可能是刘裕觉得建康城里老是有一帮人在算计自己，自己现在还奈何不了他们，杀了同他们交好的殷仲文，既是免除后患，也是为了杀鸡给猴看，震慑他们。

四

这一年的十二月，刘裕的盟友，也就是朝廷上的录尚书事、扬州刺史王谧病死了。这个消息对于刘裕来说可就是一个大大的噩耗。王谧这三年来和刘裕的关系一直很融洽，这是出于双方都需要对方的缘故，刘裕需要这么一个世家贵族替他在朝中说话，而王谧也离不开刘裕的支持。毕竟当初有人要杀他的时候，是刘裕保住了他的命。

两人一文一武，通力合作，就牢牢地把持住了朝廷的军政大权，现在王谧死了，刘裕再也找不到一个合适的人来取代王谧在朝堂中的位置，毕竟刘裕出身不好，同那些世家贵族没有什么交情，那些世家贵族也看不起刘裕。

不过刘裕此时的声望实在太高，当初是他领头反对桓玄，接着又拥立安帝复位，可以说要是没有刘裕，这大晋朝在哪里还不知道呢？后来还一纸书信直接从后秦那里要来了十二郡的土地，这可是收复失地的大功劳，再就是几次三番拒绝朝廷的封赏。或许有人会忌妒刘裕，在心里酸溜溜地说什么故作清高，但刘裕在天下官吏百姓的心中，这就是不贪功、不揽权，虚怀若谷的表现，他的声望只会更高。

朝廷在考虑执掌朝政的人选时，也不敢撇下刘裕，打算就任命他回京辅政。可是这时候有一个人不干了，那就是同为"建义诸人"的刘毅。

其实刘毅的心中一直都潜藏着他的野心，那就是不甘屈居于别人之下。当初平定桓玄之乱后，刘毅被封为抚军将军，只比刘裕的镇军将军低一级，他心里自然是很不甘的。刘毅虽然家里很穷，但从小就读了许多书，平时结交的也都是文人雅士，在文才上比起写个字都很难看的刘裕就强了不少，加上他同谢混交好，借此提高自己的政治地位，就连谢混的侄子谢灵运都在刘毅手下担任记室参军，谢混是何人？

谢混乃是当时第一豪门陈郡谢氏的嫡孙，谢安的孙子，他的身份就和王谧差不多，除了皇家之外，这世上再没有人能比他的身份更为高贵。现在王谧死了，刘毅心里马上就活动开了，他不想让刘裕进京辅政。朝中商议辅政大臣人选的时候，刘毅就推荐了当时担任中领军（大概相当于京城军区司令员，只不过东晋时这个官位手下就没有了兵权）的谢混担任录尚书事、扬州刺史两个职务。但为了不刺激到刘裕，马上就有人提出让刘裕在丹徒兼管扬州，让孟昶代替他行使扬州刺史在朝中的权力，至于录尚书事还是由谢混担任。

刘毅的打算自然是很精明的，无论是刘裕接受哪一个建议，刘裕都会被排除出朝堂之外，将来他就再也进不了权力中心，最多也只能做一地的军阀，就像殷仲文、桓玄一样，他再想进来除非是像桓玄一样打进来。

于是，朝中便派了尚书右丞（相当于丞相的属官，大概相当于国务院办公厅的副主任）皮沈到京口去问刘裕的意见。当然，刘裕是很忙的，都督十六州军事可不是假的。所以，皮沈见到的第一人就是刘裕的录事参军刘穆之。皮沈小心翼翼地把朝廷里的两个讨论结果给刘穆之说了。刘穆之可算是这世上最聪明的人之一了，眼珠一转就想清了这里面的弯弯绕绕，他马上就借伟大的"尿遁"之术出去同刘裕通风报信。

刘穆之在茅房里写下了一张小纸条，"这个皮沈不可靠，你不要答应他的要求。"然后就派人送给了刘裕。于是，上茅房的刘参军没回来，而军务繁忙的豫章公就回来了，刘裕先是高兴地欢迎了皮大人的到来，到了京口，我是地主一定要好好招待你，然后就一直打哈哈，等到说了几句让彼此面子上都过得去，就把皮沈打发走了。

等皮沈一走，刘裕就把刘穆之找来问他原因。刘穆之就说，“自晋室南下之后，朝廷接连出了王敦、桓温这些权臣欺压朝廷，现在这几年又出了桓玄、孙恩这两个逆贼导致天下大乱，说明朝廷对于天下的控制力已经降到了一个最低点。上天的福运不会一直青睐于朝廷（这句话有撺掇刘裕谋反的嫌疑），明公有兴复皇家的功业在前，又有收复失地的大功在后，以您今天的声望和地位，难道还要一味地退让，只做一个小小的地方将领吗？而且刘毅、孟昶这些人虽然当初和您都是从布衣起家，共过患难，但举义旗也只是为了谋取富贵罢了。只不过在举事的时候，以您的声望最高，不得已之下才推荐您为盟主。但在他们的心中，您一直是他们的同僚，不可能永远认您为主，所以当您和他们地位相差无几之时，就到了互相吞并、互相排挤的时候。也就是典型的只可共患难，不可共富贵啊。”

刘裕在京中的眼线也不止王谧一个，对于刘毅的小动作肯定一清二楚。但是刘穆之的一番话打开刘裕心中的另一片天地，让他的心里也燃起一丝叫做野心的火苗，于是刘裕就虚心地向刘穆之请教应对之策。

“扬州乃是国都所在，也是天下之根基所在，这样重要的地方是不能交给外人的，当初交给王谧，也是形势上的迫不得已。现在有了机会，您还假于别人之手，就要受到别人的制约，一旦在朝中没有了替您说话的人，将来的危险实在不好估计。而且权力中心能进而不进，将来就再也没有这么好的机会和理由进去了，只不过现在朝中已经拿出了所谓的决定出来，倒也不好明着反对。总不能我说要当这个录尚书事吧。您就这样说，‘中央地区是治理国家的根本所在，辅佐君王的宰相一级官员，地位也非常重要。选定这样的官员一事既然如此重大，便决不可以在外地随便发几声空议论敷衍，最近我抽时间前往京都，再与你们一起充分地交换意见。’等您到了都城，以您的身份地位，他们一定不敢越过您再把这个官职交给别人。”

刘裕听了这番话那是高兴不已，马上就入建康城述职，顺便也讨论一下这个宰相的职务到底由谁来当。大老板亲到，那刘毅还敢怎么地？在408年二月，朝廷任命刘裕任侍中、车骑将军、开府仪同三司、扬州刺史、录尚书事，留在朝中辅政。（《资治通鉴·一一四卷》刘裕原来的徐、兖二州刺史的职务还在兼任。

他既是辅政大臣，又兼着三州的刺史，那权力也太重了，于是他上表请求去了兖州刺史之位，同时推荐诸葛长民担任青州刺史，代替自己镇守京口。

刘裕与刘毅这一回的暗中争斗以刘毅失败而告终。就在刘毅心里暗恨的同时，他的机会马上就来了。

到了408年九月时，蜀中那场打了两年多的仗，谯纵终于抵抗不住了，变身卖国贼，向后秦称臣求救。姚兴派遣平西将军姚赏、南梁州刺史王敏统领大军二万人前来助战。刘敬宣的军队也到达了遂宁郡之黄虎（今四川遂宁市射洪县一带），距成都只有五百里。这个形势对两方来说都是到了最关键时候，谯纵的辅国将军谯道福集中主力大军据险死守。

双方一直相持了六十多天，而刘敬宣的军队人数毕竟太少，也不能不顾损失地死命强攻，所以他始终无法打破这僵局，到了最后军中的粮草都快供应不上了。祸不单行，益州在古时多瘴气，七八月的天气最是烦热，死了人又没有及时处理好，刘敬宣的军中发生了一场大瘟疫，死亡士兵又超过了总人数的一半，刘敬宣无法，带着残余部队撤退。（《资治通鉴·一一四卷》）

由于这次作战失败，刘敬宣不仅受到免官的处分，还被削减了封地的三分之一。而作为剿匪总司令的刘道规也被降为建威将军，甚至就是刘裕这个担保人也受到了降职的处分。刘裕当时是要自请逊位的，只是朝廷不许，只将他的封号由二品车骑将军降为三品中军将军，刘毅的心里这下应该很高兴吧。

到了此时，反正已经快撕破了脸，刘毅就在朝中多次上书要以重罪惩治刘敬宣，多亏了刘裕在朝中多方维护，甚至还派人贴身保护他，以防止他遭遇到不测之事。就连何无忌知道此事后也劝刘毅，让他不要因为私怨影响公务，如果真要治罪，应该拿到朝廷上讨论。刘毅看到这么多人都不支持他，也只得作罢，只是见了刘裕的时候，还要时不时地讥讽两句，说他用人不当。（《资治通鉴·一一四卷》）

十三章 南燕来袭

尽管朝中刘毅与刘敬宣不对付，刘裕和刘毅也不像以前那么亲密，可是表面上还是要维持一团和气的样子。加上又有一个同两人关系很好的何无忌居中调和，这东晋朝廷不论是中央还是地方一时都很平静，直到南燕的新君慕容超突然发动了攻势。

409年二月，南燕的皇帝慕容超派将领慕容兴宗、斛谷提、公孙归等人率领骑兵入侵晋朝北部边镇宿豫（今江苏宿迁东南），掠走了男女人口二千五百人，就连阳平（原治在今河北馆陶）太守刘千载、济阴（原治在今山东定陶西北）太守徐阮也被抓走。不久之后，他又派了公孙归攻打济南，也是抢了一千多人就走，顺便把济南（指侨置于淮北的济南郡）太守赵元也抓走了。也不晓得南燕为什么这么喜欢抓太守，应该是为了立功吧。自此之后，淮北之地就闹得人心惶惶，彭城以南的百姓都要修筑城堡聚居在一起以图自保，朝廷只好派了并州刺史刘道怜镇守淮阴，以防备南燕。（《资治通鉴·一一五卷》）

刘裕先前就在为刘敬宣讨伐谯纵失败而恼火，没想到南燕这么一个蕞尔小国也敢来摸老虎屁股。要说到打仗，刘裕不怕任何人，他马上上表朝廷，表示要北伐南燕。那些只知道风花雪月的朝中大臣出于各种原因，拒不支持。

反对的人中，有的人认为现在国中有谯纵、卢循割据，万一他北伐的时候，这两个家伙乘机生事怎么办？有的人不想再让刘裕再立新功，打破朝中刘裕–刘毅–何无忌三巨头并立的平衡形势，也有的人纯粹就是不想惹事，只想安安稳稳地过日子，至于刘毅，那就不用说了。

不过刘裕也不是孤立无援，起码还有尚书左仆射孟昶，车骑司马谢裕，参军臧熹认为刘裕这次一定能够取胜，支持他北伐。

在支持刘裕的这三个人中，孟昶应该是刘裕入京辅政后在朝中所结的盟友了。因为不久后刘裕北伐，就是托孟昶代管朝中的事务。刘穆之再怎么是他的心腹，毕竟现在的资历不足，不足以摆到台面上执掌朝政。至于暗中应该还是刘穆之做主。

谢裕出身陈郡谢氏，他是谢安的兄长的孙子，和谢混乃是同一个祖宗，传说他的父亲谢允是个道士，还在武当山修炼成仙了。谢裕刚刚担任从四品的车骑将军司马，而谢混此时乃是从二品的中领军，这混得可没有谢混好，因为他以前不是给人做参军就是给人做长史，从来没有出任过一地的太守之位或是在朝中担任过一部主官。相对于他的出身来说，仕途也不算是很顺，因为朝中所有人的目光都被他的堂兄弟谢混吸引过去了。而他此时正好是刘裕的手下，仕途逐渐顺畅，一直做到尚书左仆射。从这里也可以看出刘裕已经学会团结朝中的一些世家贵族了，至于臧熹那就不用说了，那是刘裕的小舅子。

其实刘裕在上表之前应该是考虑好了的，这次他北伐能够成功与否，不在于国内，而是在于国外，只要国内有人帮他撑住形势，那就一切没有问题。刚好北方后秦此时和建立大夏的赫连勃勃战个不停，而北魏同南燕也是世仇，肯定不会关心它的死活，只要刘裕进攻的速度稍快一点，那么一切都没有问题。

而且慕容超南侵的这个时机也是来得恰好到处。前不久刘敬宣伐蜀失败，对于刘裕的声望也有着很大的影响，如果他甘心只做一个东晋的权臣，那么谁都动摇不了他的地位，但是……刘裕有没有考虑过借此机会立下更大的功劳，就像是当年的桓温一样，先在北伐中立下足够的功劳再一步步篡夺晋朝的国祚，这就不得而知了。

就在刘裕准备北伐的时候，来说一说南燕为什么突然会进攻东晋，居然还干出掳人的事来了。

405年南燕皇帝慕容备德死的时候，立他的侄儿子慕容超继位为帝。而这个慕容超原本不是南燕人，应该说他是长在民间的王孙公子。他从小就生活在后秦的长安，并且还在那里娶了妻子，可是后来他知道自己的身世后，就跑到南燕去找亲叔叔慕容备德，而慕容备德此时年老多病，加上膝下无子，这皇帝之位慕容超那真叫一个唾手可得。

慕容超继位之后，后秦的人也不是傻子，马上就扣留了他的妻子和母亲。不过这慕容超也算是个有孝心的皇帝，就派了使臣去和后秦的皇帝姚兴交涉，你看我现在都是一个皇帝了，这老娘和老婆居然还在异地受苦，姚先生就大恩大德，放我们一家团聚吧。

姚兴这个人非常要面子，也喜欢摆大国风范，慕容超说的可怜，他也就点头同意了，不过这可是有条件的。第一条，就是让南燕称臣于后秦；第二条，就是把南燕的皇家乐队送给后秦；第三条就是到东晋掠一千口人送到后秦来。这第二条和第三条可以二选一，但是这第一条必须答应。（《资治通鉴·一一四卷》）

这第一条明显就是在为难慕容超。他刚刚登基不久，如果向后秦称了臣，对他的威望就是一个很大的打击。大臣们纷纷反对，慕容超就说，“我这是为了太后才屈服的，你们就不要说了。”

其实在第二条和第三条中姚兴最想要的是南燕的皇家乐队，而南燕的皇家乐队可不是普通的乐队，它是从西晋时候的宫廷乐队一代代传下来的。当年永嘉之乱，前赵攻破洛阳，这支乐队就落在刘赵手中，刘赵后来被前燕的慕容氏所灭，这支乐队就落在前燕手中，直到前秦苻坚统一北方，这支乐队又落到了前秦手中。淝水之战后，慕容垂攻入长安，这支乐队又回到了慕容氏的手中，只是慕容垂死后，他所建立的燕国为北魏所灭，乐队就跟着慕容备德南下青州，成了南燕的皇家乐队。这个乐队一直辗转流亡于北朝各个胡人国家手中，它的存在也见证了十六国时代的百年战争史。

自周公制定礼乐制度起，这雅音正乐一向被奉行为正统的标志，这个南燕的皇家乐队是从大一统的西晋传下来的，姚兴有了它，就可以向天下人扯着嗓子喊了，我继承了晋朝的正统，我才是天命所归。尽管他这么说了会有很多人喷他，但是在视华夏为正统的人眼中，这支乐队确实有着不小的作用。

这时候尚书张华就说，“侵略掠夺相邻的国家，兵祸就会源源不绝，我们抢了他们，他们也可以抢我们，这不是国家之福啊。”慕容超此时刚继位不久，对于兴兵还没有那么大的把握，所以就同意了把这个一百二十人的皇家乐队送给后秦。

慕容超的母亲段氏和他的妻子呼延氏被放回时是407年的冬天了。慕容超圆了一家团聚的心愿后，就感觉自己当初答应后秦的条件是不是太爽快了一点。尤其是在409年举行新春朝会的时候，虽然这气氛还是很温馨、祥和——毕竟一家团聚了，国内也算是平稳，就是与周边的国家关系也算是良好——但就是有一点不好，那就是没有了皇家乐队的存在，他总感受不到以往那种热闹、喜庆的感觉。于是，他就在朝会上对大臣们说，“要说这礼乐还是汉人制的好，不如我们再去南边的晋朝掳一些人过来训练了为皇家乐队补充后备人才吧。”

其实补充乐队人才的方法有很多种，完全用不着跑到晋朝去掳人。然而慕容超接回自己的母亲和妻子后，在开始的一段时间内还很高兴，可后来他就感到作为皇帝的尊严就被侵犯了，心里早就憋着一团火了，可是这周边的国家中，后秦和北魏国力军力都很强大，而南方的晋朝一向都是以军事力量孱弱闻名，尤其是前两年还出现了内乱，于是他就想着要在晋朝身上出了他这口心里的邪火。

当时的领军将军韩谆马上就反对，“先帝当年是因为都城落在北魏手中，所以才会跑到三齐之地（青州是春秋时齐国的国土）来，陛下您如今不想着怎么把大燕国的基业夺回来，反而想着去侵扰南边的晋朝，这又会给我们大燕国增加了一个仇敌啊，这是要不得的。”

或许是韩谆的话说得太不婉转了，在这么多人面前伤了慕容超作为皇帝的面子。慕容超也感到下面的人不了解自己的心事，把脸一板，“我计划已定，不用多说。”而且慕容超也确实没有打算和晋朝全面开战，只是想小小地骚扰一下罢了，规模不是很大。（《资治通鉴·一一五卷》）

接下来就是先前所讲的，慕容超派人侵略东晋，专门掳掠年轻的男女，掳了一次还不够，再掳第二次，这是为什么？因为第一次负责掳人的将军回去后都封了公侯爵，公孙五楼看着眼馋，这才有了后来的第二次。

十四章 北伐南燕

一

既然决定进兵，那么刘裕就要安排好家里面的事。家里面的乱子最多也就是谯纵与卢循。谯纵这个人一直没有什么进取心，他倒不怎么担心，而且益州这边兵力应该很是空虚的，因为刘敬宣只率了五千人马攻打他。从谯纵就要向后秦请援这点上可以看得出来，就算是谯纵想趁他北伐的时候出来占点便宜那也是不行的。荆州刺史是刘道规，对于这个弟弟的军事才能刘裕还是放心的。

至于卢循，何无忌现在是江州刺史，都督荆、江、豫州八郡军事。刘毅此时是豫州刺史，两人都算是猛将，挡住卢循应该没有问题，但是刘裕又怕卢循像当年的孙恩一样坐船从临海（今浙江临海）那边登陆，又派了自己的小舅子臧熹到临海去当太守，以防范他从海道来袭。（这里刘裕就犯了一个轻敌的错误，那就是小看了卢循和徐道覆两人，这两人在刘裕手下那是没有还手之力，可是在刘裕的手下面前那还是很威武的，后文详述）。

家里还有个乱子就是琅玡王司马德文了。安帝司马德宗膝下无子，只有他这一个弟弟，可以说司马德文就是晋朝未来的皇帝。而且司马德文不像他的兄长安帝那么无能，反而聪明过人。他在朝中担任大司马的同时还兼着司徒的职务，对刘裕专权的趋势十分敏感。为了防止他又弄出什么事来，刘裕又派了自己的司马谢裕总管大司马府事务。

一切都准备好了之后，在407年四月十一日，刘裕率领着不多的一支军队开始他人生中的第一次北伐。从建康坐船北上，再从淮水进入泗水，在五月份的时候，到了下邳这个地方就停了下来（今江苏淮宁西北）。

刘裕这次北伐所带的人马数量，史上没有明确的记载，所以也引起了广泛的争议，不过依笔者之见，应该只有刘裕直接统管的徐州和青州两地的军兵，再加上朝廷里的少量禁军，也就是说这次出征的都是他北府军的嫡系。荆州的军队要防备益州的谯纵和北面的姚兴，长江上游的江州与豫州也要防备卢循，至于扬州，刘裕肯定不会打它的主意，前面司马元显的例子就摆在那里。

而且东晋实行的是军户制，但是历年争战所导致的百姓逃亡大大破坏了这项国家的政策，所以到了东晋后期也实行了募兵制。最为重要的一点是刘裕三月份上书北伐，四月十一日就出发，可以说这是兵贵神速的代名词。这中间不可能留给他募兵的时间，所以他能调动的只有他手下北府军的嫡系，大概也就三万人左右，加上还要留兵镇守建康城，也不可能全部带走。还有一个因素，那就是北伐时，慕容超有些看不起刘裕，居然放他入大舰山，这里有一个明显的疑问，慕容超为什么会看不起他？所以笔者作一个猜想，那就是刘裕北伐时所带的人数不多，还没有南燕的常备军多。

刘裕到了下邳后，下达了一个奇怪的命令，他让大家把坐船和笨重的军用物资留下，步行开进到三百里外的琅玡郡（今山东临沂市河东区），然后在所过之地比较重要的地方，都修筑小型的城池，留下军队把守。下面的人都惊呆了，因为从下邳到琅玡有一条沂水可以乘船直接到达，再到梁父（山东新泰的一座小山）转向东北就可以直到广固，这就是以前桓温北伐时走过的路线，虽然远了一点但前面就是一片坦途。

而且从琅玡到南燕的都城广固之间是绵延的沂蒙山，山路很不好走，更重要的是翻过沂蒙山是容易，但沂蒙山后还有一座大舰山，山上有一个关卡叫穆陵关，道路窄得只能通过一辆车子，所以又叫“齐南天险”，只要敌人死守穆陵关，那么他们也就只能在穆陵关外干瞪眼了，这不就是白跑一趟吗？

所以很快就有人提出了质疑，“如果燕人把大舰山的险要之地用重兵把守，再让军队把老百姓都迁走，再把田地里的粮食给烧了，实行坚壁清野之策，到时我们深入到敌国的腹地，补给困难，求战又不得，军心涣散之下还有可能回不了建康城啊？”

听了这话，刘裕就笑了，“其实这个情况我早就考虑过了，那个南燕的新主生性贪婪，他手下的人也差不多，打仗的时候就从来没有长远的打算，前进的时候就只想着抢更多财物和人口，后退的时候想必也舍不得这些田里的秧苗，而且他们以为我们孤军深入，肯定不能持久坚持下去，所以他们最多就是进军驻守临朐（今山东临朐县），如果打败了就退兵戍卫广固，一定不会据险要之地抵抗，清肃四野防备我们，这一点我敢向你们保证。而且一旦过了大舰山，我们就没有回头之路可走，只能向前，再向前，怀必死之心必定可以打败鲜卑小儿。”（《资治通鉴·一一五卷》）

其实刘裕之所以会选择走山路，不走平原地区，还考虑到了鲜卑乃是马上的民族，南燕有着为数不少的骑兵，所以机动性很强，但是晋军缺的就是骑兵，如果走桓温的老路，有可能使决战提前到来。在平原地区是最利于骑兵发挥机动性优势的，骑兵可以在平原上交替分割，迂回穿插于步兵之中无敌手，刘裕虽然自负，也不会拿自己的短处去碰别人的长处。只要过了大舰山，决战就只会在临朐或是广固这两个地方，虽然还是要面对骑兵，但总比在一望无野的平原上要强。

或许是因为刘裕的不败威名，或许是刘裕的官位最高，也是这次北伐的最高负责人，下面的人最后都同意了刘裕的进兵方案。

而得到晋军前来攻打的消息后，南燕的朝廷里对于将来作战采取什么样的措施也展开了文学的讨论，以前一直是慕容超宠臣的公孙五楼此时倒是表现得像个狗腿子的模样，提出了上中下三条建议，“晋朝的军队乃是轻装上阵，方便速战速决，所以我们不应该与他们正面作战，应该据守大舰山的险要之地，拖延时间，把他们的锐气消磨掉，然后再挑选精壮的骑兵二千人就可以抄小路去往晋军的后方，断了他的粮道，再让段晖率领他的军队沿着山地向东进军，在晋军的后背攻打他们，这是最好的办法。”

“其次就是让各地的郡守依靠险要自守之外，再根据自身的需要，留下足够的粮食，剩下的全部给烧了，就是田里的庄稼也要割了，这就是坚壁清野之策，这样来犯的晋军没有地方补充给养，求战又找不到门路，一个月之内我们就可以控制他们的生死。”

“第三条下策也是最不好的办法，就是把他们放进大舰山，等他们筋疲力尽出山的时候，我们再一举进攻。”

公孙五楼的三策一出，南燕的大臣们不是选上策就是选中策，因为就此时来说，这是最省力且最有效的办法，但这时候的慕容超却犯浑了，也可以说是自信心爆膨，不把别人放在眼里。

他对大臣们说，“今年吉星笼罩在我们三齐大地之上，有上天保佑，我们甚至有可能会不战而胜。就当前的形势来看，敌军远道而来，劳师远征，肯定是疲惫不堪不能持久，但我们大燕国却拥有五州之地，麾下拥有上万精锐骑兵，而且国富民强，下面的田地里种满了粮食，以我们如今的优势，难道还要害怕那小小的晋军步兵吗？用得着自毁良田，强迁百姓？不如放他们入大舰，等他们出了山林地带，就是平原，到时我们就集中全部的精锐骑兵去狠狠践踏他们的步兵，我要让刘裕在我手下栽一个大大的跟头。”（《资治通鉴·一一五卷》）

其实对于刘裕放弃自身的优势，不从水路上过，南燕君臣心里还是很疑惑的。因为南燕在梁父和莒城这两个地方布置了大军，桓温当年就是从梁父这里过的，只要刘裕从这两个地方过去，那肯定是一场死战，对于南燕来说自然是大大的好事，可是刘裕偏偏选了最难的方法，过山林，踏险关，这也从侧面说明了刘裕不按常理的出牌方式打乱了南燕的部署。

等到南燕接到刘裕弃船上岸的消息后，刘裕已经循着山路往广固的方向赶了，所以梁父与莒城的伏兵就失去了效用，就算是现在率领骑兵跑到刘裕身后去追赶，也只是看着他的背影吃灰罢了，而且在山林中，骑兵的速度还没有步兵来得快，来得方便。

南燕的朝中大臣们苦苦劝阻，可是慕容超却是铁了心要把刘裕放过来。慕容氏的一位老王爷桂林王慕容镇也不知道是仗着自己的辈分高还是怎么的，他对自己的老朋友韩讳就说，“陛下不肯出兵迎敌，把敌人击退，也不同意把百姓迁走，坚壁清野，反而要把敌人请到家门口来，坐在家里等敌人把自己给围了，那不是跟汉末的刘璋一样了吗？眼看这国家就要亡了，我身为慕容氏的子孙，也只有一死，但是你却是汉人，说不定将来也要像吴人一样断发文身了。”

这种明显打慕容超耳光的话很快就被他知道了，慕容超这时也不顾他是宗室元老，马上让人把他打入天牢，这罪嘛等朕胜了刘裕再和你清算。慕容超在朝会结束后就下令把梁父与莒城这两个地方的军队全部撤回广固，同时还加固都城的防务，严阵以待。

其实慕容超的心中可能有一个想法，只是没有同大臣们说罢了，免得大臣们说他是不自量力什么的。当年的桓温北伐时不就是败在先祖慕容垂手上吗？只是桓温最后却逃回了建康城，殊为可惜，刘裕现在率领的也是步兵，只要放他们入了大舰山，来个关门打狗，他们就没有后退之路，在我大燕铁骑的冲击之下，这刘裕也就不用回去了。说不定我的功绩将来会超过伯父慕容垂。慕容超心里有些得意地想着，将来胜了刘裕之后应该怎么清算那些和自己唱反调的大臣。

二

当然这只是慕容超自以为是的幻想罢了，战场之上形势瞬间万变，怎么可能让你一一料中，那不真就成了神仙？骑兵对步兵虽然占据优势但也不能说一定能稳赢步兵，当年大汉朝的步兵就打得匈奴四散而逃，只不过永嘉之乱后，胡人入主中原，靠着他们的骑兵横扫北方，简直就是攻无不克，战不无胜，就算是失败，也是败在了同是草原人的胡族上面。

慕容超会放刘裕入大舰山，恐怕与他自己身为草原民族首领的自信心不无关系，毕竟他们大燕国的骑兵可以称得上天下无双，在前一百年的时间里，征战天下无往不利，虽然现在势弱，但总比骑兵都没有多少的东晋要强。慕容超虽然没有打过仗，但他有理由相信自己的鲜卑骑兵一定能够打垮刘裕。

那在这里先简单介绍一下南燕的骑兵，本来草原上的胡人虽然骑射精熟，但是从周朝以来一直没有突破过中原北方的屏障，但后来有一个小东西的出现改变了这个历史，那就是马镫。

马镫出现的具体时间已不可考，但差不多就是出现在魏晋时代，因为这个时代的草原民族最为兴盛，他们的骑兵征战天下，无往而不利。而且中国现在有证可考最早的，是在1965年考古人员在北票县北燕贵族冯素弗墓中，出土了一对木芯长直柄包铜皮的马镫。这对马镫长24.5厘米，宽16.8厘米，是国际上现存时代最早的马镫实物。而北燕与南燕正是从慕容垂的后燕分裂而来。

占据了北方之后，草原民族时不时地还要互相攻伐，还要与南边的东晋王朝隔几年就要打一仗，而为了对抗南朝的步兵，北方的民族不仅给马匹装了高鞒马鞍，再加上双足马镫，再加上在汉时就出现的马槊、马戟、矛等长兵器，骑兵对步兵的攻击力越来越强。

可是中原的朝廷也不是吃素的，为了对抗草原民族，秦朝时就有了弩具的流水加工线，发明了多种多样的强弩、连弩，而且汉朝时就有了各种各样的“强弩将军”、“强弩司马”、“强弩都尉”等专业军事指挥的编制。骑兵虽然速度快，冲击力强，遇上强弩也只能败退，为了对抗强弩，北方的胡族骑兵身上穿上重甲，就连战马的身上也不例外，当然这不是草原人的发明，而是三国时就出现了完整的马铠，到了两晋南北朝把它完善。马身上的战甲有一个专门的名称，叫“具装”，而身披铁甲，马披具装的骑兵就被称铁甲具装骑兵，它是北方胡人对抗晋朝最强有力的武器。当然它也有一个俗称，就叫重骑兵。

而慕容超之所以对自己很有信心，就是他手下有一支强大的铁甲具装骑兵。当初桓玄之乱时，南燕的第一个皇帝慕容备德就准备攻打晋朝，他心里有底气，靠的也是这支骑兵。

刘裕占了下邳之后，按照原定计划，从陆路开到琅琊郡，一路修筑堡垒留兵防守，以保障自己消息的顺畅和后面的粮道安全。占了琅琊郡之后，继续沿沂水北上，就可以看到当年战国时期齐国修筑的齐长城在山岭间蜿蜒起伏。

六月十二日，全军穿过沂蒙山，再到大舰山下，山下的麦田里金色的波浪滚滚。刘裕看到大舰山上居然无人驻守，激动之情溢于言表，待大军过了穆陵关天险之后，刘裕用手指上天，哈哈大笑，“大事可成啊。”旁边的人就问道，“敌人都没有出现，您高兴什么？”

“如今大军已经过了天险，我军已经没有回头路可走，只有拼死一战才有胜利的希望，你看，我们粮食如今正长在敌人的田地里，粮草问题也不再困扰我们，所以说这一仗我们一定会胜。”

大舰山过后，离南燕的都城广固已经不远，但在广固之前，还有一道重要的关卡，那就是临朐。临朐县地处于山东半岛中部，沂山北麓，弥河上游（那时候叫巨蔑水），东临朐山，南边与沂水接壤，而且临朐城周围有一片冲积平原，很适合骑兵的冲阵。

慕容超原本派了宠臣公孙五楼和广宁王慕容贺赖卢以及左将军段晖，统领步骑兵合计五万人马驻守临朐城，可是得知刘裕大军过了大舰山后，又亲自带了步骑人马四万赶到临朐与他们会合。由此可见慕容超虽然有点自大，可也知道狮子搏兔，全力以赴的道理，他也想毕其一功于一役，一战就把刘裕给打垮了。

在摊开临朐地图的时候，慕容超眼前一亮，晋军北来，想找一个扎营的地方并不容易，但是临朐城东面四十里外还有一条小河叫巨蔑水。巨蔑水发源于沂山，自南向北流向，而小河的南岸正好有一座朐山，有山有水，既可以防守，又不用担心水源的问题，这里可是天然的营地，他马上就派公孙五楼去抢占水源，断了刘裕的立足之地。

慕容超这下还真猜中了刘裕的心思，只是他的想法来得太迟了一些。等公孙五楼带人赶到时，正好碰上由龙骧将军孟龙符率领的先头部队，两军相遇，都是为了水源，遭遇战立时展开。孟龙符二十二岁，虽然年轻却饱经战阵，他是京口起义的建义诸人之一，曾一路跟着刘裕从京口打到建康，后来镇压过桓歆、桓石康的谋反，在北魏侵略东晋的时候，也是孟龙符打败了北魏的大将斛斯兰。一次遭遇战，不够看的。

至于南燕的公孙五楼就是一个纯粹的佞臣，只会讨好皇帝慕容超，对于行军打仗他倒也能说得出个一二三来，可是让他亲自带兵打仗那就是抓瞎了。

虽然敌军足有上万人，可是孟龙符发现对方有点畏战。他立刻单骑突破，一人杀入万军之中，撕开后倒卷珠帘，驱敌自乱。南燕的军队一战而溃，四散奔逃。

孟龙符占据了水源之地，这先头部队的任务已经完成了，可是孟龙符这时却犯了轻敌冒进的错误，只带手下的少数人马追赶敌军。可是敌军的人数太多，被上千鲜卑骑兵包围后，孟龙符寡不敌众，只身战死，后来他的手下刘钟和沈田子赶到，才奋力抢回了他的尸首。孟龙符虽然死了，但公孙五楼也已经退走了，他是被孟龙符给吓的，因为孟龙符追敌的目的就是为了他这个敌军首脑。

孟龙符死后，刘裕很伤心，因为孟龙符还很年轻，当时才二十二岁，刘裕是想把他当做日后的栋梁来培养的，毕竟老一辈的将领在这些年的征战中已经死了不少，就算是现在还在的也起了异心，他要为以后作考虑。所以这次出征，刘裕所带的都是年轻将领，比如刘钟、沈田子、刘怀玉、檀韶等等。孟龙符死后被追封为青州刺史，临沅县男，食邑五百户，他没有儿子，刘裕又把他的弟弟孟仙客的儿子过继给他，让他死后也能香火不断。(《宋书·列传第七·孟龙符传》)

打仗总是要死人的，孟龙符死后，刘裕派刘钟接替了他的职务，然后就是安营扎寨，整军备战。

三

慕容超在临朐城中总共驻扎了九万人马，应该是倾全国之兵了，不过这九万人里肯定不会全部是铁甲具装骑兵，因为南燕的国土差不多就是西晋时的青州一地，也就是今天的山东半岛，凭着南燕的国力也养不起太多的铁甲骑兵。

要知道这铁甲具装骑兵也不是那么容易就能成编制的。首先一点就是对马匹的要求太高，毕竟一匹马自身的重量也有几百斤，加上它背上还骑着一个一两百斤的大活人，再加上人和马都要披的重甲和长兵器，又是近百斤，所以这符合条件的马匹在南燕国里面也是不多的。

再一点就是对于骑兵的要求也很高，铁甲骑兵自身的重量还不能太重，但是身体要好，最好是力大无穷的那种，毕竟穿着一身重甲如果没有力气举起刀枪怎么行军打仗？

当初后燕被北魏攻灭后，慕容备德带着人马南下，躲避拓跋珪的追杀，要不是拓跋珪北归巩固自身的根基，他恐怕也活不到后来立下南燕国了。慕容备德在公元400年立国，他当时的军队号称十二万骑兵（《晋书·慕容德载记》），只是这个史上的号称一般都要打个折扣，他手上能有五万骑兵就不错了，而且南燕立国于山东之地，那里不是产马的地方，而且这马匹也是有寿命的，尽管也会产下后代，如果没有新血的补充，这马匹的数量是会一年比一年少的。

现在是409年，慕容超手上的骑兵总共能有一万轻骑兵就了不起了，铁甲具装骑兵就更少了，不过相对于东晋来说，那可就是天上与地下的区别了。刘裕此次进兵，带了大量的步兵，其次才是水兵和骑兵，骑兵的人数应该最少。

这是刘裕第一次和草原民族交战，作为一个战场上的统帅，想必刘裕战前应该就会对于南燕的军事力量做一个大概的估计，更何况405年北魏进犯的时候，刘道怜和孟龙符也曾打败了北魏的骑兵，想必刘裕对于北方的骑兵也了解得够深了。

在平原地带上的交战，南燕的骑兵占有压倒性的优势，一旦骑兵形成冲锋之势，步兵不能阻止它前进的步伐，就只有败亡一途。

为此，刘裕把四千辆运粮草的辎重车分为左右两翼，一辆辆大车首尾相连，在朝外的一面早就准备了木板组成木墙，再在木墙上加盖生牛皮或是生羊皮，这样敌军的弓箭就不能轻易射穿，并且在木墙上面再盖上布幔，让敌人看不清里面的虚实。至于车上的士兵就身穿重甲，手持大槊，大槊长一丈八尺，再加上射艺精熟的弓弩手一起对付接近车阵的骑兵。

刘裕再把步兵组成方阵放在车阵中间，在严格的号令之下，步兵们列成整齐的队伍，手持长矛，斜举上天，组成钢铁的森林，锋刃在阳光的照射下闪出逼人的寒光。步兵后面则是由弓箭手和弩手组成的射击方阵。

最后就是让晋军中不多的骑兵跟在整个方阵的后面游走，一旦有敌军从后面袭杀过来，晋军也能快速地做出反应。

两翼的车阵加上中间的步兵方阵再加上后面的游骑兵这就形成一个巨大的战争堡垒，而且是一个会移动的堡垒，这就是刘裕对付鲜卑骑兵所想出来的新方法。

要知道在春秋战国时期，车战是最为时兴的，那时候衡量一个国家是否具有强大的战斗力，一般都会以这样的词来形容，就是兵多少万，车多少乘，只不过后来骑兵的崛起，逐渐取代了车兵的地位。在两晋南北朝时期，车兵就很少在战场上发挥主流作用了，今天刘裕为了对付鲜卑的骑兵，又把车兵给用了出来。

刘裕的军队行进到离临朐城还有数里的时候，站在车上的晋军就看到临朐城门大开，从里面冲出了许多的铁甲具装骑兵，人马都披着重甲，就连脸上也是戴着护甲，只露出一双凶光闪闪的眼睛。看样子慕容超是想用他的王牌骑兵一下就冲垮晋军的方阵。等到铁甲军差不多全部出来后，为首的将领一声令下，胯下的马儿扬起马蹄，形成一道骑兵的洪流向着晋军冲杀过来，那巨大的马蹄声，踏在地面上引起微微的震动，越来越近，两军马上就要展开肉搏。

看到敌军的铁骑冲过来，早有准备的刘裕一声令下，左右两翼的车兵方阵前面一部分突然向中间靠拢，在骑兵到来之前形成由大车组成的防御工事。骑兵还没有接近时，步兵方阵后面的弩兵发威了，也只有由弩具射出来的重箭才能射穿敌军身上的铁甲。

只是弩兵最多也就射过几次，骑兵就已到了车阵的前面，这下完全就是白刃战了。南燕的骑兵近前，手中的大槊挥舞，与站在车上的晋军战成一团，但是车后却有着晋军的弩具给燕军的骑军施以巨大的打击。也有燕军悍不畏死连人带马冲撞过来的，想借着人马合一时的冲撞力撞破大车的防御，但大车连成一体，木墙外面是冒着寒光的矛尖，只是送死罢了。在防守森严的车阵面前，燕军始终不能突破晋军的防御，挨得近了也会被车上车下的晋军拖下来给砍死，远了又会成为弩兵的靶子。

临朐城里出来的军队越来越多，南燕的步兵也组了阵势，朝着晋军展开正面冲杀，就以晋军的车阵为攻防线，相互战成一团。而燕军的骑兵始终不能突破晋军前面和左右两面的防御，为首的大将一声令下，燕军骑兵回转，冒着晋军的强弓利箭，朝着晋军的后阵冲过来，而晋军中的骑军也毫不畏惧，奔驰在车阵外面，与来犯的鲜卑骑兵互相冲杀。

这晋军的骑兵将领名叫沈林子，说起来这个沈林子家里当年和刘裕还是有仇的。因为沈家一家人原来是跟着大反贼孙恩孙天师混的，后来孙恩败死，这沈家又投奔了刘裕。沈林子武艺高强，率着手下的北府军与鲜卑骑兵大战，每次都让鲜卑兵的进攻徒劳无功。(《宋书·列传第六十·沈林子》)

刘裕的弟弟并州刺史刘道怜，刘毅的堂弟兖州刺史刘藩，谘议参军刘敬宣、陶延寿，参军刘怀玉、慎仲道、索邈等人都纷纷上前厮杀，这一仗是杀得天昏地暗，日月无光，一直杀到太阳西斜也没有分出胜负来。

眼见天就要黑了，这战场上的形势就要成胶着之势，只是这样一来对晋军就大大不利。南燕占着他是地主的便宜，后面还有南燕一国的人支持他们，而晋军却是远道而来，一旦攻之不下，对于军心士气也是一个巨大的打击，更何况后面还有南燕的都城广固，也是一个不好啃的骨头，如果初阵失利，影响实在不小。

这时胡藩向刘裕建议，“南燕这次与我们作战是倾巢而出，想必这临朐城中的兵力很是空虚，我愿带着一小股人马轻装上阵，去夺取这座城池，只要夺城能够成功，那么他们就没有后撤之地，战场上的燕军也会不战自溃。

刘裕马上采纳了这一建议，他让胡藩以及谘议参军檀韶、建成将军向弥带着战场上的人马假装败退，战场上的燕军也只以为是临阵脱逃的士兵，没有追赶。胡藩等人先把人撤到山中，再绕过战场，从另一个方向攻城。

这临朐城中果然防守空虚，那个叫向弥的小伙子也是个悍不畏死的勇将，身披铁甲，硬是从敌军中的刀枪围杀之下第一个登上了城头。有了第一个，就有第二个，随着城头上的晋军越来越多，燕军终于守不住了一哄而散，胡藩等人没费多大劲儿就打开了城门，接着就是全军进城。

因为城外的战斗还在继续，胡藩等人不敢怠慢，进了城后的第一件事就是砍了燕军的龙旗，接着插上晋军的旗帜，对着城外大喊，“兄弟们要加油啊，临朐城已经被我们给打下来了，我们是坐船从海上赶来的援军。”

几千人一起大喊的声音有多大，想必在喊杀声阵阵的战场上双方都应该听得见。燕军回头一看，果然城头上的旗帜变了，变成了晋军的大旗，而且城头上好多的晋军，临朐城真被打下来了？恐慌蔓延在燕军之中。本来大战了一下午的他们就很累了，不仅是身体上还有心理上的，这时听见自己的老窝被人给抄了，导致他们连个后退的地方都没有了，还打个屁啊，跑吧。

城头上的旗帜一变，刘裕就发动了总攻的命令，亲自击鼓助威，晋军车阵散开，大批步兵列队压出。燕军一碰就退，晋军骑兵四处追杀着逃跑的燕军，黑夜之中也不知道死了多少人。

城内的慕容超听说城破了之后，马上带人从城门口逃了出来，连大军都不管了，率人连夜逃回了广固城。

战后打扫战场，在这一仗中共斩杀了燕军的大将十多人，其中就有南燕的左将军段晖，他在南燕军中也是数一数二的人物，这次刘裕他们可算是赢了个开门红了。

而且临朐城中的粮草辎重堆积如山，还有军器甲仗也是不可胜数，甚至连慕容超的玉玺、御辇，包括他出行的皇帝仪仗全都成了晋军的战利品，尤其是剿获了慕容超的玉玺，不仅是大功一件，也是一件振奋军心的大事，毕竟玉玺在那时候就代表了皇帝，代表一国的天命，现在慕容超连玉玺都丢了，说明他的气数已尽。

刘裕听说慕容超逃回广固去了，派人连夜追赶，一直追到广固城下，虽然让慕容超逃回城中去了，但燕军大败，全军覆没的消息却已在城中流传，就连皇帝慕容超都只身逃回广固，城中一时人心惶惶。

四

慕容超这次是真的被吓倒了，他怎么也没有想到，按照晋军和燕军的人数差距，以燕军铁骑骑射无双的本领，怎么会败在小小的晋军步兵手上。想当年，那个桓温不也是败在伯父慕容垂手上吗？怎么今天却反过来了呢？

慕容超想起南燕好像是后秦的藩属国吧，这小弟受了委屈，老大应该要出头吧？虽然曾经称臣于后秦让慕容超感觉受到了很大的屈辱，但是现在，后秦却是能够拯救大燕国的最后希望。慕容超马上派尚书郎张纲去往长安向后秦的姚兴求救。接着他又想起那个惹人厌的老头子慕容镇来了，他马上派人从天牢里把慕容镇接出来，任命他为录尚书事，都督中外诸军事，集军政大权于一身，这可是一人之下，万人之上的高位。

先给老头儿升了官，接着慕容超又向他请罪，让他的气消了之后，仔细向他请教当前的局势，还有没有翻盘的机会。慕容镇也算是知道军事的大臣，他对慕容超请后秦出兵的计划不是很认同，“陛下，这次是您亲自指挥大军作战，所以这一次的战争胜利与否，全国臣民都把希望放在了您的身上。可是您大败亏输，只身逃回广固，这大臣们的心里可就不会像以前那么齐心了，而且战火波及都城，全国的百姓恐怕也会对大燕的境况产生怀疑。而且，后秦的姚兴现在和建立大夏的刘勃勃战个不停，恐怕也没有精力来管我们的闲事了。所谓求人不如求己，陛下，这次跟着逃回广固的残兵陆陆续续也有好几万人了，您应该打开国库，把里面的金银财帛拿出来犒赏士卒，以利诱之，让他们重新焕发起士气，与晋军决一死战，总比现在坐在这里什么都不做，坐等援军要强多了吧。”

本来，南燕的处境现在是到了生死存亡的关头，应该拼死一战，才会有打退敌人的希望，可是这时有人反对了，当朝司徒、乐浪王慕容惠说，“现在敌军势大，又是挟着大胜之余威，士气高昂，我们用刚刚惨败于他们之手的败卒去找他们决战，这不是白日做梦吗？后秦与刘勃勃虽然争战不休，但刘勃勃还不足成为后秦的心腹大患，而且后秦与我们南燕分据中原北方之地，可以说是唇齿相依，后秦肯定会来救我们的。但是一个尚书郎官卑职小，人微言轻，不足以受到后秦的重视，而朝中的尚书令韩范在两国之中都有着巨大的声望，不如派他去后秦求援，应该能受到重视。”

慕容超也不知道是怕死，还是舍不得库中的财宝，反正他愣是没有同意慕容镇的意见，再次派出了韩范为第二位使节，前往后秦求援。

六月十九日，就在慕容超逃回广固的同时，刘裕率领的大队人马也已经赶到了广固城下。

广固城，这个城池的历史不是很长。根据史书的记载，广固城应该位于尧王山东南，现在的康家庄、汉河一带，它背靠高山，有几条河缭绕，“四周绝涧，岨水深隍”，既“广”又“固”。广固城建成后，成为青州、齐郡、临淄县三级政权所在之地。

广固城本身并不广固，它靠的是周边地形之利，如城外的几条深涧。但是作为一个国家的都城，前一代皇帝慕容备德对它也作了详细的加固。广固城内不仅有宫城，宫城的东西两边还加建了城郭，内城很是坚固，因为它以前就是一个军事割据之地，但这外城应该是慕容备德称帝后加建的。现在广固城内的军兵不足，即使是有几万人也是刚从战场上逃回来的，哪还有勇气同晋军对抗。

随着刘裕的一声令下，攻城正式开始。果然不出晋军所料，他轻而易举地攻下了广固的外城。慕容超退守到内城之中，两军暂时对峙。

刘裕给手下人分派了防守的地段，然后在内城的外面挖土修筑三丈高的围墙，在围墙之外又挖了三道壕沟，两边同时进行。这是长期围困的打法。而小城里的慕容超也只能眼睁睁地看着这围墙越来越高，却不敢派人出城一战，他此时所有的希望都放在了张纲与韩范所求的援兵身上。

等到围墙一成，这小城里的人就成了瓮中之鳖。刘裕接下来也不管小城里面的人如何，他只是先率兵掌控整个外城，然后接收投降于他的燕国大臣，安定人心。他不分汉人胡人，都是量才录用，封官授爵，让他们帮着管理城池。

其实广固城一破，各地已无对抗晋军的军队，燕国境内的其他官吏都知道大燕已是日近黄昏，一个个地赶紧跑到广固来向刘裕表忠心。等到晋军没费一兵一卒轻松占领了南燕全境之后，刘裕就叫人停了长江、淮河的漕运粮食，毕竟现在占了敌国，不占点便宜，谁都说不过去，就是刘裕的手下也要“养家糊口”的。

小城一围，里面的人就慌了，其实也不是所有的人都是慕容氏的死忠，毕竟他们也是有家有口的，谁肯跟着亡国之君去死，就连伯夷与叔齐那样的忠义之人也只是不食周粟，也没有说要自杀殉国的，更何况现在是礼崩乐坏的十六国时代。

这些心思活络的人里也有胆子大的，想到就干。尚书垣尊和京兆太守垣苗在半夜的时候就逃出小城向晋军投降。刘裕知道后大喜，任命他们两人为自己的参军，因为这两人可算是慕容超的心腹，只要厚待他们两个，这外逃的人只会越来越多。

到了七月份的时候，朝廷正式任命刘裕为北青州、北冀州两州刺史，授予他正式管理齐地的政务。

当初尚书郎张纲是趁着刘裕的大军没有围城之时，才跑到长安向姚兴禀报晋军围困广固的情况。张纲一把眼泪一把鼻涕地说着现在的情况已经十分危急，请大秦看在两国交好的情谊上速派援兵救援广固，不然大燕亡国就在眼前啊。

按道理来讲，南燕是后秦的藩属国，作为宗主国，后秦没有置之不理的道理，而且南燕与后秦都在晋朝的北方，两者一东一西，互为掎角，如果南燕灭亡了，后秦也就危险了。姚兴急忙令姚强率领步骑兵一万人先到洛阳，然后率领那里的守军一起东下救援南燕。

得了姚兴的许诺，张纲日夜兼程马上赶回南燕，他要把这个好消息报告给慕容超，只是他的运气不好，才到泰山郡的时候，就被人给捉住了。泰山太守申宣那是如获至宝，正好没有讨好刘将军的东西，这不是天上掉下来个大馅饼吗？他马上把张纲献给了刘裕。正好此时的刘裕在为攻城而烦恼，有人就向刘裕献计，“这个张纲心灵手巧，是个会制作攻城工具的大师，有鲁班之能，如果他能归顺于大人，广固一定可以攻破的。”

刘裕也不废话，直接就问张纲：“你愿不愿意归顺于我？愿意的话马上帮我打造攻城的器械。”张纲开始被捉的时候确实是不知道怎么回事，到了现在哪有不明白的道理，跟谁不是跟？听说这个刘将军为人很宽厚，不管是胡人还是汉人，只要有才能，都能在他手下混个一官半职，现在的陛下……呸！应该是逆贼慕容超，那是兔子的尾巴，长不了了。

没考虑多久，张纲决定弃暗投明，成了一名光荣的晋军军官，负责帮晋军打造攻城器械。

为了打击小城里面的士气，刘裕就让张纲上了高台，对着小城里面的人大喊，“刘勃勃已经打败了姚兴，他现在无法前来救援了。”反正刘裕也不是第一次吹牛了，再吹一次又有何妨？

五

随着张纲的加入，晋军建造攻城器具的速度就加快了不少，而且他也不负大师之名，在他的指点之下，什么冲车、云梯、巢车等就跟流水线上下来的成品一样，又快又多，而且质量也是不打折扣的。

听到王师北伐中原，北魏境内，居于黄河以北的中原汉人都纷纷拖家带口前来投奔，有的带着粮食，有的带着兵器直接就来投军，日以继夜，连日不绝，有时候最多的一天有上千人。由此可见北方的汉人还是心怀故国，心怀汉人正统的。这个场景让刘裕感觉到，他迟早要全面北伐，夺回汉家江山。

这日夜的有人来投奔，刘裕都照收不误。这日从江陵那边又来了一位名叫王镇恶的好汉，乃是前秦名相王猛的孙子，将门之后。本来在刘裕决定北伐南燕之前，就有人将他推荐给刘裕的，刘裕一听马上就来了兴趣，赶紧派人去请。当时王镇恶官居天门临澧县令，一听刘裕派人来请，官也不做了，马上赶往齐地。

说起来这王镇恶的名字也是有故事的，他出生于阴历五月初五，当时的风俗是那一天五毒齐出，十分不祥。王镇恶出生之后，家里人怕沾染晦气，就建议把他送人，可是王镇恶的爷爷也就是王猛见到这个孙子后却很高兴："这个孙儿不是平常人，当年孟尝君也是恶日出生，后来却做到了齐国的国相之位，我这个孙儿以后要光大我王家的门楣啊。"王猛亲自给他取名"镇恶"，也就是镇压邪恶之意。

王镇恶到了之后，刘裕同他谈话，发现他谈吐得体，对于兵法也有自己的独到见解，大为欣赏。两人连着谈了一夜，第二天，刘裕就跟人说，"别人都说将门出虎子，今天看到王镇恶，方知此言不虚啊。"刘裕接着就任命王镇恶为青州治中从事史，行参中军太尉军事，署前部贼曹。

除了张纲之事外，为了继续打击小城里的士气，建康朝廷每次有了圣旨到来，或是增加援兵，刘裕都在前夜悄悄地把他们接来，第二天一早就举着大旗，敲锣打鼓地欢呼，表示又有援军来了。小城里的人也不明底细，只以为城外的敌军越来越多，援兵也是来得越来越勤，而且对广固的攻打也是越来越紧，慕容超手下的尚书张华、封恺等人都被刘裕给擒获了。

城内的慕容超这些日子过得很是痛苦。几年的皇帝生涯让他养尊处优，从来没有试过这样的日子，日夜都在提心吊胆。尤其是张纲被俘之后，慕容超心里越加忧惧，于是他就派人向外面的刘裕写了一封书信请晋军罢兵，南燕愿意割让大舰山以南的土地给东晋朝廷，并且愿意奉送一千匹战马。为了表示自己的诚意，南燕愿意向东晋称臣，岁岁来朝，年年进贡。

如果这次领兵是个世家子弟，说不定也就同意了，毕竟让一国称臣，这也是极为了不得的荣耀了。可刘裕听到后只是嗤笑一声，开玩笑吧？用不了多久这整个南燕国都是我的掌中之物，还用得着他割地？这人也太天真了，事到如今还想着求和，难怪这皇帝做不长久。刘裕很干脆地拒绝了慕容超的条件，只让来人给慕容超带了一句话，早点出来投降才是正理，要不然惹恼了你刘爷我，到时我要让小城里面鸡犬不留。

慕容超得到刘裕的回信之后，也不再提求和的事，只是盼着韩范所请的援兵快点到来。只是这希望越大，失望就越大。原本韩范和姚兴所派的一万大军已经到了洛阳城，可是到了洛阳城之后就没见动静了，这是为什么？因为领兵的大将后秦左将军姚强怕了，尿了，他这一万人要是去了南燕，对上如今正气势如虹的晋军，恐怕就是肉包子打狗，有去无回啊。

拖到九月的时候，后秦与刘勃勃的战事越发不顺。姚兴大败亏输。刘勃勃接着占了后秦许多城池，甚至威胁到了关中的存亡。为了本国的安危，姚兴不得不派人把洛阳的一万强兵叫回来镇守关中。姚强知道后自然是大喜过望，韩范知道后却长叹一声："天灭我大燕国啊。"

但是姚兴也知道如今的南燕已是危在旦夕，自己身为它的宗主国，不出一点力也说不过去，于是他就派人去往南燕向刘裕送信，表明自己的立场，"慕容氏和我姚氏、司马氏，大家都是邻居，一向交好，有什么事说清楚不就行了，干吗喊打喊杀的，再说你们已经占了很大的便宜了，见好就收吧。现在慕容氏向我姚氏告急，我在洛阳已经准备了十万大军，不过我也不是蛮横无理的人，只要刘裕立即退兵就行。如若不然，在我大秦十万铁骑之下，东晋军都将成为粉碎。"

刘裕是什么人？他会受人威胁吗？说得不好听一点，他就是个赌徒。现在他掌握了一副天大的好牌，怎么可能放手？虽然现在后秦和刘勃勃的战斗情况他还不知道，可是刘裕从这个信使眼中的色厉内荏，还有那故作高傲的神态就可以看得出来，现在的后秦他抽不出人马出来，说不定还真的被自己以前瞎编的那番话给说中了，现在的后秦被刘勃勃给打败了。

刘裕虽然识的大字不多，但是对于姚兴信中的意思他还是看得明白，他也不找信使出气，"你回去告诉姚兴，本来灭了燕国之后，我还想养兵歇战三年，之后再去灭了你们什么大秦，再取回我大晋的关中、河洛之地，如果姚兴现在活得不耐烦了，想要自己来送死，我现在就可以成全他，请他马上就来，我在这里等着他。"

这个后秦的使者自然是清楚本国的情况，一听刘裕的回复就傻眼了，可是没等他再说什么，立即便被刘裕赶出了军营。这时，刘穆之得到消息，说是后秦派使者来了，来了之后才知道使者已经被刘裕给赶走了，刘穆之知道后就有抱怨，"平常有什么事，你都会同我商量，这次为什么不等我来就自作主张了？要知道现在广固城不知道什么时候才能攻下，要是羌人的援兵一来，我们就要前后受敌，到时处境堪忧啊。"

虽然刘穆之说的话有点不合规矩，但是刘裕却没有怪他，只是笑道，"这是军事上的尔虞我诈，你不懂的，所以才没有跟你说。要知道兵贵神速，如果羌人真的要救援燕人，也只会悄悄地起兵，到时杀我们个措手不及，怎么会大摇大摆地前来说什么十万大军，这分明就是心虚。依我之见，姚兴现在肯定是自顾不暇，所以才会想着虚张声势，想让我自动退兵。”

不久之后，刘裕就知道了确实的消息，因为慕容超派去的第二波求援使团回来后发现燕国全境都被晋军给占了，现在还停在秦燕边境。这使团里有一个尚书名叫张俊，他偷偷地向刘裕投诚了。张俊看到广固还没有攻破就向刘裕献计，“广固城里的人到现在还在死撑，就是想等韩范所请的援兵，不如您去把韩范请来，让他们断了最后的念头，到时不费吹灰之力就可以攻破广固城。”

刘裕听了也觉得有道理，马上修书一封去请韩范。刘裕在信中表明，他已经向朝廷请命，任他为散骑常侍。要知道这散骑常侍可不是平常人能够担任的，他是皇帝身边的幕僚，清贵之职，就是在晋朝也是出身世家望族的人才能担任。而刘裕的属下现在都没有几人担任这个职务。

这时后秦的长水校尉王蒲国也劝韩范留在后秦做官，韩范却说，“刘裕这个人起自草莽，从他这些年所做的事来看，先是在国内诛孙恩，平桓玄之乱，兴复晋室，现在举兵伐燕的时候，又是所向无敌，大概是上天眷顾之人，没有人能阻挡他的脚步。老夫猜他这次攻灭燕国之后，下次还会再伐秦国，要是我现在投降了秦国，他再次伐秦的时候，老夫还要再受一次投降的屈辱吗？”

韩范到了广固。刘裕让韩范上云车，朝小城里的人喊话，劝他们投降。这下小城里的人那真是绝望了。有大臣向慕容超提出来，韩范投降敌国，罪不容诛，应该满门抄斩。可是慕容超没有同意，他认为韩范的兄弟韩谆是个忠臣，没有同意这个建议。可是慕容超真的有这么好心？居然肯放过韩范这个叛臣？从他后面的一系列所作所为来看，显然是不可能的，只是因为韩谆现在是燕国的领军将军，掌握兵权，在这个紧要的关头，慕容超要是真起了什么念头，恐怕他自己就先要死无葬身之地了。

尽管不能动韩范的家属，但是对于另一个叛臣张纲，慕容超的脾气就没有这么好了。当初慕容超退守内城的时候，把东西两廓的大臣和家属们全部掳入宫城，或许时间紧急，也有一些漏网之鱼，要不然他也不能支撑如此之久，早被城里的人给献出去了。这张纲的老母亲如今就在小城之内。慕容超看着晋军用张纲制造出来的攻城器械攻打内城，使得他损失惨重，马上就下令把张纲的母亲抓出来倒吊在城墙上，先断四肢，最后才砍了她的头。

在九月的时候，朝廷又加封刘裕为太尉、中书监两个职务，刘裕坚决推辞了。这两个职务算是人臣之顶峰了，他觉得自己功劳还不够支撑这种威权，更不想从此就待在朝廷中，以后还有伐秦这个大事等着他呢。

自此之后，刘裕的攻势越加凌厉，尽管小城里的伤亡也不小，可是它不愧是百年以来经过几代人精心打造的军事防御堡垒，晋军自身的伤亡也在不断扩大。

小城里的人都知道城破之日不远了，守兵虽然还在坚守岗位，但大多都没有士气，只有他们的皇帝慕容超还是坚持死不投降。负责管理档案藏书的兰台令张光，这时也出言让慕容超请降，可是慕容超勃然大怒，不顾自己皇帝的身份，亲手杀死了张光。

夏去冬来，自409年七月刘裕攻下广固外城以来，屈指一算，这围城都已有半年了，现在马上就要过年了。在过春节的时候，慕容超和燕国的大臣是在广固城头上举行的新年朝会，既然是过年，这赏赐总是少不了的，慕容超派人把军中的马杀了给守城的士卒加餐，另外大臣们也多少有封赏。要是他早有这么大方不知道会不会落到这个地步？（《晋书·慕容超载记》）

慕容超拉着他心爱的魏夫人，看着城下晋军正在热火朝天地制造着攻城的器械，而且这行营也是无边无际，层层叠叠，不知道有多少晋军围城，两人都是相拥而泣。

后人对于这个情景作诗歌唱，还被收入《乐府诗集》之中，但是这首歌的名称却叫《慕容垂歌辞》。前人认为这首诗里的慕容是为慕容垂，但是纵观慕容垂的一生，从来没有被晋军围城的记载，所以应该是前人记载错了的，此诗中的慕容指的是慕容超。

慕容攀墙视，吴军无边岸。我身分自当，枉杀墙外汉，

慕容愁愦愦，烧香作佛会：愿作墙里燕，高飞出墙外，

慕容出墙望，吴军无边岸。咄我臣诸佐，此事可惋叹。

或许是过年之后，魏夫人的眼泪刺激到了慕容超的自尊心，因为城破之后，美丽的魏夫人也就不知道属于哪个晋军将领了。慕容超不甘坐以待毙，派了他的心腹公孙五楼和慕容贺赖卢两人悄悄地挖了地道，然后出城偷袭晋军。或许燕军半年的闭门不出让

晋军有点松懈大意了，檀韶所管的那一段围墙被燕军攻破，就连那一边的攻城器械也被燕军给烧了，为此，刘裕大怒，下令降了檀韶的职。

这时，有一个术士前来向刘裕献策，"当年曹嶷初建此城，石虎也是攻之不下，后来有人向石虎献策，让他把沂山中渑水上游的五龙口给堵了，这广固城里的水源就会断绝，不久，曹嶷果然自动出降了，后来慕容垂在这里攻打段氏鲜卑段龛时，也是用的这个计策，不如将军现在也用此计。"（《晋书·慕容超载记》）

刘裕一听大喜过望，马上派人去沂山把五龙口堵了，果然不久之后，城里一半以上的人都因缺水患上了软脚病，这出城投降的人也是越来越多，弄到最后，慕容超的宠臣悦寿也劝他投降，"陛下，现在老天都在帮着晋军，我们的将士手脚无力，已经不能再战斗了，加上外援也没有，城中现在也是人心向背，看来是天数如此，命里该绝啊。就是尧、舜这种圣明之君遇到了这种情景也是回天无力的啊。陛下为什么不变通一下？"

当初慕容超初到南燕的时候，就是这个悦寿接待慕容超的。后来他在慕容超被封太子时也是出了大力的，所以他算是慕容超的心腹。慕容超听了这话也没有怪他，只是叹息一声，"兴亡都是上天注定，我宁愿举着刀剑战死沙场，也不愿口衔玉璧投降。"

广固能够坚守这么久，除了它本身不好攻打之外，刘裕也是想行不战而屈人之兵的计划，毕竟真要强攻，对晋军的损失肯定会很严重了。以前的攻击都是打打就退，只是让城里的人日夜不安，提心吊胆。

但是张纲投奔他之后，晋军的攻城器械已经快要打造完备了，加上上次燕军从地道里偷袭的那次让晋军损失不少，刘裕心里也是憋着火了，更重要的是，刘裕此时得知了一个令他深为震惊的消息，占据广州的卢循和徐道覆趁着他北伐南燕，朝中兵力空虚的时候，已经起兵北上了。

而且告诉他这个消息的不是别人，正是他麾下的沈林子。沈林子一家先前是孙恩的属下，而且颇得孙恩的重用。这次卢循来信说，他们已经在广州造好了高大的楼船，军器铠甲也都准备好了，借鉴刘裕反桓玄的例子，联络他们就是为了在刘裕的身边布下伏兵，等到他们起兵的时候，让他们同时发动。只要刘裕死了，这样晋朝就会大乱，没有了刘裕这个令他们深深忌惮的名将，卢循他们就谁也不怕了。（《宋书·列传第六十·沈林子》）

可是沈林子觉得跟着刘裕混才有出头之日，卢循他们再怎么蹦跶也只是小毛贼，哪比上刘将军攻灭一国的战绩。卢循这次不仅通知了沈林子，顺便通知了沈林子的同宗沈叔长，可是除了沈林子前来给刘裕报信之外，沈叔长到现在还没有出现在刘裕的面前。可以预见的是，他已经被卢循给说动了，当灭了孙恩之后，刘裕手下也收容不少五斗米道的道徒，现在几年过去了，刘裕也不知道他麾下到底有多少人还听卢循的话。

所以，刘裕决定不等了，他要强攻广固城，只要广固城一破，刘裕的大军就可以南下守卫建康，而且朝中还有何无忌和刘毅两个人，只要他们能够撑上几个月，卢循他们这些跳梁小丑就蹦跶不起来。

到了二月四日晚，刘裕向麾下的所有将领下达了明日攻打广固城的命令，而且是一定要攻下广固城。可是有人提出了疑问，二月五日在皇家历书中记载，乃是"往亡"之日，不利于行军打仗，刘裕笑着说，"我往而敌亡，有何不可？"

正在这时，有一只苍鹅（灰色的大雁）忽然飞入了议事的军帐之中，众人都是惊诧莫名，也不知道这又是哪一出。刘裕的属下胡藩知道刘裕的心意，他一旦下定决心就绝不会更改，于是他灵机一动，"苍是胡人的颜色，在出兵之前，有苍鹅自动飞入我军帐中，说明我军明日一定能够获胜。"

次日，最后的攻城战在一大清早就开始了。不得不说，张纲为晋军设计的攻城车很是有用，不仅高大，最上面的木板很坚固，还铺了几层生牛皮，再加上一些卸力的支架，城头上的燕军落下的滚木礌石也打不破它，还有油锅的滚油、点燃的火把都不能使它烧着，箭矢就更不行了。在攻城车的掩护下，晋军藏身于其下，推着它向城门撞去，巨大的撞木撞得城门吱吱作响。晋军登上高大的飞楼，在下面人的推动下，藏身于木箱子中，居高临下地放箭，然后在接近城墙后，放下折叠好的悬梯，顺着它登上城头，与燕军战成一团。

这一次，刘裕是四面围攻，全力开火。上次檀韶因为失误而被刘裕降职，这次他攻城的时候最为勇猛，率领部下占据了城头的一块地方。在晋军的进攻下，燕军逐渐败退。就在这时，慕容超的宠臣悦寿令人打开了城门，向刘裕投降。大兵如洪水涌入，晋军便攻下了围困八个月之久的广固内城。

城破之时，慕容超率领着慕容氏的几十名骑兵突围而逃，没有逃得多远就被晋军给抓住了。刘裕这时心里正在恼火，问他为什么不早日投降，慕容超不理睬。他虽然是个昏君，可是这胆子还是不小的，没有向刘裕求饶，只是托刘敬宣代为照顾自己的母亲。慕容超被押往建康城处斩。结束了他从乞丐到皇帝，再从皇帝到亡国之君的跌宕起伏的一生。

攻破广固之后，刘裕愤恨这一战使北府军伤亡惨重，要下令屠城，除了城中的女子悉数赏给北府将士之外，其余的男子悉数处斩。这时刚投降的韩范就说，“晋室南迁之后，北方的汉人只有依附强大的政权才能保全自身，他们本身是没有错的，而且他们总是汉人的血脉，今天王师前来北伐中原，是要把他们从异族手上拯救出来，但您却要杀了他们，这与您的初衷不符啊。如果您今天杀戮过重，以后再有北伐的时候，想必他们也不会欢迎我们了。”

刘裕听了觉得很有道理，这个韩范也看出他以后要北伐后秦，是个不错的人才。即使如此，刘裕还是下令把宗室王公以下的三千鲜卑人全部斩首，他们的妻女全部进入晋朝的官府，成为奴婢，再赏给这次北伐的有功人员。

大战之后，就是治理齐地的事宜了。为了免除再有野心家占据广固坚城作乱，刘裕派人拆了广固的城墙，在它的东边，营建了北青州的新治所——东阳。羊穆之被任命为北青州刺史，而从南燕投降过来的韩范和封融也被封为郡太守。同时，檀韶也被封为琅琊太守。琅琊郡地处青州与建康之间的要道，北上要从这里经过，这个要地自然要交给心腹之人才放心。

对于刘裕的大肆杀戮，宋代的司马光老先生在编纂《资治通鉴》时狠加痛斥，说他有智谋勇略而没有仁义之心，所以才没有平定四海，成就一番大业。但是对比一下，司马光所处的时代是深受儒家教化的时代，这个时代的皇帝都是以仁孝治天下，大臣们就是触怒了皇帝也可以不死，这个情况如果在东晋那个年代实在是不可思议。

刘裕所处的时代，胡人纵横北地百年之久，汉人深受其害，对于刘裕来说，慕容氏的族人就是一个定时炸弹，留下来再让他们造反吗？毕竟慕容氏他们是有前科的，当初慕容垂投奔苻坚，到苻坚势弱时还不是背叛了他。如果今天刘裕也留下慕容氏的一脉族人，到时又出一个慕容垂怎么办？所以为了一劳永逸，刘裕就只好选择一个字，那就是杀。

话说南燕的慕容氏族人让刘裕给杀得差不多了，北魏的慕容氏也被拓跋珪杀得干干净净，至于北燕，早两年就快断根了。在十六国时代混得风起云涌的慕容氏家族从此消亡在中原大地之上。不，还有青海的吐谷浑一支，它一直到唐朝才被人给灭亡，可是从此以后，慕容氏再也没有出现过像样的人才，什么复国的春秋大梦，再无成为现实的可能。

十五章 卢天师风云再起

卢循的日子这些年过得很舒服。五年前，他是朝廷通缉的要犯，丧家犬一样从陆地上给赶到海上。现在，他是朝廷的征虏将军，广州刺史，掌握一州之军政大权，这日子过得好不潇洒，整天没事了去遛遛弯，看到哪个漂亮小媳妇也可调戏一下。不对，咱现在是朝廷命官，不应该做这些调戏民女之事，不过如果我出钱买应该不是问题吧。所以这一来二去的，卢大爷家的后院就越来越满，这姨太太都排到好几十位后面去了，他整天穿梭于花丛之中，忙得不亦乐乎。

虽然卢循对于现在的日子很满意，可是他的手下人不满意了，这个手下人不是别人，正是他的姐夫徐道覆。跟着卢循的老兄弟当初都是三吴地区的人，见识过扬州的繁华与富贵。当初他们跟着孙恩也曾攻下会稽大郡，那里可是天堂一般的地方，哪里是广州这化外之地比得上的。尽管当初被刘裕打得魂飞魄散，有一个落脚之地就很满意了，可是人心都是不知足的，过了这几年好日子，他们的心里又都痒痒起来了。

在刘裕开始北伐南燕之时，五斗米的人就找了卢循的姐夫徐道覆去向卢循说明，现在他们想回家了，请天师大人发兵，打回老家去。这里太穷了，俺们受不了了。而且徐道覆也正有此意，大家一拍即合，徐道覆马上写信给卢循，劝他趁刘裕不在国内之时起兵，可是卢循现在就是广州实际上的土皇帝，在这块地方他就是老大，他有必要再去打打杀杀吗？所以，他很干脆地拒绝了徐道覆的建议。

后来刘裕围住了广固城，一去不回。徐道覆跑到番禺游说卢循："岭南这个地方又穷又苦，当初只是作个暂时的落脚之地罢了，难道你想让我们的子孙后代永远住在这个蛮夷之地吗？当初我们向朝廷请降，是因为刘裕兵强马壮，现在他屯兵于坚城之下，回来的日子遥遥无期，我们手下的儿郎都是三吴地区的勇士，他们也都希望回到故乡去，所以您要考虑下面人的意见啊。如果现在我们突然攻打何无忌、刘毅那些小辈，胜利那是易如反掌。”

接着，徐道覆又向小舅子分析了他不起兵的后果：“你不要忘记，我们都是些什么人，我们当初可是杀人掠货的海盗，是和朝廷作对的反贼。当初朝廷是因为内乱，才没有时间理会我们，如果刘裕北伐回来，等个一两年时间休养生息，恢复元气，然后光明正大地下诏召你进京，到时候你进是不进？如果你不遵皇命，刘裕也不用亲自出征，他只要坐镇在豫章郡，然后派几员猛将翻过五岭，到时你再神勇无比，也只有败亡一途。现在就是个千载难逢的好时机，只要您先攻下建康城，把他们的根基给断了，到时各地保管烽烟四起，即使刘裕再有天大的本事，他也回天无力了。”

看到卢循还在犹豫，徐道覆就威胁道，“如果你不同意进兵，我就率领始兴的兵马独自北上，我死了你姐姐也要做寡妇。”听到这话，卢循只好同意，倒不是怕姐姐做寡妇，而是世人都知道徐道覆是他卢循的姐夫，两人就是一体的，徐道覆造反了，就是卢循造反了，他没的选择。

既然卢循同意了，徐道覆也不以为甚，不过现在东晋朝廷实在强大，这一次他们一定要想一个万全之计。东晋朝廷的七寸现在就是刘裕。刘裕现在率领大军出征在外，如果他突然死了，那么对于东晋朝廷来说，不只是死了一个统兵的将领那么简单，因为刘裕还是朝政的实际控制者，这点大家都知道。

所以，第一件事就是，他们派人去往齐地向沈家人招安，只要杀了刘裕或是他手下的大将，将来封侯拜将也不无可能。因为以你们的出身在刘裕手下是不能出人头地的，只有跟着卢天师，前途才是光明的。当然，如果有可能，能够掌握一点北伐大军的精锐那就更好不过了。

第二件，卢循他们既然打算攻打建康，这战船肯定是要打造的，因为南康郡（今江西赣州市）内多山，而山上又有许多上了年份的树林。卢循派人假装木材商人，砍伐了许多木材之后先粗加工一番，制成造船的木板，可是后来这“木材商人”却因资金不足，不得不忍痛割爱，只得在当地给卖了，这价格要比市场价低上几成，因为南方也多有造船的工厂，所以南康的百姓们贪图便宜，家家户户都买了许多的船板放在家中，居然没有一个人怀疑的。

第三件，那就是联络割据益州的谯纵大军，让他们在适当的时候出兵相助，虽然谯纵的胆子小，可是几年前就投奔他的桓谦胆子可不小，他正想趁着此时替桓家人报仇了。

等到了410年一月的时候，卢循正式起兵。徐道覆做的第一件事就是先入南康城，接着就是按图索骥，给以前南康城中买了木材板的百姓家里下了通知，现在卢天师决定推翻这腐朽的晋朝，还百姓们一个晴朗的天空，所以为了卢天师的大业，请你们把家中的木板都捐出来吧。

什么？没有？这账上明明写着你们家当初买了300块，还敢骗俺们说没有？在明晃晃的大刀威胁之下，南康城中的木材板很快就被徐道覆征用。据史料记载，卢循他们只花了十天工夫，就把全部的战船打造完毕，完成之后，号称"舳舻千计"。当然这也是一个夸大的数字，不过尽管是夸大了的，这也说明这次卢循起兵是做了一番精心准备的，不比从前乱哄哄地只知道烧杀抢掠。

按照两人先前商议的进兵方向，这次他们出人意料地没有从海上登陆，而是过了始兴之后直接北上，然后兵分两路。卢循这一路就先攻下湘东郡（今湖南衡阳），然后沿着湘江这一路向荆州进发，而徐道覆这一路则是向东北，进占南康郡，然后顺赣江直上长江，这目的地就是江州，然后两军会合，一统长江流域，再北上建康城，可以一战而下。

徐道覆这次准备了良久，兵锋锐利，战船沿着赣江北上，沿途的庐陵郡（江西吉安）、豫章郡（江西南昌）的晋军和地方官都是猝不及防，只得弃城逃命，而徐道覆就不费吹灰之力拿下了三处大郡。

等卢循起兵的消息传到建康之后，广固城还没有被刘裕给攻破，即便是攻下了广固城，刘裕也一直没对军中说起卢循起兵的消息。但是一回到了下邳，刘裕突然放出消息说在这里休养几个月后要一举荡平关中与河洛之地，于是就在这里停了下来。其目的不言自明，那就是为了震慑北魏与后秦，刘裕知道自家的家门口有人造反，不得不在这里先放出狠话来，谁要是敢惹我，我就马上灭了他。

刘裕停下来的第二天就立刻杀了沈叔长这个定时炸弹，制止了可能出现的骚乱。然后向全军通报消息，这时建康朝廷让刘裕班师回朝的圣旨也已经到了，虽然下邳可以走水路回建康城，但是刘裕嫌坐船太慢，带着精锐部队就从陆路连夜返回建康。

十六章 何无忌大意身死

何无忌在知道南康郡、庐陵郡纷纷被徐道覆给攻破之后，他急忙召集属下的州军准备征讨。

但是他的属下有许多人都有不同的意见，他的长史邓潜之对他说，“国家的安危就看将军的这一次战争胜利与否，将军应该慎重以待啊。听说卢徐二贼这一次北上的战舰高大精良，又是从上游顺流直下。依我之见，应该把南塘的堤坝给挖开，让赣江的水位下降，这样叛贼的大船没有了足够的水力就会行动迟缓，我们再固守在豫章、寻阳两郡，他们这次北上其志不小，恐怕是要朝建康而去的，只要我们守好这两个地方，他们一定不敢绕路而走，在他们的身后留下我们这个大患，所以我们只要养精蓄锐，待他们疲惫不堪之后再发动进攻，这样我们胜算才高啊。要是现在我们贸然地冲了上去，胜了还好说，如果输了那我们后悔都没有办法了。”

参军殷阐也劝阻说，“卢循和徐道覆手下的反贼曾跟着孙恩几次出生入死，可以说是身经百战，勇猛无比，而且他们在始兴招募的溪族人都是力大无穷、身手敏捷的蛮人，我们也不可轻视啊。将军最好是留守豫章，然后召集各地的兵丁在这里集合，等到各地的兵丁到齐之后，我们再一起出战。如果依靠现有的军队贸然去找叛贼决一死战，将军你将来一定会后悔的。”

其实他们两人的主意也不能说不好，不过这是典型的缩头乌龟，东晋士族在打仗的时候都是先求自保，等待时局的变化。但是何无忌是什么人？他现在是东晋的安成郡公、江州刺史，如果坐视辖下的郡县被反贼攻破，到了以后一个“不作为”的罪名就可以让他锒铛入狱。

更何况，何无忌自幼入北府军，北府军转战天下，从没有打过败仗，这也是何无忌自信的来源。他是一个军人，五斗米道的这些反贼当年他不知道杀了多少，怎么可能在徐道覆这些小毛贼面前缩手缩脚？

还有更重要的一点，当年刘裕凭着反桓的盟主身份如今在朝辅政，尽管他嘴上不说，可是他心里却明白，如今的刘裕在身份上把他丢开了一大截。刘裕北伐南燕，听说战绩很不错，都打到南燕的都城之下了，到时候刘裕就是攻灭一国的大功臣，当年平起平坐的兄弟，以后见了面就要矮人一头吗？

尽管刘裕和何无忌的关系很好，但是身份的不同，就注定了他们此时所要考虑的也会不同。如果刘裕以后回国，他身上带着灭国的大功劳，自己却在小毛贼面前畏首畏尾，恐怕何无忌再也没有脸去见他了。

所以何无忌很干脆地道，“你们二人都说要固守豫章，但如今豫章郡的情况我们都不知道，谈何据守，我意已决，率兵北上，不用多言。”

何无忌率领江州刺史麾下的兵丁沿赣江逆流直上，在三月二十三日同徐道覆率领的五斗米道的反贼在离豫章郡不远的赣江中相遇。赣江水是自南向北流向，所以两军就分别占据了东西两方作为落脚点，徐道覆占西面，何无忌占东面。

战斗开始，何无忌率先向徐道覆的水军发动进攻，而徐道覆的兵马连破几郡之后，这人数又有了大幅度的增长。待何无忌进攻，徐道覆不仅让自己手下的水军还击，并且还从军中抽调大批弓箭手登上西岸边上的小山，以居高临下之势，放箭直射行进的军队。

徐道覆的战船高大，有的还是几层楼船。何无忌手下的战船比徐道覆的要小，就和当年追击桓玄时的情况一模一样，他只能率军接近敌方的战船，然后才能攻击到敌军，可是刚刚挨近敌军，就遭到了敌军岸上弓箭手的密集攻击。敌军船上的兵丁也立时发动攻击了，何无忌此时可以说是两面受敌。

晋军的船小，船上没有甲板护栏之类的东西，士兵纷纷暴露在敌军的箭雨之下，士兵们只得以一手持盾，一边还击，可是随着士兵们不断地中箭，何无忌的军队从一开始就处于下风。激战了不久之后，更糟的事发生了，老天爷吹起了强烈的西风，晋军船小，在风浪中不能立足，纷纷被大风吹向东岸。

敌军中的徐道覆见到这个情况大喜过望，一声令下，手下的座船乘着风势向晋军飞速驶来，利用座船高大的优势，把晋军的小船纷纷撞翻，晋军只得跳船以逃生，一时晋军大溃。此时，何无忌也知道败局不可避免，但他不愿意做逃兵，宁肯战死，他对手下人大喝一声，“把我的苏武节拿来。”“苏武节”其实是朝廷赐给江州刺史的旌节。

何无忌一说苏武节，手下人就知道他决定战死以全忠义，他们也决定跟着何无忌一起战斗到最后。在何无忌的指挥之下，手下人都是奋力死战，死也不后退，眼见敌人越来越多，而手下人越来越少，何无忌也是面不改色，直到几十个五斗米道的反贼跳上他的船头，何无忌持节搏斗至死。

何无忌是“建义诸人”中的三大巨头之一，也是朝廷中的顶梁柱石，他的死对东晋的打击其实不小。

撇开徐道覆的大胜，卢循领着另一路人马北上占湘东郡（今湖南衡阳）后，顺着湘江北上，与奉荆州刺史刘道规之命前来阻击他的人马会战于长沙。因为刘道规自己也要镇守益州的谯纵和北方的后秦，所以派的援军不是很多，被卢循击败，退守江陵。不久之后，卢循占据了湘江与长江交汇的巴陵郡（今湖南岳阳）。

从某一方面来说，何无忌自己求死不可取，毕竟失败了可以再来，何必战死沙场。因为何无忌的命不仅是属于他自己，他同时还是朝廷的江州刺史，他一死，这徐道覆就无人可制，难道指望刘毅吗？所以之后徐道覆轻松攻占了寻阳，占据了这个长江之中极为重要的节点，寻阳和巴陵是建康通往荆州的两个必经之路，这两个地方失去了，朝廷就会和荆州失去联系。

十七章 刘毅败战桑落洲

何无忌败死的消息传到建康之后，朝廷接连派出快马通知正在班师的刘裕尽快北返。刘裕真是大吃一惊，他跟何无忌可以说是从小一起长大，后来又一起剿灭孙恩之乱，再到剿灭桓玄，几十年的战友这说死就死了？

此时的刘裕率领着他手下的军队还在山阳（今江苏淮安），离建康也没有多远，他担心建康城会守不住，毕竟现在建康城内兵力空虚。刘道规和何无忌都败了之后，朝廷里面能够抵挡卢循的就只有刘毅一个人，但是刘毅手下的人马也没有卢徐二人的人马多，更重要的是刘毅好像病了，病得很重，导致他不能及时救援寻阳，使贼军扼断了长江的水道。

刘裕命令大军脱下铠甲，轻装上阵，用急行军的方式赶往建康，而他自己只身带着主力军官和几十个骑兵日夜兼程，赶到了长江北岸的时候，正好看到还有过河的人，刘裕就向他们打听消息，过河的人就说，“贼军还没有赶到建康。如果刘公能够及时赶回去，那么什么都没有问题了。”

刘裕听后大喜，只要建康城还在，那么一切都可以再来，就算他们打到了建康城下，我也不怕。可是这时天公不作美，长江北岸吹起了好大的狂风，江上风浪很急，船只在上面直打晃，刘裕想要渡江，手下的人都怕到了江中的时候风太大把船掀翻了。

刘裕大怒，不过他也知道怕死乃是人之常情，他只好率先上船，“如果天佑大晋，那么风就会自动停止，如果老天爷不保佑，我们就是回去了，那时建康城也要被贼军攻破，我们也无立足之地，所以这和死在江里有什么区别？”众人听了没法，只得上船，果然，老天爷还是保佑大晋朝的，船刚刚开动，这风浪就停息了。

刘裕是在四月初二赶到的建康城。城里一片大乱，当初何无忌败死和刘毅生病不能领兵出征的消息传到建康之后，大臣之中居然有人建议，让安帝弃城而逃，然后去找刘裕的北伐大军，后来有人提醒卢徐两人的军队离建康还有上千里，他们才安静下来。

随着刘裕的归来，建康城里的人心也稳定下来，尤其是青州刺史诸葛长民、兖州刺史刘藩、并州刺史刘道怜也带兵护卫建康之后，这手里有了兵，底气也足了，刘裕随即解除了建康城的戒严。因为五斗米道的教徒甚多，谁也不敢保证京师就没有，万一京师如临大敌的消息被卢徐二人知道了，他们还不马上发兵攻打建康，可是刘裕现在需要的就是时间。

稳定了朝中的形势之后，刘裕马上向安帝递交了辞职报告。按刘裕的说法，这次卢循北上，都是因为自己一意孤行，硬是要北伐南燕，才导致朝中兵力空虚，更导致了后面安成郡公何无忌的战死，自己是罪不可恕，应该严惩。

即使刘裕说的都是实话，可是建康城里此时谁敢让他下台？何无忌战死，刘道规战败，刘毅又重病，现在他们只能靠刘裕来力挽狂澜。因此朝廷上下一致表明，刘公刚刚攻灭北方蛮夷，有大功于朝廷，朝廷正处于多事之秋，以刘公的安邦定国之才，怎么可以在这时候撂挑子不干了？所以满朝上下，没有一个同意刘裕自请辞职的。

好吧，终于去了一个隐患，要是刘裕此时不率先说出来，即使他以后打退了卢徐二人的进攻，日后再有人提出来，陷陛下于危难之中这也是一桩大罪。

接下来，就是该想着怎么抵抗敌军了，或许是大战之后的后遗症，北伐军在北返的时候，不是患病就是受伤，所以迟迟没有赶回建康。至于先前赶到的三大刺史虽然也带兵勤王了，可是他们都是侨州刺史，手下也没有多少人马，自从建康和荆州的联络被切断之后，荆州的大军也不能指望。

不，晋朝还是有兵用的，那就是豫州刺史刘毅手上还有两万军队，但是刘裕和刘毅两人私底下都知道，他们两人的关系不像平时表现得那么好，所以到了这个关键的时候，刘毅会不会带兵勤王呢？

正好这时候，刘毅有动作了，他上表要南征反贼，因为前些日子何无忌身死的时候，他就准备进兵的，只是不巧他病了，现在病好了，他马上就要出征。刘裕可是知道刘毅手上的两万人马就是朝廷最后的一点倚仗，他的人马要是折了，那朝廷可就真要悲催了。

从这里我们是不是可以大胆试想一下，刘毅他真的生病了吗？为什么何无忌一死，刘道规手下一败，刘裕还远在南燕的时候，敌人正向建康而来的时候他就病了，而且病得很重，连兵也不能带了，可是刘裕一回到建康，他的病又好了，好得如此之快，实在让人不敢相信。

刘毅只想趁着刘裕不在，朝廷只能依靠他的时候，向朝廷提出更高的要求，比如上京执政，取代刘裕。刘裕回到了建康之后，他的病就奇迹般地好了，他怕那些毛贼被刘裕打败之后，这又没自己什么事了，自己只能在旁边干瞪眼。

刘裕派了刘毅的堂弟刘藩送了一封信给刘毅，信上是这么说的，“刘兄，我过去和他们多次打过交道，知道他们诡计多端，这次他们虽然是侥幸获得胜利，但他们的气势和实力也不容忽视，现在建康城里的战船就要修缮完毕了，到时我们一起进兵，保管手到擒来，扫平了敌人之后，长江上游那块地方就归兄弟你管了。”

长江上游指的是荆州刺史之位，比起刘毅现在所任的豫州刺史要高了不少，因为荆州自古就是军事重地，驻有重兵。

尽管有了何无忌的惨败在前，但是刘毅依然没有把卢徐二人放在眼里，刘裕的信更是加重了他的怒火。眼见我就要立下不世功勋，他刘裕又怕我盖过他的风头？刘毅把刘裕的信扔在地上，对着堂弟刘藩怒声道，“当初我们一起倒桓建义的时候，我只是出于一时的谦让，才让他做了义军的盟主，他还真把自己当成一个人物了。现在又要来对我指手画脚，你们是不是都认为我不如刘裕，你就看着我怎么把这一干蠢驴小贼给打得落花流水。”

刘毅马上整点手下二万大军，战船上百艘，向西开进。

当初，卢循与徐道覆两人起兵之时是兵分两路，徐道覆攻占寻阳之时，卢循也已经攻占巴陵，并且打败了刘道规派遣的援军，之后卢循就向江陵进兵。卢循准备让徐道覆领兵前来同他会合，一起攻打江陵，只要打下了江陵，他们两人即便不能攻占建康，也可以割地称王，就像当年的桓玄一样。可是徐道覆知道刘毅进兵之后，却反对攻打江陵，反而派人飞马送了一封信给卢循：“刘毅的军队很强，这也是朝廷最后一支拿得出手的军队，我们将来能否成功，这一战至关重要，所以我们应该同心协力先把他给打败了，只要刘毅也败了，那么拿下江陵也不在话下，不要忘记，益州那边还有我们的盟友，甚至将来，统一天下也不是什么问题。”

卢循这时候倒也很决断，而且他和徐道覆两人是姐夫与小舅子的关系，他们两人的默契要好于刘裕和刘毅二人，所以他当天就带兵坐船顺流直下，与徐道覆的兵力合归一处，然后一起东下。直到五月初七，他们两人率领的军队与刘毅的豫州军在桑落洲相遇。

桑落洲，这里是当年刘裕打败桓玄的时候起到决定性作用的一战，现在，他又要在这里和起兵反叛朝廷的卢徐二人在这里决战，所以，刘毅信心十足。

卢循与徐道覆两人合兵之后，计有战船上千艘，士兵十余万。卢循军中还有九条巨舰，这种巨舰有八个独立的密闭舱艚，甲板上建四层楼，高十二丈，是卢循他们这次进攻的最有利的保障。当然，这也是史书上虚构的数字，十万兵大概是没有的，五万也差不多了，不过那种巨舰倒是真实存在的。

反观刘毅的军队，他手上有两万大军，战船上百艘，但是可以预见的是，他的战船应该不是专门用来水军作战的，因为当时朝廷最强大的水军只在三个地方，一个是荆州，一个是建康，还有一个就是江州，不过现在被徐道覆打垮了。

刘毅的军队不论是人数还是战船的质量和卢徐两人的相比较都有很大的差距，而且刘毅为人狂傲，不把卢徐两人放在眼里，而卢徐两人是把刘毅当成一个大对手来看的。此消彼长之下，这结果不言自明。

桑落洲之战十分短促。刘毅军一开始就对上了高大的楼船，没处下嘴。许多小船被撞翻，刘毅弃船逃走，只带着几百名心腹手下上岸步行，其余的晋军十之七八都被卢徐两人给俘虏了。这一仗之后，刘毅的几百艘战船和堆积如山的辎重物资都成了卢徐两人的战利品。这可是明显的资敌啊。当初桓玄败逃时都知道要把船给烧了。

十八章　孟昶想不开

如果说何无忌的战死，朝廷里面勉强可以接受，因为他手下的军队太少，老天爷也帮着徐道覆那个反贼。关键的时候竟然吹西风，它怎么不再吹一次东风呢？

可是刘毅的惨败而归就让建康城的臣民们心里的恐慌再一次不可抑止。两万大军啊。居然在正面作战中败给了几个小毛贼？不过也不能称他们为小毛贼了，因为按照逃回来的那些败兵所说，卢徐二人的舰队绵延百里，声势浩大，而且他们麾下的兵卒比孙恩当年进逼建康的时候还要多，那景象简直可以用遮天蔽日来形容也不为过。

要知道此时的建康城，兵力空虚，北伐大军虽然已经归来，可是多数都患有不同程度的病症，需要休养。三个刺史带来的援兵，加上建康城里本来的兵力，再加上刘毅败退回来的豫州军，总共不到两万人，同徐道覆他们十几万大军实在不能相比。

刘毅战败带来的影响还不止这一点，豫州的首府历阳（今安徽和县），也就是刘毅的驻地，他的主簿袁兴国知道刘毅战败后，立即起兵响应卢天师。按他的想法，卢天师应该很快就会攻到豫州境内，自己早一点投效，以后也好让他老人家给封一个大大的官职不是？

可是我们的袁主簿悲剧了，卢天师没有及时前来，反而这朝廷派来剿灭他的军队却先到了。琅玡内史魏顺之派了他手下的一名小将叫谢宝的前来讨伐于他。如果做主簿的都能够造反那可真是天大的笑话了，袁兴国就被谢宝给杀了。可是随着造反的人越来越多，魏顺之以为卢循的人马已经到了，就自己退回建康城。谢宝的那点兵被乱贼围困，失败被杀。

袁兴国至死也念念不忘的卢天师，这时也正在惶恐了。因为卢循在桑落洲打败了刘毅后，从败军的嘴中得到了一个消息，那就是北伐南燕的刘裕胜利归来。卢循和左右两边的人都大惊失色，当年惨败在刘裕手中的情景还历历在目，想起自己等人被他像赶鸭子一样连着几次赶下海，那可是卢天师永生难忘的经历。

于是，卢天师犹豫了，他向手下人表示，咱们还是先退守寻阳，然后再攻打江陵吧，只要占了荆江两州，再和朝廷对抗也多一些本钱是吧。他的言下之意谁都明白，大多数人都同意他的意见，可是徐道覆不干了："小舅子你到底明不明白啊？现在是刘裕最虚弱的时候，如果你不乘胜进击，以后就再也没有这样好的机会了。"卢循犹豫了好几天，最后才在徐道覆的坚持之下兵发建康。可是这时距他们战胜刘毅都已经过了好多天了。

而此时的建康城中，刘裕旧事重提，在朝上自请辞职，都是因为自己没有劝住刘毅，才导致了朝廷军队的大败。这结果嘛自然是不许的，还是官任原职。这时原先同刘裕一直起兵的诸葛长民和孟昶两人不干了，倒不是因为别的，而是两人认为现在的情况实在太危险，应该让安帝下令迁都，迁到长江以北去，可是刘裕不同意。

当初何无忌和刘毅出征南方的叛军时，孟昶就断言他们两人一定会败。果然，现在孟大仙的预言成功了，他再次预言这次刘裕也不能抵抗叛贼的进攻，由于有了前两次的先例，朝廷中的大臣居然都还挺信他这套的，纷纷支持孟昶的提议——奉帝迁都。

当然，朝中也不是没有头脑清醒的人，比如龙骧将军虞丘进就在朝中把他们狠狠地骂了一顿，认为朝廷这次一定可以获胜。甚至还有反应更为激烈的，比如中兵参军王仲德，这位老兄当初和刘裕等人一起参加倒桓的起义，可是他们运气不好，他哥哥王元德被桓玄给杀了，他和他侄子侥幸活了下来。

王仲德以为是刘裕在悄悄地主持迁都讨论，就跑过来对刘裕说："明公乃是天命之人，今日才会匡扶社稷，成为朝廷的宰辅，现在刚刚攻灭一国，正是声威震天下的时候，您为什么逃跑了？这些妖贼只不过是趁您不在国内、兵力空虚的时候才敢进犯，只要他们听到您胜利归来的消息，一定会不战而逃。现在他们还没有打到建康城下，您就要弃城而逃，那么您这么多年来以战无不胜的功劳积累的巨大声望就会丢得一干二净。您还想有什么作为？谁还肯听从您的命令？如果您真的打算渡江北上，那么请恕我王仲德就不奉陪了。"

刘裕听了这个话自然是很高兴的，只是孟昶那里确实是个很大的麻烦。孟昶原来是代表建义诸人在朝中任职的，在京多年也积累了很多的人脉，加上他现在是朝廷的尚书左仆射，有很多人都听他的命令，如果不能说服他，这后果实在是很难预料。

孟昶之后接连几次都提出要迁都北上，刘裕对于以前的老朋友这么顽固也实在很无奈。刘裕只好在朝上当众表明自己的决心，“现在保卫国家的两大军团，江州军和豫州军都先后败在敌军手中，而强大的敌军又在步步紧逼，大臣和百姓心里的恐惧已经到了一个极限，如今这建康城还毫发无伤，陛下的车驾却先动了，百姓们知道了会怎么想？京城很危险，所以皇帝就先逃了。这样做的后果就是会使事情一发不可收拾，到时我们想收拾残局也办不到了。再说就算依你所讲迁都北上，到了江北又会怎么样，也只是拖延一些时日罢了，最关键的是臣民们没有信心，怎么可能打得赢敌军？逃得再远也没有用。而现在我们的士兵虽然很少，只要我们上下一心，齐心合力，还是可以和敌军拼死一战的，如果胜利那就是老天保佑我大晋朝廷，我们君臣都可以重获新生，如果失败，那我宁愿舍身报国，就算是死我也要死在晋室宗庙之前，绝不会苟且偷生。”

到了最后，刘裕看到孟昶还要再说，只得斥道，“我决心已定，再也不会更改。”孟昶因为自己的建议不被采纳而有些恼羞成怒，他再次表明，朝廷这一次的抵抗一定会失败，但是他不愿意将来城破之后死在敌人的手上，所以他请求刘裕先杀了他。

刘裕也没想到事情会闹到这种不可开交的地步，他此时也恼火了，自己可是录尚书事，当朝宰辅，跟你说了半天好话你都不听，反而要威胁自己，于是顺口说道，“如果你一定要死，那也可以，等到我打退了敌军的进攻你再死也不迟。”

其实刘裕的意思是让他看着自己打退敌军，看到他到时候还有没有脸说要死的话，可是孟昶这时就有点入了魔怔的感觉，他越想越觉得自己罪大，于是他向朝廷上了最后一道表章，“当初刘裕要北伐的时候，满朝的文武百官都不同意，是我一力支持，结果却导致妖贼乘虚而入，使国家的安全受到了威胁，这都是我的罪过，我只有一死以谢天下。”然后，孟昶一时想不开，就自己服毒自尽。

孟昶算得上是一个热血忠臣。他的打算是让皇帝北上，不管建康城是破还是不破，只要皇帝还在，朝廷就有希望。在他看来，刘裕不是万能的。所谓不败将军那只是传说。所以刘裕决定死守建康，是置皇帝的安危于不顾，他无法赞同。而他曾经力挺刘裕，难以自辩，干脆以死明志。

而刘裕的性格之中本来就有赌徒的成分，老孟的想法其实真有道理。刘裕往往算出自己胜率大一点，然后就是置之死地而后生地使劲，以扩大胜率。这一点是冷兵器时代优秀武将的必备素质，孟昶也是体会不到的。

但是孟昶之死，却让本就喧嚣于建康城的流言更加具有说服力，百姓们的信心也在消退，所以从这一点上来说，孟昶干了一件蠢事。就跟当初的何无忌一样，死很容易，但他们死后所造成的影响就连刘裕也不能控制。城中的百姓对于击退贼兵越发没有信心。

十九章 建康保卫战

一

可是孟昶的死没有成为压倒建康城的最后一根稻草，因为此时，不战而逃的魏顺之已经回到建康城了，刘裕用丧师、失地、临阵脱逃几个罪名把他当众斩首。

魏顺之是谁？魏顺之和他哥哥魏咏之是当初跟着刘裕一起在京口起义的建义诸人之一，他也算是刘裕的老兄弟了。他被刘裕杀了之后，建康城里的功臣们再也不敢和刘裕对着干了，这一次魏顺之做了刘裕杀鸡儆猴的那一只鸡。

不久，朝中传下圣旨，大赦天下，然后就是招募士卒。建康城现在最大的弱点就是兵力不够，所以刘裕这一次很大方，重金悬赏，只要是在这一次保卫建康城中立下大功的人员，他们的赏赐都是按照当年京口起义的标准来发放。当年京口起义后，只要是存活下来的每一个人都有封赏，当时大封了几千人，就是死了的人朝廷也没有忘记他们，他们家里人都减了好多年的税赋。因此此令一下，简直是从者如云。

接着就是发动百姓营建石头城，依照建康城周围所在的地形，石头城处在建康城的西边，石头城是依清凉山而建，城墙边都是陡峭的崖壁，易守难攻，它连着长江的水道，而建康城的南边则是秦淮河，它也连着长江，所以石头城是抵抗贼军的第一道防线，守住它不仅可以防范敌军直接在江滨登陆，也可以扼守河口，防止其舰队开入秦淮河。

当时还有人建议说应该分兵驻守离建康相近的各个交通要道，这样就让敌军寸步难行，也可以节约出更多的时间让建康城从容准备。刘裕心里早有打算，他反驳道，“现在的情况是敌众我寡，如果再把本就不多的兵力分散到各个要点上，那么每一个要点上的军队也不会很多，这样反而让敌人知道了我军的虚实，而且我军连遭寻阳、豫章两处大败，这样对我军来说是很不利的。我们应该把全部的兵力集中在石头城，这样既可以让敌军不知道我军的虚实，也可以使军队的力量不致于分散，当然，如果各地的军队能够及时地集合到京城来，到时再另行安排吧。”

在修缮石头城的同时，为了防止卢循突袭秦淮河，刘裕也听从龙骧将军虞丘进的建议，让晋军砍伐大量的树木，在秦淮河流入长江的河口处打下大量的木桩，阻了航道。同时沿着长江江岸和秦淮河南岸打造一条木栅栏，以增加贼军登陆的困难。

十四日，卢循率领的贼军已经开到建康城边的江面上。建康城立即戒严，宫中传来圣旨，琅琊王司马德文都督宫城诸军事，住在中堂大殿处理军务。刘裕则在石头城驻扎，其他各位将领各有自己的防地。刘裕的儿子刘义隆只有四岁，刘裕就派谘议参军刘粹辅佐他，镇守京口，而刘粹是刘毅的远房堂弟。

刘裕站在石头城的望楼之上看到许多百姓居然站在江边看着江中的贼军，就觉得很奇怪，建康城不是戒严了吗？问参军张劭这是怎么一回事？张劭就拍着马屁说，“如果您没有回来，百姓们恐怕早就四散奔逃了，哪里还有闲情逸致在这里观望，现在您回来了，他们自然是不怕的了。”

张劭的马屁拍得刘裕很舒服，于是刘裕很有闲情地给手下人讲解了一番，“贼兵如果从新亭（今南京城南，也是当时建康城的一处要地）直接挺进，那么他们应该是来和我们决一死战的，其锋芒不可阻挡。我们也只能暂且回避，到时他们一登岸我们就放弃建康，带着军队后退再寻找战机，只是这样一来此战的胜负也就不可预料了。但是贼兵如果回到西岸去停泊，那就证明他们没有和我们死磕的勇气，到时此战我们必胜。”

看着江面遮天蔽日的船队远远朝着建康城而来，刘裕和手下人呼吸都急促起来，贼军前进的方向就决定了他们的命运，越来越近，石头城在众人的担忧之中。船队没有在西岸停下，而是直接朝着秦淮河而来。

新亭，怎么可能？贼军居然想要找我们决一死战？刘裕的脸色也凝重了起来，而他的手下人脸上更是一片苍白，怎么办？卢循这家伙不是一向很胆小吗？怎么会想要同朝廷决战？刘裕心中暗叹一口气，虽然自己先前说了要放弃建康城，可是自己怎么也做不到不战而逃，决战就决战吧。大不了也只是一死罢了。

就在石头城上的人满心悲观之时，就在江面上的船队快要靠近新亭时，船队突然又作了令人意想不到的动作，掉头。它们居然没有直接登陆，而是又回到西岸的蔡洲（长江的一个小岛，石头城以西）上去了，接着刘裕等人就看到贼军们下船登洲，然后就在蔡洲上安营扎寨。

刘裕等人大喜过望，这真是老天保佑啊。难道是他们看到秦淮河上的木栅，不好登陆所以退回去了？其实刚才这一系列让人心惊胆战的动作只是因为贼军的两大首领这时又闹起矛盾来了。徐道覆认为应该在秦淮河南的新亭和白石垒（今南京下关狮子山，建康城西北）这两处登陆，一南一北，前后夹攻，让刘裕分身乏术，顾得这头顾不得那头。更重要的是，徐道覆的意见很激进，他想要在这里与刘裕决一死战，他提出让全军把战船都焚毁了，以表明破釜沉舟之决心，有进无退，这样手下的人就能发挥一百二十分的战力，一定能够攻破建康城。

可是卢循坚决不同意，他对自己的姐夫说，“听说我们的大军还没有到，建康城的左仆射孟昶就被吓得服毒自尽了，这说明了建康城内的人心已乱，按照常理来讲，外有强敌压境，内部又不能统一意见，建康城内说不定会出现兵变或是自相残杀之事，现在我们大军压境，也不怕他们翻了天。我也知道只要攻城，胜利只在反手之间，只是这样一来，我们手下的儿郎们就会死伤惨重，得不偿失，不如先按兵不动，看看他们的反应再说。”

卢循的性格可以说是稳重，也可以说是保守，同激进的徐道覆始终不能统一意见。对比建康城的情况，或许可以这样看，卢循就是古板守旧的世家们，而徐道覆就是翻版的刘裕。只不过建康城内是刘裕掌握了大权，所以才能按他的心意如何排兵布阵，而徐道覆说白了只是二首领，就算是他是卢循的姐夫，可是他还是得听大老板的。于是，卢循强自下令，令战船转舵向蔡洲，然后安营扎寨。

徐道覆见劝不了老大，心中暗叹一声，“卢公这样优柔寡断早晚要出大事，只可惜我没有遇到一个贤明的主公，不然天下早已平定，哪里还会在这里受气。”在蔡洲上扎下营盘之后，徐道覆又几次请战，可是卢循只是不许，让他也徒呼奈何。

行军打仗也可以看做是高手过招，统帅们手下的兵马人数，骑兵、水军、战船、弓弩都可以看做是他习得的武功，但是并不是说一个高手学会了绝世武功就天下无敌了，关键的是他要会用，怎么用，合理地用。

现在卢循就出了一个浑招，坐等时机送上门来？这说出去不是让人好笑吗？如果建康城内的主事人也像他一样是个多谋少断的人，或许卢循打的算盘就成功了，可是刘裕他是一个宁折不弯却又机智狡猾的名将，怎么会给你机会。

既然卢循他们没有攻城，刘裕等人的时间就更充足了，再次修缮了越城、查浦、药园等几个重要的堡垒，让建康城的防御更加完备；当然最重要的是势的变化，势这个东西看不见摸不着却可以感觉得到。

大战来临之际，这贼军没有马上攻城，却退到长江中没有反应了，这是一个什么情况？这说明贼军怕了刘公，怕了刘公的不败威名，这一下建康城内的人心才算是彻底稳定下来了。

二

就在晋军与贼军有点互相对峙的时候，这外面也发生了几件大事。第一件事就是江陵这边，荆州刺史刘道规发现自卢循东下之后，就再也没有得到建康城的消息，再加上荆州各地的强盗匪徒纷纷揭竿而起，这其中免不了有桓家的余孽在兴风作浪。他自己要镇守江陵要地，不能轻易出动，就派了手下司马王镇之率领天门太守檀道济、广武将军彭城人到彦之进兵去救援京都建康。

当然他们三个手下的人马也是不多的，说是救援建康不如说是去给卢循添乱的，看看能不能在卢循屁股后面找点麻烦，总之不能让他轻轻松松地就到了建康城。可惜三人一路追击寻阳的时候，遇到了卢循手下留守寻阳的苟林，没有任何悬念，苟林轻易打败了这三个人，即便是日后的一代名将檀道济此时也吃了败仗。

这个苟林不是晋朝人，而是后秦的将军，可见后秦的姚兴对于刘裕那是相当的不满啊。即便是他不能率大军亲自讨伐晋朝，也要派手下人在刘裕的家门口给他添点乱。卢循知道苟林胜了之后，任命他为南蛮校尉（汗一个，卢循是不是脑袋被门板夹了，居然任命秦人为晋朝的官，不过现在两方正在合作，这也很正常），并且还派了一些兵给他，让他乘胜讨伐江陵。

益州的谯纵早就和卢循等人联络好了，一旦见到朝廷大乱，就马上发兵响应，可惜谯纵的胆子小，直到建康城被围了之后，他才派了桓谦为荆州刺史，任命谯道福为梁州刺史，率领二万人的军队进犯荆州。其中这苟林就是后秦姚兴支持他们而派来的人。荆州一地是风起云涌，刘道规的形势也不妙啊。

这第二件只能算是小插曲了，在一个夜黑没有月亮的晚上，蔡洲那边有一只小舰悄悄地脱离了大部队，驶往石头城的方向，石头城的守军开始还以为是敌军趁夜偷袭了，不对啊？偷袭才一条船，这人也太少了吧。

等到船靠岸了，守军中有人认出了为首的人，原来是朱龄石的兄弟朱超石啊。朱超石原来在江州刺史何无忌手下任参军，可是豫章一战，何无忌战败身死，他也成了徐道覆的俘虏，徐道覆听说他文武双全，就任命了他为自己的参军（徐道覆脑子坏了吧）。这个朱超石没有像其他人一样寻死觅活，而是取得了徐道覆的信任，徐道覆后来任命他当了一条小船的船长，朱超石这时才露出他的“真面目”，三言两语就策反了整条小船的人，趁夜逃回了石头城。

刘裕得知朱超石回来自然是大为高兴，先问了一些关于何无忌那一战的情况，他最关注的是卢循那边的军心士气和贼军之中的情况。朱超石没有丝毫遗漏，把卢循军的情况给讲了个七七八八，刘裕为了奖励他就任命他为自己的主簿。

至于第三件事说重也重，说轻也轻，就是在桑落洲之战中败北的豫州刺史刘毅刘将军回来了。刘毅这一趟回返建康之路可是不怎么平静啊。先是流落蛮人的地区，然后几经曲折才返回晋朝的控制地区。屋漏偏逢连夜雨，过蛮人地区时他手下的人居然感染了瘴气，本来跟着他的人就不多，这一下就死得没几个了，好不容易跑回到豫州，老巢居然被叛军给占了，刘毅没有办法，又绕了一圈才返回建康城。

对于刘毅的回返，建康城中难免有些不和谐的声音，刘毅也知道自己这次怕是犯了大罪，一回来就上表请罪。身为建康话事人的刘裕却对他大加勉慰。他原本担任的豫州刺史肯定是不能当了，刘裕就任命他为知中外留事，朝廷也下旨把他的封号从卫将军降为后将军。

对峙的时间还在继续，刘裕当然是乐得闷声发大财，继续完善建康城的防务。随着时间的流逝，北伐大军的主力陆续回返，尤其是那些生病的老兵也渐渐好了起来，刘裕手中可用的人手也越来越宽裕。接着他就命冠军将军刘敬宣屯驻北郊，辅国将军孟怀玉（孟昶的族弟）屯驻丹阳郡之西，建武将军王仲德屯驻越城，广武将军刘默屯驻建阳门外，绕着建康的外围西北、西、南三面组成一个环形的防御圈，至于东边他自是不用担心，这秦淮河卢循没有突破他就到不了东边。最吸引人眼球的还是刘裕的“废物利用”，不，应该是合理运用资源。刘裕北伐南燕胜利，这南燕的战马自然成了东晋的战利品，刘裕让宁朔将军索邈从南燕的骑兵中间选了归顺他们的人重新组成了一支铁甲具装骑兵，这些骑兵大多是鲜卑人，人数上千，骑射功夫娴熟得很，他们一出场就震住卢循手下的贼军。

骑兵们身穿鲜艳的虎斑战甲，只露出一双眼睛，马身上也披着铠甲，从上到下都冒着森森寒气，尤其是骑兵手中那一丈八的长槊就如烈日之下永不融化的寒冰，让他们一见便呼吸急促起来。骑兵列队一跑，地动山摇，他们都是南方人，何曾见过如此凶猛的骑兵。虽然骑兵冲不了水寨，但水军要攻下建康城，怎么也得上岸啊。

就是卢循和徐道覆看了也是嗓子眼发紧，幸好刘裕手下这样的军队不多，不然他们也只有直接跑路了，这个时候已经是五月下旬，卢循也知道他坐等建康城内乱就如镜中花水中月。不用徐道覆说，卢循也知道要进兵了。

因为石头城有刘裕镇守，卢循和徐道覆都没有选择去攻打这个地方，而是把突破口放在秦淮河这边。为了试探朝廷兵力的虚实，这一次他们没有全军一拥而上，只是派了十多条大船向秦淮河进发，到了有木障的地方，就放小船下去试图拔下木栅或是毁坏它，可是宽阔的河面上有什么动静别人一眼就能看清楚。刘裕派了弩兵部队悄悄地埋伏在河岸边上，等到小船一靠近，纷纷齐射，晋军的弩弓威力很大，箭也是特制的，一箭射来能把整条小船洞穿，贼军的第一次攻击失败了。

经过初次的试探，证明这内河的防御的确是一丝不漏，就算他们再派更多的人去攻打也只有送死的份儿。徐道覆经过这些年的沉寂，逐渐展现了他的军事才能，就是身为小舅子的卢天师此时也后悔当初没有听从姐夫的话，不然自己现在早就在建康城享福了。

徐道覆想到了新的办法。

说白了就是一条简单的声东击西之计。卢循派了大量的战船，船上却尽是老弱残兵，然后声势浩大地开向了白石垒这个方向，声称要从白石垒登陆，而他自己就带着精兵强将留守在秦淮河这里，等刘裕派的援军一走，他就马上强攻内河。

刘裕确实派了援军，而且是他亲自率领刘毅和诸葛长民几人去的，当然他也怕这是敌军的声东击西之计，又派了参军沈林子、徐赤特带了两千士兵戍守南岸，切断通往查浦的交通，并命令他们坚守阵地，不要轻举妄动，如果有人进攻，只要打退他们就行了。

五月二十九日，徐道覆确定驻守秦淮河的主力部队已经开往白石垒之后，就立即派兵进攻。先是派了小股部队火烧查浦，再进兵到张候桥，徐赤特准备率兵迎战，而沈林子则不同意，“贼兵声称去了白石垒，却几次跑到这里来挑战，他们的险恶用心，一猜就知道，我们的军队人少无法抵挡，不如坚守险要，等待大军回来，再和他们决一死战。”

可惜徐赤特以为贼军的主力都去了白石垒，他的依据很雷人——没看刘公都亲自率了大军去救援？所以他就一力进攻。可是半路上敌兵的伏兵突然出现，徐赤特被打得大败，只好乘着一条小船逃往秦淮河北岸，后面的敌兵也急急追赶而来。沈林子及刘钟两人据守栅栏奋力作战，领着败退回来的溃兵，拼死厮杀才打退了贼军的进攻。只是刘钟也在这次战斗中受了重伤，再也不能出战了。丹阳郡也被贼兵占据，等于让他们在南边又多了一个阵地。

虽然首轮攻势受挫，可是徐道覆退回去后却判断出了北岸这里的守军确实不多，休息了一下之后，又选了数千名敢死队组织第二次的进攻。沈林子他们是驻守在秦淮河的北岸，贼军是从南岸而来，这中间必须要经过一个地方——那就是南塘，所以沈林子决定放弃栅栏，驻守南塘。

南塘这个地方是秦淮河以南的一片水泊，这里栽种了许多荷莲，每年的夏天这里都开满了荷花，绿色的荷叶，粉红的荷花，景色十分优美，平时也是建康城中贵族士庶游玩观赏的好去处。不过现在南塘这个地方已经不见了，证明它存在过的就是大量古代的名篇，比如“采莲南塘秋，莲花过人头”，朱自清的《荷塘月色》也曾引用了这句古诗。

沈林子选这里不仅是因为这里乃是贼军的必经之路，更重要的是穿越南塘只有一条堤路，这条堤路不是很宽，正面交战的时候也只能容百人参战，很适合他现在兵力不足的情况。

三

刘裕率领着大队的人马赶到白石垒的防御阵地时，却发现江中的大船只是咋呼得厉害，只在江上游来游去却又不接近江岸。此时，他哪里知道中了敌人的声东击西之计，不过也幸好他在离去之前就已经和留守的人做了交代，只要他们听令行事，想必卢循也没有那么容易攻破秦淮河的防守。

刘裕手下的军队刚刚从秦淮河那边赶过来，士兵们都已经很疲惫了，他也不可能马上就让士兵再次跑回秦淮河，这样就陷入敌人进攻的节奏，于己方不利，所以他先令手下的军队赶到最近的石头城解甲休息，再洗个澡好好吃一顿，再让朱龄石率领那支鲜卑骑兵救援沈林子。

等到手下的士兵们恢复了力气之后，刘裕才让他们赶往秦淮河，到了之后却发现留守北岸的人都已不在，一问剩下的几个兵丁，才知道是徐赤特贪功冒进，反被敌人给打了个埋伏，导致全军败绩，刘钟重伤，沈林子不得不往南塘阻敌。

刘裕这心里的邪火就噌噌地往上冒，老子走之前再三交代，不要冲动，一切小心为上，只要保证这北岸不被攻破就行了，你是怎么做的？刘毅那是他的地位太高，我才没动他，你算老几？一声令下，早就有人把徐赤特这个惨白着脸的家伙给抓到全军面前，然后当着众人的面历数他的罪过，什么轻敌，贪功，败逃通通有份儿，最后的结果只有一个字——杀。

接着刘裕才率领着手下的军队匆匆赶往双方交战的战场，没赶到时隔得老远都能听得到两军交战时发出的巨大声浪。刘裕的心里越发焦急，走得近了才发现，事情还在控制之中。

此时的战场之上，秦淮河南岸那小小的地方拥挤着卢循带来的几万大军，一个个都想往前冲却又挤成一团，就像沙丁鱼做的罐头，密密麻麻的，刀枪林立反射着太阳的光芒，很是耀眼。贼兵排成阵势后绵延好几里长，初一看很是吓人，再一看交战双方的现场就知道这人多了有时候也是没有用的。

徐道覆的心里很愤怒，昨夜用伏兵打败了那个轻敌冒进的小子之后，乘胜追击之下却又在木栅前面铩羽而归。士兵们的锐气已泄，他也只好先退后以自守，没想到今天再次进攻的时候却发现这南塘的堤道居然被晋军给守住了，这堤道窄小，不能容太多的士卒施展开来，自己兵力雄厚的优势也就发挥不出来。不过就算是以命换命，以伤换伤，这小子手上的人马也没有自己多，自己应该很快就能把他给灭了，自己现在最重要的就是争取时间。想必此时刘裕也发现了白石垒那边只不过是个空壳子，他很快就会赶过来，不过只要自己在他赶来之前攻下秦淮河北岸，刘裕到时也只有失败而逃的份儿。

本来这小子都快支持不住了，自己的手下也快要突破堤岸了，没想到突然杀出来那些全身铠甲的骑兵。尽管他们没有骑在马上，但他们排成阵势之后，自己手下的士卒们还是连他们的身都近不了就被他们给杀了。徐道覆看着那些全身铠甲的骑兵在堤上纵横捭阖，来去无阻，杀伤力十分惊人，尤其是那一丈八的长槊挥舞间，自己看到了也有些心惊肉跳的感觉。

刘裕带领人马赶到时，正好看到鲜卑骑兵排成阵势，就像是一把锋利的尖刀，勇往直前，在贼军的身上撕开一条大大的口子，而贼军面对这些全身武装到牙齿的骑兵却没有丝毫办法。贼兵们大多是水军，所用的武器多是轻便易在水中发挥的，就算是有些长兵器也不是那些人的对手。他们一个个力大无穷，手中的长槊稍一挥动就能把他们的兵器给挑飞了。也不是没有贼兵用弓箭射击的，只是这结果实在是太伤他们的心了，箭矢射在骑兵们的身上发出“叮叮”的声音，就像跟他们挠痒痒似的，没有一支射得穿他们的铠甲。在亡了好几百人之后，贼军只好一退再退。

刘裕看到这个情景心里彻底放松下来，大喝一声，“擂鼓助威。”他身后的鼓手立即使劲擂起战鼓，给战场中己方的人马助威，听得后面大军赶来，正在交战的骑兵立时士气大振，使力把贼军赶出堤道。

贼军中的徐道覆看到对面那竖立的巨大“刘”字旗，就知道这一次的进攻是无功而返了。朝廷的主力来了，自己再也没有机会攻下秦淮河了，徐道覆恨恨地望了一眼对面的刘裕，无奈地吩咐道，“退兵。”

在这一次的交战中，刘裕的表现只能算是差强人意，居然被徐道覆给算计了，不过这也是因为刘裕的人马太少，只能处于被动防守的地位，但是再怎么说，他开始任命的徐赤特却是个不中用的，真要是让徐道覆攻上北岸，这结果可就不怎么妙了。在这一战中沈林子可以说是居功至伟。

至于徐道覆的表现开始还算可以，刘裕也被他牵着鼻子走了，可是后来的表现就不怎么样了。假如他在初次失策后不退往南岸或是派兵守住那条关键的堤道，那么就算沈林子再勇猛一点，他也翻不了盘了。最重要的一点是，既然他手下的人马多，当初把刘裕给引走之后，为什么不再次分兵正式攻打白石垒，来个“虚则实之，实则虚之”，或者是两边同时进攻，这样一来，刘裕即使再有通天之能他的不败神话也要破了。

所以说战场交战就像是高手过招，在这一次的过招中两人算是平分秋色，只不过刘裕手下的人才比徐道覆要多，从而略胜一筹。在此后的两个月中，徐道覆再也没有找到比上次更好的机会进攻建康城，所以两军再次陷入对峙之中。

在六月的时候，朝廷再次旧事重提，下旨加封刘裕为太尉、中书监，加黄钺。刘裕自然知道这是朝廷里的人对于他打退贼军的奖赏，不过他早先就考虑好了，不会让自己封无可封，前面的两个官职他照样辞了，只是接受了加黄钺的荣誉。黄钺是黄金为饰的斧子，古代只有帝王才能用它，但有时候也把它赐给行军打仗的统帅，是权力与威望的象征。而且刘裕思虑着这卢徐两人应该快要退走了，所以他又派了庾悦为江州刺史，命他从陆路西进豫章，扰动卢循的后方。

当然，在对峙的时候，即使是不能攻打建康城，这卢循也没有闲着，他手下快有十万大军，这人吃马嚼的，每天消耗的粮草也不是一个小数目，即便是他先前剿获了何无忌和刘毅的辎重，但是已经过了两个月了，他们的粮草也快用光了，所以卢循在这两个月中再次干起了他的老本行，那就是抢劫。只不过抢劫的结果实在是出人意料，他攻打了建康周边的各郡县可是都没能得手。

因为这些郡县早在他屯兵建康时就修好了城防，而且勤王军也纷纷到达。城里能募集的青壮也募集了。一句话，他们做好了准备了。

在这种情况之下，卢循又想退了。他说：军队都已经疲惫不堪，我看不如先回到寻阳，合力攻取荆州，这样一来我们占据了荆江两州，这可是天下三分之二的地盘啦，到时候就可以慢慢地与建康的东晋朝廷争个高下。”尽管徐道覆满心不甘，可是现实的情况也不得不如此，他只好同意了卢循的意见。

七月十日，攻打建康的叛军从蔡洲撤军，回师寻阳，临走前一把火烧了蔡洲的营盘。他们宁愿烧光也不打算把这个营地留给朝廷，当然，为了避免朝廷的军队追击，他们又派了部将范崇民率五千兵守卫南陵（今安徽贵池县西南），为他们断后。

建康保卫战以刘裕成功守城，卢徐两人无奈退走为终结，这一战之后，卢徐两人再也不能像他们初时北上那样的攻无不克了，他们的鼎盛时期就是围攻建康城，但也正是从围攻失败之后开始走上了下坡路。而刘裕自然也不会放过这两个差点让自己身败名裂的家伙，他的追击马上就要来了。

二十章 刘道规轻松破敌

贼兵退走之后，刘裕的声望再次达到一个最高点，这一次他是在众人的反对之下，力主不迁都，不撤退，才打败了敌军的进攻。只是可惜孟昶这个人了，好好的宰相不当，非要做个不成功的预言师，甚至拿自己的性命和刘裕来怄气，想必此时地府中的孟大师应该正在偷偷地后悔流泪吧。

贼兵既然退走，那么刘裕肯定要派人追赶的，当然就算是追赶也要讲究兵法谋略的，总不能乱哄哄地一拥而上吧？七月十四日，刘裕正式派遣辅国将军王仲德、广川太守刘钟、河间内史蒯恩、中军谘议参军孟怀玉等人带兵追击卢循。至于为什么推迟了四天，想必大家都明白。卢循虽然没有攻下建康城，可是他手中的人马却没有受到什么实际上的损伤，还有大概十万大军的样子。朝廷的人真要追上去也只是去送死罢了，不过这个面子上的事还是要做的，刘裕此举是向天下人表明，卢循这个反贼的死期不远了，朝廷已经把他赶得屁滚尿流了。

刘裕也猜得到卢循此时西上应该是要攻打江陵的，所以他又让淮陵内史索邈领着上次立有大功的鲜卑骑兵赶往荆州，但是他们骑的是马，怎么也没有卢循等人的大船跑得快，安全上不用担心，就怕他们跑得太慢了。

鉴于前几次与卢循、徐道覆交战的时候，那些个高大的战船起了很大的作用，比如何无忌的那次豫章之战，还有刘毅的桑落洲之战。卢循他们只要仗着船身坚硬，一股脑儿地撞过来，朝廷的水军也只得甘拜下风。刘裕这次也发了狠，下令手下人也大造战船，起码也要比卢循他们的还要高还要大，不然卢循他们只凭着那些水军战船，朝廷的军队就不是他们的对手，等到自己手中的战船造好之后，就和卢循他们决一死战。

在造船的同时，刘裕下令搜集手下现有的船只，让建威将军孙季高与振武将军沈田子率领，再配上水军三千人，组成海军突击队，从江浙这边下海，顺着海岸线直达南方的广州那边，把卢循他们的老巢给端了，在当时来说，这可是一个极为艰巨的任务。

所以刘裕的命令一下，手下就有不少人反对，“海上风高浪急，十分危险，再说这路途也太遥远了一点，他们也不知道什么时候才能赶到广州，就算赶到了，他们的人太少了，也不一定能够攻克广州，再说依现在的形势也没有必要派出这么一支队伍，朝廷现在的兵力本身也不是很足啊。”

刘裕没有理会这些反对的意见，只是私下里对出征的两人说，“本公估计在今年十二月份的时候就能彻底打败卢徐两人，你们自己掐算好时间，既不要早也不要太迟，等到差不多的时候就一举攻占番禺，让卢循和徐道覆这两个反贼后退无门，无家可归。”

俗话说，真理往往都掌握在少数人的手中，尽管手下人大多反对这个看似有点冒险的计划，可是刘裕还是坚持派出这支奇兵。他们现在不明白，可是日后的一系列事情发生了之后他们才会佩服刘裕的深谋远虑。

卢循等人退走后，建康城是安全了，可是现在的江陵却是处于水深火热之中。益州的谯纵让桓谦担任荆州刺史自然是想利用他们“荆州桓氏”的这个金字招牌。尽管桓氏现在已经灭了好几年了，可是桓氏在荆州根深叶茂，哪里是那么容易被打垮的，只看这些年来荆州各地不断有桓氏死忠到处起兵反抗朝廷就知道了。虽然没有成什么大的气候，可是现在桓谦回来后就不一样了。

桓谦原本投靠的是后秦的姚兴，后来是谯纵把他请过来的。桓谦刚到益州时对谯纵还是很忠心的，兢兢业业地帮着谯家人拉拢人心，帮着主家招揽人才。桓谦这么做无非是想等谯纵强大之后帮自己报仇罢了，可是就是因为他太敬业了，太忠心了，导致谯家人都怀疑起他来，这小子这么上心，是不是想要建立自己的势力后再把我们家给推翻了？

于是，谯纵一声令下，桓谦就从座上宾变成了阶下囚，过了两年幽禁的日子，这次谯纵一把他派出来，就如龙入大海，虎入深山，在各地赶来的桓氏旧人帮助之下，很快就聚起了一支两万人的大军，并且还摆脱了谯纵的弟弟谯道福的控制。桓谦领军一路东下，势如破竹，很快就攻到了江陵城西的枝江，而此时奉了卢循之命攻打江陵的苟林也溯江而上，很快攻到了江陵城东的江津城，这东西两路大军，距江陵城都不过百里之遥。

两支大军围城，江陵城中的情况就变得有些复杂诡谲起来。要知道这江陵城原来可是桓氏的老巢，城中的人家十家里面大概有八家受过桓氏的恩惠。对于城中的局势，荆州刺史刘道规自然是很清楚的，他也没有多加掩饰，马上召集手下的众将士，当面说道，“听说桓谦就在城外，你们之中也有很多人是江陵本地人，你们想要投靠他也是很正常的一件事，随我一起来的京口旧将也有很多，想做什么事不能成？你们如果有想要离去的，我绝不阻止。”当下，他就命令大开城门，彻夜不关，城中的人都可以随意离去，自己绝不会怪罪他们。

史上对刘道规的评价很高，说他少有大志，成年后不仅于军事上有极大的才华，于文事上也不弱，著有文集四卷，比起大字不识几个的刘裕要强了许多。这次他只是用了一个小小的攻心计，就稳定了城中的人心，那些心有异志的人深受震撼，到最后居然一个人都不敢出去。

城中的人心稳定下来了，可是刘道规还得面对现实，那就是他手下的人马没有桓谦和苟林手下的多，即便他们两人手中的都不是什么正规军，可是蚁多咬死象也不是吹牛的，更重要的是这两军的统帅都不是弱者。

正在这时，驻守襄阳的雍州刺史鲁宗之率领他手下的数千士兵赶来增援。刘道规闻讯大喜，真是雪中送炭啊。刘道规马上表示要亲自去迎接鲁宗之的到来，可是这时他的手下有人怀疑道，“明公，这鲁宗之曾经是桓玄手下的心腹，现在桓谦即将攻城，他这时候跑过来肯定没有安什么好心。”

刘道规摇摇头道，“人家好心前来帮我，我怎么可以随便怀疑人家的诚意呢？再说当年他就背叛了桓氏，现在的桓谦也不比当时的桓氏要强，他没有那么弱智的，再说我现在的确需要他手下的人马来帮我们守城，就算是有危险我也要赌一赌。”

于是为了表明自己的诚意，刘道规单人匹马跑到城外去迎接鲁宗之，鲁宗之果然大为感动，两人手牵着手，并骑入城。在分派作战任务的时候，刘道规又表示让鲁宗之帮自己守城，自己带兵去攻打桓谦。这一下刘道规的手下人又反对了，“明公，您这可是把咱们的老家都让给别人了。要是他没有坏心还好，真要起了坏心我们可就无家可归了，再说就算他没有坏心，他能够抵挡苟林的进攻吗？”

刘道规说：“苟林这个人你们别看他上次赢了一次，可是他本性愚蠢懦弱（也不知道刘道规是从哪里知道的，应该是为了给属下鼓气）肯定想不出什么了不起的计策来，他以为我离开得不远，一定不敢攻城，再说我这次进攻桓谦，就凭他手下那些随便凑起来的杂牌军，怎么可能是我的对手，说不定我已经得胜归来了，那么苟林便会被吓破胆了，哪里还有心思跑到这里来。况且鲁宗之手下的人虽然少了一点，可是他这是守城，又不是攻城，只要他坚守不出，怎么也能支持几天。”

刘道规安排好了江陵城的防守之后，带了手下的军队火速攻打桓谦，刘道规几乎出动了所有的水师船队，用步兵骑兵相配合，在枝江展开会战。他手下的檀道济勇猛无比，抢先冲锋陷阵，日后的不败名将初显峥嵘。桓谦手下的军队没有经过严格的训练，哪里比得上刘道规手下的正规军，被檀道济带人一冲就冲散了阵势，最后桓谦坐着一条小船准备去投奔苟林，在晋军的追赶之下就被人给生擒活捉了，刘道规为了永除后患，自然是当场杀了他。

刘道规猜的没错，他们回军的时候苟林还没有动静，可能他以为刘道规在强敌压境的时候不敢主动出击吧。刘道规挟大胜之余威率领手下的人马赶到涌口（今湖北华容县附近），一战就把苟林打得落败而逃，接着他就派遣谘议参军刘遵率人前去追击，不久之后，苟林也被刘遵杀了。没有靠朝廷的援军，鲁宗之也只是帮他守城，刘道规只凭一己之力，就打退了两方的人马，他也算是一代名将了。

这大胜之后，江陵城中自然是要举行宴会庆祝的，正当上下诸人喝得高兴之时，旁边就有军士抬上了一个大箱子。原来这是在占领枝江时从桓谦大营里缴获的。里边都是战事吃紧的时候，江陵城里的士人百姓写给桓谦的告密信，详细描述了城里的虚实情况，有的还打算在桓谦攻城时做内应。诸将一听，气愤不已，都请求追查出与敌人私通的人，逮捕并杀了他们，当然也有人心虚不敢说话的。刘道规淡然一笑，说：“荆楚之地多是桓氏过去的故旧，桓谦来了，这些人不忘旧主，写信往来，也是人之常情。”随后他就命令将所有书信当着众人的面付之一炬，不再追究。这一把大火烧得好啊，江陵城中许多提到半空中的心彻底安稳下来，城中的人无不对刘道规心悦诚服。

二十一章 反攻开始

刘道规战胜了益州与苟林的夹攻之后，江陵城算是暂时解了围。接着刘道规又想起谯纵不是派了他的弟弟谯道福率兵来攻打自己吗，怎么现在还没有出现？刘道规派人去了解才知道，原来谯道福那个家伙半道上和桓谦分道扬镳之后，也不知道是胆小还是怎么的，居然没有过来荆州，而是去攻打益州的巴陵郡去了。可是刘道规这时也不敢分兵去救援巴陵郡了，因为他手下的人马现在实在太少，刚刚只够自己守住江陵城的，刘道规也只得在心里叹息一声，不是我不去救你们，而是江陵城比巴陵更重要，你们就自求多福吧。

卢循和徐道覆从建康退走后，坐着大船顺江而上，一直到了寻阳才停了下来。此时正好是刘道规击败桓谦和苟林的时候。卢循虽然回来得比较早，但也不可能一回来就去攻打江陵，因为他手下的军队刚刚从建康无功而返，加上坐了一两个月的船，士兵们的身心都很疲惫，所以肯定是要整兵休养的，加上他得知朝廷派的追兵被自己走之前所留的范崇民那一部人马给挡住后，这心里就不急了。

十月初，徐道覆亲率三万大军从寻阳出发，一路上轻车简从，估计他应该没有走水路，因为他率领的军队到了破冢（江陵城东南郊）这个地方时，江陵城的晋军才得到这个消息。众人都是大为震惊，此时城中的军队实在太少，难免人心惶惶，刘道规开始也吃了一惊，怎么他们来得这么快，难道是建康城有变？

江陵城现在的情况也不比当初桓谦和苟林两面合围时要好，因为卢循手下的人马比他们更多。再说卢循手下的人马也不是桓谦手下的乌合之众可以比拟的，现在鲁宗之的人马在桓谦败退后也返回了襄阳，所以这一次刘道规一边派人去请鲁宗之的军队返回，一边召集众将议事。

此时的江陵城中也是谣言四起，说是什么卢天师已经攻破京师，特地派了徐道覆为荆州刺史，前来收拾刘道规的。尽管有人心中难免慌乱，可还有许多江陵的士绅百姓对于刘道规上次的焚书之恩深感敬佩，所以决定留下来帮他守城。刘道规自然是大喜过望，挑了上千身强体壮的江陵百姓一起帮忙守城。

刘道规派刘遵领一队精良士兵到外面作为游击部队，看准时机，再伺机而动。他自己则是屯兵在豫章口（江陵东南）这个地方，准备与卢循决一死战。战事一开始的时候，卢循手下的人马像是吃了兴奋剂一样，个个都勇猛无比，很快就冲破了江陵军队的防线，眼见大势不妙，这时刘道规亲自跑到前线阵地，给士兵们鼓气，并许下打退敌军的进攻有重赏的诺言。这时候又是檀道济挺身而出，带领着晋军死死地挡住了贼军的进攻，好景不长，晋军先前看到阵地快被攻破才会激发血气之勇，可是人数上的差距始终不能靠勇气来弥补，胜利的天平渐渐地向徐道覆那一边倾斜过去。

就在江陵的军队与徐道覆手下的军队战得难分难解之时，刘道规先前派出去的那一支游击部队从徐道覆的军队侧面杀了出来。他们早前就已养精蓄锐许久，而徐道覆的手下则是交战良久，以精锐之师从旁边偷袭久战之师，这结果自然是不用多说的。徐道覆手下的中军马上慌乱起来，正在交战的刘道规看到敌军的后面出现骚乱，就知道是自己先前派出去的那一支人马发挥作用了，他立时下令强攻，徐道覆手下的军队被两面夹攻，再也不能保持阵势的完整性，只得溃败而逃，结果大部分都被晋军给赶下了江。

事后打扫战场，在这一战中徐道覆的手下留下了一万多具的尸首，更有轻伤重伤不计其数。徐道覆也只是跳上了一条小船才得以保住他这条小命，最后逃回寻阳的时候身边已经没有几个人了，卢循想要夺取江陵的计划算是彻底失败了。

当初在商议守城事宜之时，军中对刘道规把刘遵派出去当游击部队很是不解，他们认为，“现在大敌当前，把本就不多的兵力再次分散，对于当前的局势毫无作用。”现在这一战能够取胜全靠刘道规当初的分兵之策，这下军中的人对于刘道规更是信服。

不久之后，刘裕派来救援荆州的索邈那一队鲜卑骑兵终于赶到了江陵城，他们开始前进的路线也被贼军切断了。后来徐道覆败走江陵城后，他们才趁机赶到江陵，这时候刘道规也从索邈口中知道了卢循没有攻占建康城，把这个消息一放出去，满城的人都欢呼起来，人心大定。

就在徐道覆败走江陵城的时候，刘裕精心打造的新式战船已经建好了，他还特意去造船处看了一下。下水池中一排排的新式战船比起以前的那些旧货品质自然是高了许多，其中更有十艘超级大战船，甲板上铁皮包裹，船上最低的都有四层船楼，最高的有十余丈高，比起卢循的那些战船还要高大。

当初没有立即追击卢循和徐道覆两人，就是因为朝廷的水军战船不及他们的高大。现在朝廷的硬件条件已经比他们还要好了，不用废什么话，刘裕直接准备出发再次把卢循和徐道覆这两个装神弄鬼的家伙给彻底打趴下。

可是就在这个时候，刘毅向朝廷上书了，上次小臣不幸败在两个贼子手中，实在是奇耻大辱，小臣愿意戴罪立功，不把他们两人的人头拿回来誓不罢休。这奏折写得可怜兮兮，朝中的人同情心大起，几乎都赞成让他带兵出征，更何况还有另一层隐讳的意思，刘公最近的功劳是不是立得太多了，先是攻灭南燕，接着就是保卫建康城，您吃了肉，总得给其他的人一点汤喝吧。

刘裕也可能是考虑到了这点，所以他显得有些犹豫不决，这时有一个人向刘裕谏言了，那就是原来会稽王世子司马元显的长史王诞。他对刘裕说，“明公，您在朝中立有大功，无人可以取代您的地位，可是这个刘毅就是一个对您有威胁的人，正好这次他丧师败绩，在朝中声名丧尽，凭着新造的战船，明眼人都知道朝廷这次征讨卢循一定会成功，您为什么还要把这个能够立下大功的机会让给刘毅来恢复名誉呢？”

刘裕一听，确实是这个道理，当初我让他不要轻敌，他却非要和我别一别苗头，结果导致两万大军都被卢循他们给俘虏了，他那时就不把我的话放在眼里了，我现在可是朝廷的话事人了，他既然不尊重我，我又何必给他这次机会恢复以往的声望，难道还要让他再次和我为难吗？

上次刘裕给刘毅去信，让他不要轻举妄动，为了不刺激到刘毅的自尊心，刘裕特地派了他的堂弟去跟他解释，可是刘毅却不听忠言，非要出战。那时候两人之间就算是撕破脸了，虽然后来刘毅回来了，刘裕对他还是温言劝慰，可是两人都知道再也回不去以前的那种默契了，因为以前两人中间还有一个何无忌作为协调，现在何无忌死了，一座大山怎么能容两只老虎的存在，刘毅也知道这一点，所以他才想着去讨伐卢循以挽回失去的名声。

十月，朝廷正式下旨，任命刘裕为剿匪总司令，率领兖州刺史刘藩，宁朔将军檀韶，冠军将军刘敬宣等人率军西征，至于这建康城里的事情就交给刘毅来负责了。嗯，把大后方留给你镇守，我放心。这是刘裕亲自对刘毅所说的话，至于有几分真心就不得而知了。

前些日子新任的江州刺史庾悦任用鄱阳太守虞丘进为前锋，几次打败卢循的部队，开进到豫章据守，切断了卢循的运粮通道之后，被刘裕派去追击卢循的王仲德等人看到同僚立了大功，而后面的大老板又快要来了，自然也不敢马虎了事。王仲德、刘钟等人加紧进攻的节奏，大败卢循军的南陵（今安徽贵池县西南）守将范崇民，一举拿下南陵。范崇民狼狈逃走，为刘裕打通了去往寻阳的江路。

即便是刘裕现在就可以溯江而上，一直开到寻阳，可是他前进的速度还是很慢，只是命令陆上的军队继续清剿卢循的守军，然后和江中的水军保持同步就行。他这样做不是为了别的，就是因为他要为派出去的那支跨海作战的队伍留下时间。

此时已到了十一月份，海上的孙季高与沈田子两人率领着那支三千人的海上突击队克服了重重困难，终于在二日这天在番禺登陆。而番禺城中的人也没有想到会有人从海上翻过来，所以城中的防守很松懈，但是番禺经过卢循几年的苦心经营，城池高大，而且城中也有好几千人马，孙季高他们一直没有找到进攻的机会。正好第二天早晨天降大雾，雾气很浓，两个人对面站着稍微挨得远了就会看不到彼此的人影。孙季高等人乘这天赐良机攻打番禺城，城中的反抗也出乎意料地弱，没废多大工夫就占领了整座城池。

这一战中只有卢循的老父架着小船逃到始兴去了，或许是卢循特意为他老子留的一条逃生之路，因为其他的大船都被孙季高和沈田子等人在攻城之前就给焚毁了。城破之后，卢循的死党与亲友全都被诛杀，至于本地的居民他们倒是没有过多骚扰，只是派兵紧守城池，以保证不出一丝差子，顺便派了沈田子去攻打五岭以南其他的郡县。不久以后，广州全境都被他们攻克，这代表着卢循的退路都被朝廷的军队切断。

二十二章 卢天师的末日

一

这时，刘裕率领的水军也突破到了寻阳城东百余里的大雷戍（今安徽望江县），他的水军就停驻在雷池（望江县城南十公里，当时长江北面的一个湖泊，因古雷水自湖北黄梅县界东流至此，积而成池，故名雷池，亦名大雷池，成语“不越雷池一步”的典故就出自这个地方），而陆地上的王仲德那一部也攻占了宣城郡（今安徽宣城市）。

长江上游驻扎的是刘道规，下游是刘裕，而离寻阳南面不远的豫章郡也被江州刺史庾悦给占了，更远的番禺则是被孙季高给占了，所以，此时的卢循与徐道覆就像是被一张大网给彻底围住了，他们的势力范围仅限于寻阳一地而已。

就在刘裕他们慢吞吞地前进时，卢循与徐道覆两人也没有闲着，上次败战后他们锐减三万大军，更重要的是这一次败仗对他们的军心士气打击实在太严重了。他们加紧修缮战船，训练士卒，因为他们知道不久后的将来，大战一定会爆发。

可是刘裕的速度实在让他们跌破眼镜，刘裕他们花了一个多月的时间才赶到离寻阳不远的地方，而且到了雷池之后他们也没有主动进攻的意思。这是为什么？到最后他们得出了一个不敢让人相信的结论，那就是刘裕也忌讳他们，忌讳他们的水军，没看咱们七月份就从建康城退走了，而他十一月份才追过来，这不是怕咱们的水军是怕什么，要是以前的刘裕早就把咱们赶得鸡飞狗跳了。

于是，卢循与徐道覆两人商量着如何利用手中的水军逼刘裕出来决战，可是他们又怕刘裕缩在雷池的水寨中不出来，或是利用陆路上的大军和水军来夹攻自己的军队，这样自己一方也就没有任何的优势。想到最后还真给他们想出了一个主意。几天后，卢循就向手下人宣布，既然刘裕缩在雷池不出来，我也不找你的麻烦，可是我要再次东下长江，攻打建康城。

刘裕是什么人，从军打仗以来还没有输过，他听到这个消息后就知道卢徐两人是准备找他决战了。真要让他们顺流直下，再次攻打建康或是从长江出口处逃窜，自己这一趟不是白来了吗？于是他先派了王仲德率领水军到下游百里处的吉阳（今安徽东至县）江面设防。这里江流狭窄，易于防守，王仲德二百条战船放在长江中一字儿排开，把整条江面都给切断了，那种情形想必很是震人心魄的。

十一月二日，卢循与徐道覆两人率领着水军从寻阳顺流直下，不愧是号称十万大军之众的贼军，只见大船小船源源不断地从码头上出发，然后又汇集在江面上，就连贼军他们自己也是船头看不到船尾，只看得到遮天蔽日的船帆，然后浩浩荡荡顺江直下。

或许是前面同晋军交战时他们用自己座下的高大战船把敌人一下给撞翻让他们也撞出瘾来了，这次他们还是让那八艘大船领头，其中两两一组用钢铁锁链锁在一起。当年的曹孟德也这么干过，不过那次曹孟德差点把自己的家底都给输光了，这一次卢徐两人会比曹孟德的运气好吗？

面对卢循这次的大举进攻，刘裕先派了一支步骑兵联合部队埋伏在西岸（长江总体上应该是东西走向的，但是后来查了一下地图，长江还是有小部分是改变了方向的），并准备了大量的火具和弓弩，然后命令轻便小船列队迎击。刘裕登上战舰上的最高一层用小旗指挥战斗，并亲自敲着战鼓，以激励三军的士气。可惜前两次晋军水师大败于徐道覆之手让他们心里有些畏战不前。右军参庾乐生登上战船之后，听到刘裕进攻的命令后老是没有动静，这小子恐怕是仗着世家子弟出身畏战不前吧。刘裕一怒之下把他给枭首示众了，在人头的威胁之下晋军这才鼓起勇气冲上前去，同贼军激战。

晋军的战船上装有前文介绍过的那种“万钧神弩”，那是一种一支箭射来可以射穿整条小船的厉害武器。虽然这种武器贼军已经不是第一次见识过了，可是再次见到还是让贼军们有些头皮发麻。试想一下，在这样威力惊人的弓弩之下，一箭射来连船都可以洞穿，就更不要说人了。尤其是一名士兵看到船上挨得近的另三名同伴被连续洞穿，串成一个人型糖葫芦后，他的脸色一下变得惨白，什么话也不说马上趴在甲板上，连头也不敢露。

晋军用弓弩的优势逐渐压制住了贼军的进攻，再加上这时江上又吹起了东风（看来老天爷特别喜欢吹东风，而且只要吹了东风，朝廷的军队都会赢），贼军们连搭船进行白刃战的机会也没有，就渐渐地被晋军给赶向了长江的西边。

早已等在西岸多时的步骑兵们点着了火球后用投石机之类的器具把它扔往贼军的船上，贼军们猝不及防，加上战船早被铁链给连在了一起，后退不便，战船之上马上便燃起了熊熊大火，加上大风吹来，浓烟滚滚，火焰冲天，熏得贼军眼睛都睁不开了，为了活命只得跳下船去。

贼军的十万大军毕竟不是一个小数目，还是有船没被烧着，他们这时也不敢救援落水的同伴，大多数船只都脱离战场，跟着老大跑了，因为在刘裕的命令下，朝廷的军队这时也追杀过来，他们不逃命就只有被人杀死或是做朝廷的俘虏。

卢循与徐道覆两人的运气倒好，他们两人的座船都没有被大火给点着，领着一些残兵败将顺着原路逃走。可是刘裕既然已经占了上风，怎么可能放过这些贼寇，在刘裕的追杀之下，卢循的败兵一路都有落后的船只被大军给赶上，丢下尸首无数。一直追了大半夜，刘裕看到士兵实在太累才下令停止追击，卢循这才逃得一命回转寻阳。

果然，这铁锁连船，战舰横江的作战方式虽然威风霸气，可是就连曹孟德都在这方面吃了大亏，卢循与徐道覆两人的结果比起曹孟德也好不到哪里去。

卢徐两人这下才发现自己不仅在陆地上不是刘裕的对手，就是水战也不例外啊。这一仗又死了几万大军，他们现在的兵力和出来时也差不多了，而且现在军中的士卒更多的是一路上收编的散兵游勇，这整体实力比起刚刚北上时还有不如。

徐道覆心中满是愤懑，当初自己的小舅子要是听了他的计划，在建康城时与晋军决一死战，想必他们也不会落到如今的地步吧。现在的他们已经没有和刘裕对抗的筹码了，他们准备连夜退兵，沿着赣江一路坐船返回番禺，在他们的意识中，岭南那个地方山高路远，朝廷也不一定会瞧得上那个地方，加上自己在那里经营了快八年之久，就算是朝廷的军队追来了他们也不怕（他们到现在还不知道番禺已经被朝廷给攻破了）。

卢循等人逃走后，刘裕马上安排了追击的任务，有一句老话说得好，叫“宜将剩勇追穷寇”，刘裕手下的人现在都盼着赶快消灭卢循的军队，纷纷请战，谁都知道经过雷池一战之后，这卢循已经没有和朝廷叫板的实力了，落水狗谁不想打啊？

当然，刘裕对于手下人都是一视同仁的，上次作战中没有参战的王仲德这次被任命为追击的先锋，也就是想让他多立点功劳。辅国将军孟怀玉上一次立了大功，这次则是留守雷池，等稍加休整几天后，刘裕带着水军继续追了下去。

卢循和徐道覆两人沿着赣江一路而下，到了左里（今江西省都昌县西北）这个地方后，他们就停了下来，因为这个地方地形狭小，乃是赣江流入彭蠡泽（今鄱阳湖）的水口处。刘裕的大军如果想要追击他们，一定要经过这个地方。卢循学着刘裕守卫建康城的经验，在这里通往长江口的地方打下巨大的木桩，然后在河岸边密布栅栏，以图阻止晋军的追击。

十八日，刘裕的大军也追至左里，一看到这左里的防御众人心里都是一愣，这姓卢的也太不要脸了，居然学着刘公的计策以图打败刘公，真是不知死活啊。刘裕看了冷冷一笑，话也没说，等士兵们都歇息好了之后，命令水军与陆军齐上，就让卢循这个家伙看看我们是怎么拔下这些木障的。

可是刘裕刚刚举起手中的令旗，准备发号施令之时，他手中小旗的旗杆突然断了。也不知道是不是刘裕心里一时激动用力过猛，这面旗自然也就落到江里面去了，周围的人看了都露出惊慌和恐惧之情，这可是不祥之兆啊。

刘裕看到左右两边的表情立时便笑道，“当年在讨伐桓玄的时候，在覆舟山那一场战役中，我的指挥旗杆也折断了，可是最后的结果却是我军大胜，今天又是那样，本公敢保证这次贼军一定会被我们打败。”也不知道刘裕说的是真的还是假的，反正刘裕在打仗的时候吹牛不打草稿，说谎也不用眨眼的，不过这话说了之后效果的确是有，手下人听了士气立即高涨起来。

二

刘裕见得下面的人恢复斗志，立时下令，水军陆军一起进攻，把这些拦路的什么木栅给本公拆了。最先行动的就是岸上的骑兵，他们仗着全身铠甲，一催座下的骏马，骑兵们就如一道开了闸的洪水一泄而过，岸上的木栅就如摧枯拉朽一般被骑兵们一冲就给冲垮了，一层、两层、三层，贼军的血肉之躯怎么能够抵抗骑兵的冲锋，溃不成军。

刘裕一看进展顺利，立即下令步兵出动拔除岸上的木栅，弓弩手对付水中的贼兵与岸上的溃兵。水上的徐道覆一看就急了，不应该啊。当初老子费了老鼻子劲都没攻破，怎么这木栅到了刘裕面前就没有丝毫用处了？他马上下令拼死护住在水中的木桩，贼兵们被老大一打气也是超水平发挥了，可是差距就是差距，无论卢徐两人再怎么努力都是没有用的。

河口的木桩在水军和步兵们的协调努力之下，一根根地被拆除了，还剩最后几根的时候，刘裕令旗一挥，座下的战船立即起动，向着彭蠡泽里的敌军冲了过去。贼兵们先前就失利于岸上，花了好多工夫才打造成的木障又被晋军轻松破坏，他们哪里还有再战的心思，一看晋军的大船冲了过来，也不用卢循多说什么，掉转船头就跑，就算是卢循和徐道覆喊得嗓子都哑了也没有丝毫用处。

这彭蠡泽不比大江中风力十足，是内陆湖，全靠人力划行。贼兵们被晋军们赶上后，不是跳水就是被杀死，卢循与徐道覆开始的时候一看事机不对，马上跳上轻便的小船逃跑了。战后约计战果，这一战中贼军光是战死或是跳水淹死的就有一万多人，其余的来不及逃跑只好向朝廷投降。

这投降的贼军中也有许多是原来朝廷的士兵，都是在豫章一战和桑落洲之战中被卢循他们俘虏过去的，对于所有的降兵，刘裕没有对他们赶尽杀绝，而是全部释放，重新编入朝廷的军队之中。这些降军对于刘裕那是感恩戴德，人心很快就安稳下来。

到了此时，卢循和徐道覆身边的人马应该没有过万了。刘裕身为朝廷的掌舵人，肯定不能离开权力中心建康城太远，他自己自然不可能亲自追到广州去，所以左里一战之后，刘裕就命刘藩与孟怀玉继续追击卢徐两人，他自己则是班师回朝了。

却说卢循与徐道覆两人在大战中失去联络，两人当时是分头逃跑的。卢循一路收拢战败的散兵游勇，居然又集起了几千人，然后抄小路返回始兴。沿途的州县虽然也曾被卢循他们攻破过，但他们也不敢停留，因为他们知道朝廷的人马马上就会追过来，而这些曾经归顺他们的郡守和县令不久之后又要归属朝廷了。

卢循回到始兴后，才知道番禺已经被刘裕派来的人攻破了。他心里大急，这可是自己的根基之地啊！怎么刘裕就从来没有给过别人一条活路？没几天徐道覆也赶回来了，他回来的时候差不多也聚了上千人，卢循马上与他商量一起去攻打番禺城，一定要把广州给夺回来。

可是徐道覆这时却不愿意了，打仗的时候你不听我的，现在连老巢都被人给端了，我跟你去死啊？虽然心里这么想，可是徐道覆嘴上却说，朝廷的兵马马上就要追来了，我替你断后，你自己去夺回番禺吧，不然要是我们两人都去了，被朝廷的人马两面夹攻，到时还不是死翘翘？卢循一听这话也有道理，率领着手下的几千人马立即赶往番禺城。

至于刘裕所派的孟怀玉和刘藩两人在义熙七年（公元411年）正月赶到了始兴城下，立即对始兴展开攻城战。或许是因为所带的人马的确不多，再加上徐道覆确实是个曾经让刘裕都吃过亏的厉害人物，两人在始兴城下一连攻打了一个多月，都没有拿下这座小城。直到二月五日，转战于广州各郡的沈田子听闻朝廷派了人马前来讨伐始兴，他知道后立即带了手下的人马赶过来。不知道是不是天不从人意，北上的沈田子和急忙赶往番禺的卢循居然没有遇上。沈田子赶到后立即加入攻城的行列之中，始兴城中的士兵再也支撑不下去，被朝廷的军队攻入城中，而徐道覆也被两人斩首。

说起来，这徐道覆真是可惜了，以不足两千人马守住始兴城一个多月，再加上一些其他的因素，什么大败之后士气低落，没有外援，两者之间兵力差距较大，从这几个方面来看，他能守住一座孤城一个多月算得上是一位名将了，只是他出身于五斗米道世家，天生就是要和朝廷对着干的。他当年说的没错，自己没有找到一个好的主公，否则他也不会落到如此地步。

卢循带着手下的几千人马一路赶往番禺，以他卢天师的身份，再加上他曾经在这里经营了六七年之久，手下的人马也是越聚越多，等他赶到番禺城的时候，差不多又有万余大军了。本来刘裕给孙季高他们的人马就只有三千人左右，再加上沈田子又分了一部分去攻打各郡县，这番禺城的守卫可以说是极其薄弱，卢循的大军一围城，这番禺也就岌岌可危了。

攻下始兴城之后，沈田子也从降兵口中知道卢循赶往番禺去了，他对刘藩说，“番禺城池虽然险要坚固，但是它本来却是敌兵的老窝，现在被卢循的大军给围困着，或许城里会出现内乱啊。况且孙季高的军队少，力量弱，不可能坚持太久，如果让这些贼兵回来占据了广州，那么他们可能又要重振声势了，所以依下官之见，我等应该立即前去救援番禺。”

刘藩也知道沈田子的话有道理，一旦让卢循重新掌握了广州城，可能他又要死灰复燃了，所以他只留了一少部分人守住始兴城，其余的大部分都交给沈田子去救援孙季高。

沈田子得了援兵，日夜赶路，终于在几天之内赶到了番禺城。此时城中的孙季高已经被围困了二十多天了，卢循知道朝廷的援兵到来，立即赶来与沈田子交战，他也知道只要打败了这股援军，那么广州城自己一定可以拿下。战斗一响，这交战的情况实在出乎卢天师的意料之外，自己手下的军队在朝廷的军队面前没有丝毫还手之力，再加上城中的孙季高看到这种情况，从城里派出人来与外面里应外合，卢循手下的士卒一战而溃。

卢循哪里知道，早在交战之前，沈田子就学项羽用了破釜沉舟之计。用过早饭之后把锅碗都砸了，以示决一死战之心。交战时他又冲锋在前，身先士卒，勇猛无比，而卢循手下的兵不是败兵就是在本地招募的新兵，围城一个多月都没有打下来，他们的士气能高吗？

卢循大败之后，带领着手下的残兵向西逃命。他也知道此时的晋朝已经没有他的容身之处了，他也没能像从前一样从番禺出海，因为此时他手下连条像样的战船都没有。孙季高与沈田子合兵一处，继续追击卢循，先后又在苍梧（今广西梧州市）、郁林（今广西贵平县西南）、宁浦（今广西横县）三次打败卢循。

卢循的军队眼看要全灭了，孙季高却又突发重病，不能够再次作战，沈田子只得停止追击，护送他回番禺。得到这个喘息的机会，卢循那可真是死里逃生，接着又南下袭占合浦（今广西合浦县东北），并从这里乘船下海，准备进攻交州。大概他此时只想要割据一方，重新找个根据地吧，可惜他选择交战的对象又错了。

此时的交州也并不太平，原来的交州刺史杜瑗在不久前病死了，现在接任他刺史之位的乃是他的儿子杜慧度，只是朝廷的任命书现在还没有到而已。这刺史之位父死子继在当时来说也不是一个先例了。当年桓温病死，因为桓玄年幼，所以才由他的叔叔桓冲担任荆州刺史之位。

卢循打下合浦之后，联合交州当地对杜慧度接任刺史之位不满的李氏家族与俚、獠等少数民族五千人合兵一起攻打杜慧度。可是这个杜慧度也不是个好惹的人物，尽管卢循他们的联军人多，可是杜慧度用高额的赏金激励手下的士兵，士兵们都奋勇杀敌，卢循这次再次遭遇滑铁卢之败。

卢循逃走后，他可能也知道自己时日无多，先用一杯毒酒把自己的妻子给毒死了，然后把后院中的歌伎小妾一起叫到面前来，对她们说，“我现在快要死了，你们有谁愿意跟着我一起死的？”当下有的人就回道，“即使是一只小鸟或是一小雀都知道生命的可贵，让我们跟着您死，这实在是太难。”还有的人也回答，“您都要死了，我也不愿意再活下去。”

卢循把那些不愿意跟着自己去死的小妾全部杀掉，至于那些愿意跟他去死的则是全部放掉，然后自己投水自尽。估计当时卢循问话的时候，那些歌伎小妾身边应该是明晃晃的大刀，所以她们才会如实说出心中的想法，想死的没死，不想死的却死了，这卢循也算是一个……妙人？

后来，交州刺史杜慧度把卢循的尸首打捞上来，然后砍下他的首级用石灰制好送回建康城。他也算是半个枭雄，可惜他就像是三国时期的袁本初一样，多谋而又少断，遇到了刘裕这个百年难得一出的草根英雄人物，结局难免凄凉。

二十三章 改革朝政

411年正月十二日，刘裕带着主力部队凯旋。晋安帝派当朝侍中在行营之地犒赏三军，那情景热闹十分啊！当时在场诸人之中唯一一个不高兴的只有刘毅。本来他是败军之将，是没有资格列席这个赐宴的。只是刘裕硬说他留守建康城，功劳也不小，他也不愿意把风头都让给刘裕，所以才出席的，在席上刘毅大发牢骚，当众吟出“六国多雄士，正始出风流”一句，意为战国时被秦国灭掉的六国，武夫战将虽多，却不如曹魏正始年间的名士风流有韵致，借此显示自已虽战功略逊，但文雅有余，暗中之意是指自己战功虽然不如刘裕，但才学要比刘裕强，总体来说我刘毅并不逊色于他。

在这个宴会上，朝廷又加封刘裕为大将军、扬州牧，赐给班剑二十人，其他的官职没动。这个大将军之职在汉朝来说算是武将第一人，掌握实际兵权，可是到后来就成了一个荣誉的职位，没有丝毫实权。州牧这个职位原本是朝廷任命的监察官，后来逐渐权大，位于刺史之上，可是在东晋的时候也是一个名誉上的职位。至于赐给班剑二十人，这个就更了不得了，它是指刘裕以后出行的时候，都可以把朝廷赐的二十人带在身边作为护卫，即使是进了皇宫也是如此。

可惜，这些个东西只是面子上好看又没有实权，他接受了只会让人感到眼红，所以他又是照例推辞了，不过他对朝廷也提出了几点要求。一是对于这次在保护建康城的战役中和追击卢循的时候立有功勋的士兵大肆加封，至于壮烈牺牲的军兵家属也有很高的抚恤；二是对于那些埋骨他乡的士兵也不能让他们在地下心寒，所以朝廷应该派他们各自的主将把他们的骨灰送回家乡，毕竟人死了埋在家乡才是最好的归宿。

这一系列的动作当然赢得了广大下层军官和士兵们的拥戴，他们心中只会认为刘公才是为我们谋福祉的人。朝廷？朝廷在哪里？朝廷只会让我们军户帮他们种地，还要缴大部分的租子上去，现在的军户就跟以前的奴隶差不了多少。

虽然卢循和徐道覆的这次北上被朝廷给剿灭了，可是他们造成的影响是不可估量的。他们从南方番禺起兵，顺着赣江而上，一路转战大半个东晋朝廷的地盘。他们所到之处，虽然不像以前的孙恩一样天高三尺，可是听闻乱兵要来，肯定要有许多百姓逃难，而且卢循这次造反持续了一年多的时间，造成了许多地方人口锐减，土地荒芜，既然没有人种地，那么朝廷的税赋从哪里来？

还有东晋朝廷原本就存在的一些根本性的原因，这次卢循起兵为什么响应者无数，一直打到豫章才有何无忌率兵抵抗一下，一路上的那些郡守手上没有兵吗？恐怕不是的，当初刘裕初次进占海盐时，海盐县令鲍陋召集了全城的百姓守城，而且鲍陋的儿子手中也掌握着一支一千人左右的民兵队伍，从这一点可以看出来，郡守们手上是有兵的，可是他们没有多做抵抗，直接就投降了？这是一个很严重的问题。叛乱一起，各地的郡守们都打着自己的小九九，不听中央的号令，保存手下的兵力，这都是世家把持朝政带来的缺陷。

再有就是中央朝廷之内分成的各种派系之争。十年前的昌明党与道子党，再加上现在的刘裕党和世家党，各地的军队也依附于朝中的实权人物，对于朝廷的命令充耳不闻，前不久的刘毅就是一个现成的例子。

对于朝廷现在所存在的一些问题，刘裕在战后就仔细地思索了一遍。他决定对朝廷的一些现有制度进行改革，首要的就是怠政和贪腐。东晋朝廷百年来都是由世家执掌朝政，领兵的自然也是世家子弟，虽然世家中也有谢安和谢玄这样的名将，可是大部分的世家子弟在战时畏战不前，临阵脱逃都是家常便饭，事后也有交好的长官互相包庇，导致无人追究。

刘裕是从底层升上来的统帅，在战场上也杀了许多的战败或是畏战的军官，但是他更多的都是靠身先士卒，成为别人的榜样。在他的带领下，东晋朝廷的军纪比起以前要好了许多，比如说当年刘牢之攻打孙恩时，三吴地区的土地便被刮了三尺，军队的抢掠只是平常事，自刘裕掌权后这种情况便没有发生过。

老实说，对于贪腐这个问题，即使是刘裕他也没有更好的办法，因为这个问题是自从私有制出现了之后，从来没有被消除过的大问题，即使是到了今天的这个和谐社会，这个问题也不可避免。刘裕唯一能做的还是以身作则。

尽管刘裕现在已是朝廷上的实权第一人，他的生活还是很简朴，就比如按晋朝的规定，宗室王公都有相应规格的马车坐驾，马车按照不同的品级上面的金玉饰物也是各不相同，这些也是身份的象征。可是刘裕不同，他的马车就很寒酸，没有装饰品，颜色素淡，跟普通人坐的差不多。

再比如刘裕家中虽娶了好几房妻妾，可是他的府中没有像别的大臣家中歌伎舞伎无数，就连侍候人的婢女也没有几个。而同他一起建义起兵的诸葛长民，富贵了之后家里养了美貌妻妾无数，贪财也是无数，导致最后被杀。

这里还有一则小故事说出来博大家一笑。后来刘裕的孙子孝武帝刘骏继位之后，奢华无度。他手下有一个大臣为了劝他节俭一点，特意把他劝到刘裕曾住过的屋子去看。刘骏看了之后大吃一惊，这床是普通木头做的，床头挂的帐子是土布织成的，灯笼也是布做的，拂灰扫把是麻绳做的。那个大臣以为刘骏看了之后能够比从前收敛一点，没想到刘骏却说出了一番让他大为吃惊的话，“他（指刘裕）当初也只不过是一个田舍翁，能够用得起这些已经很不错了。”

这是什么话？这是典型的数典忘祖，他忘了他今天能坐上皇帝之位还不是靠着刘寄奴的努力打拼才挣得这花花江山，居然以自己的祖父为耻？这种人他要不是皇帝，恐怕当时那个大臣也要把他浸猪笼吧，就是在下看了也忍不住想要拍他一板砖。

在朝政这一方面，纲纪松弛，各地豪强欺压弱小，百姓流离失所，不能保持他们自己的家业，这都是老生常谈了。当初桓玄即位后，也曾想过要改变这种情况，可是他自己就是出身士族，搞到最后政令一日三变，从而害苦了老百姓，这改革也就不了了之了。刘裕再次颁布法令，打击豪强，限制世家的特权，他是以身作则，自己也没有享受到什么特殊的照顾，京中的豪强都知道刘裕的手段，所以也不敢做得太过分。

可是这时候出了一件大事，当时会稽郡余姚县有个叫虞亮的豪族，因藏匿私口一千余人，被人告发后，刘裕竟下令将虞亮斩首，连时任会稽内史的皇族司马休之也以失察罪被免职。这个事情对于当时的朝廷来说，震荡是很明显的，因为世家豪强就是靠剥削百姓来维持他们的富足生活，所以他们手中都有许多的佃户和租客。这些佃户和租客自然是没有在国家的花名册上，可是这人口也是国家的税赋来源，世家这样做等于就是在挖国家的墙角，刘裕遇到这种情况，自然是杀一儆百。

刘裕自觉这样做没有错，因为他自己就是出身底层，可是出身高门的世家们会怎么想了，这刘裕可是要削弱他们的根基啊。其实东晋朝廷虽然名义上是司马氏皇族做主，可是这执政的都是世家大族，按顺序依次来是琅玡王氏、颍川庾氏、谯国桓氏、陈郡谢氏四大家族，代表人物就是王导、庾亮、桓温、谢安。

这四大家族中桓氏与谢氏一开始都不是东晋的高门士族，他们是在自身为朝廷立了巨大功勋之后才得以晋位顶级豪门之列。对于世家来说，你们次等士族可以进位上等士族，现在你刘裕掌大权，你刘氏也可以成为朝廷的顶级大家族，但是有一条，那就是你要遵守这个游戏规则，那就是维持世家的统治。可是刘裕显然没有做到这一点。

不久之后，安帝加封刘裕为太尉、中书监这两个职务。刘裕这次没有推脱，反而是很爽快地答应下来了。世家们都以为刘裕接受了这次加封之后，应该就会安静下来，可是刘裕又一次把那些世家们给惹毛了。

朝廷选拔官员，一个主要渠道是各地州郡推荐的秀才、孝廉人选。秀才要求有文化，孝廉要求品德好，再由朝廷进行文化考试，合格者才能录用。这个制度从汉代开始实行，一直用了几百年，但自魏晋九品中正制实行以后，百余年来士族门阀控制了秀、孝选拔，他们的子孙不管有无才干，都可以通过这个名目，不用考试直接做官。刘裕此时向皇帝呈请批准，恢复对秀才、孝廉的考试制度，晋安帝就是帮刘裕盖章写圣旨的，刘裕说什么就是什么。

刘裕的用人制度，只看才能品行，而不计较其出身高低，也不计较与自己有无恩怨。当然，他的亲属只要稍有能力，都会位居高官，这是他控制政局的需要，但除此之外，他从不用只会阿谀奉承的无能之徒。有人认为跟随他发迹的，都是其京口乡党旧部，但刘裕从不介意从旧日敌人中选拔人才，像沈林子兄弟，本是跟着孙天师的要犯；胡藩是桓玄的部属；平燕时招降的垣氏家族，这些人在他死后，仍在军、政领域起着重要作用。

刘裕这是要打破世家们名正言顺继承官位的权力啊。如果说当初刘裕杀虞亮是为了削弱世家，他们还可以容忍，毕竟朝廷的情况他们也了解，可是刘裕现在的情况就跟断了他们的根差不多，要是他们的子孙做不了官还怎么维持世家的统治，这天下的官儿总共就那么多，那些泥腿子上来一个，那我们这些高贵的世家子弟不就是少了一个名额?

观刘裕现在的作风，他生活俭朴，可以看做是一贯以来的习惯。当初王导、桓温初掌权时也是如此，没有什么奇怪的，可是刘裕为了虞亮私藏了一千口人就把他给杀了，然后又要让那些泥腿子抢我们世家子弟的入仕名额，这个性质就不一样了，刘寄奴这是在破坏我们世家朝政的规则，他难道是想学桓玄，图谋不轨？即便是他没有这个想法，凭他现在所做的事，他也应该下台了。当然，这是某些豪门世家商议之后共同决定的。

但是，刘裕是那么容易下台的吗？他如今是当朝录尚书事，掌握朝政，皇帝就是专门帮他盖章的，还有他现在是朝廷的车骑将军，北府的军权也掌握在他的手中，军中的士卒把他当战神一样看待，还有，这次保卫建康城的战斗，他再立功勋，在建康人心中，就是皇帝的威信也没有他大吧。他现在是集军政大权，崇高声望于一身，有那么容易被推翻吗?

二十四章 火并刘毅

一

世家们想来想去，就把目光放到了同为建义诸人的刘毅身上。刘毅这个人虽然也和刘裕一样出身草根，可是他和刘裕不同的是他非常爱好文学，也喜欢结交士人，更重要的是谢氏现在的当家人谢混就和他很要好。在谢混的支持下，刘毅便被某些人推动着彻底走到了刘裕的对立面，不过以刘毅的性格，即使没有那些人的推动，他迟早也要和刘裕闹翻的。

谢混，出身当时的高门陈郡谢氏之后，乃是名相谢安的孙子，前面提过的谢琰的儿子。这个谢混长得一副好相貌，长大了以后就被人称为玉人，而且文采风流，被人称为“江左第一”，甚至就连皇帝也抢着和他结亲，孝武帝就把自己的女儿晋陵嫁给他。可是不久之后孝武帝被自己的妃子勒死，这件事便耽搁下来，后来又有大臣跑去向谢混提亲，旁边就有人提醒他，“他可是皇室的禁脔，你也敢抢？”“禁脔”这个词就是始于谢混。

但是现在的谢氏已经在走下坡路了，自从谢安归隐之后，再到不久之后的谢玄身死，谢氏的影响力早已不如以前。以前谢混的老子谢琰还在时，掌管着兵权，谢家还有说话的权利，可是谢琰居然在和孙恩交战的时候被手下人给杀了，这给谢氏的声望造成了巨大的打击。谢混此时身为谢氏的掌舵人，自然要为家族考虑，刘毅就是他精心挑选的合作伙伴。

刘毅在士族之中还有另一个支持者，名叫郗僧施。这个家伙虽然没有谢混这么有名，可是他的来历也不小，他的叔父郗超曾是桓温的首席谋士，可是郗超无子，就把他过继过来当做自己的儿子。因为郗僧施是主动结交刘毅的，所以刘毅与他的关系应该比谢混还要好。刘毅遇到他后，曾经感叹道，"当年刘备遇到孔明，如鱼得水。如今我与足下虽才能不如古人，而共事之情如出一辙。"可是刘毅既然不能跟刘备相比，那郗僧施就更不能和智多近妖的孔明先生相提并论了。

当初，刘裕南下征讨卢循，任命刘毅留守建康城，可是这时建康城中也不是刘毅说了算的，因为当时有刘裕的心腹刘穆之在城中，刘毅的日子可以说是过得极其憋屈的。后来刘裕一回来，他就向刘裕打报告，"刘兄，你手下那个以前的主簿现在官儿不大，却什么事都插一手，你以后可要小心，什么时候被他暗中给你来一下，你可就惨了。"

对于刘裕来说，刘穆之是他用了好几年的心腹之人，一向都是当做股肱之臣看待的，可是现在刘毅居然跑到他面前说刘穆之的坏话，这就真像是黄鼠狼给鸡拜年，没安好心。刘裕经此一事，对刘穆之反而更信任了，刘毅只是枉做小人。

除了这一点之外，刘裕感觉到最近刘毅有些不大对劲，在朝中议事的时候，一有什么事刘毅都要同自己对着干，说话的时候也不给自己留面子，刘裕出于各种考虑，都给他留着面子，可是这结果就是刘毅越来越骄横，鼻子都快要翘到天上去了。刘裕终于忍受不住，一脚把他给踢到江州去了，来个眼不见心不烦。

不久之后，刘毅就被重新任命为豫州刺史，同时拥有都督豫江两州军事的权力，东晋当时沿用于西晋的都督制度规定：对刺史中威望较高者，授予其都督临州军事的权力，可以指挥、调度临州兵力，比如刘裕现在都在担任那个都督十六州军事的职务。但是这个江州可是朝廷的腹地，乃是重要州郡，刘裕把这个地方也给了刘毅算是对于当初没让他去负责追击卢循的补偿，至于推荐刘毅的人他倒是没怎么放在眼里。

此时的江州刺史庾悦正在府中为自己的前途担心了，因为新任的都督江州军事刘毅同他有旧仇。要知道现在的颍川庾氏早已不是当年的庾氏了，他自己虽然是一州刺史，可是当看桓玄篡晋时，他却是伪楚的中书侍郎，就这一个把柄就够别人捏死他了。

说起来这个事也是巧得很，当年庾悦还是司徒长史的时候，恰好要请朋友去吃饭，于是就选了京口一家比较大的堂子。恰好这时刘毅也和他的一些朋友在这里比赛射箭的功夫。那时候的刘毅可是一文不名，只是一个没有品级的小吏，自然不在庾悦眼里。庾悦甚至都没有亲自去赶人，他只是让手下人出马，把手向外一指，示意你可以走人了。

刘毅的家庭出身也不是很好，但是他从小也爱赌博，这脸皮自然也是厚得很，他上前来哀求道，"大人，我们这些家境贫困的人聚到一起射一次箭很不容易，您这个宴会到京口的其他堂子也能够举办，不如您就把这次机会留给我们吧。"

庾悦是谁，那是出身高门大族的勋贵子弟，刘毅只是一个破落户的子弟，家里没有半文存款，庾悦可能给他面子？刘毅把话说完后庾悦理都没理他，其他的人一看今儿没戏了，就都告辞离去，可是刘毅觉得自己没有错，就是赖在这里不走，独自一个人在东堂里射箭。

后来庾悦请的朋友来了，这宴会也就开始了。其他的人看到刘毅一个人在这里射箭，可能是有点不好意思，就让刘毅一起入席。其实刘毅等的就是这句话，可是主人庾悦这时就发火了，本来对于刘毅这么个穷酸赖在这里不走心里就很烦了，没想到朋友们居然让他上桌。想上桌，不仅门儿没有，连窗儿也没有，庾悦当下就发话，让刘毅不准上桌，为了惩罚刘毅的不识抬举，他这时又不准刘毅走了，他让刘毅就待在东堂看着他们吃，等他们吃完了再走。

说起来庾悦这也有故意侮辱刘毅的意思，你不是不走吗？那你就留下来看着我们吃，馋死你这个穷鬼。可是刘毅不仅没有丝毫不好意思的感觉，反而笑嘻嘻地跑到庾悦这桌来说道，"大爷，我今年还没有尝过新鲜的鹅肉，您就赏我一块鹅肉吃吧。"

这个情况你可以做如下想象，就比如某身居高位的大人正在宴请友人，酒桌上推杯换盏正热乎的时候，突然跑过来一个要饭的，说是大爷请赏块肥鸡尝尝吧。恐怕那时庾悦脸上的表情应该很精彩，他心里的想法不仅有怒有羞有恼有恨，同时也是五味掺杂吧。他也没想到刘毅就像一块牛皮糖粘了之后洗也洗不掉，反而让他在友人面前出了大丑。庾悦当时就下令让仆人把刘毅给架出去了。

这件事对于刘毅日后的人生影响如何我们也可以猜得出来，刘毅后来特别喜欢交好世家子弟，恐怕与那一次的事情不无关系。

可是现在刘毅是朝廷上的二号大佬，爵封南平郡公，现在官任豫州刺史，都督豫江两州诸军事，当然他也可以是庾悦的同僚，但是刘毅的爵位就比庾悦高了一大截，庾悦在刘毅面前天生就要比他矮一头。对于刘毅来说，江州这个地方对他太重要了，因为豫州就在朝廷的眼皮子底下，他想做什么都不方便，可是江州不仅离朝廷不是太远，而且离荆州也很近，刘毅要是想做什么也方便得很。

刘毅第一次前来拜会庾悦时一口一个老兄好久没见，我很想念你啊，这些话听得庾悦有些胆战心惊的，没有出乎庾悦所料，刘毅马上就出手了，不是为了别的，就是为了他手中的兵权，刘毅给朝廷上了一封奏折。奏章上大概是这样说的，江州是属于国家的腹地，江州刺史应该以治理民间事务为主要职责，不应该再配置一个军府来消耗百姓的力量，应该解除军府，移到豫章镇守，而且寻阳接近蛮夷之地，所以也可在州府的部队中分出一千名兵丁加强该郡的防卫。

朝廷之中有刘毅的同党，一道奏章就夺取了庾悦的都督、将军的官职，只给了一个小刺史的身份，还把他们赶到自己的老巢，去往豫章管理江州。那个时代刺史没了兵权，就等于失去了靠山，而这个时候刘毅顺势把庾悦府中的三千名文武官员全部收入自己的将军府中办公，这一举动既壮大了自己的实力，并且也让庾悦成了光杆司令。

刘毅此后对庾悦更是经常横加责难，经常催他交这个交那个给自己。面对这种高压的环境，庾悦有怒不敢言，俗话说得好，官大一级压死人。庾悦到了豫章上任之后不久，就因为后背长疮病逝了。这刘毅给人家穿小鞋还真是穿得好合适啊！其实刘毅开始担任抚军将军的时候，就请他担任过自己的抚军司马，可是庾悦哪里敢跑到他虎口之下，就跑到刘裕的麾下担任车骑司马，后来他就任江州刺史，也是刘裕帮的忙。只是这次刘毅如此刁难他，刘裕却不帮忙，想必也有他的考虑吧。

二

412年四月，荆州刺史刘道规因为身患重病，向朝廷递了辞职信，朝廷没过多久也就同意了。这时，刘毅发现了一个大好的机会，自己要不要向朝廷申请，去担任这个荆州刺史？以资历来说，在这世上除了刘裕这个家伙之外，应该没有人比我更有资格来担任这个职位了吧。

不久之后，刘毅上表申请调任荆州刺史之职，其实刘毅这样做大概也有试探刘裕的心思，看他到底是真的忌讳我还是信任我。再一个就是荆州这个地方可真是个好地方，因为地接后秦，武风很盛，所以民风剽悍，兵源也不缺，再说这里的地形也很险要，当年的桓温便是靠掌握荆州军才逐渐掌握朝政，接下来的桓玄更是凭着几代人的经营生生地当了几个月的皇帝，真是一块风水宝地啊！自己要是能够掌握如此要地，以后也能够和刘裕相抗衡了吧。

在朝中的刘裕接到刘毅的上奏之后，就思索开了。这个荆州刺史之位的确是个很关键的位置，不仅镇守着与后秦接壤的地方，再加上还要防备益州的谯纵，当今朝中除了刘毅之外也只有刘敬宣能够担任这个重任，可是刘敬宣上次伐蜀失败，他上位的可能性就很低了，如果无忌现在要是还在，他应该是最好的人选吧。如果刘毅真想凭着荆州这个地方来搅风搅雨，那他可就打错算盘了，欲先取之，必先予之，刘裕心中冷冷一笑，本公本来也没有打算和你彻底闹翻，可是你在这帮人的撺掇之下老是和本公为难，要是你真起了什么不该起的心思，本公到时候自然有办法收拾你。

其实刘裕对于刘毅和朝中一帮人联起手来和他为难老早就有不满了，只是刘毅在军中的声望也很高，加上他还有一个担任兖州刺史的弟弟。刘毅如今已经占了历阳到寻阳的这一块地盘，刘藩则是驻扎在广陵，两人合起来就占了建康南边的一大块地盘，加上这个地盘离建康城还挺近，两人想做什么都方便得很，比如刘毅联合朝中的人马推翻刘裕？所以刘裕这次准了他的所请也是存心把刘毅调到山高皇帝远的地方去，至于他朝中的同党自己就一个一个来收拾，如果刘毅真有谋反的心思，论打仗自己可不怕他。

刘裕下定决心之后，朝廷给刘毅的圣旨便下来了，委任前豫州刺史刘毅为新任荆州刺史，都督荆、宁、秦、雍四州诸军事。刘毅接了委任状之后那是大喜过望，他第一个找的不是别人正是刘敬宣，“刘兄，以前咱们两人之间虽然也有误会，可是现在过了这么多年了，咱们两人应该和好了吧，这次我接任荆州刺史，你就跟着我来混，我给你个南蛮长史干干吧。”朝廷的荆州刺史一般都兼任着南蛮校尉之职，这南蛮长史就是校尉手下的属官。

要说刘毅此时找刘敬宣是有两个目的，第一个就是拉拢他。刘毅肯定知道光凭自己是不能与如日中天的刘裕相比，所以他要找同盟，只是刘毅的眼光太差了，拉同伙都拉到自己的仇人头上去了，他为什么这么做就是他的第二个目的了。前文讲过刘毅和刘敬宣老早就不对付，刘毅一度曾致刘敬宣于死地，只要刘敬宣到了他的手下，这揉捏搓扁还不是任由他来做，前不久的江州刺史不就是现成的例子吗？

可是刘敬宣只体会到第二个目的，他以为刘毅又要对自己下黑手了，他吓得马上去找刘裕。刘裕此前和他一直都是好友，自然不会不管他，“刘兄放心，这是小事一桩，我一定会保老兄平安的。”不久之后，朝廷便下旨任命刘敬宣为北青州刺史，接替羊穆之的位置，刘毅也对此无可奈何。

可是这时候刘毅又不满足了，当初他向朝廷讨要荆州刺史之位，本就没有准备朝廷真的会把这个职位送给他，他只是试一试罢了，没想到这事情来得如此顺利，他马上又向朝廷提出了一个要求，荆州久经战乱，人口减少，而且毗邻敌国，武备缺失，广州之地盛产竹木胶漆等武器原料，请求加督广州和交州，奏折到了刘裕的手上后，刘裕还是照准。

今儿个这刘裕是怎么了，怎么我提出的要求他都准了，要不要再提点？于是刘毅又提出让丹阳尹郗僧施为南蛮校尉，毛修之为南郡太守。他这是要把自己人给带到身边去帮他掌握局势啊。提案递上去后，刘裕还是二话不说，签字盖章，只不过同时下达的还有一封委任状，那就是调太尉司马刘穆之为丹阳尹。

其实经过这么来来回回的几件事，朝廷中某些人就开始疑心刘毅要学桓玄将来造反。有的人知道虽然刘毅没这个胆子，但二刘之间恐怕没有多少和平的日子了，听说还有人在赌二刘具体什么时候翻脸。

刘毅所有的要求都被同意后，他又上表想在去荆州上任前再去京口拜祭一下自己的祖先。这里要说明一下的是，当初倒桓的时候，刘毅还在服丧，原来一些该办的仪式还没有办完，所以他当时还是穿着丧服参加起义的。而作为刘毅的本家并且是同乡的刘裕也就前去倪塘（建康东南郊）亲自迎接刘毅。其实这在当时来说，刘毅的行为是极不合理的，他身为一方诸侯，路过京师居然不去拜见皇帝，要是说了出来也是一桩大罪。

其实在倪塘之前，刘裕的手下，也就是他如今的心腹宁远将军胡藩悄悄对他说，“明公认为，以刘毅的为人他会甘心居于您的麾下吗？”刘裕听了沉默不语，其实这个答案不说大家都明白，这是不可能的，所以刘裕就问他，“那依你之见呢？”

胡藩说，“主公您统帅百万大军出战，每战必胜，在行军打仗、排兵布阵这一方面来说，刘毅自己也知道他是不如您的，可是论到博览群书、吟诗作赋，他却自认为是英雄豪杰。正因如此，那些文人雅士、白面书生等集中他的府上，为他效命，我担心他终将不会甘心在您之下，不如趁这次会面的机会，干脆除掉他。”

其实对于刘毅的处置方式，刘裕早有打算，因此对于胡藩的提议刘裕就反对：“我与刘毅都有复兴国家的功劳，他现在也没有犯什么不可饶恕的大罪，我们也不可自相残杀。”刘毅现在可是有些志得意满，却不知道他悄悄地躲过一场生死危机。

告别刘裕诸人之后，刘毅终于起程，坐船西上江陵接任荆州刺史去了。可是到了这个时候，刘毅他还是有些不老实，他在途中经过他曾经管辖过的豫、江两地时，就在当地的驻军抽调了一万人的大军准备带往荆州。对于朝廷来说，以前也从来没有新刺史要从旧地调兵过去这个先例，这简直就是赤裸裸地无视朝廷的权威，也可以说是无视刘裕的权威。

然而，刘裕再一次无视了刘毅的举动。反正刘裕的心态就是这样，你尽管闹吧，你现在闹得过分，将来和你清算时，你的罪过就越大。当然，刘毅心里也会嘀咕两声，这刘裕最近没有发疯吧？我记得自己好像和他合不来的。

三个月后，也就是义熙八年（公元412年）闰六月一日，也就是在刘毅到荆州上任之后的第三个月，原来的荆州刺史，现任的豫州刺史刘道规不幸病逝，年仅四十三岁，算得上是英年早逝。要知道刘裕都比刘道规年纪大，也是打了多年的仗，现在身体却没有丝毫的问题。有人说是刘道规开始接任荆州这个烂摊子时，耗尽心力，才会导致他早死。

当然，刘道规的病逝对于刘裕来说，是一个不可估量的损失。毕竟，刘裕本身的宗族兄弟并不多，亲兄弟也就两人，一个是刘道规，还有一个是刘道怜。刘道怜就不说了，为人贪财却又没有本事，不过讨好他老娘萧文寿的本事还是不错的。刘道规倒是刘氏家族里除了刘裕之外的另外一个将才，也有人说如果刘道规不英年早逝，再加上后面的刘穆之不死于刘裕的前面，说不定刘裕就会完成前无古人的由南方统一北方的壮举，不过这总归只是推测，当不得真。

正好这时，上任不久的荆州刺史刘毅在荆州全境里面大肆折腾了一番，把他从豫州带出来的文武吏员安排到荆州的各个岗位上。虽然说一朝天子一朝臣，可是刘毅的吃相也太难看了，三个月之内他手下的佐吏便全部换人了，惹得江陵城中怨声载道。

大概是在人员调换完了之后，刘毅水土不服，又生病了。要说刘毅就这样死去也可成为一个史书传颂的忠义之臣，可是从他后来大军攻城之时，还能指挥作战来看，恐怕他这次的生病又是一个幌子。

嗯，先不管他是不是幌子，反正刘毅病了之后，他自觉不能处理政事，便上书给朝廷，希望派自己的堂弟兖州刺史刘藩来帮着自己处理荆州的政务。

三

当年在建康的时候，刘裕与刘毅等人的关系还很不错，所以每到有空的时候，刘裕他们一伙人，还有当时没死的何无忌加上京口起义的一些兄弟，都跑到刘裕府上一起去赌钱，刘裕和刘毅两人都是个中的高手。他们两人都喜欢搏命，跟他们两人都是赌徒也不无关系，只不过当年刘裕没发家的时候赌运很差，十赌九输。可是刘裕自从发达了之后，这赌运也就来了，也不知道是不是真的赌运好还是别人让着他。

某一天，这群以不要命而博得荣华富贵的豪客们又聚在一起赌钱了，这赌桌上的筹码也渐渐地不断加高，他们赌得越来越大，一注就下百万钱的规模。有一次桌上的筹码到了几百万钱，就只剩刘毅和刘裕他们两人没有抛了，也不知道是别人有意谦让还是故意让两人做个对决。

这种赌钱的游戏叫樗蒲，樗蒲的游戏规则是先以五枚骰子掷点，根据所得骰子花色，决定棋盘上棋子前进的步伐，以杀光对方棋子为胜。樗蒲所掷的骰子面只分黑、白二色，黑面少而白面多。掷得五子全黑为“卢”（注：“卢”古代也是黑色之意），为最高花色；次之为四黑一白的“雉”；再下面级别还有很多。

这时赌桌上的钱已经堆得很高了，在场的众人都挤在一起看着他们两人的对赌。刘毅先抛，结果他抛了一个四黑一白的“雉”。如果说五黑是天牌的话，那么刘毅这次就抛了一个地牌。刘毅一看结果，马上喜得拍着桌子大叫，“不是我不能得卢，只是我懒得抛而已。”

其实刘毅抛得这个牌已经很大了，除非刘裕能抛出一个全黑的“卢”来，不过这种几率太小，所以刘毅就提前为自己庆祝起来。刘裕这时也来了赌兴，可是刘毅这小子一高兴就不把别人放在眼里，刘裕也是赌徒，赌徒哪有不想赢的，他琢磨了许多，也看着刘毅同志表演了许多，等到他闹得差不多了，“今天就让你看看老兄的手段。”

刘裕把手中的骰子一抛，桌上立即抛出四个黑来，只有一个骰子还在那里转动，刘裕大睁着眼，嘴里不停地说道，“卢”“卢”，最后这骰子果然定格为卢。

刘毅本来就在庆祝自己的胜利，这时见得刘裕又胜了自己，哪里会有好脸色给刘裕看，不过他天生就是黑脸，别人也看不出来。后来刘毅就对他说，“公这次胜利的骰子可不可以借给我？”刘裕听后一愣，接着就道，“可以，送给你了。”有人说这一次赌局的胜利也昭示着他们两人日后的命运。

刘裕与刘毅之间的关系现在已经到了图穷匕见的时候了。刘毅病了，所以想让自己的堂弟帮自己主持政务。这个借口听起来没有多大问题，可是只要仔细一想，你就会知道这其中隐藏着多大的陷阱。

如果刘毅没有生病，他装作生病只是想要把自己的兄弟调过去帮他稳定局面，然后两人同心经营荆州这个地盘，他们两人合起来也可以控制上游这个风水宝地，再图和朝廷（刘裕）对抗。如果他生病是真的，那么刘毅就是想把自己的荆州刺史传给堂弟，像当年的桓温传给桓冲一样，但是这两种现象都是刘裕所不能容忍的。

第一种就不说了，刘裕知道后肯定会讨伐两人，只是现在的实际情况是刘毅已经控制了上游，如果真要开战，一旦战势不利，不能快速剿除叛乱，对于朝廷来说会引起多大的乱子谁都不知道，但是刘裕应该早就等着这样的情况出现了。

第二种嘛，刘裕也不能容忍的原因就是因为刘藩这个人。刘藩这个人怎么说呢，他从前一直都在刘裕的手下做事，跟着刘裕冲锋陷阵，对于朝廷也是忠心耿耿，与他的堂兄刘毅之间倒是没有多大的联系。但就是因为这刘藩没有谋反之心，所以事情才不好处置。

当年的桓氏家族为什么能够雄踞荆州几十年，那不是因为桓温到底有多么强大，而是因为桓冲这个人。桓冲这个人不像他哥哥一样野心勃勃，对朝廷也是忠心耿耿，但是有一点比较无奈的就是桓冲也把荆州看做他桓氏的私业，不肯把它归还朝廷，朝廷也没有办法对他进行制裁，这才造成了桓氏独霸荆州多年的局面。

现在的刘藩不就是另外一个桓冲吗？照样对朝廷忠心耿耿，这刘藩要是把荆州控制好了，对朝廷也是很恭顺，那么到时候怎么处置刘藩，攻打吗？这不可能。以什么理由？而且刘裕早就下决心要铲除地方上的强势藩镇，他决不会容许在自己掌握朝廷的时候还有不听管教的家伙。

所以，刘裕思索良久才在案桌上铺就的一张白纸上写下一个大大的“杀”字。不久朝廷同意了刘毅的上表，不过刘藩身为兖州刺史，他要另行任命。按照惯例刘藩是要进京城述职的，所以就在刘毅暗中得意、刘藩懵懂无知的情况下，建康城中已经悄悄地铺下了一张捕鱼的大网。

刘裕起先不杀刘毅，那是因为没有找到要杀他的理由，因为那时的刘毅顶多也只是发发牢骚，对于朝中的大臣来说没有丝毫影响。可是现在不同了，是个人都知道刘毅把他堂弟调过去，这朝廷今后就要多事了，朝廷也可以理解为刘毅有了谋反的心思，谋反这种事不用讲求太多的证据，只要你有这个迹象，朝廷就可以对你进行一些必要的行动了。

就比如现在，进京述职的前兖州刺史刘藩大人一进建康城，就被朝廷的人给秘密逮捕了。接着就是朝廷尚书仆射谢混也给抓到天牢里去了，罪名就是勾结刘毅与刘藩图谋造反。只需要一天一夜的时间，这人证、物证就都齐全了，让人不得不惊叹古代刑律机构的工作效率实在是高啊！

拿到明确的罪证，刘裕立即就拿着这个东西去皇宫找他的专用盖印郎官去了，等他出宫的时候，手上已经拿着一道赐死刘藩与谢混两人的明黄圣旨。只是可惜了谢混这好大的名声，认不清形势，非要和刘裕作对，落得身死的下场。当初谢混和刘毅很亲近的时候，谢混的堂兄谢澹就常常为此担忧，遂逐渐与他疏远，并对弟弟谢璞和侄儿谢瞻说：“谢混这种性情，将来一定会家破人亡。”也不知道他是个大嘴巴还是看出他们两人都不是成大事的料，才会下此论断，不过他的判断还真是准啊。

接着就是正式讨伐刘毅了。刘毅这个人总的来说，他打仗的水平只能算是中上，但是他的威望，当时在朝廷的军中除了刘裕就数他了。所以为了避免什么阵前投敌之类的事发生，刘裕决定亲自出征。再说这刘毅现在占据江州之地，握有大州，手下的人马也有好几万，别的人上去刘裕还不放心了。

出征的人选定了之后，刘裕心中接着就要考虑留守之人了。这刘穆之实在官卑职小，不能代替自己在朝中行使宰相之权，这刘裕想来想去，也只有挑了新任豫州刺史诸葛长民。这家伙实在是没有什么出彩的地方，可是建义诸人中现在还健在的，官位比较高的也就是他了。诸葛长民对于京城不是很熟悉，刘穆之就负责辅助于他处理京中的各项事宜。当然，刘穆之被加封为建武将军，建立军府，配置军队也是顺理成章的事了。

那么朝廷既然已经把刘毅定性为反贼，那么新任的荆州刺史应该选谁？这个问题也实在不好决断，自己手下的人都没有这个资历担任这个职位。而且考虑到自己刚刚才把世家们的爪牙给杀了，虽然他们就是想要闹事也没有这个实力，但如果世家们扯出皇室来对付自己那可就不好办了。所以为了安抚好皇室的心情，刘裕决定把这个肥得流油的地方留给皇家宗室司马休之。

司马休之这个人吧，庸碌无能，刘裕还真没把他放在眼里。当初他也是任的荆州刺史之职，却被桓玄给赶到南燕去了，就算是荆州落到他的手上，刘裕也没有什么好担心的。

九月十六日，朝廷正式下旨，前会稽内史司马休之为都督荆、雍、梁、秦、宁、益六州诸军事，荆州刺史；任命北徐州刺史刘道怜为兖、青二州刺史，镇守京口，而刘裕自己则是率领着四万大军西征刘毅。

就在出发之前，在广固与刘裕一夜长谈的王镇恶这时来找刘裕了。他的目的只有一个，那就是自请为大军的先锋，然后献上了一条奇袭江陵的妙计，刘裕听了他的计划之后也是击节赞叹，决定按照他献的计策去做，调了一百艘的轻便小船再加上几千的士兵给他。同时任命蒯恩担任副将，与他一起前去执行这个任务。

在临去之前，刘裕交代两人，“如果敌人没有防备，你们觉得可以战胜，那你们便放手进攻，如果觉得取胜的机会不大，便把他们的船舰通通给烧毁了，然后停留在江边等本公来了再从长计议。”

四

按照王镇恶的计策，就是要趁着荆州这边不知道刘藩已经被朝廷处死和征蒯大军已经开始进发的消息，由王镇恶的先锋假扮前来上任的兖州刺史刘藩一行人。如果他们赶到江陵时，荆州那边还不知道确切的消息，那么王镇恶的先锋就直接攻打江陵城，要是荆州这边已经得到消息，那么他们应该还在调动岸上军队的准备阶段，肯定来不及集结好船只，王镇恶只要把他们手下的水师战船给烧毁就成了，然后阻挠他们的造船工作，在江中巡视等待主力军赶来就行了。说一句明白话，就是打一个时间差。古代的通信极为不便，这要是现代那是不可能的事，不说有电话线这种东西，就连无线电都有了，某一地发生的事情转瞬之间便可以传到十万八千里之外。

于是，王镇恶带着手下几千兵丁沿江逆流而上，他们也不怕被人看见，反而在人前就打了一个大大的“刘”字大旗，沿途如果遇到关卡询问，“兄弟，你这是哪里的军队，到哪里去啊？”王镇恶一行人就会很坦率地告诉他们，“我们明公乃是前任兖州刺史，现任荆州刺史之弟，现在是要赶赴荆州上任去的。”

哦，原来是顶头上司的兄弟啊，以后也会是我们的顶头上司啊，不能得罪。来人，马上派人送来干粮、水给几位兄弟，他们赶路辛苦了，另外准备一些土特产，就算是下官孝敬刘大人的见面礼。

什么，您想要拜见我们明公？只是我们大人现在急着赶赴江陵，没空接见你们啊。不过你的心意我会转达给明公的，另外我会在明公面前替你美言几句的。王镇恶笑着拍了拍一位县令的肩膀，让那位县太爷浑身的骨头轻了三两。

就这样，在某些人的慷慨解囊之下，王镇恶率领着先锋军一路跋山涉水，日夜兼程，不停地赶路，终于在十月二十二日这天赶到了离江陵城只有二十多里的豫章口。这个地方此前也曾爆发过好几次大战，江陵守军有输有赢，今日又将迎来另外一场大战，只是不知道这次又会是谁输谁赢？

船一到岸边，王镇恶他们就看到岸边的情况很热闹，码头边停了许多船只，边上的商旅居民忙忙碌碌也是毫不在意，王镇恶马上便判断出建康城讨伐荆州的消息这里还不知道，天赐良机啊。他们马上下了船，只留少数人马守在船上，然后在每条船前竖起六七面大旗，船上再放一张大鼓，王镇恶吩咐道，“估算一下我们快到江陵城的时候，你们就不停地擂鼓，做出还有大军源源不断登陆的样子。”接着又分出一小部分人马，“你们马上赶往江津口，那里停着许多的官船和民船，你们听到鼓声一动，便立即放火焚毁船只，怎么破坏容易就怎么来，总之就是要让这些船只不能下水了。”

疑兵之计已经布好，王镇恶与蒯恩马上带着大部队赶往江陵城，因为渐渐地接近城池，这沿途的哨卡也多了起来，路上但凡有问话的，前面的人马上回答，“这是刘兖州上任来了。”问话的人一听将来的二老板来了，马上诚惶诚恐地给这支人马让路。

距离江陵城还有几里路的时候，对面恰好也迎来了一支上百人的队伍，这支队伍的首领名叫朱显之，他是刘毅的心腹，准备去江津口查看战船的。一看对面的这支人马所着军械服饰同荆州的不一样，他马上前去问道，“这是哪里来的人马？”先锋军的士兵对于这种盘问已经是轻车熟路的，“这是刘大人上任来了。”

朱显之自然知道刺史大人的弟弟要来荆州，而且很有可能会是自己将来的上司，自己如果没有遇见也就罢了，在此相遇要是不前去拜见，将来面子上也不好看啊，他马上勒马问道，“大人在哪里？”前头的军兵心中暗叫不好，可是嘴里却道，“在后面。”

朱显之打马向后行去，前面的队伍还算正常，可越看心里就越惊，怎么后面的队伍中还有人抬着长梯、盾牌、旁梯，这不是攻城用的工具吗？怎么刘大人上任还要带着这些东西？朱显之心下虽疑，可还是向后走去，可是等到眼睛都可以望到队尾了，却还没看到刘藩大人的身影。这时，只听远处突然传来战鼓声，轰隆轰隆地好似有大军来到，接着，江津口那边也是火光烟气冲天，到了此时，朱显之哪里还不明白，大事不好，这支人马绝对有问题。

朱显之调转马头，不敢停留，立即拍马冲向城门口，先锋军的几千人追之不及，居然眼睁睁地看着他跑了。王镇恶这时也从后面得到消息赶过来了，看到跑远的人影，他马上大吼，“全军开拔，全速前进。”

然后王镇恶和几个骑着马匹的军官向着远处的朱显之赶去，这要是让他逃脱了，那可就功亏一篑了。朱显之刚刚进城，马上大吼，“关闭城门，贼人来袭。”可是他的话刚说出来，就听到后面的马蹄声传来。朱显之这时顾不得城门，现在城里没有丝毫准备，要是让这股贼兵冲了进来，那就真的大事不好了。他马上催马向着刺史府的内城赶去，他要赶紧把这个消息报告刘毅。

王镇恶看到前面的城门正在关闭，心里大急，使劲一抽马屁股，终于赶在城门合紧之前到了。守门兵还没有来得及上门闩，他一看门边的守军好像要对他们动手，王镇恶马上喊道，“我们是朝廷的军队，奉旨剿灭造反的刘毅，只追首恶，余者不究。”旁边的军兵一听是朝廷的人马来了，还说要剿灭刺史大人，头脑轰然一炸，马上便跑了，开玩笑，大人物之间的战争，还是不要连累我们这些小兵了。

这时朱显之已经赶到内城，正在向刘毅报告，“大人，外面来了一支军队，好像是从下游来的，另外我还听到战鼓声，江津口那边的战船估计也已经被烧了，现在他们应该到了城门口了。”

刘毅一惊，他马上反应过来，“人数有多少？”

“这个属下不知道，据属下看到的，大概两三千人左右，后面应该还有。”

"马上调集人马，本公要他们来得去不得。"刘毅马上下令，听到只有两三千人，他也不怎么担心，他的内城里面有自己从豫州带来的精锐一千人，还有荆州本地兵马两千人，都是上过战场的老兵。他倒是不怀疑他们的战斗力，只是这伙人马的来历很成问题，刘毅心里下意识地闪过刘裕的脸。

王镇恶和蒯恩这时已经率着大队人马冲到城内来了（江陵城曾做过桓玄的皇城，所以有内外城之别）。外城散兵没有防备，给王镇恶的人一冲就冲散了。王镇恶派人到城内四处放火，顺便把东门和南门两个大门都给烧了。

正冲到内城城门的时候，刘毅的军队在内城集结完毕，向着城外冲来，两军相遇，齐齐呐喊一声，互相厮杀起来。因为内城的军队没有全部冲出来，两队人马就在城门口交战起来。王镇恶一看战场的形势居然暂时分不出高下，他马上大喊，"我们是朝廷的大军，奉旨前来讨伐造反的刘毅，太尉大人亲率的大军就在后面，随后就到，圣旨上说了，只追首恶，其余不究。"

同来的军兵也不傻，一边交战一边大喊，"只追首恶，其余不究。"从内城出来的军兵这下傻眼了，难道真是朝廷的大军？心里有了怀疑，手里的动作肯定慢了下来，带队的军官一看情况不好，马上喊道，"关城门！关城门！"

内城关了，王镇恶暂时也没有办法，他的军队太少了，还要派兵分守四门，好在这时骑马宣传这是朝廷的大军前来讨伐刘毅的消息已经传遍外城，外城的安全倒是不担心，这内城如果要强攻怕是攻不下来，没办法也只好继续忽悠了。

王镇恶马上派人写上天子讨伐刘毅的圣旨，还有刘毅的罪状，赦免刘毅部下的诏书，以及刘裕写给他的劝降信。人多就是力量大，不一会儿就每样写好了几十封，然后在王镇恶的一声令下中，被射入城中。

其实从外城的微弱抵抗就可以看出，刘毅执掌荆州的日子还短，他还没有赢得江陵城中百姓的人心，这要是换了荆州刺史刘道规，恐怕王镇恶他们进不了城就要被人打跑了。其实对这件事心里最惊讶的还是刘毅手下的兵丁。他们不是原来北府军的属下就是从豫州跟过来的，以前刘裕和刘毅是一起反对桓玄的战友，以他们的见识，也只知道两位大佬很要好，这真实的情况就不怎么清楚了，没想到现在刘裕居然和刘毅翻脸了。刘裕是什么人，他可是当朝太尉，执掌朝政的当朝第一人，听外面的军队说，太尉大人居然领兵前来攻打荆州，我没有做梦吧？

刘毅看到从外面射来好多的劝降信，还有朝廷的圣旨，他心里就大怒不止，好你个卖草鞋的，以前看你倒像是个心胸宽广的人物，没想到这些日子你是彻底在耍我啊？我说你怎么对我那些不合理的要求全都答应，原来是根本没想着让我活啊？既然你想要我死，我就是死也要拉着你。

劝降信？你是想让我对你服输吗？对于两人这些年的明争暗斗，刘毅自然知道自己是处于下风的，只要自己没有向他低头，将来就有机会赢他，可是自己一旦低了头那以后就再也没有脸同他对着干了。所以对于那些交上来的书信刘毅看也没看就一把火全都烧了。

二十五章　刘毅之死

内外城之间的形势暂时僵持起来，王镇恶看到射进去那么多的书信居然没有一点反应，心里就急了起来，太尉公还没有到来，城内的人要是发了狠冲出来，自己可抵抗不住啊！

正在这个时候，打破僵局的人出现了，他叫王桓。他原来是刘道规属下的军官，作战很勇猛，他曾经亲手斩下桓谦的人头，后来受到刘道规的提拔调入建康城的禁军，此时他正在休假，准确地说，他是来搬取家眷至建康去的，他看到朝廷讨伐刘毅，这时也带了十几个家丁前来助战。他是江陵本地人，对于前些日子刘毅排挤本地官员很是不满，以他对江陵城的了解，王镇恶很快就找到了内城的破绽。

“王大人，这个内城东门那边当初桓氏主政的时候被人攻破过，那里曾经破了一个大口了，前任刺史大人虽然对那里进行过修缮，可是只要您重新找来冲车，一定可以借着那条旧伤疤再次把那里冲垮。”

看着那里和周围颜色明显不同的墙壁，王镇恶大喜，立即传令下去，不多久士兵就用冲车把那里冲开了一条裂缝，然后士兵们不用吩咐就知道怎么做，马上找来工具把城墙这里挖开一个大洞，只要这城墙有了破绽，王镇恶就不怕攻不破他们的防御。

其实先前城墙这边有响动，城内的军兵也知道，只是没想到外面朝廷的军队居然能够挖出一个大洞来，他们来了这么久都不知道这里城墙是可以挖洞的。东门附近的守门军官一见城墙被打开一个大洞，立时大叫，“敌人就要进来了，我们深受刘公的大恩，就是死也不能让他们攻破内城，大不了就是巷战，死战不退。”周围的军兵一听上司有令，此时也有点热血沸腾的样子，同时大吼，“死战不退。”

王镇恶此时也带人冲了进来，城内的军兵立时堵住这个缺口，两军又交战起来，可是打着打着两边的人都感觉到不对劲了，这手上的动作也慢了起来。

“大明，这真是太尉公率领的军队，他老人家和刺史大人闹翻了？”问话的人是荆州这边的兵，问话的同时还轻飘飘地一刀冲着对面的人砍了过去，同时对他使了个眼色。

那边先锋军的家伙也不傻，立时回答，“三兄弟，俺们都是从小一起在京口长大的，大明哪会骗你，真是太尉公他老人家来了，刘刺史这次恐怕是逃不了了。”说着他又回了一刀，只是刀刃相交，居然没有发出一点声音，可见他们两个打得有多么假。

这刘毅的手下有好大一部分都是原来京口、建康、广陵等地的人，有的还是从前的同僚、同乡，而王镇恶手下的先锋军也是刘裕手下的精锐，两军之中还有以前一起讨伐桓玄的战友，这打着打着就叙起旧来，只是旁边有上司在场，两边也不好不出力，只是你刀我剑地互相攻个不停。

谈着谈着刘毅这边的人就都知道一件事了，两个大佬确实翻脸了，这次也是刘裕亲自率兵讨伐刘毅来了。这个消息也就越传越广，要知道自从刘牢之死后，刘裕就是北府军的领袖，再加上这么多年刘裕战无不胜，在军中的声望可以用如日中天、不败战神来形容，同他作战，每个刘毅的手下心里都有一种沉甸甸的感觉，我们能够打得过太尉公吗？

这人心一乱，战斗力就锐减，刘毅手下的人马渐渐地没有开始那么拼命了，此时的他们斗志全消，加上先锋军一直喊着“只追首恶，其余不究”的口号，两军一直交战到入夜时分，刘毅手下的人马都四散而逃了。只是两军既然没有真打，王镇恶手下的人马也就没有什么损失，加上荆州军本身也不是对刘毅很忠心，这一仗可以说是两军都没有什么损伤，只是刘毅这边的军队都逃跑了，而王镇恶的手下看到胜利就要来到，或是有人弃暗投明，这人马反正越来越多。

不过夜幕漆黑，王镇恶怕黑夜之中误伤自己人，加上刘毅的手下此时大多逃出城去，他也翻不了大浪，就退出内城，同时把东、西、北三面都围起来，只在南面留下一个缺口。

刘毅之所以死战不退，就是因为他寄望于荆州各郡的太守派兵前来相救，可是一直等到天黑，刘毅手下那些当了太守的心腹们也没赶到。他们都畏惧刘裕的威名不敢过来，刘毅这时也知道自己算是众叛亲离了，天一入黑，他就知道恐怕要逃跑了，不然自己绝对要落入刘裕那家伙的手中，自己要是投奔到后秦去，以自己的地位想必也能混得不比在晋朝差。

可是，攻城的那家伙居然玩着围三缺一的小把戏，刘毅听到手下来报后就冷冷一笑，我刘毅打了这么多年的仗，虽然不说天下无敌，可也没有几个人比得上。他马上下令，“再过一刻，马上从北门突围。”

黑夜中，夜半三更，刘毅率着三百亲卫悄悄地接近北门，这三百亲卫都是跟着他上十年的老兵了，对他非常忠心。门闩被打开，没有发出丝毫响声，然后北门被打开一缝，朝外一看，黑漆漆的不见一个人影，刘毅大喜，果然是个愣小子，以为本公真会从南门而走吗？南门那边是朝廷的地方，可是北门这边不远就是后秦的地盘，如何抉择本公心里早有打算。

门缝被打开得越来越大，刘毅一马当先，率先冲了出来，一直出了大门二十多步才看到远远的有朝廷兵马的喊声，“快点，北门这边，有人出来了。”刘毅哈哈一笑，“无知小儿，本公先走了，恕不远送。”

不远处的王镇恶看到刘毅率着三百人绝尘而去，微微一笑，对后面的人道，“按计划行事。”后面的人立即吹号，一千名骑兵立即骑着战马呼喝着朝刘毅追去。其实王镇恶在南城的四个大门都留了兵，只不过数量都不是很多。王镇恶的本意就是要让刘毅这条大鱼自己出来，毕竟刘毅是现任的荆州刺史，他要死守城池，王镇恶还真舍不得同他进行巷战。刘毅手下的兵马总是比王镇恶的多，只要他支撑个两三天，而刘裕又没有来，那形势可就朝着对自己不利的一面发展了。可是刘毅一旦逃出江陵城，离开了这立足之地，他就是不打自招，承认了他是朝廷的反贼，这荆州之地虽大，可就再也没有他的容身之地了。

一千骑兵马上就赶上了刘毅一行人。刘毅手下的人也不缺忠勇之人，他的亲卫队长喊道，“明公，俺受您的大恩一直无以为报，现在情况危急，您就先走吧，俺们为您断后。”刘毅看着他，眼泪突然流下来，“好兄弟。”然后头也不回，带着自己的儿子夺路而逃。

刘毅此时只知道放马奔逃，喊杀声一度离自己远了一点，一度又近了起来，刘毅知道那是追兵已经解决自己的亲卫，然后又追了过来，他甚至都没有胆子回头看一下追兵到底离自己有多远，只知道用马鞭打马而逃。

也不知道逃了到底有多远，反正刘毅没有听到喊杀声后才停了下来，看到不远处有灯火的微光，空气中隐隐传来阵阵檀香，刘毅马上大喜，那里应该是个寺院，自己也是一夜没有吃东西了，此时饥肠辘辘的，肚子直打鸣，还有坐下的马儿此时直喘着粗气，不停地吐着白沫，显然也已经很累了，到了那里好讨口水喝，再随便吃点东西填饱肚子，再图以后。

刘毅驱马一路走来，感觉这地方有点熟悉，可是印象不深，实在记不起来，他走到寺门之外，轻轻地拍门，“里面有人在吗？我是过路的，能否讨口水喝？”里面远远地传来一声，“来了。请稍等。”

寺门被轻轻地打开一条小缝，露出一张年轻的脸，他一露头便看到外面的刘毅，满面通红，浑身汗湿，衣衫不整，身体还在发抖，再一看他的脸，小和尚脸一变，马上便“呯”的一声把寺门给关上了。

刘毅大急，“小师父，怎么把门关了呢？我只是讨口水喝，再歇歇脚，又不是坏人。”里面传来小和尚的闷哼声，“你是现在的刺史大人吧？”刘毅一听，马上一愣，这小和尚认识我？他马上便道，“正是本公，小和尚认得吾？”

“那刘卫公记不记得几年前，那时桓氏败亡，我师父罪名只因收留一个桓氏的族人叫桓蔚的，结果刘卫公二话不说就杀了我的师父，罪名就是收留逃犯，看刘卫公的模样也是逃难吧，要是他日另有一位将军赶来听说我收留了您，我恐怕也要人头落地了，佛门本是清净地，宽恕所有的罪人，也对天下所有的人开放，只是今日却不方便对刘卫公大开方便之门，罪过罪过。”

刘毅脑中轰然一声，爆了，我说这里怎么有点似曾相识，却又记不起来了。他抬头一看，只见在微光的闪烁下，“牛牧寺”三个大字还是清晰可见。他自己看到灯光就跑过来，却没有看一下头上的牌匾，刘毅的眼神模糊起来。那是七年，还是八年之前，反正远得自己也记不清楚了，自己带着大军一下撞破寺门，先是找到了桓氏的余孽桓蔚，接着又杀了那个喋喋不休，说什么饶人一命胜造七级浮屠的老光头，接着就是哈哈大笑走出了寺门，没有一丝停留，没想到今天……

刘毅苦笑一声，此时天际微亮，鸡已经叫了三遍，远处的坐骑打着马呼，不住甩着马尾，难道这就是佛家所说的因果报应吗？当日自己在这里杀了那个老和尚，所以便得到惩罚，没人肯对我开方便之门。这时，远处的火龙朝着这边而来，马蹄声渐渐接近，刘毅惨然，难道今天就是我的末日吗？自己居然不能看到今天的日出了？从来没有哪一刻，刘毅是如此渴望阳光与温暖。

刘毅走到坐骑的身边，看着它悠闲地吃着树下的杂草，你这个畜生倒是好闲情，接着他又抬起头来，看到面前这棵一直没有注意的大树，斜上分了一个粗大的枝丫，树上枝叶繁茂，欣欣向荣。

刘毅看着越来越近的火光与马蹄声，又看着东方泛起的一丝鱼肚白，唉，始终看不见今天的日出了。刘毅拖下腰带，向上扔去……自己就是死，也不会死在别人的手上。

二十六章 准备伐蜀

远处的骑兵也是朝着这里的火光而来，不久天际大亮，金色的阳光普照大地，也映照在刘毅已经僵直的尸体上，孤零零有点凄凉的感觉。刘毅先前渴求的阳光此时也是毫不吝啬地射在他的脸上，可惜他再也不能感觉到了。

刘毅的尸身被带回江陵城后，王镇恶下令把他和他的儿子，还有他的侄子一起在闹市中斩首示众。太尉公虽然写过劝降信给刘毅，可是他自已不知道珍惜，现在就是想投降也晚了。至于他的儿子和侄子，如果太尉在这里还真是不好办，不过现在嘛，自已可是这里的主事人，王镇恶冷酷地一笑，挥出打了红圈的令牌。

刘毅一死，就代表着朝堂上再也没有能和刘裕分庭抗礼之人，朝堂上以后就只能发出一个声音，那就是刘裕，这次讨伐刘毅之后刘裕才逐渐走上独霸之路。

刘毅死后，他的哥哥刘模逃到襄阳，投奔雍州刺史鲁宗之，可是鲁宗之此时也不敢收留他，反而把他杀了并把他的人头送往建康城。

至于刘毅的另一个堂兄刘粹，他曾经在孙恩攻打建康城的时候辅助过刘义隆，对刘裕也很忠心，这次刘裕大军攻打江陵，他是江夏太守，尽心尽力为刘裕的军队提供粮草与各种帮助，所以刘裕也没有难为他，他因此逃过一劫，最后居然还做到了刘宋的刺史高位。

当初，刘毅的叔父刘镇之在京口闲居，不应朝廷的征召，常常对刘毅和刘藩说：“凭你们两个人的能力，足可以实现自已的志向，干一番大事业，但是恐怕也不会得势太久，我不想依靠你们谋求荣华富贵，也不想和你们一起受到连累。”所以他每次看见刘毅、刘藩领着部下路过家门，都出去辱骂他们。

刘裕杀了刘毅之后，为了表明他的宽大胸怀，不仅没有怪罪他，反而要征召刘镇之为散骑常侍、光禄大夫的高位，这些虽然只是虚衔，可也表明了刘裕的态度。只是刘镇之也是一个人老成精的家伙，说什么也不肯出仕，刘裕也没有再难为他。

刘毅和刘姓的亲属被杀了之后，刘毅其他的属下都被王镇恶给收押了，毕竟杀刘姓是为了太尉大人除掉后患，可是要是连他的属下也杀了那就是不知好歹，自找祸端了。据说在这一战中王镇恶作战很是勇猛，身上中了五支箭都没有死，手中的长槊也被砍作两段，敌人反而不敢跟他交手。这一战算是以最小的代价铲除了朝中的第一大藩镇（刘裕入京主政后，就不能算是藩镇了），作战成果算是很喜人的，这也算是以有备攻无备，兵贵神速的经典战例吧。在这一战之后，王镇恶已经展露出他名将的天赋，成为刘裕以后征战中不可缺少的大将之才。

王镇恶继续驻守了二十多天后，也就是十一月十三日，刘裕的军队才来到江陵，大军出动，要考虑的东西实在太多了，行动不会太快，这也是为什么史上每每有大军出征，都要派有先锋出征的原因，就是为了摸清敌军的情况以作出快速的反应。

以前刘裕西征桓玄的时候，最远只到过寻阳，这次他不远万里而来，不仅是对刘毅的重视，更是为了彻底解决荆州上游对于朝廷的威胁。刘毅已经死了，对他手下的一些人刘裕也要作出处理，第一个是南蛮校尉郗僧施，他可是刘毅的死党，刘毅到哪儿都有他的影子，听说这次要调刘藩入荆州，也是这个家伙的主意，可以说他是一肚子坏水，这种人不能留，杀了算了。

至于毛修之吗，这个人虽然在这次的战事中抵抗过朝廷的军队，可是他也是听令行事罢了，不是刘毅的死忠，以前同自己的交情也不错，还是饶他一命吧。至于刘毅手下的一些参军、记室等人只要不是刘毅的死忠都保得一命，比如历史上的大诗人谢灵运，他可是谢混的侄子，此次居然也能留得一命。

自荆州第一任刺史王敦算起来，再到陶侃、桓温、桓冲、殷仲堪、桓玄，还有现如今的刘毅，都是占据大州，不听朝廷的命令，对朝廷作威作福。虽然陶侃没有做过像叛乱之类比较出格的事情，可是当年苏峻造反的时候，他与朝中掌权的庾亮有隙，作为当朝第一藩镇，居然不愿意出兵相助，后来他的儿子被杀，他才起兵诛除苏峻。

可见荆州这个地方的刺史没有一个是把朝廷放在眼里的，为了解除这个隐性的威胁，刘裕想了许久，才得出一个结论，那就是荆州的地盘太大了，差不多占了此时东晋朝廷五分之一的土地，在朝中除了扬州刺史之外，荆州刺史就是第二刺史，地位崇高，手里又有兵权，所以刺史才敢做别人不敢做的事。刘裕看了地图之后，认为削弱荆州是势在必行之事。他分荆州南部十郡出来另立湘州，以长沙郡为治所，以后就逐渐形成了今天的湖北与湖南两省。

俗话说得好，有过则罚，有功自然要赏。对于立功的人员，还是早一点封赏才好，这一次奇袭江陵，王镇恶那小子居功至伟，先封他个县子，封邑就五百户吧。嗯，还有刘粹这个家伙，人家都大义灭亲了，自己也不能不表示，不然会寒了其他人的心啊。就封他个县男吧，封邑也是五百户。

对于荆州如何治理的问题，刘裕特地请教刘毅的谘议参军申永："现在应该怎么做才能尽快安定人心？"刘裕这么问是考虑到荆州连续换了三任刺史，百姓对于朝廷的认知上会不会有什么不好的影响，加上前些日子削郡的决定，荆州本地的百姓一般来说都是很傲的，乡土之情很严重，这分了郡就是在防备他们，老百姓也不是傻子啊。

申永就说："太尉公应该对以往犯错的人既往不咎，那么以往的隔阂就没有了，再一个就是加倍向百姓官员施加恩惠，重新严格按照门第来加封官职，公开地擢升有才能的人，这样就够了。"刘裕听后就采纳了他的建议，下令减少赋税役差，放宽刑罚，聘请当地有名望的人士当官或入朝为官，荆州的百姓知道后这人心便会安定下来。

荆州的政事处理完了之后，刘裕接着就考虑到，带着四万大军出来，没干一点事就跑回建康，自己回了朝中也没脸见其他人吧。虽说王镇恶这小子很替自己长脸，可是四万大军出来一次耗费了多少粮草金银，不打一仗实在堵不住悠悠之口啊。

嗯，前些日子益州不是趁着卢循等人造反又出来晃荡吗？是不是看自己没有理他们，他们反而得瑟起来了？以前是一直分身乏术，没有机会，这次就顺手灭了他丫的，免得他们以后老是出来惹事。定下了出征益州的基调之后，刘裕马上便召集众将议事，议事的目的就是一个——伐蜀。

刘裕这次出来也是带的年轻将领。老一辈的大将中，道规二弟去了，现在刘毅也去了，除了自己之外，能够担任统帅的就只有北青州刺史刘敬宣了，只不过他现在远在万里之外，恐怕不能自己洗刷上次伐蜀失败的耻辱了。

会上，刘裕高度赞扬了众将对于朝廷的忠心，声称众将都是朝廷未来的柱石，前程不可限量云云。而众将也不示弱，都表示要团结在以太尉公为中心的旗帜下，为建设大晋朝出更多的力，让大晋朝更加繁荣富强。刘裕听后也满意地笑了，然后就表示益州前两年居然趁着本朝内乱想出来占便宜，现在是该给他们一个教训了。

众将马上会意，都纷纷上前请战，益州那个什么自称成都王的谯某人如果识相，就自己出来投降，不然大军一到，谯家满门抄斩。议事的时候刘裕提出要让朱龄石担任伐蜀的统帅、益州刺史，这个话一说出来，众人都是吃惊不已，要知道要是伐蜀能够成功，这可是大功一件啊，将来封个公也都差不多了。所以众人对于伐蜀的统帅位置都是眼馋不已，可是此时刘裕居然提议朱龄石？他此时的资历太浅了吧。

朱龄石此时才三十五岁左右，虽然在伐南燕和伐卢循的时候表现不错，但毕竟还只是郡太守级别的，一下升为刺史，是不是升得太快了，再加上他也不能和刘敬宣比啊。刘裕就说，现在刘敬宣远在北青州，一时也不能赶过来，大军不可能停在这里等他过来，不然一天要耗费多少钱粮？

刘裕之所以选朱龄石，就是因为他很沉稳，是个统兵之才，虽然还年轻，但朱龄石、朱超石兄弟是京口举义诸将中少有的通晓文墨之人，平定蜀地后民政事务颇多，需要军、政兼长的统帅才能处理好这些繁琐的事情。接着就是其他的随从人选，有刘裕的妻弟宁朔将军臧熹、龙骧将军蒯恩、下邳太守刘钟等将领，率领西征军的一半，也就是二万大军前往伐蜀。关于此次伐蜀路线，刘裕和朱龄石做了反复推敲，溯长江、经三峡进入成都平原后，北方有三条支流汇入长江，沿它们都可以进趋成都，按照自东向西入蜀方向，依次是内水、中水、外水，内水路线最远、最为不便，上次刘敬宣伐蜀，是为出敌不意，才取内水方向。

此时刘裕和朱龄石最关心的，是蜀主谯纵这次会在哪个路线上重点设防。刘裕道，“刘敬宣以前进军到黄虎，没建立什么功业便退回来了。所以，敌兵以为我们这次应当从外水出发，又防备我们出其不意仍然还从内水进兵。这样，他们一定会用重兵把守涪城，封锁内水。如果我们进军黄虎，正中他们的计策。现在，我们以大部队经过外水直取成都，另派一支迷惑敌人的军队进攻内水，这是克敌制胜的奇计。

只是这个赌博太大胆，刘裕由于担心走漏风声，不敢做进一步详细部署，他亲自写下进攻计划，密封好交给朱龄石，让他行军至三峡的白帝城时再打开看，就像是当年诸葛亮实行的“锦囊妙计”一样。

412年的年底，朱龄石带领两万大军正式开进三峡伐蜀，此时的刘裕也接到了两封信，信里面的内容让他很是不安。

二十七章 前年醢彭越 今年杀韩信

诸葛长民这小子自从跟着刘裕等人冒了一次险后，从此就是青云直上九重天，以前，当个小小的参军还总是被人踢来踢去的，稍微贪点小财也因为没后台而被大老板给解雇了，现在呢，自从跟对了老大刘裕，这以后的快活日子就不用说了。

这人生在世，有些人认为升官发财娶小妾是最大的乐事，长民老兄就是把这一句话奉为金科玉律。他初次反对桓玄，刘裕攻下建康城后，就封他为宣城内史、辅国将军，从一个白身到实权的市长他只用了几个月的时间。从此以后，他的宦途就越发不可收拾，等到桓玄的人头送到建康城，他以建义之功封新淦县公，食邑二千五百户。当然这位老兄的才能也是有的，无论是治理内政还是领兵打仗他也不是太差。乱世是以战功为主，桓氏造反时他也打退过桓歆的进攻，后来南燕新主慕容超手下进犯边疆，他派手下徐琰打退了外族的进攻，这时候他就做到了都督青扬两州军事的高官。

等到刘裕征讨刘毅，刘裕就选他做了监太尉留府事，代替刘裕执掌国事。这时候的他，人生算是到了顶峰，“有文武干用，然不持行检，无乡曲之誉”这是史书对他的评价。他的官做得不小，可是他的声誉却一直不好，就是因为他喜欢金银财宝，喜欢美艳娇娃。本来以他的身份——建义大功臣，喜欢这些东西也没有什么，以他如今的身份地位，想要什么没有？可是他的性格就是一个字——“贪”。

当然，贪是一个时下流行的词语，别人都贪，他贪一点也没有什么关系，可是你要看清一点——上面的老大是不是喜欢你贪。如果老大贪，你贪就没事，可是你的老大如果是个清官，那么你就要夹着尾巴做人了。

可是这位长民老兄自从当上了大晋朝廷的代总经理，没人管束，他一下就管不住自己心里的野马了，看到什么好东西，先搬到本总经理的家里去，听说城里有一个王员外，家里家财万贯，还有一个家传的硕大红宝石，“诸葛三，你去那个什么王员外的家里，就说他的红宝石本公看上了，嗯？本公出一万钱买下来了。”……不久之后，王员外嘴里大骂，“这个天杀的，我家传的红宝石价值万贯，他居然只出一贯。这不是明抢吗？”

再比如哪天，长民老兄听说赵三哥的媳妇非常漂亮，眼睛就亮了起来，不用他出什么主意，旁边的人自然会为他处理好一切事宜。某几天之后，这位可怜的赵三哥就因为某事关入大牢，家里突然多了一笔数额巨大的欠款，他的妻子也就突然成了某人的婢女。

本来这位诸葛大爷的名声就很不好，刘裕走后没多久，建康城里就多了许多咒骂他早死之人，他依然毫不在意，本大爷就是有权，本大爷就是有财，你们能拿本大爷怎么的？可是突然有一天，噩耗来袭——当年一起聊天打屁、赌博逛妓院的刘希乐刘兄突然就走了，而且是满门抄斩。

诸葛长民当时听到这个消息后，脑门上那全是汗水，也不知是吓的，还是喝酒冒出来的，总之他是半天回不过神来。确实，他知道刘老大这次出去就是为了教训刘老二，这个刘老二也是，没有老大的本事就不要挑战他的权威嘛！可他总是自以为是，对我们这些老兄弟也不怎么放在眼里，整天跟着一帮酸儒吟什么诗之类的，是该教训一下，可是，他没想到刘老二的结果是这么的惨。满-门-抄-斩？这得要多大的仇恨才能做得出来？这老大也不讲兄弟情义了吧？

长民老兄心里突然打了个寒战，这老大杀了老二之后，会不会杀自己这个实际上的老三（当年建义中人，魏咏之早死，魏顺之被杀，孟昶服毒，何无忌战死，剩下的人中以诸葛长民官最高）？这个念头一冒出来后，就再也没有停止过，一直盘旋在他的脑海里，他自己知道这几个月来自己做了一些什么事。如果是个普通的官儿，老大的那个心腹早就把他杀了千八百回了，只是自己是当年的兄弟，可是兄弟有什么用，现在老大不就是去杀老二了吗？而且还是满门抄斩。

当然，以自己的行为，如果换个时间，换个老大，或许没什么，比如以前的道子兄、元显兄、桓玄兄当政的时候，那只是一些微不足道的小事，只是现在的这个老大不同，除了感觉他好像也喜欢美女之外，其他方面可以说他对自己是很苛刻的，吃穿住行比个普通土财主还要差，也不怕丢人，可是没办法，现在就是他当政，自己要怎么办?

总之，长民老兄从此以后就一直生活在浑浑噩噩中，生怕哪天有人来把他拉出去砍头，上班的时候也是浑身无力，无精打采的，至于晚上那就更不得了，他睡在床上的时候，经常做噩梦，梦里有人来抓他，他就和来人搏斗，然后他就很勇敢地把来人给杀了。可是第二天他就发现府里的下人都奇怪地看着他，眼神闪烁，他甚至能够感觉到别人在自己背后指指点点的。

他也知道自己现在是得病了，而且病得不轻，可是他没有办法，这个病治不好，那是自己的心病。某天，长民老兄感觉到不能坐以待毙，他对身边亲近的人说道，"前年杀彭越，今年杀韩信，我的大祸就要来了。"这个是他对身边人的试探，来试探他们跟自己是不是一条心，可是结果让他心凉了，同志们听了之后没有反应，也没有说什么"吾要为主公效死"之类的话。

于是，他心里某些燃起的火焰莫名地消失了。可是历史的教训就在眼前，他也不是傻子，所以为了找一个能让自己心安的理由，他去请教了一下老大的铁杆心腹刘穆之，"大家纷纷传言，都说太尉对我非常不满，这是什么原因?"刘穆之是何等人物，简直是萧何一般的人物，这回答自然是让他非常满意，"刘公逆流而上，跑到万里之外远征刘毅，把老母和幼子全都交给您照顾，如果他对您不满能够做到这个程度吗?"这简直是糊弄人的话，可是长民兄却当成了救命的稻草一般，心里稍稍安定下来。

长民兄的兄弟诸葛黎民，是一个好勇斗狠的人，现在官居辅国大将军，武艺高强，十个八个好汉都是近不了他的身的。他最近也听到一些不好的消息，对自己的兄长非常不利的消息，听到后他马上赶到兄长的府中，对他说，"刘毅的死，也就是诸葛氏将来的可怕下场，大哥您应该趁着刘裕还没有回来，抢先动手，不然灭族之祸不远矣。"长民兄听了之后马上把刘穆之的话告诉他，可是诸葛黎民嘴一撇，"大哥，他可是刘裕的心腹，肯定会向着他说话啊。"

兄弟的话提醒了长民兄，可是长民兄却知道自己手上没有几个人，现如今建康城的兵权也没有全部掌握在自己的手上，再加上刘裕这几年战无不胜的功绩确实让人胆战，如果只靠他自己那是肯定不行的，这一点自知之明他还是有的。可是真让他起兵造反他也没有那么大的胆子，这些年的酒色财气、风花雪月早已把他当年的雄心壮志消磨完了，因此他有些叹息地对兄弟说道，"当年受穷的时候，就想着怎么升官发财，可是现在富贵了，就是想放手也不能了，要是现在我还能只做一个京口的布衣老百姓该有多好啊。”其实这些话他也只是自嘲罢了，他要是失了势，肯定会墙倒众人推，死无葬身之地。

长民兄知道自己现在的处境很危险，让他造反那是肯定不行的，可是什么也不做也好像不行，蝼蚁尚且偷生，何况长民兄还没有享受够这花花世界，世上的财帛美女任他取用，他怎么可能甘心去死了？只要渡过这个难关，他以后一定会夹起尾巴做人，这是他在心里发下的誓言。

某天也不知道是哪一个很聪明或是愚蠢的心腹就给他出了一个主意，长民兄马上依计行事，其实也没有什么，就是给北青州的现任刺史刘敬宣去了一封信，信的内容有些隐讳，信上是这么说的，“盘龙（刘毅的小名）狠毒暴戾，专横任性，他这是自取死路，没什么可惜的，现在，有叛乱之心的人已经被剿灭，天下就要太平，如果有富贵之事的话，希望我们一同享受。”

刘敬宣自刘裕从军以后，就一直是他的好朋友。以前是他照顾刘裕，可是后来刘牢之死后，就是刘裕照顾他，几次三番升他的官，从刘毅的手上救了他的命。刘敬宣对刘裕那是比亲人还亲，尽管长民兄的话有些躲躲闪闪的，可是他还是看出了里面的意思。富贵？什么富贵？这不是要拉自己入伙吗？实在是怀疑那个给诸葛长民出主意的人是不是刘裕的死党，故意让他暴露的。居然来找刘敬宣做这种要人命的大事，遇人不淑啊！

刘敬宣很快就给诸葛长民回了一封信，信的内容也很隐讳，可是字里行间无不透露着拒绝的意思，信里是这么说的，“自从桓玄灭亡以来，本人历任三州刺史、七郡太守之位，常常自感这福气已经过多，恐怕祸患已经暗中隐藏了，我如今天天都在想着，怎么样小心谨慎，怎么样谦虚避让，实在不敢再想更高的富贵。”

二十八章 勿跋扈 付丁旿

刘敬宣回了信给诸葛长民之后，马上就给远在江陵的刘裕也去了一封信，信中提醒他诸葛长民恐有异动，让他早做准备，也不致措手不及，导致朝中大乱，还有诸葛长民的那封信也就顺便捎了过去，写完之后他就对身边的人说道，“八百里加急，赶紧送到太尉公手上，越快越好。”

与此同时，在建康城内，对于诸葛长民这段时间的很反常的表现，刘穆之和太尉行参军何承天也在商量，刘穆之很有些忧心地道，“何兄，吾观诸葛长民近日神情异常，太尉公又不在京中，怕他生出什么大逆的心思来啊。”此时建康城尚不知道江陵城已破，何承天就说道，“以刘公运筹帷幄于千里之外的本事，这次的西征之行他是一定会成功的，荆州一定会被破，这也只是时间的问题，不过还有另外一个事要注意，那就是刘公得胜归来后，他的行踪恐怕要小心谨慎。以免某些人狗急跳墙啊。”刘穆之大吃一惊，“何兄是说……刺客？”

匹夫之勇也不可小视，古往今来有多少君王就是死于刺客之手，史上有名的就有“荆轲刺秦王”，“专诸刺吴王僚”，“要离刺庆忌”等数不胜数，他们两人既然有了这方面的忧虑，马上就给刘裕去了封信，让他注意回程之事。

这就是前文提到的两封信，刘裕接到信后很是高兴，“阿寿（刘敬宣的小名）果然没有辜负我，不愧是好兄弟。”对于自己的心腹刘穆之，他从来就没有怀疑过，他的这封信只不过提醒自己要小心罢了。

对刘裕来说，对付诸葛长民甚至比不得对付刘毅来得有挑战性。诸葛长民虽说能文能武，两样都懂，可是两样都懂的后果就是两样都不精，样样稀松。只不过现在的关键问题是，诸葛长民是建康城内权力最大的人，他可以调动军队，刘裕的妻儿老小，他的亲朋好友，亲信手下的亲戚朋友都在建康城内，一旦战斗打响，他的亲人就会受到威胁，这是刘裕所不愿意见到的。

刘裕不像是他千年前的老祖宗刘邦，自己的父亲刘太公被项羽抓了之后，威胁刘邦让他投降，不投降就煮刘太公当肉吃，可是这个大流氓却笑着说，“项兄，我们曾经是结拜兄弟，我父就是你父，你要是煮了他老人家，就请分给我一口肉汤吧。”刘裕显然还不能达到这个大流氓的厚黑境界，所以他这次的行动要万分小心，万分谨慎。

而且，征蜀大军刚刚进发，要是朝廷发生动乱，影响到伐蜀大业，将来又是卢循之事重演，建康城又会处于水深火热之中，对于刘裕的声望也是一次大大的打击。现在的关键就是怎么样不刺激到诸葛长民那颗敏感的心，让他不要在建康城内生事，只要刘裕及时回去，一切都不是问题。

正在风起云涌的时候，曾经劝刘裕不能让刘毅恢复声望的王诞先生又一次替主公出谋划策来了，这一次不比上次，这次他要以身犯险，请求先行返建康城，刘裕就说，“诸葛长民现在恐怕已经起了造反的心思，先生此时回去就不担心吗？”王诞笑着说道，“诸葛长民知道我是您的心腹，我现在轻车简从，单人回返，他就一定会觉得没有危险，这样也可以稍稍安定一下他的心意。”刘裕笑着说：“你的勇气，超过孟贲、夏育了。”（注：孟贲、夏育是古代有名的勇士，传说他们单手能够举起千斤重鼎。）王诞回京后，诸葛长民见到刘裕的心腹独自返回，觉得刘裕没有防备他的心思，这本就没有几分的谋反心思就轻了。

王诞回去的时候，顺便带回了刘裕具体回京的日期，当然这说的日期要比他实际回来的要晚了许多了。刘裕从江陵返回建康城，这事情也没有那么简单的，比如说这原先的粮草辎重是按四万大军的数量准备的，刘裕一向节俭，自然不会浪费，还要把它给运回去，而且是分批运回去的，按王诞传过来的消息，刘裕也该在最后一趟船上。

于是，现在主持朝政的诸葛长民到了刘裕返回的日期将近之时，都会带着文武百官前往新亭去等候刘太尉的归来。只是不知道怎么搞的，这太尉公老是晚点，每天回船的人都说太尉会明天回来，明天一定会回来。诸葛长民就天天带着一帮子大臣前去码头迎候，一天两天还好，可是三天四天泥人也会有火，刘太尉是不是在耍我们啊？尽管心里不满意，但是官大一级压死人，依然没有一个人敢不来。

义熙九年（公元413年）二月三十日晚上，刘裕乘一艘不起眼的轻舟靠岸，在几个亲信护卫的陪同下悄悄回到东府，也就是他现在处理政事的地方，除了刘穆之等少数亲信知道外，再没有其他人知道。

第二天的早上，代总经理诸葛先生正准备去往新亭再去等候刘裕的时候，就看到外面突然有一个人来请他，说是太尉公昨夜回来了，请他过去叙话。诸葛长民心里这时也说不出是什么滋味，从刘裕前些日子的动作和昨夜的突然返回来看，他已经怀疑到自己了，诸葛长民苦笑一声，该来的总会来的，这一天总要面对的。

一路之上，诸葛长民可以看到明显的有军队调动过的痕迹。本来建康城的守卫是一个月一换，可是有些岗哨自己昨天还看过，今天看去就换了生面孔了，长民这时才发现，一夜的时间实在太长，可以让别人做太多的事而自己却一点也不知道，自己果然没有造反的潜质啊。

到了太尉府后，诸葛长民惊奇地发现，刘裕居然在大门之外笑吟吟地等着他，这让诸葛长民的心里好受了一点，他心里还存有万分之一的侥幸想法，我虽然有过某些不好的想法，这刘裕应该也不知道吧，看来是自己吓自己了。

刘裕亲自带路，把他引入府中入坐，还让人上了丰盛的酒菜，接着就把所有的人都赶了出去，只留他们两人在酒桌之上。看到刘裕有些示好的举动，诸葛长民心就踏实了，逐渐放开胸怀。听着刘裕诉说着这些年的经历，比如当年和刘毅、何无忌小时候一起赌钱，那时候他喜欢充老大，其实当年是他们三人一起欠了刁逵的钱财，可是刘裕义气深重，一力扛了下来，再比如当年打孙恩的时候，他自己面对数倍于己的敌军，心里也有过害怕，尤其是第一次面对敌军，身陷重围，要不是他命大，他也活不到今天。

在刘裕的话语中，两人好像回到以前的时光之中，在反对桓玄的时候，一起彻夜商议军情，再比如倒桓成功之后，自己等人分了桓玄的几个小老婆等等，其中哪几个最漂亮，又被哪几个得去了，那时候就有一种打土豪、分田地的感觉。

在刘裕的诉说中，刘裕这起起伏伏、波澜壮阔的大半生，有刺激，有惊险，也有美人红颜，更多的是铁血岁月。诸葛长民听得那个热血沸腾，他好像看到京口起义时众口称赞的刘老大又回来了，不是如今这个重权在握，杀人不眨眼的权臣。在他的感觉中，刘老大找他倾诉心事，是把他当成兄弟看的，因为其中有许多隐秘想必刘老大如今的第一心腹都不知道吧。

可是诸葛长民脸上的笑容没有维持多久，酒桌上突然掉下了一个杯子摔在地上。轻轻的瓷杯碰地的声音，听在诸葛长民的耳中却比听见鬼哭神嚎还要可怕，他的脸色一下变得苍白，嘴唇哆嗦着直打颤，他也不敢看向刘裕那边，怕他给自己一个绝望的答案。

突然，诸葛长民感觉脸上一阵疼痛，接着就是拳脚从四面八方而来，自己受痛倒在地上。有好几个人在动手，诸葛长民透过拳脚，用余光看到，刘裕此时面无表情，轻轻地抿下一口清酒，接着连倒三杯于地上，冲他示意，算是提前给他敬的冥酒，接着，诸葛长民便感觉昏了过去，再也没有醒过来。

诸葛长民死后，刘裕让人把他的尸体送到廷尉府再去判罪。一日之前诸葛长民还是东晋朝廷代理总经理，现在却成了一具死尸。廷尉府的工作效率非常惊人，不一会儿就给出“某人罪大恶极，为了平民愤，现在被依法处决”的判决书。至于他的弟弟诸葛黎民在前来抓捕他的时候，不愿束手就擒，与前来收捕的士兵格斗至死。诸葛长民的幼弟大司马参军诸葛幼民，堂弟宁朔将军诸葛秀之均被处死，诸葛长民的家族随即消失在东晋的政坛上。

其实吧，诸葛长民的死法确实太古怪了，在他死前，刘裕还和他说了好一通话，甚至把以前心里的弱点和隐秘都说了出来，这家伙不但不引以为戒，反而以为刘裕是在与他和好，难道古语中说的“君不密则失其臣，臣不密则失其身”他没有读过吗？不过那时他在别人的地盘上，就是想做什么也晚了。

至于刘裕为什么会在他死前与他说这一番话，对这早有定论。刘裕虽然现在是不败战神，但他也是一个有着七情六欲的普通人，喜欢、恐惧、忧伤、愤怒之情他都会有，只是他现在登临最高处，人前只会留下一个不败的身影，这心里难免积压了许多的心思，这次就是借着这个机会说出来罢了。

至于诸葛长民取死的原因，表面上看是他的贪，是他不自量力想要造反，可是这一切不是没有成行吗？刘裕为什么在一切都准备好了之后，还要杀他，而不是明正典刑？并且他的死法也不符合当时的法律程序。当初刘藩进京时，刘裕都是借着皇帝的圣旨才杀了他，可是现在刘裕已经进了建康城，一切都准备好了，诸葛长民都已经翻不了天了，他却亲自下令把他围殴至死，这不仅是因为刘裕想要找一个倾诉的人，恐怕刘裕此时的心里也有了一个模糊的想法，那就是——篡位自立。

诸葛长民死了，诸葛家族也灰飞烟灭了，当时最高兴的不是刘裕却是别人，那就是诸葛长民治下的百姓。他们得知诸葛长民死后，那是大快人心，京口、建康此时都流传着一个俗语："勿跋扈，付丁旿"。（当官的不要太跋扈了，不然丁旿会来收拾你的。）

二十九章 朱龄石灭谯纵

蜀地多山川，多丘陵，地形复杂，极为难走，李白有诗云曰：蜀道难，难于上青天。这样的地形对于行军打仗来说，就更为不易了。当年刘敬宣伐蜀，就是花了一年多的时间才打到离成都不远的黄虎城下，结果两军对峙大半年，因为各种原因不得不退出益州。

此时的朱龄石也是选择长江三峡向西进发，因为江路滩险流急，舟船只凭帆桨无法逆流而上，士兵们只好用纤绳拖曳着船只，手足并用，在乱石间艰苦爬行，经过西陵峡、流头滩、插灶、东界峡，再穿过巫峡，他足足花了大半年的时间才抵达白帝城（今重庆奉节县瞿塘峡口的长江北岸）这个地方。白帝城这个名字始于王莽时期他的大将公孙述，那时他看天下大乱，自己也想捞个皇帝当当，此时那里有“白龙出井”的奇景，就自称白帝，割据一地以称王。

到了白帝城，朱龄石当着众将的面取出刘裕给出的那个锦囊妙计，上面写着，“主力取外水入成都；臧熹率所部从中水取广汉；拨大舰十余艘给老弱兵士入内水。”

内水、中水、外水这三水是通往成都的三条水道，至于这个作战计划朱龄石前次与刘裕商讨的时候也曾听他提过。那时候刘裕就确定以外水为主，内水故布疑兵的计策，只不过锦囊里的计划多了中水一部。这次大军伐蜀比上次刘敬宣伐蜀的时候人马多了四倍，的确是可以兵分几路，而不怕被敌人各个击破。这个计划听起来很模糊，说出来就很简单，就是“虚而实之，实则虚之”八个大字。

当初在以朱龄石为伐蜀主帅的时候，刘裕就考虑到他的资历浅薄，所以连自己的小舅子臧熹也派到了他的麾下，一个原因是为了震慑众将，另一个原因嘛，自然也是想让小舅子多立点功劳，自己提拔他也好有个名目。如果这个分兵三路的计划是出自朱龄石之手，想必此时的西征大军会吵翻了天，谁也不服谁。只不过如今这个命令是刘裕亲自所下，倒也没一个人敢说什么“将在外，君命有所不受”的屁话。

既然作战计划已经确定，就连具体的人选刘裕都已经做了安排，众将立即依计行事。大军分成三路开拔，老弱残兵坐着十几条大舰开进内水，外水的主力军由朱龄石率领，中水的偏师由臧熹率领，三路大军在水流的作用下，飞快接近了成都。

三条大江之上都出现了晋军的舰队，谯纵果然以为主力在内水，就派了自己的弟弟谯道福率领主力军驻守在涪城（今四川三台县北），用来防备从内水沿江一带进攻的晋军。而外水离成都太近，他也派了前将军段晖率领一万多士兵驻守在彭模（今四川彭山县东），并且沿着河边两岸修筑了坚固的城堡，至于中水他倒不是很重视，但也是派了小股兵马前来驻守。

不过此时的谯纵已经不能和刘敬宣那次伐蜀时相比了。刘敬宣那次只带了五千兵马，都打到了黄虎城下，并且当时的后秦也派了两万援军前来相助，可是此时的谯纵却没后秦的援兵了，原因就是位于谯纵和后秦之间还有一个仇池王杨盛。这个杨盛在去年的时候已经和后秦闹翻了，加上后秦国内此时也被夏国的刘勃勃（此时应该称赫连勃勃，刘是他的母姓）搞得焦头烂额，所以此时的后秦就像是后娘养的，没有了后秦的援助，就只能靠他们自己。

七月，朱龄石率领的大军很快就进发到彭模这个地方。彭模这个地方地处彭山东南，岷江东岸，有山川河道之险，易守难攻，加上此时的段晖沿江边两岸修筑堡垒，对于晋军来说攻打极为不利。朱龄石一看北岸的城堡修得高大坚固，并且驻守的士兵数量也非常多，而南岸相对而言就防守薄弱了，不过就算如此，依然易守难攻，所以他看这个形势就有心扎营和对方对峙，于是他找来刘钟商议对策，“现在天气炎热，贼人依险固守，要是进攻的话很难攻下来，攻不下来就会让我们的士气受损，我想让部队暂时休整，再慢慢寻找机会进攻，你看怎么样？”

刘钟一听，就觉得这个想法不是很妙，于是进言说，“这样不对，此前你扬言由水路进攻，所以谯道福才不敢放弃涪城，现在大军逼近彭模，侯晖之徒定然会被我们出其不意的举动吓破了胆。贼兵之所以挡住去路、坚守险要，是因为他们害怕，不敢迎战，我们应该趁他们非常害怕的时候，调动全部的精锐部队进攻他们。到时我们正可以乘势攻击，一战就能击破他，如果攻克了彭模之后，就可以乘势拿下成都，如果两军对峙，反而会被对方探听清楚虚实。涪城守军一定会赶过来，恐怕到时候我们就抵挡不住了。而且我军长途远征，粮草供应困难，敌军若坚守不战，我们到时进不能战，退也没有地方可去，那我们这两万多人就会成为这些蜀中跳梁小丑的俘虏了。”

朱龄石一听有道理，立即采纳了他的意见，此战应以速战速决为先，不然拖下去对伐蜀大军不利。不过既然要打，下一个问题就出现了。那就是先打南岸，还是先打北岸？一般我们都喜欢先易后难，所以大多数将领都觉得该先打南岸。不过这个时候朱龄石站出来发布命令：“先攻击北岸。”并对手下将领解释道，“我们不应该进攻南城，虽然贼人大多数都驻守在北城，可是就算消灭了南城，也并不能够攻破北城，如果我们攻下北城，南城就可能不攻自破。”

朱龄石不愧是刘裕挑选的伐蜀大将，虽然有时候会犯糊涂，可是一到关键时候就能看出他的厉害来了。议事之后，朱龄石率领手下的精锐部队向北城发动猛烈进攻，蜀军人心不稳，士气低落，虽然他们占据了地利之便，可是没有出色的大将。随着两军交战了一整天之后，北城被晋军攻破，并斩杀了侯晖、谯诜等多员将领，蜀军溃散而逃。接着朱龄石又带兵回师进攻南城，南城的守军见得北城已破，就不战而降。

彭模城一破，前面就是平原地区，通往蜀中的大门已经对晋军打开，朱龄石把船遗留在江中，上岸步行向成都进发。

当初，中水的防御是由谯纵的大将谯抚之在牛脾（今四川简阳县西）屯聚兵力，谯小苟驻防打鼻要塞这样形成的。臧熹度过中水之后，马上进攻谯抚之，一战就把他给杀了，可是不久后臧熹病重，把指挥权交给副将朱林。打鼻要塞的谯小苟听说谯抚之被杀这个消息后，还没有交战就全军崩溃，于是谯纵手下的那些军营卫所，一听见东晋部队到来的消息，便都一个接一个地逃亡了。

七月五日，成都城内的蜀王谯纵得知自己的两路大军都被晋军所攻破，晋军马上就要攻打成都城了。听到这个消息，谯王爷吓得一下子从宝座上跌下来，要知道谯纵本来就不是圣明之主，他当初之所以能够割据一方，完全是一个巧合，或许也是老天和他开了一个玩笑。他当年也知道自己不是造反的料，被人胁迫之后竟然要投水自尽，学着屈原投江以明志，可是当时的造反头子段晖可不愿意看他不配合，于是一把刀就架在了他的脖子上，意思是你如果现在造反，你就可以当皇帝，如果不当，那么你就可以死了。

在中国的历史上，被人拿刀架在脖子上逼着当皇帝的不是没有，而是太少了，而这个谯纵就是这么一个倒霉蛋。后来战争顺利，他坐稳了蜀王的位置，就开始称孤道寡起来。当时晋军自顾不暇，他也不怕什么朝廷的大军，就算是几年前的刘敬宣不也败退了吗？

可是此时，他没有了后秦这个干爹的照顾，大军一旦围城，以他的行为，肯定是要诛九族的。所以谯纵马上做了明智的决定，那就是逃跑，在逃路之前，他还特意去拜祭了自己的祖坟，示意不肖子孙以后可能不能再孝敬你们几位坟墓里的老人家了。

不过谯纵虽然怕死，他的女儿却很有骨气，她对自己的老爹说，“现在的形势已经是一团糟，父亲就是逃又能逃到哪里去，将来也只不过是徒增羞辱罢了，不如死在祖先的坟前，也免得成了后人的笑柄。”说完，这个女子就自尽于祖先的坟前。

可是谯纵当了这几年的蜀王，享受到了以前从来没有享受过的快活日子，他哪里还舍得死？女儿死了，他也没办法，马上带着几十个亲卫投奔现在驻守在涪城的弟弟谯道福，半道上就碰上了谯道福亲自领兵前来救援他。一看自己的这位大哥此时的狼狈模样，谯道福有些恨铁不成钢地说道，“大丈夫难得有这样一份基业，你这么轻易就把它扔掉了？你还想逃往哪儿去？人谁没有一死？从来没有看到过像你这样的，敌人还没打过来就自己跑路了。”

说到最后，谯道福一剑向谯纵掷来，可惜只是虚惊一场，长剑只是划过了他的马鞍，没有杀了谯纵。可是谯纵他怕啊，自己的兄弟都和自己反目成仇了，他拍马就走，身后的亲卫这时也没有一个人跟着他的，人家的亲兄弟都不支持他了，再跟着他混没有前途啊。此时的谯纵只觉得茫茫四野，只剩下自己是孤独的一个人，于是，他想到了自己的女儿。女儿已经先走一步了，不要怕，乖女儿，父亲这就来陪你，在一棵歪脖子树下，谯纵用自己的腰带结束了他荒唐的一生。

赶跑了谯纵之后，谯道福还不承认失败，他对部下的军兵说，“蜀国的生存和灭亡，现在是维系在我的身上，不在谯王的身上，现在我还活着，就可以再进行一次决战。”说完，他就把府库里的金银财宝全部拿出来赏赐给属下，属下们在领赏的时候都是一脸忠义，说着要为大王效死之类的话，可是等分完了金银，军兵们就一哄而散，把个自认蜀王继承人的谯大王给惊得目瞪口呆。

其实现在的情况已经很明显了，谯氏兄弟已经失势了，军兵们跟着他也没有前途，他们才不傻，不过临走前还能得一笔银子，这倒是意外之喜。也许正是看在银子的分儿上，谯道福的属下才没有把他的人头给割了送到晋军手中，相比起其他十六国时期失败的大将君主，谯道福的结果已经算是好的了。

可是，谯纵的女儿说了一句大实话，逃又能逃到哪儿去？谯道福在军兵四散后他也只能选择逃了，一路逃到了广汉然后被抓，后来被押送到朱龄石营门前，被当众斩杀。不久谯纵的尸体被巴西人王志发现，给砍下了人头，送往成都，至此，立国八年的谯蜀被晋军攻灭，巴蜀大地再次回到晋朝的版图上面，晋朝的割据势力至此已经被刘裕全部清除掉。

三十章 义熙土断

巴蜀之地重归于晋朝版图之后，刘裕在中央朝廷已是独一无二的话事人。他此时的权力可以比得上当年的大司马桓温了，甚至比桓温在世时还要强大，因为桓温在时，东晋朝廷还有着其他的世家大族，那些大族虽然手上没有什么兵权，可是总体实力也是不比桓温差的，当年桓温就是因为顾忌士族的强大，他怕自己就算当上了皇帝，这位子也会坐不长，所以才会到死都在等着皇帝赐他“九锡”。

可是刘裕不同，他虽然出身寒微，可是他是凭着军功一步步走到今天的这个地位，先平孙恩之乱，再平桓玄，拨乱反正，再北伐南燕，攻灭一国，开疆拓土，最后才是攻灭卢循、谯纵，彻底一统东晋全国。此时东晋的版图比起史上桓温当政时还要广大，而他的声望也到了历史的最高点，再加上此前他又消灭了刘毅与诸葛长民两个不稳定的因素，此时士族豪强的势力也处在历史上的最低点。刘裕在朝堂上一家独大，没有哪个人能够比他的声音还大。当然皇族司马氏是不算在内的。

此前剿灭了卢循之乱后，刘裕看到朝廷经过几次的内乱，元气大伤，当时他已是朝廷的掌舵人，朝廷的利益也可以看做是他的利益，所以那个时候他就准备改革了，只是士族们不甘心，抬出了刘毅和他打擂台，又浪费了一年的时间，才剿灭了刘毅这个心腹大患，至于后来的诸葛长民掌权说不定都是刘裕故意设计好的。

做一个假设，刘毅没反之前，当年的建义十二大功臣只剩下了刘裕、刘毅、诸葛长民、王仲德几人，这其中王仲德一向都是以刘裕马首是瞻的。从当年卢循围建康时，王仲德要刘裕死守建康城，不要迁都就可以看出来，他是为了刘裕好。刘毅就不说了，一向跟刘裕暗中争斗的，至于诸葛长民，以前虽说小错不断，可是以他的罪名也不够杀头的，但是他又没有归顺自己，以后又被那些世家们抬出来和自己为难怎么办？所以刘裕在西征刘毅之时，故意把诸葛长民放在代理总经理的位子上，让他不断地贪污，不断地犯法，不断地惹起众怒，等到刘裕最后收网时，其他的人都没有话说，也不会怪刘裕没有人情味。（这一点猜测从那一句"阿寿没有辜负我啊"看出来的，说不定那时刘敬宣都在刘裕的考验之中，只不过刘敬宣运气好，他要是真起了富贵的心思，说不定他的下场和诸葛长民也差不多。）

现在，终于一切都安静了，自己可以放手施为，从而施展自己的抱负，再也没有哪个人敢于阻挡在刘裕的脚步面前。

义熙九年（公元413年），刘裕正式向晋安帝上了一封奏章，奏章中指出，"臣听说、先代的圣主在治国的时候，天下那是井然有序，至于土地疆界的划分都很明确，百姓们都是各安其所，在以往的盛世中，士农工商的职业是没有变更的，所以井田制才会在夏商周三代盛行……当年大司马桓温说过，'民无定本，伤治为深'，所以颁布《庚戌》诏书，规定按照现在的住所，确定流民的籍贯，给他们土地，让其安居乐业。那时国富民强实是由此。但从那时到现在，这项规定执行很不力，臣身负国家的重任，对此现状深感耻辱。所以臣恳请恩准重新恢复"庚戌土断"的诏令，并督促各地严格执行，重现当年的强盛景象。"

奏章最后指出，"只要土断稍有成效，国家实力增强，臣愿意领着仁义之师，以雄壮威武的气势越过大江黄河，安抚九州，收复故土。实现臣平生多年的愿望。""北伐"这个词是东晋朝廷的一个痛，东晋朝廷初次北伐是祖逊领导，可是最后失败。后来桓温又再次北伐，可还是失败，东晋朝廷几代人的梦想就是恢复故土，可想而知刘裕的奏章对于朝臣们的冲击力有多大，当时只要是爱国的大臣百姓们谁不会跷着大拇指说一声：刘寄奴，真英雄也。

土断一词在西晋就出现过了，当时的汝南王司马亮、司空卫瓘为了纠正九品中正制的弊端才提出恢复汉代乡举里选法，这是土断的开始。

前文第一章也略微提过，永嘉之乱前后，北方的世家大族和流民纷纷搬迁到江南之地，所以才形成了所谓的侨郡和侨人。这侨郡设立之后，对于东晋初年来说，还是很符合当时社会发展的需要。

世上的万事万物，有一句话说得很好，那就是存在即是合理。侨郡的存在也要和当时的既得利益阶层挂上钩来。众所周知，东晋是晋末的琅玡王司马睿在南方重新建立的王朝，而当时朝中的掌权阶层都是从北方南渡过来的侨姓大族，从建国始按顺序来算，就是琅玡王氏、颍川庾氏、谯国桓氏、陈郡谢氏。

侨姓大族掌了权，自然也要为自己所代表的一方势力考虑，所以南来的侨人在户籍上是白籍，最重要的一条就是享有免税的特权，也不负担国家调役。但是时间一久，侨人中的上层已通过种种方式在江南重建田园，安居乐业；下层除流落为部曲、佃客以至奴婢者外，也有部分人获得少量土地成为自耕农民，他们与土著百姓生活无异而负担不同，很容易就引起侨旧矛盾。

侨人与当地人之间最根本的区别就是户籍的不同，侨人是白籍，本地人则是黄籍，持白籍的侨人可以不用承担徭役，不用交税，可是持黄籍的本地人却要承担白籍所不用承担的责任，比如交税，服徭役。

可是随着时间的流逝，这项侨置郡县政策就逐渐成为朝廷的一个大大的负担。比如侨置郡县太多，导致管理混乱，人员冗杂，或者有黄籍的人托关系想把户籍改为白籍，从而逃避税收，但更多的是国家养了这么多的人，却不能从他们身上收到税赋，那么这不是在掏国家的老底子吗？那么为了维持国家的赋税正常，就只有从另外的人身上收取更多的税出来，这样的政策一久，可要导致官逼民反的。

应该说，晋朝无论是西晋还是东晋都是世家朝廷。开国之君司马炎当时为了取得世家的支持，下旨保持世家的超然地位。他们可以不用缴税，还可以当官，合理占有土地，这项政策一直到了东晋都在实施。尽管当政的都是士族，可是他们之中也不乏有识之士，他们也认为侨置政策如果长久实施下去，会对国家造成很严重的损害。

所以，土断就再次出现了，土断最基本的含义就是省并或取消侨置郡县，让侨人以其定居之处为准，编入国家的正式户籍，取消原先的优待，给其实土，使其与本地郡县并存，同黄籍的本地居民一样承担赋税与徭役。

当然，这一项政策是损害了当时既得利益层——世族地主的利益，所以虽然东晋朝廷几次提出土断，但如果中央没有一强有力的主持人来执行这项政策，那么就是上面口号喊得好，下面却是打着哈哈，应付了事。所以史上最有名的，执行也是最有力的就是之前东晋的最强权臣大司马桓温主持的“庚戌土断”，再一次便是刘裕此次主持的

"义熙土断"。

咸康七年（公元341年），晋成帝司马衍为了整理户籍，增加财政收入，命侨寓的王公以下都以土著为断，把户口编入所在郡县的户籍。之后桓温执政，也就是364年实行"庚戌土断"，严厉清查户口，对隐匿户口的贵族地主也予以惩处。那一次土断的效果很不错，土断之后国家实际控制上税的户口增多了，国家的赋税也增强了，可是桓温死后这项政策马上便被废置不理。

现在，刘裕又要再次实行土断，不像那时的桓温阻力重重，刘裕的面前没有任何阻力，所以这一次他的土断很成功。土断之后，大量多余的侨置郡县被撤离，这多余的官儿自然就下岗了，还有一些剩下的侨置郡县也领有实地，跟当地郡县毫无区别，至于不想实行土断的士族和侨人肯定也是有的，士族害怕丧失作为北来高门的标志，百姓则深知从此要负担沉重的调役。不久前会稽（今浙江绍兴）四姓中的余姚士族虞亮抗命，藏匿亡命千余人，被处以死刑，这就是那只被儆猴的鸡，其他的士族有了这个前例，他们还敢有什么异动吗？至于普通的侨人，没有了带头的他们自然也翻不起大浪来。

义熙土断，是历史上比较彻底的一次土断，它大大打击了东晋豪强士族势力，对维护东晋政府的兵役来源和租赋收入起到了重要作用。世家贵族虽然不甘心，可是他们也没有办法，这一次土断也可以看成是世家政治衰亡的象征，因为他们此时对于掌权的刘裕没有丝毫办法，直到刘裕代晋建宋，恢复君主专权。

但是，这次土断也不是一次很完整的土断。刘裕曾在诏令中明文规定：居住在晋陵郡的徐、兖、青三州侨人不在土断之列。这是因为保障刘裕登临绝顶的武力基础的北府军，大部分就是居住在晋陵的徐、兖、青三州的侨人。晋陵郡就是他的根基之地，刘裕不能不照顾这些人的利益。土断时保留部分侨州、郡、县，并从南方原有州郡中划出部分土地来归它们管辖，这是照顾侨人大族利益的措施，也是一部分北来大族赞成土断的条件。

三十一章 火并司马休之

一

土断这个东西说起来很复杂，可是做起来却非常简单。这其中主要是既得利益层的阻挠，才会让它一而再、再而三地半途而废。可是现如今有了刘裕的支持，一切都不是问题，在专政制度之下，政府的执行能力还是很强大的。413年整整一年，土断便实行得差不多了，而刘裕也在这一年中与民休养生息，恢复国力。

曾几何时，晋陵郡的那个穷小子最大的渴望就是能够吃上一顿饱饭，然后娶妻生子，可是娶了妻子之后，又想着要儿子，儿子没要着，这生活的压力就迫得他不得不参军，参了军之后就想着出人头地，掌握更多的兵，让更多的人听自己的话，到如今……

刘裕心里叹了一口气，想自己如今位列人臣之极，荣华富贵自是不用说，妻子虽然不在了，可是美貌的姬妾也不少，以前想要的儿子如今也生了好几个，按说自己到了现在的这个地步，应该什么都满足了，什么都不求了。可是那天，穆之劝我进驻中枢的时候，到底是哪句话打动自己了？天命将移？差不多是这句话吧。远得自己也记不清了，反正自己这些年来都是隐隐约约地朝着这个方向努力的，北伐南燕，南败卢循，西伐谯蜀，行土断之策，自己这些年做的和当年的大司马（桓温）有何不同？不同的是当年他北伐失败，而自己北伐成功了。

南燕只是蕞尔小国，只不过是中原的区区青州之地，自己的功绩还是不够大啊！看来自己要尽快北伐秦国了，只是自己的年纪也不小了，不知道还有几年可活，可是不管将来如何，这北伐之事是一定要进行的，只不过这朝中在自己北伐之时能够安静下来吗？

一想起朝中的大臣，刘裕就皱起了眉头，那些个享受尊荣上百年的大家族只想着他一家一族的利益，丝毫不顾整个朝廷的利益，现如今土断是在自己的高压手腕下才得以进行，要是哪天自己死了，这土断还能进行下去吗？更何况……刘裕这时心里想起了那个一脸淡然、兢兢业业肯干事的皇家宗室——司马休之。

司马休之，字季豫，他的皇室血脉和当今的皇帝可以说是非常远了，他的祖先可以追溯到西晋宣帝司马懿之弟司马进，爵封谯王，他的兄长司马尚之死了之后，没有儿子，他就把自己的儿子司马文思过继给兄长，继承了谯王的爵位。司马休之这个人吧，可以说是能文能武，而且为人谦恭，一个人不显山不露水地在旁边当他的官儿，朝中几次的风波不仅没有落到他的头上，这官儿反而是越做越大。

刘毅死后，司马休之就接任了荆州刺史的官位。这其中一半是刘裕的意思，还有一半是朝廷的意思，一来司马休之的确有这个能力，再一个就是朝廷和刘裕之间都需要一个缓冲区，毕竟那时候的刘裕可以说是一家独大了，他如果没有什么表示的话，那他将来会不会像桓玄一样篡晋自立？这是朝臣们普遍性的想法。表明自己的忠心，这才是刘裕同意他出任刺史最重要的原因。

司马休之对于朝堂中的争斗漠不关心，这是他身为皇室宗亲的本分，也是他为人处事的原则，毕竟他要是对政事太过关心也会引起别人的猜忌，而且现在的司马氏不是一个掌握大权的皇室，而是世家掌权之下妥协的产物。朝廷一下旨，他就马上同意去荆州，他就没想过朝中如今的形势？

410年的时候，司马家宗室司马国璠和他的弟弟司马叔璠、司马叔道投奔后秦去了，当时姚兴问他们，“刘裕刚刚剿灭了桓玄，辅佐晋朝宗室，你们为什么还要到这里来？”他们回答说：“刘裕故意削弱王室的力量，我们宗族之中如果有了什么发奋成才的人，常常都被刘裕除掉，他这样做正是为以后谋逆做准备，比当年的桓玄还要厉害。”虽然司马国璠的只言片语不能说明什么，可是就连司马国都能认识到刘裕的厉害，而司马休之却没有这方面的防备，可见他的确只能做一个安分守己的大臣。

即便司马休之只想做一个本分的人，可是皇室不会答应，皇室当时就是把他当做司马家的顶梁柱，专门用来抗衡刘裕的权势，而刘裕也只把他当成荆州刺史的过渡人选，到了该让他下台的时候，还是会让他下台的。

更何况，司马休之到了江陵之后，做起工作来那是相当卖力，没几天就受到全荆州老百姓的热烈欢迎，或许这也是他的生存之道，只是他有没有想过刘裕的反应会如何？荆州刺史这个位子不比其他，地位重要，手握兵权，想要干好它不只是要讨好老百姓，更重要的是要看当权者的眼色，没看到你的前任刘毅是什么下场，你怎么就不长记性呢？

当然，以司马休之一向的官声和政绩，再加上司马休之做事一向有板有眼，浑身没有丝毫破绽，刘裕是找不到他的什么错处来的，毕竟他给人的感觉一向就是一个老好人，不管上面坐的是哪位老大，老大说好，他也说好，老大说鼓掌，他绝对使劲地拍，还要把个手掌拍得通红来表明他支持老大的心意。

可是老子会做人，不代表儿子也会做人。司马休之的长子司马文思从小就过继给谯王司马尚之，一个从小就封了王的小孩子如果没有得到良好的教育，长大了会连累父母家人，这句话司马休之肯定是没有放在心上的。

司马文思，史上记载他的性格凶暴，经常性地做些犯法的事，还喜欢乱杀人，尤其是喜欢游猎，斗鸡惹狗那更是家常便饭，并且他还有一个极其特殊的爱好，那就是他如果看到哪家的坟墓上长满了野草又没人清理的话，他会很乐意帮这个忙的，倒也不是什么挖人坟墓之类的活计，而是他喜欢把那些坟墓上的野草一把火烧了。一个皇室亲王居然喜欢烧人家的坟墓，这种事说出去肯定是不好听的，所以每次有传言流出，他都会被御史弹劾，只是他运气好，这些年朝廷里面一直都是城头变换大王旗，也就没有什么人理会他这点小错。

或许是小时候看多了什么战国四大公子之类的书籍，所以他长大之后，居然要学着别人养什么士。其实说白了就是聚集一伙江湖上的好汉或是什么武林侠客做自己的门客，平日里好事不做，专门惹是生非，打架斗殴。这可是一个天上送来的靶子啊，刘裕如果不射他两箭，那他也就不叫刘裕了。

根据史料记载，就在义熙十年（公元414年）三月，建康城发生一起杀人案，肇事者正是司马文思和他的那帮门客，或许对于以前的司马文思来说，这只是小事一桩，不用他废什么话，自然也会有人帮他了结此事，可是此时刘裕正在想办法抓司马休之的痛脚，这天上送上门来的把柄把个刘裕乐得哈哈大笑。

不久，有关方面的司法机关就把这件事以奏折的方式报上朝廷的尚书台，此时的尚书台大佬正是录尚书事刘裕。一见奏折送到，刘裕朱笔一批，主犯司马文思系皇族，身份显贵，至于那些助纣为虐的小人物就全部杀了吧。然后，刘裕立即把这个处理意见送进皇宫，让安帝司马德宗签字盖章，安帝一看，这个刘裕还是很会做人的嘛。玉玺一盖，这件事就盖棺定论了，谁也翻不了案了。

远在江陵的司马休之一听说自己的宝贝儿子犯了杀人罪，马上八百里加急送来一封辞职信，信上表明都是自己没有教好儿子，才会导致儿子如今犯下大罪，所谓养不教，父之过也，他愿意替儿子赎罪，放弃荆州刺史的官位。或许这次司马休之终于明白了是自己现在所处的位置让自己儿子惹事了，他才愿意弃官免灾。

可是司马休之虽然自请辞职，这答不答应还要看朝廷和刘裕的意思，或许在刘裕的心中，司马休之还是一个懂事的人，知道进退，自己当初给他儿子留了一命还是没有做错的。刘裕也准备顺水推舟就这么算了，只要荆州刺史之位到手，他也不愿意乱杀皇族，毕竟杀皇族的这个口子一旦开了，那就要一直进行下去，毕竟现在后秦还没有讨伐，他也不愿意让朝廷大乱。

尽管司马休之有退位的心思，刘裕也有赞同的意思，可是皇室和朝廷这时不同意了。皇室指的是司马家，朝廷指的是世家，当今天下十几州的刺史太守大部分都出自北府军，再加上刘裕自己掌握了军政大权，说他是朝廷第一人也不为过，好不容易皇家才让司马休之当上了荆州刺史，让皇家在地方上有了一块地盘，他们能够这么轻易让出去吗？至于世家们和皇族的想法也差不多，那就是必须要有人来制衡刘裕，不能让他的权力无人能制，不然将来又是一个桓温，不——应该说刘裕现在就是另一个桓温了。

刘裕这时候就怒了，老子好不容易发一回善心，不想拿皇族开刀，你们却非要逼老子大开杀戒，好，这是你们逼老子的。刘裕想了半天还是觉得不应该草率行事，所以，他亲自写了一封信，然后派人把司马文思和这封信送到了江陵，信上大概是说，你既然觉得自己没有教好儿子，那么我现在把你的儿子给你送来了，你教儿子去吧，现在我给你两个选择，要么你就自己自动让位，要么你就杀了自己的儿子，大义灭亲吧。

二

也不知道是不是有人给司马休之说了些什么，譬如说当前皇室羸弱，权臣刘裕正图谋不轨，你要是辞了这荆州刺史之位，那么将来我司马家就会任人鱼肉，没有丝毫反抗之力了。

司马休之虽然不理会朝廷之间的争斗，可是关系到司马家的传承与皇位，他身为司马家的子孙还是很在乎的，因此，他假装听不懂刘裕送给他那封信的意思，马上又写了一封奏折送到建康，表示儿子犯了大罪，愿意放弃谯王的爵位来保全他的性命，然后他又亲自写了一封信给建康的刘裕，在信中司马休之对刘裕陈说谢罪，在下的儿子还年轻，一时糊涂犯了大错，您作为长辈就原谅他的过错吧，我现在不要谯王的爵位，只请您高抬贵手放他一马。

司马休之这明显揣着明白装糊涂的行为彻底惹火了刘裕。刘裕心想我本来想给你留个面子，不想和你闹翻，没想到你却不识抬举，那么也怪不得我了。随后，刘裕就任命江州刺史孟怀玉都督豫州六郡，开始为西征司马休之做准备。

倒不是刘裕现在不愿意马上征讨司马休之，而是土断现在才到关键的时候，给那些侨人改换户籍，撤置侨郡是很容易的一件事，可是还要给予他们实际的土地，不然将来他们靠什么吃饭，靠什么来交税。而土地这个问题从封建社会产生以来就一直是个大问题，如果处理得不好，那些世家大族一定会趁着这个机会出来兴风作浪，所以，刘裕为了朝廷后方的安稳，他忍了。

刘裕这一忍就忍了快一年的时间，直到这一年的十二月份，广陵发生了一件大事。早前就已经叛离东晋的司马国璠兄弟聚集了几百个部众，然后偷偷地渡过了淮河，趁着快天黑的时候混入了广陵城。此时的青州刺史兼广陵相是檀祗，乃是当初建义诸人中檀凭之的侄子，在刘裕手下很受重用，现在也做到了刺史的高位。

然后这一伙人就偷偷摸摸地潜入到了刺史府的官邸，也不知是不是有内应还是怎么的，反正等他们一伙人冲入刺史府，杀到大厅里来了，檀祗居然都不知道这么个情况。檀祗闻讯赶来准备集结人马抵抗，可是贼人的弓箭很厉害，连他都中箭受伤了，幸好檀祗也是从战场上走下来的名将，遇事不慌，他对左右的侍从说："贼人是趁着天黑冲了进来，打算在我没防备的情况下袭击我们，可惜现在他的谋算要失败了，马上敲响五遍鼓，他们害怕天亮，一定会逃跑。"

左右的人马上去敲了五遍鼓，贼军这伙人原本只想打个出其不意，可是天一亮这城里驻守的大军一定会注意刺史府的动静，所以他们没有办法只好退走。刺杀事件发生后，在朝廷里引起了很大的震动，堂堂一州刺史，居然被几百个贼人给杀进府了，要说这里面没有什么猫腻谁都不信，淮河他们是怎么渡过的，还有进城的时候，总会有一点行迹吧，最关键的是贼军攻到了刺史府，居然没有守军及时前来救援，这是多么严重的问题。

于是，刘裕再也忍不住了，虽然这次悄悄偷渡过来的只是司马国璠这几个叛将，可是明眼人一看就知道是怎么回事，他们几个人不是一直都在后秦吗？为什么在年关的时候跑到东晋来，不用说肯定是朝廷里有人和他们联络好的，这最大的怀疑对象就是荆州刺史司马休之，因为后秦与东晋的地盘只有荆州那一块是接壤的，他们之间联络最为方便。

义熙十一年（公元415年）正月，也就是刺杀事件过后没几天，刘裕这次先动手了，他要震慑一下那些心中不怀好意的人，不然这些人天天都在想着怎么里应外合，刺杀他手下的大将，等他成了一个光杆司令，想必到时也没几个人会听从他的命令了。

第一步就是逮捕司马休之在建康城的另一个儿子司马文宝和他的侄子司马文祖。史书上没有明确写明他们两个犯了什么罪，或许是此时的刘裕已经决定和皇室翻脸，所以也不需要顾忌他们的想法了。当然刘裕也没有蠢到自己下令杀了他们，这时他权臣的身份就显现出作用来了，不久后，刘裕就上表了一封奏折，奏折里表明前些日刺杀青州刺史檀祇的司马国璠等人就是和司马文祖勾结好的，意图谋害封疆大臣，其罪非轻，所以请陛下下旨令他们自尽。就算是安帝看到这封奏折不想盖章，也没有办法，除非他不想要自己的命了，于是这两个不知是无辜还是确实有罪的皇族就死在了圣旨之下，也可以说是死在刘裕的手下。

接着，朝廷马上表示，先大赦天下，安帝下旨讨伐司马休之，加封刘裕为荆州刺史，赐黄钺。前文就说了，黄钺是皇帝赐给大臣杀伐的权力象征，有了这个东西，刘裕就可以不请示朝廷，先把叛乱的人给杀了。这次刘裕已经不想把荆州刺史让给别人了，他直接表明自己要兼任这个职位。

刘裕讨伐司马休之与司马休之的儿子被赐死的消息传到荆州后，司马休之这个面团人也发火了，老子以前是不怎么掺和朝廷中的事，可是这也不表示我没有火气，现在你刘裕杀了我的儿子，还想要自己当荆州刺史，这不是明摆着要篡位吗？我身为司马家的子孙，一定不会让你的阴谋得逞的。当然，或许是刘裕的威名太甚，司马休之手下的平西府司马张裕、南平太守檀范之两人料定顶头上司这次是死定了，居然敢和太尉公起了冲突，两人吓得官也不敢做了，马上逃回建康城。

二月，司马休之有感于刘裕的势力太大，他决定公开上表，也就是把他的奏折诏示天下，奏章中表明了刘裕这些年虽然有大功于朝廷，可是另一方面他目无君上，独断专行，擅杀大臣刘毅、刘藩、诸葛长民、谢混、郗僧施等等这一系列朝廷的忠臣，甚至欺压皇室，实在是罪大恶极，现在我要向天下表明刘裕的罪过，起兵讨伐他。

接着，雍州刺史鲁宗之和儿子晋陵太守鲁轨也在襄阳起兵响应了司马休之的讨伐行动。因为此时刘裕剪除异己的目的大家都看得很明白，倒也不是说鲁宗之就是皇家的忠臣，而是他知道自己不是刘裕的心腹，尽管当初自己还帮过刘道规，可是政治就是这么无情，早晚有一天刘裕的屠刀会举到他的头上。

二月二十七日，当朝太尉刘裕统领的大军，从京城建康出发，这次他把自己的弟弟中军将军刘道怜留下来当代理总经理，刘穆之为尚书右仆射，但是，刘裕也知道自己这个弟弟比不得刘道规文武双全，所以他走之前特意叮嘱，兄弟你就在建康城好好地享享福，我也不求你干出个什么样子来，你就是什么都不干也成，朝中的大事小事交给穆之就成了，你就负责帮他盖个章就可以了。然后，刘裕让高阳内史刘钟率领大军屯驻在石头城与治亭两个地方，负责建康城的防务。

当然，刘裕这一次的西征显得实在有些漫不经心了，他正月杀了司马休之的儿子，然后快到三月才率军出发，这样就给司马休之和鲁宗之大量的时间让他们来做好抵抗大军的准备，不像上一次征讨刘毅的时候，王镇恶的军队都杀到江陵来了，刘藩被杀的消息还没有传到荆州去。

当然，这其中既有刘裕看不起司马休之的意思，也因为这个时间实在是太不巧了，此前正是过年节的时候，士兵们也要返家团聚的吧，要是大过年的还要出兵打仗，恐怕士兵们就是再爱戴刘裕，这心里的怨气也会不少吧。

再一个刘裕心里恐怕也有这样一个心思，上次他攻打刘毅的时候，是靠的偷袭，出其不意才一举成擒，所以这一次他要正大光明地攻打江陵城。他要让天下人知道不管是正面作战，还是暗中偷袭，他一样可以攻下荆州这个刺骨头。毕竟荆州在天下人心中就是易守难攻的地方，他要在天下人心中打破这个固定的思维，即便是以后他让出了荆州刺史之位，以后接任的那些个家伙也不敢起什么叛逆的心思。

而且，他现在也想为儿子培养几个得力的辅政大臣了，毕竟自己的年纪实在是不小了，可是儿子们又太年幼，自己将来的这一份基业始终是要交到他们手上去的，可是很有可能他死的时候，儿子们还没有长大成人，那么在儿子长大之前，这朝廷必须要有一个声望很高的人来代替自己执掌朝政，以后再交到儿子的手上，这个人选首先要值得信任，而且还要有能力。（此时的刘裕大概把东晋的朝廷看成了自家的天下。）

其实刘裕的妻弟臧熹就是一个很好的人选，文武双全，在政事上与军事上都不含糊，刘裕此前也是特意培养他的，不然也不会带着他西征刘毅了，后来决定伐蜀，也是让他担任二把手，可惜这小子太短命，居然在快要打下成都的时候病死了，对此刘裕心里也是感到殊为可惜。

三

想来想去，刘裕把自个儿的亲戚都想了一个遍，发现同自己一辈的都没有什么培养价值，都是文不成武不就的。于是他的眼光往下放，想到了自家女婿，振东将军，彭城内史徐逵之。

刘裕的女儿刘兴弟此时已经是两个孩子的母亲了，这个徐逵之同她算是青梅竹马，两小无猜，两人是一起长大的，所以最后亲上加亲，他们两个之所以能成婚与他们的父辈关系很好是分不开的。

徐逵之是秘书监徐钦之的儿子，他们一家和刘裕也是老乡，都是京口人，也可以说都是从北方迁来的侨人。他的叔父徐羡之同刘裕的关系那可是好得很，因为他们两人都曾在刘牢之的手下做过事，两人的关系也就随着刘裕的步步高升逐渐亲密起来了。刘裕是镇军将军时，他就是刘裕的参军，后来琅玡王司马德文任司徒，他就被刘裕派到司马德文手下任琅玡王大司马参军，司徒左西属，目的就是一个，监视司马德文的动静。别看这个家伙此时的官位不高，可是后来刘裕建宋死前，任命他为辅政大臣之一，从这就可以知道他和刘裕的关系到底好到什么程度。只不过这个家伙后来也干出了一件大事——废了少帝刘义符，另立文帝刘义隆。只是文帝是一个比起刘裕也差不了多少的狠人，他最终还是死在刘义隆的手上。

其实当初在北伐南燕时，刘裕就想过要北伐后秦，可是那时有两个问题，一个是士兵出征一年多了，大多思乡心切，再一个就是卢循北上使得他不能尽快赶回建康。可是后来刘道规病死，再也没有人能够帮他分担西线荆州这一带的防备，伐秦一事迟迟不能进行（后秦地处中原西北，同荆州接壤，包括荆州都督下的雍州襄阳、秦州汉中），如果荆州刺史没有一个信得过的人选，刘裕可是不敢贸然西征的。因此，在出征之前，刘裕私下里就同徐逵之提过，要是这次攻下了荆州，就让他担任荆州刺史。

可是并不是说刘裕让他当，徐逵之就能当得了这个荆州刺史。想想刘裕手下可是兵强马壮，有战功的大将一大把，如果徐逵之突然冒出来占了这个刺史之位，谁会心服啊？要知道刘裕治军一向很严，就是他自己也不敢带头破坏规矩，因为这是军心的问题，不比其他。

尽管刘裕不能让他直接当上刺史，可是在权力允许的范围之内，为自己的女婿做点安排谁也说不出什么吧。于是在安排出征的大将人选时，他任命徐逵之为前锋将军，下面再给他配备了蒯恩、王允之、沈渊之等三个久经战阵的大将为副，还配备了最好的装备，就连士兵都是从北府军里挑选出来的悍卒，这一切都是希望他一战功成。而且为了帮他牵制襄阳鲁宗之的人马，刘裕另外还派了参军檀道济、朱超石带领步兵骑兵进攻襄阳。至于刘裕自己自然是坐镇中军，如果前方出了什么事，有他的大军在后面压阵，什么都不用担心。

因为此前有张裕和檀范之不战而逃的先例，刘裕觉得司马休之手下的人马不是不可以争取过来的，因此他亲自写了一封信给了一个人，让他弃暗投明，最好是在反正的关键时刻，帮自己杀了司马休之。

这个人叫韩延之，现在官任司马休之的录事参军，他以前在刘裕的手下任过职，刘裕对他的才能也非常欣赏。刘裕在信中大概就是劝他们（司马休之手下的人）认清形势，他们同刘毅手下的郗僧施、谢邵那些人不一样，因为那些人一直都在劝刘毅谋反，所以刘裕才杀了那些人，而他们则没有丝毫的过失，所以朝廷会原谅他们的，请他们都知道刘裕的诚意。

不过这个韩延之倒是个有气节的，他不仅拒绝了刘裕的拉拢，并且又给刘裕回了一封信，在信中他对刘裕先前给他来信的几条说法举出实例严词批判，痛斥他乱入人罪，排除异己的行为，字里行间之中透露着一股威武不能屈的忠臣节义，说话的语气也很不客气，简直把刘裕说成了一个祸国殃民的大奸臣。（这封回信被收入史书之中，文采不错，这里就不加详述了。）

刘裕接过他的回信之后，不仅不生气，反而把他的信给手下的从将官传阅，并对手下人说，“做别人的属下，就应该像韩延之这样。”其实刘裕对于韩延之这等小人物倒也不会真的去怀恨他们什么，而且不管在哪个时代，忠臣都是受人尊重的，就连刘裕自己也不例外。

后来，因为刘裕的父亲刘翘字显宗，韩延之把自己的字改成显宗，把自己的儿子改名叫韩翘，以示自己决不会臣服于刘裕的决心。不过韩延之可是出身士族，他的祖父在三国时的曹魏担任过司徒的高位，因此他拒绝刘裕的招募并痛恨刘裕就可以理解了。

此时此刻，远在雍州那边的鲁宗之看到朝廷大军前来讨伐，不仅不害怕，反而还派了儿子鲁轨前去偷袭江夏口。江夏太守刘虔之此前一直在为大军西征做准备。他在三连戍（大概在今钟祥县西边）这个地方屯兵自守，修筑桥梁，打造防御工事，粮草辎重准备得不计其数。可是他等了好久的朝廷大军一直没有等到，却等到了鲁轨的偷袭。鲁轨这个人同他父亲鲁宗之一样，都算得上是一时的勇将，平生征战无数，晓知兵法，一战就把刘虔之打败了，就连刘虔之的人头和他为西征大军准备的粮草辎重都成了鲁轨的战利品。

檀道济与朱超石也不知道怎么搞的，骑兵跑在路上慢得不像样子，等到他们赶上来时，刘虔之已经被杀了，粮草也没有了，一直到战争结束，他们这支骑兵在西征中没有发挥出它应有的作用来，前次讨伐刘毅也是这样。

此时刘裕听说刘虔之被杀，他还是没有提高警觉，继而派自己的女婿徐逵之与他手下的三位副将出击江夏口。可是此时的鲁轨已经赶到了江陵，徐逵之率领的大军在江陵城南的破冢（今江陵县东南，长江东岸）赶上了鲁轨，两军交战之下，徐逵之大败战死，他手下的王允之、沈渊子两员大将随同战死沙场，要不是蒯恩临危不乱，稳定阵脚，面对鲁轨的进攻守得稳如泰山，恐怕讨伐大军的先锋全部都要战死于这一役。由此可见刘裕的军事才能虽然很不错，可是他身边的亲人除了刘道规之外，都很差劲，也因此，日后刘裕给儿子安排的辅政大臣中没有一个是姓刘的。

可以说，在这一次的西征中北府军完全不在状态，正所谓上有所好，下有所效。刘裕他自己对于司马休之都不是很重视，下面的士兵也不会把司马休之当成一盘菜，只把他当成了一个温驯的小绵羊，没想到走近了一瞧却是吃人的猛虎。

俗话说，兔子急了还咬人呢，何况是被杀了儿子的司马休之。至于鲁宗之，他既然决定要起兵反抗刘裕，以刘裕先前战无不胜的声望，肯定也会给司马休之和鲁宗之巨大的压力，在交战之时肯定是小心小心再小心，而相对的北府军却有些漫不经心的感觉，两相比较，这胜负就显而易见了。

此时的刘裕正屯兵于马头（今湖北公安，在长江南岸，斜对北岸的江陵）这个地方，听闻女婿身死后，简直是怒发欲狂，要知道这个女婿可不是常人可比的，在刘裕心里就跟儿子也差不多，没别的，就是因为他是刘裕的大女儿刘兴弟的丈夫。刘裕和他的原配臧爱亲就只生了这一个女儿，而且在刘兴弟很小的时候，刘裕就出门从军去了，对于这个女儿刘裕心里既是歉疚又是打心眼儿里喜欢的，事事都顺着她的意思，简直当成了掌中宝一样，现如今自己的女儿因自己一时疏忽却成了寡妇，他心里怎么能不怒？

从军以来，刘裕还没有遭遇到如此的败绩，在他眼中应该乖乖等着他前去讨伐的司马休之居然摇身一变，变成了难啃的硬骨头，现在的情况是这块硬骨头没磕着自己，反而磕着了自己的女婿。刘裕心里此时怕是羞怒交加吧，因此当天（三月二十九日）刘裕便下令强渡长江，率领手下的大军向江陵进发，他要与司马休之决一死战。

此时的司马休之也知道胜败在此一举，他把手下召集来的人马和鲁宗之的人马合为一处，大约有四万大军的样子，不过司马休之因为先前早有准备，所以在刘裕还没有渡江的时候，就沿着陡峭的江岸布下大阵，严阵以待刘裕的大军。

而江陵这一边的江岸地势都是高大陡峭的崖壁，攀登十分困难，现在的情况是，刘裕率领的大军都已经登陆，在峭壁下的沙滩上列成军阵，而司马休之的大军在高高的峭壁上横向展开，刘裕大军面对的就是一座天然的城墙，必须要攀登上去才能和敌人决战，这也可看成是一次另类的攻城战。

在刘裕的命令下，北府军几次强攻都没能攻上峭壁，而此时刘裕看着己方连连失利，这心情自然是不会很好。而且长江边上的峭壁经常受水气冲击，人的手攀上去受不了什么力就会自然滑下来，攀了几次这北府军的军兵就只有干瞪眼了。看到前面的大军居然停了下来，刘裕怒不可遏，他马上回身披上自己以前的战甲，他要亲自领军攀登峭壁，再找荆州军决战。

刘裕现在快有五十二岁了，他早已不是十几年前那个日夜不停从海盐赶往丹徒的刘裕了，要知道古代人的寿命要比现代人的短，刘裕征战几十年，这气血早就不比壮年了。再说他现在的身份不比以前了，他是当朝太尉，朝廷的一哥，他的手下有许多人在跟着他混饭吃，他要是出了什么事，他的手下都讨不了好。因此他手下的众将都纷纷劝阻，不让他干这个冒险的事。

四

可是刘裕是什么人，他是谁都能够劝得了的吗？眼看刘裕就要挣脱众将的纠缠（其实刘裕的手下也不敢使太大的力），这时太尉主簿谢晦一把上前抱住刘裕的大腿，跪在刘裕的前面，“太尉，您可要三思而后行啊。”

谢晦，字宣明，出身陈郡谢氏，他是谢混的堂侄，长相非常俊美，史书上说他“美风姿，善言笑，眉目分明，鬓发如墨”，曾经有一次他与谢混同时站在刘裕的眼前，刘裕就称赞着说，“一时顿有两玉人耳。”此前他曾是孟昶手下的中兵参军，孟昶死后，刘裕就问刘穆之，“孟昶手下有什么人才可以为我所用吗？”刘穆之就说，“谢晦应该是个人才。”此后谢晦就一直跟在刘裕身边，很得刘裕的重用。

可是这时刘裕那是怒发冲冠，谁也阻挡不了他，“铛”的一声刘裕就抽出了随身的佩剑指着谢晦的脖子，“再阻，本公就杀了你。”谢晦此时大概也看出刘裕其实不是想亲自出手，而是要众将不畏艰险，勇往攀登，因此他一点也不怕，大声说道，“天下可以没有我谢晦，但是却不可以没有太尉。”

经过谢晦这么一闹，刘裕也就趁机下台，不再提亲自上阵的事了，可是此时必须要有人去带头啊。刘裕眼前一亮，立即就发现了建武将军胡藩，他此时正带着游击队伍寻找合适的攀登地点。刘裕马上命令传令兵前去给他下令，让他带着人马攀岩。

胡藩接到命令后就苦了脸，这个该死的地形叫他怎么登啊？这一时之间胡藩就有些疑虑，没有立即接令行事，远处的刘裕看到胡藩没有立即行动，心里立即就火了，“把那个胡藩给本公抓过来，然后以抗命不遵的罪名斩了。”

胡藩刚刚思考了一下，立刻就发现有两名骑着马匹的骑士朝着这边奔来，脸色不善，口中还大声喊着，“太尉有令，拿住胡藩，斩首示众。”胡藩这下可是真的吓了一跳，太尉居然要来真的？这女婿死了之后就如此冲动？胡藩不敢怠慢，他一边往自己军队那边跑一边喊道，“胡藩正在受命攻击敌人，没有时间去太尉那边领教。”胡藩这句话就有点耍赖的感觉了，将在外君命有所不受那句话被他用得那是出神入化。

既然刘裕下了命令，他也只好照办，可是这里的峭壁都是差不多的地方，一样的湿滑，一样的没有着力处，胡藩举头一看，眼中尽是茫然之色，突然他眼中像是被什么晃了一下，他仔细一看，原来是远处的峭壁之间有一条干裂的窄缝，沙滩上还可以看到从上面掉下来的岩块，应该是不久前才掉下来的，恐怕也是得益于敌人的踩踏吧。

他跑近前一看，眼前一亮，真是好地方。只要把这缝里的左右两边都用刀挖上一个小洞，手脚就有了受力点，这样就再也不用担心爬不上去了。他想到就干，手脚齐用，身边的士卒也是有样学样，挖几个洞，就爬几下，好在这峭壁也不是很高，不一会儿胡藩的身后就聚集了许多士兵，然后胡藩就带着这几个士兵率先冲了上去。

说实话，荆州军也没在窄缝这边布下太多的人马，胡藩立时杀了他们一个措手不及，等到后面的晋军越来越多，胡藩他们已经占据了立足之地，与后面登上的晋军一起牢守阵地。等到荆州军反应过来时，这边的人已经很多了，一时半会儿绝对杀不完。

沙滩上的刘裕看到胡藩他们不仅攀上了峭壁，并且还占据了一块地盘，心里大喜过望，“全军出击。”大军出动后就不会仅限于那么一小块地方了，先前是峭壁太滑，没人攀上去所以都没动，这一下有人上去了，北府军谁也不肯落后，纷纷找着适合攀登的地点，然后随着时间的流逝，这攀上来的军队就越来越多。

在古时候，对于天威，或是人们认知中某些不能被人征服的天险被人征服后，别人的第一反应肯定是张大了嘴巴，惊讶得合不拢嘴。这里的峭壁到底有多陡，荆州军这些日子都见识过了，朝廷的军队登上崖壁之后，他们的第一反应就是朝廷的军队还是人吗？这是一种心理上的自我暗示，后果就是荆州军的士气大跌，这时就算是鲁轨是吕布再世，也挽救不了大股军队的溃败了。

北府军终于雪了上次的一败之耻，乘着士气大振，立即猛攻江陵城，此时城中的大军都跟着司马休之作战去了，城里哪里还有防守的兵力，不过一盏茶的工夫刘裕的手下马上就进占到了江陵的内城。而此前司马休之就知道大事不妙，带着自己的儿子与鲁宗之一起往襄阳逃窜，顺便留了鲁轨镇守石城（今湖北钟祥县）替他们挡挡追兵。

刘裕心里本来就把司马休之父子与鲁宗之父子恨得牙痒痒的，进占了江陵城后，马上便派了两路大军前去追击。一路是阆中侯赵伦之（他是刘裕的亲娘赵安宗的弟弟，也就是刘裕的亲舅舅）与将军沈林子率军从陆路追击，进攻防守石城的鲁轨，二路是派遣武陵内史王镇恶带领水军船队追击司马休之。

此时朝廷里面也发生了两件大事，第一件事就发生在建康城里，某天晚上有几百个身穿黑衣的不明匪徒趁着黑夜突然袭击了建康城东北郊的冶亭，虽然是夜晚，可是喊杀声很大，整个京师里的人听到后都是人心惶惶，以为又像上次一样有反贼来攻打京师了，幸亏刘裕指派的建康守将刘钟及时调兵遣将，才把这伙乱贼给消灭了。

还有一件事发生在齐地，北青州、冀二州刺史刘敬宣手下有一名参军叫司马道赐，他是晋朝宗室的远亲，他听到刘裕要讨伐司马休之后，就秘密串联了同僚辟闾道秀、王猛子数人企图阴谋刺杀刘敬宣，然后占据广固，响应司马休之。有一次在刘敬宣单独召见辟闾道秀的时候，王猛子却悄悄绕到刘敬宣身后，然后抢过他防身用的佩刀，把刘敬宣给杀了，刘敬宣虽然一时不防，被他先下了手，可是刘敬宣也是征战多年，武艺在身，马上就大叫出声，在外面守护的左右侍从听到里面的惨叫声后马上冲进来乱刀砍死了这几个人。

从先前的司马国璠偷袭檀祗，再到现在的建康城有人作乱，再到刘敬宣被下属杀死，这背后都有着司马氏皇族的身影。刘裕固然失去了一位至交好友，大晋朝廷也失去了一员猛将，但更重要的是以后刘裕对司马氏皇族的赶尽杀绝或许就是从这里开始的吧。

有一句话叫做一败再败，留守石城的鲁轨目前的形势就是如此，虽然他此前趁着北府军一时大意，连杀了朝廷三员大将，可是此时他手下的军队新近战败，士气低落，军队的人数也比不上赵伦之手下的人马多，早前派去襄阳请援的人马还没有赶来，让他有些心急如焚。朝廷的军队此时正在攻城，战场上人喊马嘶，声势喧天，这时石城之下突然传来，“城破了，城破了。”惊喜狂叫声，鲁轨听了倒吸了一口凉气，他马上跑到城头，叫了几个亲卫，然后从北城往襄阳逃走了。

鲁轨走到半路的时候，才看到司马休之与鲁宗之率领的救援人马朝这边赶来，鲁轨跑上前说明了这边的情况，突然，远处传来阵阵的马蹄声，司马休之与鲁宗之一看都是大惊失色，怎么北府军来得这么快？尽管心中疑惑，可是他们这时候也只好先回转襄阳再说，对方挟大胜而来，自己这一方恐怕抵抗不住，何况根据鲁轨的述说，这些北府军今天也不知是不是吃了什么大力神丸，精神旺盛得很，丝毫不知道疲倦，简直就是在拿自己的命在拼。可是自己这边的人马却不能跟他们拼命啊。

于是，一路大军在前奔逃，后面就有一路大军追赶，两军之间一直保持着几里的距离。司马休之的军队到了襄阳城下之后，马上就去叫门，“快快开城，荆州刺史司马大人与本州刺史鲁大人回来了。”

这时负责把守襄阳的是参军李应之，他先看了一下下面的人，果然是刺史大人，他刚刚准备开城门，马上就看到不远处有烟尘滚滚，显然是大军追来，“难怪刺史大人跑得这么狼狈”李应之心里暗道一声，襄阳城就建在汉江边上，站在城头都可以看到城墙下面滚滚的江水，李应之眼尖，眼光掠过之时突然又看到江面上帆影点点，高大的战船不计其数，他心中倒吸了一口凉气，这要是开了城，襄阳城也难免不被攻破，不如……

李应之心中打定主意，对着城墙下的人喊道，“本官是朝廷命官，不认识什么刺史大人，只认识两个叛贼。”城下的司马休之与鲁宗之心下立时发凉，这个李应之好大的胆子，居然敢不开城门，鲁宗之大怒，正要怒声呵斥，司马休之眼也尖，立刻拉着他往江面上一看，鲁宗之这时也是脸色发白，难怪李应之这个小小的参军也敢把本刺史关在城外，原来是……追兵到了。

司马休之长叹一口气，“鲁兄，天下虽大，已无我等容身之处，我们出往秦国吧。”鲁宗之闻言先是身形一震，然后缓缓点头。打定了主意之后，司马休之立即解散了大军，只带了几个身无家眷的亲卫往后秦与襄阳的边境上跑，从水路上赶到的王镇恶虽然一路追赶，一直追到了边境线上就没有再追了。

此前司马休之曾分别向北魏与后秦借兵抗衡刘裕，可是此时司马休之已败，后秦的征虏将军姚成王及司马国璠带兵抵达南阳后，只得护着司马休之原路返回，他们原来打算好的想趁着晋朝内乱捞一把的想法没能实现。

此次出往后秦的除了司马休之父子与鲁宗之父子之外，还有梁州刺史马敬、南阳太守鲁范，录事参军韩延之几人。话说这个十六国时代还是比较有趣的，南北两个朝廷在对立的时候就打生打死的，可是一旦南边或是北人叛逃了，对面的马上就接收过去，丝毫不嫌弃他们曾是敌国的人，比如前秦宰相王猛的子孙后来就到了晋朝，王镇恶就是他的孙子，还有前秦的太子苻宏也曾投奔桓玄，再比如晋朝的司马休之、刘敬宣等人也曾投往南燕。

大战之后，刘裕任命自己的舅舅赵伦之为雍州刺史，至于荆州刺史之位暂时还是由刘裕自已来兼任，此战之后才奠定了刘裕在朝中说一不二的地位与独一无二的权力。虽然西征的目的已经达到了，可是刘裕的心里却始终高兴不起来。他该如何面对自己那年轻就守了寡的女儿，如何面对那年纪尚幼的两个外孙？

三十二章　准备北伐

西征大军胜利凯旋了，刘裕率领着手下的军队从江陵赶回建康，石头城那边既有欢迎大军凯旋的百姓，也有满身缟素的妇人，身边带着一个或是两个孩子，迎接战死的丈夫或是儿子的骨灰，当然也许什么也没有，欢笑与哀伤同时展现在人们的眼前。

刘裕看到眼前的景象，心里重重地抽动了一下，接着对身边护卫他的督护丁旿说道，"等下你带着逵之去见小姐吧。本公实在没脸见她。"丁旿虽然不想去，可是老板发了话，他也只得前往。

古代打仗的时候，一般都是以人头论功劳，徐逵之死后也不例外，当初找他的人头也是费了许久的工夫才找出来。尽管徐逵之的身份不同别人，可是那个时候天气炎热，尸身肯定不能保持太久，所以都是火化了事的。徐逵之的葬礼也是在那里举行的，这次回来刘裕自然不会让女婿的骨灰葬在他乡。丁旿接了刘裕交代的这个苦差事，只得抱着徐逵之的骨灰坛子去往徐府。

丁旿到了徐府大厅，刘兴弟此时也全身缟素，身边就带着她的两个儿子。她的长子徐湛之此时只有四岁，还不到懂事的年纪，他只知道今天娘亲很伤心，这几个月来天天都在抹眼泪。

丁旿到了大厅之后，把手中的坛子一放，然后就跪下什么话也没说。刘兴弟问他丈夫的殓送情况是怎么进行的，丁旿也是个闷葫芦，什么话也不会说了。对于那些个血肉模糊、尸体不全的画面丁旿怎么说得出口，刘兴弟就算是心里知道她也不得不问，刘兴弟问一句，他就回答一句，可是刘兴弟每次问话之前，都会掩面哀怨地叹息一声，"丁督护。”语气哀婉凄切，犹如杜鹃泣血一般。以她的身份在外人面前自然不能像平常妇女一样痛哭失声，那么这一声叹息又代表着多少的哀伤与泪水。

不久之后，建康、京口一带就流传着一首名叫《丁督护歌》的哀曲，它以刘兴弟凄婉欲绝的哀叹而得名，歌唱的是建康、京口的女子们目送夫婿出征时的期待、哀伤与无奈，这首曲子的作者不详，不过也有可能就是刘兴弟本人。（《丁督护歌》出自《宋书·乐志》）

据说刘裕听到后心里颇为纠结，他也知道女儿心里的苦闷与伤痛，但是他担心这支辛酸的歌曲有损士气，荆州平定后，他马上就要北伐后秦，如果到处传唱这首歌，对于他的北伐大军会有不好的影响，因此他在原来传唱的基础上加了几句，使它变成了鼓舞士气的诗歌，具体歌词如下：

督护北征去，前锋无不平。朱门垂高盖，永世扬功名。
洛阳数千里，孟津流无极。辛苦戎马间，别易会难得。
督护北征去，相送落星墟。帆樯如芒柽，督护今何渠？
督护初征时，侬亦恶闻许。愿作石尤风，四面断行旅。
闻欢去北征，相送直渎浦。只有泪可出，无复情可吐。

这首歌词就这样代代传唱下去，直到后来唐代大诗人李白谱写新的《丁督护歌》才取代它。它太悲伤太凄凉，李白也为之感叹，“一唱《都护歌》，心摧泪如雨”。

此后刘裕一直想让女儿走出悲伤的往事，最好的办法就是另组一个家庭。可是刘兴弟一直拒绝再嫁，她决心自己一人把两个年幼的孩子带大，可是她也因此患上抑郁症，稍有不如意就会放声大哭，刘裕在世的时候也不得不依从她，就算是后来的文帝刘义隆也很怕她哭起来。不过刘兴弟自始至终对于亲情都是很看重的，这一点可以从她逝世前请求文帝不要杀他们的弟弟刘义康就可以看出来，可是文帝是一国之君，他要考虑的是国家大事，虽然在姐姐临死前答应了她，可是日后刘义康谋反文帝照样杀了他。

不管刘裕如何伤心，国家大事还是要做的。早在四月份江陵被攻下来的时候，朝廷再次任命他为太傅、扬州牧，剑履上殿，入朝不趋，赞拜不名，加前部羽葆、鼓吹，置左右长史、司马、从事中郎四人。八月份回京后，刘裕推辞了太傅、扬州牧之位，前部羽葆、鼓吹这些礼仪上的东西他也没有要，然后奉还了主掌征伐的黄钺。

不过这个“剑履上殿，入朝不趋，赞拜不名”刘裕倒是接受了。其实以前的历史剧和小说中也说过这个东西吧，简单一点说，那时候的官员上朝的时候都要脱鞋，身上自然是不准佩剑的，朝见皇帝的时候也要小心一点慢步走，还有奏事的时候司仪都要念名字，比如“王某某有事启奏。”而得了这个荣誉后，刘裕以后上殿议事时就可以穿鞋子进来，带剑上殿，朝见皇帝的时候也可以不用小步走了，大踏步都可以，当然基本的礼节还是要守的，还有刘裕拜见皇帝的时候，礼仪官也不能直呼刘裕的名字，只能称呼他的官职。

按说历史上享受过这个待遇的大概查了一下，以前就有董卓、曹操、司马懿、司马师、司马昭、王导、桓温等人，这其中不是权臣就是篡位的开国皇帝，当然这董卓就比较可怜了，他可是死无全尸，其他的几人在历史上的评价都不是很好，而现在刘裕也走上了他的权臣之路，更是通往他的开国之路。

刘裕回朝之后，把自己的弟弟刘道怜派去当了荆州刺史，同时都督荆、湘、益、秦、宁、梁、雍七州诸军事，骠骑将军。可是刘裕也知道自己的这个弟弟是个什么货色，手上没两把刷子不说，要说贪财他只是没有诸葛长民老兄那么明目张胆罢了，要不是看在他是刘裕的亲弟弟分儿上，早就被御史参了不知多少回了。因此刘裕又任命中军长史、晋陵太守谢方明为骠骑长史、南郡相，刘道怜府中的所有事务都向谢方明请教后再决定，就和他镇守建康城时什么都由刘穆之决定一样，这次刘裕又给他找一个保姆，他只负责签字盖章就行了。至于贪财娶小妾也就随他了，只要他不闹得民怨四起也就行了。

北伐后秦是刘裕朝思暮想之事，可是荆州才经过战火，百姓们也要安抚，人心也要稳定，因为每打一场内战，对于朝廷的消耗都是不小的。粮草辎重就不说了，人吃马嚼的每天不知道要耗费多少钱粮，还有打胜了对于士兵们总要奖赏吧，对于战死的士兵也要补偿吧。这又是一笔开支。

所以北伐后秦的时机也要选对，首先国内现在虽然找不到一个反对刘裕的人，但是也要一个好借口，才能名正言顺，再一个就是要考虑国外的处境。现在北方国家林立，要是在刘裕北伐的时候都来插上一脚，那么刘裕就是再有本事也对抗不了北方所有的国家啊。（大概在415年后秦姚兴把他的女儿西平公主嫁给了北魏国主拓跋嗣，希望两家联姻来加深两国的关系。）

不过刘裕的外交工作进行的也不比姚兴差。北方诸国现在最强大的要数北魏，它和后秦是姻亲之国，只不过北魏的北方还有柔然这么一个草原大国为敌，两国之间交战多年，如果北魏给后秦派出援兵，那么就很有可能会导致柔然大举进犯。其次就是刘裕要征讨的后秦正北是夏国赫连勃勃，西北为北凉沮渠蒙逊，西为西秦乞伏炽磐，西南有后仇池杨盛（注：南凉已在义熙十年，即公元414年为西秦所灭），东北还有北燕冯氏。

这赫连勃勃一直就是后秦的大仇，夏国就是从后秦的领土上建立起来的，而西秦和后仇池原先都是为后秦所灭，后来又重新自立起来的小国，对后秦来说他们都是叛乱分子，对于东晋攻打后秦应该是很欢迎的，北凉与东晋相隔太远，刘裕就专门派人去做沮渠蒙逊的工作。

415年大概五月份，也就是刘裕刚刚才打败司马休之的时候，他就派了益州刺史朱龄石派遣使节前去拜见北凉（北凉此时的国号实际为河西）河西王沮渠蒙逊，宣扬东晋朝廷的威势和德政（当然这个话也是说着好听，其实就是结盟，结盟铲除后秦）。两方之间经过一番交谈与分配利益之后，沮渠蒙逊就派了舍人黄迅前来拜见朱龄石，并且呈上奏表，说："听说车骑将军刘裕打算清剿中原地区，我甘愿做他的右翼部队，帮助他驱逐戎族强盗。"（瞧瞧，这话说得多好听，好像他自己就不是戎族了。）

当然，这次朱龄石的使节与沮渠蒙逊谈了些什么，我们不得而知，可是不久后，夏王赫连勃勃就派遣御史中丞乌洛孤与沮渠蒙逊缔结盟约，我们可以相信，这是刘裕派了人在其中牵线搭桥。而且后来，在姚兴死后不久，沮渠蒙逊与以前的大仇敌西秦国主乞伏炽磐就联姻和解了，这其中也可以看到刘裕的身影。

刘裕没等多久终于等来了好机会，在416年的正月，后秦姚兴派了从东晋逃过去的鲁宗之为大将来攻打襄阳，可是鲁宗之的运气不好，半路上就病死了，他的儿子鲁轨继续率着大军出发，可惜被雍州刺史赵伦之打败，他也只得退走。

这简直就是天上掉下来的好借口。刘裕此前对于后秦一直收容他的政敌是很痛恨的，当年收容桓谦就不说了，现在更收容了司马家的人，这可就犯了刘裕的逆鳞了。现在姚兴居然主动派人过来攻打襄阳，刘裕的心里可乐坏了，这下国内再也找不出反对的声音了吧，外敌入侵，本公这是弘扬国威。

再一件事就是后秦姚兴的身体不行了。这些年他不断征战导致他的身体很差，时好时坏的。他的大儿子太子姚泓性格懦弱，身体也不是很好，姚泓下面的弟弟见了这种情况，哪个不是磨刀霍霍，准备杀入东宫，取代这个太子之位。再加上姚兴自己也有换储之意，立他另一个儿子广平公姚弼。姚兴其他的儿子也不甘示弱，各自都在暗中积蓄人马，准备夺嫡。在这样兄弱弟强的形势下，姚兴如果健在，那还镇得住他们，可是416年二月姚兴又病倒了。此前姚兴已经让太子监国，也就是让太子开始进入皇帝上班之前的实习期，他的另一个儿子姚弼不甘失败，在这个月的某个晚上发动了政变。姚兴撑着病体令姚弼自杀，可能是受刺激过重，姚兴在政变的第二天就死了。叛乱虽然被平息了，可是它的影响却没有停止，有了这个带头的，姚兴其他的儿子也不会眼看着那个懦弱的太子登上皇帝之位，后秦国内已是风起云涌之势，战乱将起。

三十三章 北伐后秦

一

大概是在姚兴死后没多久，416年二月，羌族首领党容在安定（今甘肃泾川县北）反叛，接着就是北地（今陕西三原县东）太守毛雍据守赵氏坞叛变，接着就是镇守李闰（今陕西大荔县北）的姚宣（姚兴的儿子）看到中央空虚，准备南下占领长安，可惜被后秦的东平公姚绍很快平定。

四月，秦国襄武侯乞伏昙达等袭击后秦国秦州刺史姚艾，并把他打败，把当地的五千多户居民给掳走。

六月，氐王杨盛攻占了后秦的祁山（今甘肃西和县北），并进而向秦州逼近，不久后杨盛就在竹岭（今甘肃天水市西南）杀掉了后秦的大将姚嵩。

同月，夏王赫连勃勃接连攻克上邽（今甘肃天水市）、安定，又在阴密（今甘肃灵台县西南）大败秦军，随后推进至镇西将军姚谌据守的雍城（今陕西凤翔）。（《资治通鉴·一一七卷》）

北地发生的这些动乱显然是对刘裕的北伐有利的。当然这其中刘裕出了多少力我们不得而知，或许出了力，或许他没有出力，但由此可见，姚兴一死，后秦四周的各个国家都开始蠢蠢欲动了。虽然后秦有一个定海神针东平公姚绍，他接连打败了杨盛与赫连勃勃，使得后秦的政局在姚兴死后暂时稳住了阵脚，外乱平息了，可是国内那些反对姚泓登位的兄弟们可不会放过这么好的机会。当然，最为重要的是，刘裕在国内的准备工作此时已经完成得差不多了，后秦周围的邻国虽然没有打败后秦，可是战争总是要消耗国力的，所以刘裕终于要开始北伐大业了。

此前，刘裕西征胜利回到建康城后，就一直在为自己将来出征后的国内安定做着准备。416年正月，朝廷加封太尉刘裕为兖州刺史，都督南秦州，至此，刘裕总共都督了天下二十二州之地。而且这时候刘裕也开始培养自己的长子豫章郡公世子刘义符了，此次他就趁机任命他为豫州刺史。刘义符此时才十岁，他一个小屁孩能知道什么？这当然是刘裕为了提高刘义符的威信，日后接替他的位子在做准备。

刘裕虽然有大功于朝廷，北府旧将人人都信服于他，就连朝廷的其他大臣对于刘裕那也是相当顺服，不乖顺的都被刘裕给剿灭了，可是刘裕的年纪已经不小了，他要为自己的儿子刘义符做打算，这次刘裕北伐就趁机让他担任了中军将军，监太尉府留事，成了东晋朝廷名义上的最高领导人，以提高他的威望。

而且刘裕心中早已不甘心只做晋室的臣子，儿子如果威信太低，将来刘裕去世后他也管不住那些骄兵悍将。所以刘裕就是要让那些大臣习惯于刘义符坐在他们的上头处理政事，即便是刘义符什么也不做，只是像一个木偶一样坐上前台，时间一长，那些大臣们对于刘义符坐在他们上头也会习惯成自然。这也是刘裕为了将来代晋做的准备。就像是当年司马家的老祖宗司马懿出征时，都会让他的儿子司马师掌握京中的大权一样，而朝中的大臣们也都习惯于听从司马师的命令。

姚兴死后，朝廷又加封刘裕为中外大都督。此时，刘裕已经开始动员军队严加戒备，准备讨伐后秦。刘义符虽然当了东晋朝廷的最高领导人，可是他一个小孩子能做些什么，因此刘裕找了刘穆之来辅佐他。

前不久，朝廷的尚书左仆射谢裕病死，身为右仆射的刘穆之就顺理成章地接替他的位子成为左仆射，而刘穆之只花了十二年的时间就从一个落魄的文人混成了东晋朝廷的实际宰相，成为当今皇帝与刘裕之下的第三人，这也算得上是平步青云了。他算是建义诸人之中升得快的，前些年他主要是做刘裕的主簿与幕僚，诸葛长民一死，刘裕就让他走上前台了，此次刘穆之被任命为左仆射，领监军、中军二府军司，居住于太尉府办公地点——东府，总摄朝廷内外一切事务。

说实话，这个刘穆之在内政方面的确是一个了不起的人才。以前刘裕在外行军打仗，朝廷里的军需粮草都是由刘穆之负责，这次刘裕要北伐，刘穆之除了要处理朝廷的一大摊子事外，这十多万大军的后勤辎重也是由他负责。按史书的记载，他在处理事情的时候当机立断，处理问题快如流水，什么事情都不会堆积迟滞的，而且他管的事一多，这下面的官儿有什么不好决断的也要找他来解决，顺便手下还要带一大摞的资料，因此刘穆之的办公室里是非常杂乱的，但是他却能够一边用眼睛看着文件内容，同时手里还写着答复的信件，而且耳朵还能听清属下的汇报，嘴里顺口就会给出答复。

这种一心四用的本领恐怕就是传说中“鞠躬尽瘁”的诸葛武侯也没有吧？当年的诸葛武侯就是因为什么事都要大包大揽，亲自处理，所以才会心力交瘁以致早死，别人看了刘穆之的状态就跟刘裕说，“人的生命是有限的，像左仆射大人这种情况，您要为他考虑一下啊。”刘裕考虑一下，认为的确是有道理，因此他又为刘穆之配备了一套辅助班子，太尉左司马徐羡之就成为刘穆之的副手，左将军朱龄石守卫宫廷及国家办事机构，徐州刺史刘怀慎守卫京师，命扬州别驾从事史张裕处理扬州的一切事务，这样，朝廷的一切政务，皇宫、建康，乃至于整个扬州都处于刘裕的心腹控制之下。

朝廷中的大臣们对刘裕的动作那是视若无睹，不过晋朝的世家大族大多数是打酱油的，除非是有人想篡位，他们才会出来活动一下。而此时的刘裕明显是为了出征做准备，所以他们无力反抗，也就干脆装做眼不见心不烦。可就在这个时候，琅玡王司马德文突然给朝廷上了一封奏折，说是他要回老家给祖宗扫墓（晋朝原来的祖坟在洛阳），所以他要跟着北伐大军去往北方。朝中的明眼人一看就知道这是刘裕的意思，皇室有那么多的宗室，为什么偏偏是他？

司马德文，他是现在东晋安帝司马德宗的亲弟弟，至于司马德宗，史上记载他是一个连话也说不清楚，头脑愚笨之人，甚至就连冷暖都不知道，比起西晋的另一个白痴皇帝晋惠帝的“何不食肉糜”那是半斤和八两的关系，不相上下。因此司马德文从小就进宫侍候他这个白痴哥哥，就连桓玄篡位时，这两兄弟也是在一起受难的。

这个司马德文倒也是一个灵醒的人，他知道现在皇室积弱，外面又有权臣做主，因此他做人行事非常低调，手中也没有掌握什么实权，不像司马休之人虽然老实，可是手中的实权却很大，被刘裕所忌却又不想交出手中的权力，导致现在流亡国外。

司马德文身为安帝的亲弟弟，他身上虽然没有什么实权，可是身上的官儿却不少，比如开府仪同三司、司徒、大司马、卫将军、录尚书六条事，这一大摞的官帽子虽然没有实权，可是位份确实很高，司马休之远走国外，司马德宗就成皇室在朝中的代言人，这个事情也不是他说不想做便不做的问题，而是形势已经如此。司马德文这样一个绝好的傀儡人选要是被刘裕的政敌给拉拢或是控制了，然后在刘裕北伐的过程中做点小动作导致他北伐失败或是干脆夺了建康城的大权，这种事的成功几率虽然很小，可是刘裕也不得不防。

另外，刘裕要把司马德文带在身边恐怕还有另外一层考虑。当时东晋十六国时期非常盛行谶语，不管达官贵人还是平头百姓都喜欢相信这个玩意儿，其实这个东西初时出现都是为了政治人物服务的，比如那句“代汉者，当涂高也”。袁术以为他是涂高，他应该当皇帝，于是他就死了，但从另一方面来说，如果没有当权者的允许，下面怎么会出现这种明显带有谋反之意的谶语。

再比如在晋朝流传十分广泛的那句“牛继马后”，说的就是东晋开创者元帝司马睿不是司马家的子孙，而是一个牛姓人物的后代。而这句话最初盛行是在北方，当时统一北方的政权是前燕慕容氏，这句谶语流传出去后明显就是为了打击东晋朝廷的华夏正统性。无论北方的政权如何交替，这句话都一直流传下来，就是因为它对北方的胡人政权有利，他们极力想要诋毁东晋朝廷在北方汉人眼中的正朔形象，就是为了维持他们的统治。

不久前，北方又流传出一句谶语“司马氏当复河洛”，这句话很好理解，就是说南边的晋朝要收复北方的黄河以北以及洛阳之地，可是现在这个地方却在后秦的统治之下，为了这句话，当初司马休之投靠后秦时，差点就被人给软禁起来了。谶语这种东西，不信它的人肯定有，可是信它的人会更多，就是因为当时的百姓大多读书不多，民智未开，极易受到这种带着倾向性的谶语蛊惑。再说就是一千多年后宋明清时代，民智也算大开了吧，老百姓对于这种东西还不是趋之若鹜，所以为了迎合这句谶语，刘裕就把司马德文给带上，意思是说，司马氏的人现在要来收复河洛之地了。

二

大军即将出发之前，宁州边区（大概在今天的云南一带）进贡上来一个琥珀瓷枕。刘裕知道后大喜，因为琥珀在中医里有治疗外伤的作用，因此刘裕把这个琥珀瓷枕捣碎了分赐给全军的将士，或许全军将士们手中都分不到多少，更有甚者一些小兵还见不到这个东西，但是刘裕却在将士们心中树立起了他不喜财宝却爱护士卒的美名。

刘裕这次北伐后秦，可不比上次讨伐南燕时的小猫两三只，而是动员了全国的大军差不多共有十多万人吧。（对于这次出征的人数史书也没有确切的记载，不过从刘裕安排的军事行动可以猜出一个大概。）这出征的人数一多，那么要考虑的东西就更多了，比如关系到人吃马嚼的粮草问题，十万人每天的消耗量可是非常惊人的，再比如一个粮草辎重的运输问题。

所以大军出发之前，刘裕都要把这些东西考虑在内，最终经过深思熟虑之后，刘裕决定把大军分成五路，各自安排统兵的大将，四面开花，几路大军分头行进，洛阳就是第一个集合之地，等到这几路大军同时攻到洛阳城下，想必后秦的关东之地应该全都属于晋朝了，然后再集合全部的晋军一举攻下长安城，成就千古伟业。

这第一路大军是前锋主力，由龙骧将军王镇恶、冠军将军檀道济带领步兵从淮河、淝水向许昌、洛阳进发，他们两人算是刘裕现在竭力培养的大将之才了，在王镇恶临出发时，刘穆之对王镇恶言道，“刘公这次把大任交托于你，你可要好好努力啊。”王镇恶当场发誓，“如果我不能攻克关中之地，以后永不过长江。”

第二路大军由新野太守朱超石、宁朔将军胡藩率领，从襄阳向东北前进，越南阳直抵阳城（今河南登封东南）。

第三路大军由振武将军沈田子、建威将军傅弘之率领，出襄阳沿丹水而上，经武关入关中，当然这一路大军是去牵制后秦的关中大军的，但是《宋书·自述》里沈约记载此路大军只有几百人，可是《宋书·傅弘之传》中又写明“弘之率七军沿武关入关中”，这两者之间的记载明显有些不符，七军怎么说也不止几百人吧，恐怕沈约同志有夸大他祖先功劳的意思。

第四路大军由建武将军沈林子和刘裕的族弟彭城内史刘遵考率领，从彭城出发，沿着汴水西上，过石门再入黄河，然后开进洛阳。

第五路大军是由建义老人冀州刺史王仲德率领，他手下的人马中有水师也有陆路大军，而前面的几路大军都要归他指挥，大军从彭城出发，沿泗水入清水、济水，再到巨野泽，而巨野泽与黄河间的人工运河就是当年桓温北伐前燕时开凿的“桓公渎”，只是几十年没有用过了，现在应该淤积不能过船了，所以王仲德的第一个任务就是开通这条人工河，至于刘裕就率领他的本部人马落在后面压阵，这一次的北伐大业他已经不想亲自指挥作战了，更多的是为了朝廷培养后续的将才。

大军明面上有五路人马，其实只有四路是有杀敌任务的，而第三路大军更多的是为了牵制后秦的关中大军。刘裕这样做不仅是为了后勤考虑，更多是为了摆出一副晋军兵锋锐利，声势浩大，后秦即将被各路大军压境的空前盛况，这也算得上是一种心理战吧。

五路大军各自出发后，刘裕就带着他的本部人马去往了彭城。大军出动，粮草辎重除了要在建康城起行外，从建康城到黄河以北这么长的道路，中间需要一个中转站，也就是北伐大军的后沿阵地，而刘裕把这个极为重要的地点选在了彭城。

彭城（今徐州市）自古就是兵家必争之地。秦末汉初，西楚霸王项羽一统天下，分封诸王，他建的都城就在彭城。汉末三国之时，陶谦、曹操、刘备、吕布也是围绕着彭城连番大战，厮杀不休，就连南方的孙权也想要这块宝地，后来还是吕蒙劝他这个地方处于曹操的势力范围之内，如果要抢它，就要与曹操死战，对于现在的东吴不利，他才打消了这个念头。

彭城之所以这么重要，自是与它的地形极为特殊有关。彭城四周环绕多条河流，北面可以从泗水开巨野泽直入黄河，南面又有汴水等河流，再走不远就可以直入长江。这是连通南北地域的一个重要据点，尤其是在南北两方政权对峙的时候，彭城的地理位置就更为重要了，在以江淮为防线的几个防御层次中，长江遮蔽江南，淮南又翼蔽长江，淮北又翼蔽淮南，在淮北地区，其实是以彭城为根基之地，彭城地近北方中原之地，介乎南北之间，水陆交通又非常便利，可战可守。

此次大军出征，有两路人马就是从彭城出发，大军出征的日期是选在八月中旬，就是因为春夏秋交接之时，长江与黄河的水位都会大涨，对粮草辎重与大军的运输与投送都极为有利。

刘裕率领手下的本部人马到了彭城后，此时正好是九月初九重阳节。在古代重阳节也算是一个极为重要的节日了，相对于三月初三的“踏春”，九月初九就被称为“踏秋”，到了重阳节时，一般都是全家人倾巢而出，然后一起登高望远，喝菊花酒，插茱萸。

到了这个时候，刘裕自然也要与手下的士兵共同过好这个节日，而彭城最为有名的地方就是戏马台。彭城曾经作为西楚国的国都，项羽曾在彭城之南的南山上构筑崇台，以观戏马，演武和阅兵等，故名戏马台（在今徐州市中心区户部山冈上）。

现在大军已经出征，刘裕就带着手下的士兵到戏马台一观曾经的霸王风采，遥想当年，霸王项羽带领大楚遗民，以弱胜强，把个强大的秦国打得分崩离析，的确是个盖世英雄。要说在灭秦这一方面的功劳，刘邦是比不上项羽的，只是霸王再英姿盖世，现如今也是黄土一抔，而现在我刘裕却要带着大军征讨北方的胡人，北方的广阔平原任我驰骋，天下也尽在我的脚下。

刘裕在戏马台上大宴群僚，然后学项羽在此阅兵，排兵布阵，以壮军威。唐代诗人储光羲在《登戏马台作》诗中云："天门神武树元勋，九日茱萸飨六军。"写的就是刘裕在重阳节宴群僚于戏马台的情景。恰逢这个高兴的时候，刘裕手下的一帮文人也不甘寂寞，纷纷赋诗作词，以记今日之盛况。传说以后的重阳节有聚会吟诗这个习俗就是从这个时候开始的，还有今日大家吃的重阳糕也是从那一天刘裕分发给大军的干粮演化而来。

就在刘裕与他的手下大宴戏马台之时，他手下的几路大军都纷纷开进后秦的国内，兵锋所指，所向披靡。先说檀道济与王镇恶这一路，这两人是分兵前进，一来是两人自己都有极大的信心应付任何情况，二来是后秦的关东之地的确是兵力微弱。大军一到，后秦将领王苟生便献出漆丘城（今河南商丘东北）向王镇恶投降。不久之后，后秦的徐州刺史姚掌也献出项城（今河南沈丘县一带）向檀道济投降。刘裕这个多方同时进兵、四面开花的计划的确是吓倒了许多后秦将领，大军所过之处，没有丝毫阻挡，后秦河南的大部分土地就沦陷为晋军的占领区。

当然，后秦立国几十年，它的下面还是有忠心的臣子的，比如新蔡（今河南新蔡）太守董遵，只可惜他手上的人马本就不多，再遇上了檀道济与王镇恶这两个都称得上名将的大将，那就是天壤之别了，新蔡城很快就被攻破，而董遵也被晋军给擒获了，檀道济出于杀鸡儆猴的心思，就一刀把他给杀了。要是以后晋军所过之处，后秦各地纷纷抵抗，他们就是不怕，也会烦不胜烦，大军的前进就会多耽搁许多时日。

随后，乘着晋军大胜之机，檀道济迅速把人马推进到许昌（当年曹操挟天子以令诸侯的地方），许昌这时候在后秦也算是一方重镇了，只是现在的檀道济势不可挡，一战之下，轻易就俘获了后秦的颍川太守姚垣和大将杨业。

就在檀道济这一路进展顺利时，沿汴水西进的沈林子、刘遵考这一部人马比起他们两人来也是不遑多让。他们两个入了后秦领土不久，襄邑（今河南睢县）土豪董神虎聚集一千多人马投靠晋军。刘裕知道后便任命了这第一个投降晋军的秦人为参军，接着沈林子便以董神虎担任向导，然后两军合为一处攻克仓垣（今河南开封北）。后秦的兖州刺史韦华也投降于晋军，只是这时候董神虎也不知道犯了什么傻，居然私自带兵回了家乡，他以为这军营是想入就入，想退就退的吗？沈林子二话不说，马上派人把他给杀了。

在沈林子这一部的更北边，仲德所率的晋军水师先打通了从巨野泽进入黄河的通道，然后溯流而上，前方便是黄河边上的北魏重镇滑台（今河南滑县，地处黄河南岸）。

滑台，这个地方对北魏来说，就相当于彭城对东晋的重要性，而滑台是北魏在黄河以南唯一的军事重镇。北魏有了滑台这个军事重镇，完全可以对晋军的行动做出各种灵活的反应，比如晋军一旦有进逼北魏的迹象，北魏有这个黄河以南的钉子完全可以在滑台这里威胁晋军的粮道。晋朝北伐大军多达十万人之众，虽然不是都从滑台这里过，可是大部分也要经过这里，一旦大军的粮道不稳，那么北伐大军的前景肯定不会太好。更有甚者，要是北魏看晋军不爽，完全可以派兵从滑台杀向北伐大军的后面，或者是从这里杀向晋朝的本土。刘裕坐镇彭城也未尝没有这方面的考虑，所以滑台对于晋军来说，那是一定要拔除的。

三

可是晋朝现在对北魏的政策那是尽量不要让它插手到己方与后秦的战争中来，说白了就是让北魏作壁上观，可是北魏与后秦是姻亲，现在滑台也是晋军不得不拿下的一块重要据点，打是要打，但是怎么打也要讲究一个策略，可是又不能让北魏因此就恼羞成怒了，所以大军一到滑台城下，王仲德就在考虑怎么打了。

本来嘛这晋军怎么讲都是要打一仗的，不管是打输还是打赢，仗肯定要打，只是这硬骨头不好啃罢了。可是老天爷今天突然开了眼，或者是它看王仲德这老好人这些年过得不容易，就把一大大的馅饼丢给他。

滑台此时的守将是后秦的兖州刺史尉建，这个家伙官做得很大，可是胆子却很小，一看到滑台城下大军将要攻城，这胆儿都要吓破了。可是他也知道临阵投敌是要被砍头的，因此他又想了一个办法，把城中全部的北魏官民都带出城去，主要是鲜卑族的那些人，其余的一些普通老百姓就留在了城内。

如果有人问这是为什么，尉建这家伙也好回答，敌军势大，我军不敌，再说我是为了咱们鲜卑族的儿郎考虑啊！你看，这人是一个都没少，至于城池嘛，是死的，它怎么也比不上咱们这些儿郎们的命重要吧。

其实王仲德是眼看着尉建那家伙带着大批军民出城的。他初时看到北魏的将领弃城而逃了，心里还很惊讶，怎么说这北魏国力都不弱啊，怎么这个守城的大将却跑了？不过尉建那家伙跑了，对于王仲德来说这是最好的结果，他马上便下令大军入城。但是北魏在这里吃了一个闷亏，想必有些人是不会高兴的，为了让那些人面子上过得去，王仲德便又朝外面放了一个消息，“我们大晋朝本来是想用七万布绢的代价向贵国借道，只是你们的将军却自己行动了，看来贵我两国邦交关系越来越好了。”

北魏此时的皇帝是拓跋嗣，他虽然不像他老子拓跋珪那样雄才大略，开疆拓土，能够建立一块大大的基业留给后代子孙，可怎么说也算得上是一个守成之君了。再说此时的北魏国力强盛，在与外邦的交战中还没有怎么输过，在北方打得柔然几年没有南下了，前些年的柴壁之战又打得后秦一败涂地，前不久相州刺史叔孙建又把北魏国内的内乱给平息了，周围的那些小国自然就更不敢捋它的虎须了，因此拓跋嗣听说尉建不战而逃的“光荣”事迹后，当场就摔坏了正在喝酒的杯子，同时任命叔孙建、大将公孙表带兵前往滑台询问此事，缘何晋朝无故攻击邻国？

叔孙建这个人带兵打仗很有一套，在北魏也算得上一员名将了。他和公孙表带着大军从河内（今河南之河北道大部分地方，黄河以北）星夜赶往滑台，把大军一字排开，摆在滑台城下，他也不找城头上的人说话，只是把那个心里打着小算盘的尉建大人在城头晋军与城下魏军的眼皮底下，当场枭首示众，然后就把这尸首分离的尉建给投入了滚滚黄河的浊流之中，要说这其实也没有什么，就是一个下马威而已。

杀了人之后，叔孙建才派人向城头上的人问话，问晋军为何无故攻击友邦的国土。大军压城，这王仲德自然也在城头上，可是北魏的下马威一出，王仲德这老实人也有火了，想威胁我吗？他也不亲自出面，只是派了手下的参军竺和之回道，“太尉公派我们大人前来讨伐后秦，是为了去清扫晋室的祖宗陵墓，我们与贵国是友好邻邦，自然不会无故攻击贵国，是贵国的那位刺史大人自己弃城而逃，我们才“借”了这一座空城来歇息，而且我们马上就要西入洛阳了，对晋、魏之间的和睦关系并不妨碍，反倒是你们有必要这样高扬战旗，紧擂战鼓向我们示威吗？”

其实这答案是显而易见的，晋军占了这座城，肯定不会轻易退让出去，但是临出发时，拓跋嗣又没有跟叔孙建两人交代过一定要打，这一旦打起来可就不是小事了。叔孙建只好把这个消息传递给拓跋嗣，拓跋嗣其实也没真的准备打这一仗，所以他又派了叔孙建跑去彭城问刘裕。

刘裕是什么人啦？经过这些年的政治磨砺，他早就是官场上的老油条了，这个场面话那是说得极为顺溜，他首先向北魏方面道了歉，接着才说明原因，“洛阳原来是我们晋室的旧都，可是却被羌人给占了，洛阳我们是一定要打的，洛阳城外的祖宗坟墓上说不定早就野草成堆了，都是我们后辈子孙不孝啊，所以我们这次是去给祖宗修坟的，再说那些羌人专门收留我们晋国之内的蠹虫和叛逆，比如原先的桓氏诸人，现在的司马休之父子、鲁宗之父子等人，这次我们的讨伐行动是光明正大的，只不过在这中间我们要向贵国借一条道罢了，等我们用完了就会还给你们。”

刘裕的这些个话算是给北魏方面一个交代，先是示弱以对，接着又摆出大义的名分，证明自己的行动是合理的，然后又说把滑台用完了会还给北魏方面。叔孙建听了这番话，他也没什么好办法，难道真要说你不还我们就开打，可是刘裕已经说得很清楚了，如果滑台不能“借”，他还是要打的。可是如果真要打，那么叔孙建也不会在这里了，而是统领大军去攻打滑台城了。

总而言之，等叔孙建拜访了刘裕之后，北魏那一方也就再没有什么过激的举动，甚至把大军主动撤到黄河以北。当然，北魏虽然承认了这个既定事实，对于晋朝的北伐大军他们还是心怀戒心的，因此又派了大将于黄河北岸构筑堡垒，防备东晋的侵扰。

只是刘裕借了滑台之后，真的还了吗？从历史可以知道，北魏后来又大败于刘裕的却月阵之下，终其一生，滑台始终在东晋和刘宋的统治之下，这也算是典型的刘皇叔借荆州——有借无还了。

北伐大军的进展一直很顺利，由朱超石率领的第二路大军现在已经连续攻破阳城、荥阳两地，然后又进兵到了成皋（今河南郑州上街区西北，也是虎牢关所在之地），虎牢关之后，就是洛阳大城了。

面临东晋几路大军即将会合的局面，洛阳城内的最高领导人姚洸，也就只有八百里加急把这个不利的消息送给长安城中的后秦末主姚泓，姚泓知道之后大吃一惊。其实当时后秦的文武大臣就在举行御前军事会议，早前关东各地失利的消息传到长安城中时，这后秦的文武大臣就进行争论，到底该怎么防御东晋的进攻，一直讨论到现在洛阳被围还没有得出一个结论。

现在后秦方面的军方第一人乃是东平公姚绍，也是现在的后秦之主姚泓的叔公。当初王镇恶与檀道济率领的大军一过许昌，他便向姚泓提了一个建议，在后秦的西北有一座军事重镇专门用来抵御夏国的进攻，那就是安定郡（今甘肃泾川县一带）。这座军事重镇孤悬于后秦国外，如果夏国来攻，那么后秦国很难做及时防护，倒不如把安定郡内的百姓军户全部迁往关中。安定郡中的百姓大多尚武，只要他们到了关中，那么关中又会多了十万大军，就算是弃了安定郡，只要关中之地还在，那么后秦的根基就不会垮。

可是姚绍的提议遭到了后秦尚书左仆射梁喜的反对，“现在镇守安定的齐公姚恢（姚泓的堂兄弟）很得当地百姓的支持，而且夏国残暴，每次进攻都给安定的百姓带来很多伤亡，当地的百姓都恨不得吃了夏国大军的肉，所以每次夏国进攻他们都会死守城池，只要有安定郡在，那么夏国大军就不会攻破安定的防御，如果放弃安定郡，那和自断一臂有什么区别？”

姚绍作为军方的大员，他行事自是以最小的代价来取得最大胜利。而梁喜作为当朝宰执，他要考虑的就更多了，比如人心、军心、臣心。就以我们现代人的观点来看，如果大敌当前，敌军没有到来就把边疆的军事重镇给丢了，肯定会遗祸不小，就比如明朝末年，关外的城池就是一个个直接被明军给放弃了。这样的举动对于国内的民心和士气极为不利，不过当时明朝还有长城，可是此时后秦有长城吗？

现在洛阳即将被围，军情紧急，姚泓考虑良久，还是选择采纳梁喜的意见，不撤销安定郡的防御，然后又派了越骑校尉阎生和武卫将军姚益男率领骑兵三千、步兵一万，赶往洛阳去救急。要知道此时的关中已经没有多少兵马可以浪费了，这还是姚泓好容易从牙缝挤出来的一些人马，接着他又派了亲弟弟并州牧姚懿出兵陕津（今山西运城市南，与河南陕县隔黄河相望），为阎、姚两人做声援。

可是此时后秦的吏部侍郎懿横觉得这个姚恢是一个很不安分的人，他就悄悄向皇帝姚泓进言，“陛下，当初在姚弼叛乱时，齐公姚恢是为陛下立了大功的，本来他身为皇室宗亲为朝廷立了大功也是应当的，只是陛下从来没有奖赏他也就算了，反而把他调到边远之地，他会认为是陛下遗弃了他，又把他丢在安定这么一个兵荒马乱的地方，他要是起了什么不好的心思，那对于朝廷来说可就其祸不小了。陛下应该把他调入朝中抚慰其心，顺便加以管束。”

其实对于姚恢的某些动作姚泓心里自然是一清二楚的，所以他也有些无奈地答道，“他要是真有叛逆的心思，朕要是把他调入中枢，那不是自找麻烦吗？”

从姚泓的这一句话就已经可以看出，他当时对于各地的边镇已经不能再控制由心了，对于一个国家来说，对于一个皇帝来说，这都是极其危险的，更何况现在大敌当前，中央与地方都不能一条心，那就更可怕了。要知道当年的蒋光头也曾说过“攘外必先安内”，可是面对日本的大军进逼，中国的两派人士还不是合作了吗？敌对之间也是可以合作的，这也是衡量一个政治人物到底成不成熟的标准，可是现在姚泓和姚恢之间不仅没有一条心，反而互相提防，这后面的结果也就可想而知了。

四

再说此时的洛阳城内，洛阳留守、后秦征南将军、爵封陈留公的姚洸把加急件送往长安之后，也马上召集手下的众将一起议事，他也不能光靠长安的援军啊，要是援军没来，敌军却先来了，他也只能投降了。

此时姚洸的帐下有一名老将，名叫赵玄，曾为后秦的创立立下不少汗马功劳，现在官居宁朔将军，他就向姚洸建议，“现在晋朝的军队已经入侵到我后秦境内很远了，关东各地纷纷失地，各地的百姓肯定也是人心慌乱，没有斗志，而且晋军的人多，我们的人少，所以我们不应该出城和他们进行野战，一旦战争失利，那我们可就真的一败涂地了，如今之计，最好的办法就是收缩防线，把洛阳城外所有重要据点的人马全都撤回城内，然后全军固守于金墉坚城，等待朝廷的援军，只要金墉城不破，那么晋朝的军队一定不敢越过洛阳这条线再去攻打潼关，所以只要我们以逸待劳，静等时机，然后伺机而动，才有取胜的机会。”

金墉城，始建于曹魏明帝时代，是当时洛阳城（今河南洛阳市东）西北角上的一个小城。说起来这个小城被建的初衷是作为一个军事堡垒的，可是它却没有发挥它应有的作用，反而在政治斗争中发挥了重要的作用。

据历史记载，魏晋时政争失利的帝王，后都被打入金墉城，然后才是被废或是赐死，这其中关过史上有名的白痴皇帝晋惠帝与他的皇后贾南风，还有八王之乱中篡位的赵王司马伦，甚至于传奇皇后羊献容。羊献容是白痴皇帝的第二任皇后，后来又做了前赵末帝刘曜的皇后，她为惠帝皇后时被废了又立，再而又被废达四次之多，出出入入就跟家门口一样，熟悉得不得了。

作为关押重要人物的监狱，这金墉城的防御自然是极为惊人的。按如今的考古资料来看，这个金墉城南北长约310米，东西宽约240米，至于厚度达到了惊人的10米之外，这简直就是一个石头小碉堡，人如果藏在里面，把城门一关，外面的人进不来，这里面的人也出不去。如果姚洸真的听了赵玄的建议，那么以后就只能像缩头乌龟一样憋在里面，坐等长安的援军。如果长安的援军没有到达，或是中途出了什么意外，那么金墉城中的人都会被晋军包了饺子。

姚洸手下有一个司马叫姚禹，不过他应该和姚氏宗亲没什么关系，因为此时的他早已和即将攻城的檀道济等人联络好了，要里应外合，把洛阳城一举攻下。要是姚洸真的听了赵玄的主意，那么晋军一时半会儿之间还真拿金墉城里的秦军没有办法，他怎么容忍此事发生？

因此，他马上向姚洸谏言，“殿下当初之所以能出任洛阳留守，那都是以往您的英明神武和睿智果决让朝中的大人们信赖于您，可是现在敌军即将围城，您不但不积极出击，反而龟缩于小城之内，将来朝廷中的人知道了之后，对您的威信可是大大有损啊。”姚禹手下的主簿阎恢、杨虔都是他的党羽，自然跟着他一起向姚洸进言。

姚洸自己就是一个没主见的人，你让他分辨出哪一个的意见更恰当一些，他确实是分辨不出来，不过按赵玄的办法，他就要搬到那个“大牢”里去办公，这个是他不能忍受的，更何况把自己的命交给别人也不符合他姚洸的做人宗旨啊。所以姚洸马上下令，分兵出击，一定要守好进入洛阳的各道关卡。赵玄作为老将，姚洸对于他打仗的本事自然是信服的，于是派他率领一千人镇守柏谷坞（今河南偃师市洛河南岸），抵挡晋军的主力，然后又派广武将军石无讳戍卫东面的巩城（今河南巩义市西南）。

这个赵玄倒也算得上是一个忠臣，他临走之前还哭道，“我赵玄深受姚氏三代陛下之大恩，自认一向都是忠君报国，现在也就只差马革裹尸了，我死不要紧，就怕您不听忠言，被小人所误，日后后悔莫及。”

此时东晋大军所过之处，纷纷投降，前不久虎牢关没有发挥它天下雄关的威名，反而随着后秦的兖州刺史韦华一起向晋军投降，被任命为巩城守将的石无讳才走到石关（今河南偃师市西），听说东晋大军已经来了，马上便逃往洛阳，巩城不战而下，迎面的便是柏谷坞了。

此时王镇恶这一部的前锋是由龙骧司马毛德祖所率领。要说这个毛将军将来也算是一个名将了，北伐大业他也立了不少功勋，后来更是担任虎牢关的守将。刘裕死后，北魏南征，一路畅通无阻，可是在他驻守的虎牢关之下却吃了很多败仗，但是寡不敌众，最后城破被擒，宁死不屈，以他的贞烈之名，却不知史书为什么没有对他详细记载。

毛德祖赶到了柏谷坞之后，与赵玄率领的一千多人大战，不过不能称之为大战了，因为两方的人数相差实在不成比例，赵玄身中十几刀之后还坚持重伤不下火线，最后终于战死，也成全了他以身效忠的誓言。而洛阳城外的防御此时全都被晋军一一攻破，东晋的北伐大军终于到达了第一个战略目的地——洛阳城。

二十日，东晋大军围城，城内的姚洸经过两天的思考终于决定无条件投降，同时跟随他投降的还有后秦四千名降卒，当时有人便建议檀道济把这些降将全都杀了，然后挖一个大坑埋了，往上面洒一点细土，堆成一个小山丘的样子，这个山丘在古代有一个名字就叫“京观”。檀道济却当场反对，“我们乃是吊民伐罪的仁义之师，正要安抚百姓，收拢人心，怎么能行如此不义之事呢？”因此他马上下令释放降兵，遣送回各自的老家，从此之后这洛阳周边之地的胡人和汉人都纷纷前来归附，人心也就安定下来。

至于姚洸所派的援军，阎生、姚益男两人还没有赶到，就听说洛阳已经沦陷，他们两人也不敢继续前进，只得停在当地，等候长安的进一步指令。公元399年，后秦姚兴趁着东晋孙恩之乱，攻下洛阳城后，距今已经十七年，十七年之后洛阳再次回到东晋的统治之下。

洛阳被收复之后，这第一件事就是向坐镇彭城的刘裕报信，报喜信。刘裕得知洛阳光复以后，当时就高兴得从席上直立而起，多少年了，朝廷一直想着的北伐之事居然要在我刘裕手上实现了。洛阳既然已经攻下，那么长安还远吗？那些世家贵族只知道风花雪月，就是出了个桓温还败仗而回，而司马氏皇族就更不要说了，百年前受辱于胡人之手，长安也已经有百年没有回到晋朝的统治之中了，而现在，千古伟业，即将被我刘裕完成。

刘裕此时也有点志得意满，心下一高兴，手下人又多说了两句奉承话，就有点找不到东南西北了。他马上叫来手下的一个属官，乃是他的左长史，叫王弘。这个王弘也不是一个普通人，他乃是琅玡王氏的嫡系子弟，出身于王氏这个顶级大豪门，因为以前王谧的关系，王氏与刘裕的关系一向都很好。

刘裕叫来了王弘之后，第一句话就把王弘给吓了一跳，“王弘啊，现在洛阳已经被攻下，本公觉得这功劳应该很大了吧，现在本公就交给你一个任务，你现在就回建康，然后替本公向朝廷申请九锡之礼。”

啥？九锡？当年的桓温就是想要朝廷赐予他九锡之礼而不可得，怎么这个刘老板现在也不想做总经理了，而是想当董事长？不过刘老板发了话，他身为属下加上他们王家同刘裕的关系也不错，他也不会明言反对，马上就返回了建康城。

王弘回到建康城找的第一个就是如今的建康城总负责人，东晋尚书左仆射刘穆之。刘穆之接过王弘递来的那封奏折拆开一看马上吓了一跳，脸色忽红忽白，心里也不知道在想什么，接着他就惨白着脸对王弘说，“老夫身略感不适，这封奏折你还是自己呈上朝廷吧。”说完刘穆之就有些踉踉跄跄地回到后面去了。

王弘这时也瞧出了刘穆之有些不对劲，怎么这个仆射大人不像是很高兴的样子？以他老人家在太尉公心中的地位，只要太尉公高升一步，他也会跟着水涨船高啊。

其实刘穆之不比刘裕，刘穆之虽然也是出身贫寒，可是他却是从小熟读诗书，受儒家忠君爱国的思想影响，对于东晋朝廷那是很忠心的。当初刘裕举义旗的时候，内有军阀、权臣，叛乱分子相继为祸，刘穆之辅佐刘裕也是想要匡复晋室，推翻桓玄。

可是刘裕呢？他可是正经的泥腿子加赌徒出身，他从小也没有念过书，就算是他现在掌了权，已经开始学着认字了，可是他那一手毛笔字就跟鸡爪爬似的，刘穆之就让他把字往大了写，一页纸上往往只能写几个字，一道回复的命令就要写十多页的纸张。刘裕的这种行为肯定会为当时的潮流所鄙视，可是刘裕他不在乎，他只在乎手中的兵权，只要他手中有了兵，他就什么也不怕。

前文就说过，刘裕对于刘穆之那是无条件信任，什么事情都要请示过他之后才会正式下命令，可是这一次刘裕从彭城发过来申请九锡的奏折，却没有跟刘穆之说过。九锡是何等重大之事，刘穆之居然在事前都不知情，他心里难免会想，难道太尉已经不相信我了？再加上刘裕的野心暴露之后，刘穆之也感觉到刘裕和自己将来会渐行渐远，以刘裕如今的权势，他想代晋自立也不是什么难事，对于自己辅佐了一个会篡晋的主公他心里那是又惭愧又害怕，所以当时刘穆之就感觉浑身不对劲，第二天就病了，病得很重。

五

其实现在的刘穆之和当年一心辅佐曹操的荀彧有点像。当年荀彧也是一心辅佐曹操建立伟业，可是后来曹操露出想篡位的野心之后，他反对曹操称魏公被曹操所忌，就被调离了权力中枢，后来他在寿春忧虑而死。当然史上也有一说那就是荀彧是受到曹操的暗示，自己服毒自尽。荀彧的前车之鉴不远，刘穆之怎么会不害怕呢？

不过这里有一个问题，那就是当年刘穆之劝刘裕入京辅政时，他说的那个“天命将移”确实有教唆刘裕造反的嫌疑，所以现在也有人认为刘穆之就是刘裕的铁杆心腹，他没有忠心晋朝的意愿，只是因为刘裕决定向朝廷讨要九锡的时候没有同他商议，刘穆之纯粹就是给吓的，因此事实的真相——刘穆之到底是忠于晋朝还是忠于刘裕，现在依然是模糊不清。

刘穆之虽然病了，可是这折子还是送往了尚书台呈上朝廷商议，此时的司马氏可以说是要兵没兵，要将没将，就连建康城与皇宫的防务都是刘裕手下的大将在管着。要说威望吗，此时刘裕的手下攻下洛阳城，他的威望正如日中天，司马氏还真不能和刘裕相比。

所以别说是要九锡，就是刘裕要篡位，司马氏也没有办法，只能无条件答应，他们也只能寄望于刘裕没有篡位之心，毕竟当年曹操虽然受了九锡，可他自己却没有代汉自立，后来是他的儿子曹丕篡了汉朝的，可是现在刘裕的儿子还小，将来的事将来再说。朝中的人也只能这样自我安慰。

416年十二月，安帝下诏任命刘裕为相国、总百官、扬州牧，加封为食邑十郡的宋公，备办九锡的礼仪，尊位在各诸侯王之上，并且像原来那样兼任征西将军，司、豫、北徐、雍四州刺史。不过诏旨下达之后，或许是那时的刘裕突然又清醒了过来，拒绝了朝廷赐封的九锡之礼，这件事也就不了了之，但是刘裕与刘穆之之间，与朝廷之间，从此就横了一道深深的沟壑。

刘裕被封为宋公，这下子天下所有人都知道刘裕才是东晋朝廷的一把手，将来代晋自立也不是什么不可能的事。西秦王乞伏炽磐派遣使节前来拜见太尉刘裕，请求进攻后秦，主动为刘裕效力，刘裕大喜，拜西秦王为平西将军、河南公。

有一句话叫做墙倒众人推，现在后秦这棵大树还没有倒，有人倒是迫不及待地跳出来要推它一把了，此人就是前文所说的后秦现任并州刺史姚懿，也就是现在后秦国主姚泓的亲弟弟。

洛阳失陷，这个消息对于后秦国内来说不亚于一场十二级的超级大地震，人人都感到前景不是很妙，可是对于姚懿来说，这个消息不仅与他没有什么关系，反而对他大大有利，因为老大坐上皇帝的位子才没有半年，现在外敌入侵，后秦失去了关东的大片领土，实在是丧师辱国，他是不是不配再当后秦的皇帝了？

上司既然有了想法，那么手下的人是不是应该替他分忧了？恰好姚懿手下有一个司马叫孙畅，他就给自己的主子献计，“殿下，不如您先分一些粮食发放给河北之地的胡族与汉族，以此树立您的威望与恩德，收买民心，乘着威望大增的时候就兵发长安，先杀了那个拦路虎姚绍，然后废了国主姚泓，您就可以自立为帝了。”

说实话，这个计策实在不怎么高明，倒不是说收买人心不对，而是他行事的时机不对。现在河北之地没有闹饥荒，姚懿就把官府的粮食发了下去，下面的民众对于这些意外之财即便是喜欢，恐怕也不会感激到跟着他造反的地步吧？所以姚懿手下的左常侍张敞、侍郎左雅都劝阻他，“殿下您以当今陛下亲弟的身份镇守一方，现在国家正在危难之际，您的得失与荣辱是与陛下连在一起的啊。现在不仅南方吴地的敌人前来攻打我国，已经占了我四州之地，西北方的强盗也在不断骚扰我们的边境，秦凉二州现在是连连战败，我们国家的处境已是危如累卵，粮食是国家政权稳定的基础，殿下无缘无故地把它散发掉，这是空损耗国家的储备，将来万一有事又怎么办？”

要知道忠臣自古都是没有什么好下场的，尤其是当一个快要亡国的国家的忠臣，那他的生命就更没有保障了，这两位没有死在敌人的手下，只因他们说的话不合姚懿的心意，就被姚懿命人活活打死了。

俗话说得好，世上就没有不透风的墙，姚懿密谋要推翻他哥哥姚泓的皇帝宝座，行事又是大张旗鼓的，没多久就被长安的姚泓知道了，于是他赶紧找来后秦的定海神针东平公姚绍，也就是姚懿视为拦路虎的那位。这个东平公不愧是当世的名将，他一听马上就想出了一个主意，“陛下，以老臣对姚懿的了解，他是不可能想得出这种谋反之事的，一定是他手下的那个孙畅给他出的歪主意，您先下旨把孙畅调入京中，给他来个釜底抽薪，再派抚军将军姚赞据守陕城（今河南陕县），我再去潼关调遣各支军队，如果孙畅接受诏书来京，我便派遣姚懿统领河东的现有部队去抵抗晋军，如果他不接受征召，便可以公布他的罪状，公开讨伐他。”

这个时候姚泓对于他的叔公姚绍倒是十分信赖，马上答应了他的进言，并且还说，叔公之言真乃安定社稷之良方啊。

其实姚懿他自己倒是没有什么非凡的能力，现在朝中的姚泓掌握的资源比他多了许多倍，最重要的是光是名不正言不顺这一个理由就可以让他身败名裂。长安的圣旨一下，姚懿就知道他的如意算盘打不响了，而且长安的军队也正在朝着自己这边进发，尤其是叔公姚绍，他居然也赶来了。虽然姚懿很不喜欢这个人，可是他自己也不得不承认，姜还是老的辣，自己无论什么方面都比不上这个叔公，只要叔公一到，自己肯定会无路可逃，有了先前姚宣被杀的例子，他不觉得自己投降了会有什么好下场。

因此，姚懿把心一横，马上就在蒲阪（今山西永济西，当时是后秦并州的首府）称帝，并向自己管辖的河东各郡县发布文告，同时征兵调粮。姚懿现在就是什么也不想，先称了帝再说，就算是只当一天的皇帝，他也决定干下去。可惜没有理由的谋反从来就不会胜利，当年的朱老四要夺侄儿的皇位，还要说一个“靖难”的名号，姚懿嘛，就只能悲催了。

姚懿原来有一个手下是宁东将军姚成都，他手下也有几千的人马，现在姚懿要谋反了，这位原来的手下马上发兵攻打姚懿的地盘，而姚懿此时也到了众叛亲离的地步，手下人没有几个人是肯支持他篡位的，等东平公姚绍一到，姚懿就成了瓮中之鳖，这一次的谋反事件就快速平定下来，不过对后秦来说，这只是虚惊一场罢了，还有更大的危机在等着它了。

公元417年元旦，也就是新年朝会的时候，姚泓看着满朝的文武大臣突然悲从心中来，号啕大哭。现在的后秦国可以说是内忧外患不断，关东的晋军节节进逼，就在前不久，姚泓又得到一个让他头晕目眩的消息，齐公姚恢造反了。

齐公姚恢原来镇守于安定郡城，阻挡夏国刘勃勃的前进脚步，可是姚恢这时候就趁着新年之际，大火焚烧了安定郡城，让整个安定郡城成了空城，然后带着安定三万八千户百姓从北雍州杀奔长安。姚绍以前的计划这时候得到了实施，只是姚恢此次南下却不是帮助姚泓抵挡晋军，而是打着“清君侧”的名号，自己也想过一把皇帝瘾。

姚恢手下的军队常年同夏国的刘勃勃征战不休，战斗力极为强大，后秦腹地的军队哪是他的对手，他所过之地，后秦国内的太守与将军不是投降就是战败，尽管姚泓不断增发援兵，可是还是阻挡不住姚恢的脚步。

此时姚恢的军队已经打到了离长安不远的扶风郡（今陕西泾阳西北），当时的扶风郡与京兆尹、冯翊郡合称长安的三辅地区，一时长安人心震荡，眼看这姚恢的军队就要打入长安城了，他们能不慌吗？可是此时姚恢犯一个大错误，他没有立即兵发长安城，而是去进攻郿城（今陕西郿县东北），这里也驻扎着朝廷的一路大军，由镇西将军姚谌率领。姚恢怕后方不稳，决定先解决了这个不稳定的因素再说。

可是此时解决了蒲阪城的姚懿之乱后，姚绍率领的大军听闻姚恢正往长安城进发，马上让手下的军队星夜驰回长安，终于在姚恢快要兵临长安城下的时候赶到了。有时候名声这个东西确实有一点作用，对于东平公姚绍的战绩，姚恢那是心知肚明，他也没有把握打赢这个叔公，于是就率领手下的军队驻扎在长安西北郊的灵台，与姚绍的大军相互对峙起来。

你说你一个造反的大将不立即兵发长安，以迅雷不及掩耳之势快速攻下长安城，反而和朝廷的军队玩什么对峙，这不是脑残吗？不久，后秦国内各地的镇守大军纷纷勤王，朝廷的军队那是一天比一天多，而姚恢手下的人马这时也知道情况有些不妙了，自家的大军别说不能打下长安城，恐怕连命也难保哦。这世上缺什么都不缺贪生怕死的人，姚恢的大将齐黄等人主动投降，接着姚绍就以优势大军一举击败了姚恢的军队，姚恢的手下四散而逃，而他本人连同他的三个弟弟全部被杀。果然，造反这么一件高难度、高挑战的事件在进行的过程中稍微出了一点小错就会全军覆没啊。历史教训我们，这种事情你要是没有七窍玲珑心或是以一敌万的绝世武力你就不要想了，免得连累家人。

后秦国内最大的一场叛乱终于消除了，可是这一场内战极大地消耗了后秦的国力，军士死伤严重，又放弃了西北的安定这座坚城，夏国的刘勃勃随时可以攻打后秦，更重要的是此时东晋的北伐大军快要兵临潼关城下了。

六

当初在制定战略计划之时，刘裕对攻打洛阳的几路大军是这么交代的，先攻打洛阳城，等到洛阳城打下来之后，本公就马上起程，然后同你们一起攻向长安。

刘裕这么交代有两个考虑，一个是大军合兵一处后，粮草的运输就是一个极其重大的考验了，他自己要坐镇后方防御北魏方面的动静，再一个就是刘裕自己就是靠战功起家的，他手下要是再出一个攻下长安的大将，声望一拔高，让刘裕怎么处理？所以对于兵权这方面刘裕是看得极为重要的。

417年的春节过后，刘裕就在彭城率领水军西上洛阳，然后留下他的儿子彭城公刘义隆镇守彭城。晋安帝司马德宗还下诏，任命刘义隆为监徐、兖、青、冀四州诸军事，兼徐州刺史。刘义隆此时只有十岁，就担任了一州刺史，有个好爹果然是强大的，不过这个刘义隆也不是太差，后来少帝刘义符为徐羡之等辅政大臣所废，立刘义隆为新帝。这个刘义隆也是一个十分厚黑的主，他上台之后合纵连横之下把刘裕任命的三个辅政大臣全给干翻了，比他大哥刘义符强多了。

本来刘裕的计划还是很好的，檀道济与王镇恶等将领也遵守刘裕的军令，大军攻下洛阳城后，也就没有过大的军事行动，等候刘裕的到来。可是有一句话叫计划赶不上变化快，姚恢之乱后，姚绍把镇守于蒲阪城的大军调了一大部分去往关中平乱，这防守潼关（今陕西省渭南市潼关县北）的大军相对来说就比以前更加薄弱了。王镇恶等人一合计，天赐良机啊。这个好机会要是不抓住，以后太尉公来了也会怪我们的。

于是，洛阳城内的大军经过商议，决定兵分两路，一路由识途老马王镇恶率领，随同的有檀道济、沈田子等人，他们的目标就是兵发潼关、蒲阪城两地；另一路就由朱超石等人保护彭城经由洛阳的粮道，毕竟粮草问题乃是重中之重，更何况北面还有一个前段时间吃了点闷亏的北魏，他们能不防着点吗？

再说这进攻的一路大军也是兵分两路，王镇恶单独一路大军攻向潼关，檀道济与沈林子一部攻向蒲阪城，两面同时开花。开始的时候两军的进展都很顺利，王镇恶一路西进，很快就攻占渑池（今河南省三门峡市西部），接着他派了手下的司马毛德祖袭击后秦弘农太守尹雅据守的蠡吾城（今河南洛宁西北），生擒尹雅，虽然此后尹雅杀了守卫逃跑了，不过这地盘是占下来了。

檀道济与沈田子这一路大军攻下陕城后渡过黄河，继而攻陷襄邑堡（今山西芮城县西北），驻守在这里的后秦河北太守薛帛逃奔河东，北伐大军的目的地直指前面的蒲阪城，而王镇恶的那一部人马则是攻向潼关，两路大军这时候才真正分开。

檀道济与王镇恶一开始可能也没把后秦的那俩小鱼小虾放在眼里，毕竟现在后秦的大部分军队调往关中去了，凭他们两人现在的实力肯定可以一战而下两坚城。可惜想法是诱人的，事实却是打击人的。檀道济率领的大军一路攻到蒲阪城下，马上就发动了攻城战，可是新任的并州刺史尹昭死守城池，也不出战，只是晋军攻城时就极力防守，蒲阪城也是坚城，檀道济那时缺少犀利的攻城器具，一时之间拿它居然没什么办法。

再加上檀道济又派了另一员将领苟卓进攻匈奴堡（今山西临汾一带），可惜也被后秦宁东将军姚成都打败。这进攻蒲阪城的大军一时之间陷入了一个进退两难的局面，攻又攻不下，退那是不可能的。

这时候对晋军来说又一个坏消息从长安那边传过来了，姚恢之乱已经被长安的姚绍平定，后秦之主姚泓马上任命东平公姚绍为太宰、大将军、都督中外诸军事，颁赐帝王专用的黄钺，改封鲁公，同时命他督率武卫将军姚鸾等将领，率步、骑兵共五万人镇守潼关，又遣另一大将姚驴率大军援救蒲阪城。

姚驴的大军行进速度很快，很快就来到了蒲阪城边上，与城中的军队遥相呼应，共同应对晋军的北伐大军，战局由攻转守。沈林子一看这情况有点不妙，马上就向檀道济建议，“蒲阪城本来就是城池坚固之地，现在敌军又发了援兵，不比当初兵少将寡，现在的情况下已经不可能一举攻下蒲阪城了，就算是强攻也只会让我军白白受损，不攻也是浪费时间，现在潼关那一边的王镇恶所部也是人单势孤，不如我们绕开蒲阪城，与潼关那一边的大军会合，然后一起攻打潼关，潼关才是攻占关中之地的咽喉所在，只要攻占了这个地方，蒲阪城的尹昭与姚驴一部到时就会成孤军，我们到时想打想杀，还是任由我们来。”

沈林子的计划立即得到了檀道济的认同，两人立即率军南下黄河，进而逼近潼关，要说如果是刘裕遇到这种情况，一定会率领手下的人马立即赶上檀道济的大军，然后同他们决一死战。可是尹昭不是刘裕，他只要守好蒲阪城就行了。而檀道济也就顺利赶到了潼关附近，此时是公元417年三月。

潼关，位于陕西东部渭河下游、旧潼关县港口镇杨家庄、城北村一带，与崤函古道东口的函谷关遥遥相对，守卫着这条古道要津的西口，历史上因其守望着崤函古道中百余公里的桃林而又称为桃林塞。潼关设于东汉末年，当时的关城建在黄土塬上，隋代南移数里，唐武则天时北迁塬下，形成今日的潼关城旧址。

潼关位于关中平原东部，雄踞秦、晋、豫三省要冲之地，它的地势非常险要，南有秦岭，北有渭水与洛水会合抱黄河天堑而过，东有年头原居高临下，中有禁沟、原望沟、满洛川等横断东西的天然防线，周围山连山，峰连峰，谷深崖绝，山高路狭，中通一条狭窄的羊肠小道，往来仅容一车一马，势成“关门扼九州，飞鸟不能逾”的地形，乃是一处极为厉害的天险，单凭人力一时半会儿是绝难攻下的，再加上潼关扼守着洛阳进出长安的唯一一条道路，自汉末以来，潼关就成了挺进关中或是西出西域的关防要隘。

此时王镇恶的大军还没有到潼关城下，而檀道济的军队因为走黄河水道反而要比他快了一些。刚刚赶来潼关的鲁公姚绍得知檀道济的军队即将进到潼关之地，他立即便下令潼关中的大军出动，想趁着晋军远来疲惫，来个突然袭击。

潼关之中新近增加了五万大军，姚绍当然不可能全部带出来，但是为了打败这支晋军，他也带了大部分的人马排成阵势，向刚刚渡河的檀道济所部逼来。檀道济一看敌军势大，暂时还不能与之相抗衡，那就只能先防守了，尽管后秦军队的攻击很是犀利，可是檀道济就是死守大营不出，以营地对抗姚绍的优势军力。

姚绍一看初战不利，这心里的火马上就来了。此时姚绍身为后秦军方第一人，统领了全国的兵马，要是他连刘裕手下的这一部人马都拿不下，将来又怎么抵挡刘裕的进攻，因此他心下一怒，立即下令强攻。

可惜檀道济的防守那是真叫一个滴水不漏，等到后秦的军队都有些心浮气躁、士气下降时，他突然指挥营地的大军出击。檀道济与沈林子也身先士卒，奋勇杀敌，北府军不愧为天下强军，这结果自然是大破秦军，战后统计战果，后秦在这一战中战死与被俘虏的降卒差不多有几千人之多。姚绍落败之后晋军连连追赶，他也没有回到潼关城内，而是跑到离潼关不远的定城（今陕西华阴县东）据险而守。

潼关之地乃是一处多重防御阵地相联合的险地，后秦军队虽然丢了潼关关城，可是潼关周围还有其他的据点，定城就扼守着潼关西面的禁沟，可以说只要定城没破，这潼关城还是没有彻底落到晋军的手中，万一后秦军队稳定住阵脚，还是可以卷土重来的。

退守定城之后，姚绍召集手下的将官，对他们进行分析，“檀道济他们的兵力不多，而且又是孤军深入我国腹地，所以他只能加强营垒固守，等待后续的援军，他是不敢主动出击的，所以只要我们分兵几路，切断他的粮饷供给之路，要不了多久，就可以坐在这里生擒他。”在场的其余将领也觉得姚绍的话很有道理，纷纷赞同，不久前战败所导致的士气下降也有所回升，军心也稳定下来。

会后，姚绍就命手下的姚鸾出兵阻击晋军的粮道。姚鸾是主将，自然不会轻易出动，他就让前些日逃回来的弘农太守尹雅戴罪立功。可是檀道济他们早有准备，在粮道周边埋伏了很多精兵，尹雅一来又是肉包子打狗，有去无回，第二次做了晋军的俘虏。本来晋军就是要杀了他的，只是这小子嘴巴能说会道的，“我前不久被俘就应当被杀，幸亏运气好才得以逃脱，能活到今天，就是死也心甘情愿，可是汉人和夷人虽然民族不同，但君臣之间的大义却是一样的，晋国既然可以出于大义兴兵遣将来伐我后秦，为什么不让秦国有守节的大臣呢。”他这一番话又打动了在场的晋军之中多位大将，就得以免死。

晋军虽然攻下了潼关城，可是城下还是有着后秦的军队驻扎，就如鲠在喉，不吐不快。檀道济与沈林子一商议，决定拔了这一颗后秦的钉子。三月四日晚上，沈林子率领精锐的士卒趁夜突袭姚鸾的大营，而姚鸾也没有丝毫防备，仓促之间，后秦的几千大军全军覆没，就连姚鸾本人的人头都成了晋军的战利品。

七

到了此时，后秦已是第三次大败于晋军之手了，而这个时候姚绍准备切断晋军粮道的计划算是彻底破产了，不过这只是陆路上的失利，一计不成，姚绍又再生一计，派了东平公姚赞率军西渡黄河进入河东，然后屯兵于黄河北岸，打算切断晋军的水运粮道。

要知道晋军此时的运粮通道大多是以黄河水道为主，因为水运比陆路省力省时，姚绍这次的计划很简单，那就是沉船，只要没了船，你们还用什么来运粮？可惜姚绍这次又中了晋军的算计，沈林子率军赶上姚赞的军队，两军激战之下，秦军又是全军覆没，只有姚赞只身逃回定城。

此时后秦的河北（今山西芮城县西）太守薛帛看到秦军一败再败，恐怕后秦亡国就在眼前啊，他也不想做亡国之人，马上献出了河曲城，向东晋的军队投降，这个河曲城地处于如今的山西、陕西、内蒙古三省交界之处，黄河由东、西、南三面绕县境流过，蜿蜒曲折，就是黄河的那个大拐弯之处，这个河曲城也算是后秦的一处重要关城了，至此，秦军想要偷袭晋军的粮道是彻底落空了，陆路不行，如今就是水道也不行了。

秦军偷袭粮道不成，又不能夺回潼关关城，只能扼守潼关西面的禁沟一地，加上这次大军出动，连连失利，就连手中的兵马也损失了一半，面临这种危局，姚绍也只得把前线失利的消息送回长安。

此时长安城中的后秦之主姚泓天天望着潼关那边的方向，那真是望眼欲穿，可是这位被兄弟连续背叛的皇帝没有得到老天爷的眷顾，上天再次给他送上了一个噩耗，他倚为干臣的叔公姚绍现在也败给晋军了，只能死守潼关那一边，想让他驱除晋军，那是不可能的了。姚泓想来想去，也只有去找自己的妹夫，也就是北魏之主拓跋嗣求救，要是后秦真让东晋给灭了，想必他也不好过吧。打定主意，姚泓马上就派出使节向北魏求援。

此时，刘裕率领的大军已经从淮水进入泗水，从泗水进入清河，再准备从清河进入黄河，不过要这样走最大的麻烦就是中间有一段路是在北魏境内，需要借道而行，于是刘裕就派出使节向北魏的拓跋嗣借道。

姚泓的求援信与刘裕的借道信差不多同时送到了北魏的都城之中。接到这两封信后，就是拓跋嗣一时之间也不能决定到底该如何行事，要说论亲疏远近，他自然是想帮大舅子姚泓的，只是现在他的决定毕竟关系到三个国家的兴衰存亡，他也不能感情用事，所以他马上召集群臣到大殿议事。

等群臣上殿，拓跋嗣把议事的内容一说，群臣立马反响强烈，大多是支持后秦的，他们认为潼关乃是天下险关之一，一般的精锐军队都难以攻下，更何况这次刘裕北上带得最多的就是水军，水军能够胜任攻城战吗？这个问题不用多说，都可以猜得到结果，因此刘裕这次攻秦必定会失败，这万一要是刘裕攻秦失败了，他面子上下不来台，转而攻打我北魏又怎么办，我们南面可没有潼关那样的天险，因此刘裕进攻我们相对而言会容易一些，所以刘裕虽然名义上是号称攻打后秦，但是他的真实目的现在也还看不清楚，我们和后秦乃是姻亲之国，现在后秦有难，不可能不救它啊。以臣等之见，还是派兵切断黄河上游，阻止晋军西上。

要说这些大臣们考虑的也不是没有道理，就是拓跋嗣心里也暗自点头，这时突然就有一个人跳出来反对群臣的意见，这个人名叫崔浩，现在官居博士祭酒，这官做得倒不是很大，但是他却是拓跋嗣的心腹。

崔浩出身于天下有名的世家清河崔氏，就算是北方多次换了主人，可是这些大的世家们还是存活了下来。这清河崔氏也是历经多国，家族中多有子弟在北方政权中担任高官，崔浩后来也成了北魏的辅政大臣。此时的崔浩还很年轻，只有三十五岁，但已经显露出了一流的军事政治才华。

他对拓跋嗣谏言道，“刘裕有吞并后秦的心思早就不是一天两天的事情了，早前姚兴在时，就不断收拢刘裕的死敌桓氏、司马氏等人，现如今姚兴已死，继位的姚泓又不能掌控后秦的政局，导致其国内内乱不断，对刘裕来说，这就是天赐良机，他是一定不会放过这个机会的，以微臣之见，刘裕这次北上伐秦不成功他是绝不会收手的，如果我们切断了黄河上游的水道，阻止刘裕西进长安，那么刘裕势必会迁怒于我朝，转而攻打我们，到时我们就是代秦受过了，殊不为智啊。”

接着他又分析了北魏此时的一些情况，想借此说服众朝臣，“如今北方的柔然部落时时侵犯我国北地的边疆，百姓们已经困苦不堪了，再说前年代北（北魏都城一带）之地大旱，百姓们都快活不下去了，幸好这两年粮食收成还好，百姓们才稍微缓过一口气来，如果我们现在攻打刘裕，那么北方的柔然看到这个机会一定会趁机进犯北部的边镇，如果再派兵救援北方，那么刘裕也会威胁南方，这样会顾此失彼啊。”

到了最后，他又说出自己的建议，“不如我们大方一点，借出道路，让刘裕过去，然后我们再派兵驻防在晋军的东部，以阻挡他的去路，这个时候就可以看情况而定了，要是刘裕胜了后秦，他到时也会借道再回南方，我们也可以顺水推舟让他回去，他心里也会感激我们，要是刘裕不幸战败，那么我们确实是出了兵的，对于姚家也有个交代，这才是上上之策啊。这样就像卞庄打虎，专等两虎咬斗之后再动手，就可以一举两得。至于大家担心的刘裕会不会借此时机进攻我们魏国，大家大可不必担心，刘裕手下的人马都是南方吴人，南方和北方的风俗都各不相同，就算是朝廷放弃桓山以南的土地，刘裕也不会用来自吴地的军队和我们争夺黄河以北的土地，怎么会成为我们的威胁呢？而且我们是为国家制定方略的人，应该只为国家的利益考虑，怎么能够为了一个女人（姚兴的女儿，拓跋嗣最宠爱的皇妃）而耽误国家大事了？”

尽管崔浩从年少起就有很大的名声，可是现在的他却是官卑职小，人微言轻，最重要的一点就是他是一个文人，拓跋嗣虽然信任他，可是最多的却是把他当成一个文臣，没有把他当成谋主一类的人物，因为此前崔浩受宠于拓跋珪是因为字写得好，到现在却是拓跋嗣喜欢阴阳术数，占卜算卦这一类的东西，而精通天文地理的崔浩就更加得到现任皇帝的器重，所以也经常参与军国大事，但也仅限于参与，没有一言影响皇帝的话语权。

其他的元老大臣却坚持认为刘裕此次北上要是攻不下潼关，一定会攻打北魏，建议皇帝早点做好准备，免得日后猝不及防生出大患。两边都各执一词，拓跋嗣就采取了一个折中的办法，他命令司徒长孙嵩都督山东诸军事，又派振威将军娥清、冀州刺史阿薄干，率领步、骑兵十万人屯军于黄河北岸，既不说不给刘裕的军队让步，但也没有切断黄河的上游立即同晋军翻脸，但此时黄河北岸的北魏大军一到，这晋魏两军之间的气氛就有些不对劲了。

要说这个方法对北魏来说那是最稳妥的，可是对晋秦两方来说，却是有些不干不脆，后秦会认为，你要是帮忙就直接切断上游得了，兴师动众又不进攻摆那儿好看啦？而晋军这边则是犹如吃了一只苍蝇那样难受，你说你好好的借道就行了，干吗还派大军在对岸监视我们的行动，万一在行军途中你们来上一个偷袭，我们怎么办？打不打你给个话啊？

此时的潼关这边王镇恶所部也已经和檀道济他们会合了，虽然两军合一，可是此时的姚绍却是坚守不出，以他们两人掌握的兵力想要强攻潼关不是不行，但是攻下来了也是损失惨重，更何况现在刘裕已经北上，他们都已经得到消息了，怎么会冒失行动。但是大军一会合，又有一个新的问题笼罩在北伐大军的头上，那就是粮草问题。这人一多，吃的也就多，这每日的伙食少了一点，那些兵油子们是第一个知道的，大家这下都知道粮草出了问题，俗话说，民以食为天，现在士兵们还在打仗，没有吃的这军心也就更容易涣散，慢慢地就有一些士兵开始开小差、打酱油，或是干脆建议放弃现在所占据的潼关关城，返回洛阳同太尉公的大军会合。

沈林子这下子就发怒了，老子好不容易打下潼关关城，你们说放弃就放弃了？他站起身来手按佩剑，脸色很是难看，“太尉公的大志就是一统天下，收复河洛之地，而现在许昌和洛阳都已经被我军收复，这关中眼看就要被平定了，你们却要临阵而逃？现在关中能否被平定，就要看我们这支前锋部队的表现，这个时候不战而退就是放弃到手的大功，也会挫伤士兵们的锐气，更何况主力大军现在离我们还很远，敌人的实力也没有受到多大的损伤，即使我们打算撤退，又怎么可能逃得过敌人的追击。我接受了北伐的命令就不做回头的打算了，今天的事，我自己会独自率军完成任务，以后不知道你们这些准备逃跑的人，将来有什么面目去见宋公？”

要说刘裕手下还真有几个人才，这个沈林子也算是极其出色的大将之才了，刘裕之所以能两次北伐成功，与他手下聚集一大批出色的将领不无关系，听了沈林子这番话以后，其他的士兵也不提什么撤退的话了。

只是填饱肚子乃是当前的头等大事，现在北伐大军已经深入敌后，士兵们不可能单独逃跑，但是这样一来因为缺粮而起士兵哗变倒是很有可能的，所以为了防止这种情况出现，王镇恶就派了使者跑到刘裕那里去要人要粮。

八

王镇恶派来的使者面见了刘裕之后，立即送上他的求援信，刘裕也不答话，只是指着黄河北岸清晰可见的密密麻麻的北魏大军说，“本公告诉过他们，让他们不要轻举妄动，等到本公来了之后，大军一起进发，你看北边的情况如此复杂，本公怎么可能派得出援军来。”

使者也很是无奈，回到潼关之后把情况向王镇恶一说，幸好王镇恶早有准备。他前些日子就跑到弘农郡（今河南灵宝），向当地的百姓说明情况，晓以大义。当然这个大义百姓们是不懂的，只不过当年王镇恶的爷爷王猛在前秦担任宰相时对北地的百姓多有善政，再加上前些日子檀道济又释放了后秦的四千名降卒，这些降卒中肯定也有汉人存在，再加上一个华夏正统的名号，几个原因相加之下，刚刚成为晋国统治之下的百姓们纷纷慷慨解囊，这家出几斤，那家有钱就多出几十斤，这潼关之中几万大军的粮草居然就靠着北地的百姓们得以维持，实在是天下的异事。

此时的刘裕心里也正在不爽，北魏没有回复借不借道，反而摆齐大军放在黄河北岸，这些举动在刘裕的眼里那就是明显的挑衅，可是刘裕是何等人也？你借也得借，不借也得借，你要是想打我也奉陪。

刘裕看到黄河北岸那些耀武扬威的北魏大军后没有理他们，反而下令直接渡河。这个时候正是春夏之交，黄河水位暴涨，河面上风高浪急，而晋军要让那些装满辎重的大船沿着黄河溯流西上，对于晋军来说这是一个不小的考验。辎重船本身就很重，如果光靠船上的水手来划，那是不现实的，尤其是在大船初次行驶时，因为吃水较深恐怕大船会被搁浅，最好的办法就只有用人力来拉。士兵们用纤绳在河岸上拉着大船向前走，等到大船形成了惯性，船上的水手再一使力，就可以行动了。

有了纤夫之后这结果自然就不同了，晋军一度很顺利放了几条大船入河，只要入了大河，有风帆和水力的作用，大船就可以自由起行。但是现在又有一个极度恼火的问题来了，那就是纤夫们的绳子太不结实了，辎重船又太重，这河面上的风浪稍微一急，绳子就被拽断了，然后大船就被这湍急的河水引向了黄河的北岸。

在北魏的骑兵眼中，他们是战无不胜的雄师，在他们眼中，这些南人哪能比得上骑射天下无双的北魏骑兵。此前他们得到的命令就是到了该行动的时候再行动，现在东晋方面的辎重船一漂到北岸，长孙嵩马上下令，让手下的士兵杀了那些晋军，然后还把辎重船上的粮食全部搬光，甚至就连这船也成了北魏的战利品。

刘老虎的屁股是那么容易摸的吗？刘裕立即还以颜色，下令让一队精兵登船，开往北岸准备给北魏骑兵一点教训，可是这些魏兵很是乖滑，一看到晋军的大部队要冲上来了，策马就走，也不给晋军追击的机会，晋军们没有好马，自然也追不上北魏的骑兵，等到晋军一返回船上，他们又继续做着袭扰的工作，北魏的骑兵和晋军玩这种“敌进我退，敌退我进”的把戏一久，刘裕简直是要气得七窍生烟了。

尽管北魏的骑兵没有大军出动，向晋军进攻的迹象，可是老是这么折磨人，对晋军的士气就是一个极大的打击。再说北魏的骑兵既然肆无忌惮地杀了晋军，那么即使我军全部渡河，魏军以后也会威胁晋军的粮道，甚至在晋军与秦军交战正关键的时候再插上一脚，对于这种情况刘裕也不能不防。那么现在就要让北魏吃一个大亏，把它打疼了自然不敢再起什么歪心思。

对于刘裕来说，北方胡族的骑兵们虽然骑射无双，但是他真要应付起来也没什么大不了的。几年前讨伐南燕时，刘裕就曾车兵、步兵、骑兵混合着使用打败了南燕的重甲铁骑，但是那时交战的地点离燕都没有多远，南燕的军队也不能后撤，他们一撤刘裕就会兵临都城之下，所以他们才会和晋军死磕，没有发挥骑兵的优势，但是现在的魏军却是不同，他们骑着精良的战马来去如风，充分发挥了骑兵的机动性优势，一有不对就可以调转马头而走。

相对于魏军来说，东晋这边的战马先天上就差了几等还不止，如果想要以骑对骑那是不可能的，如果真的对上了，晋军可能跟在魏军的后面吃灰都吃不上，以刘裕的军事才能，怎么可能会犯这种错误，既然骑兵不能用，那么就只能用步兵、车兵、弩兵了，对了还有水军。当然，刘裕考虑得最多的就是如何让魏军停住不跑和晋军对攻，这样他才有取胜的机会，那么晋军出动的人马也不能太多，不然魏军就会被晋军给吓跑了。

考虑了许久，然后又做了许多的准备工作，在四月份的时候，刘裕终于决定动手了，他先是派遣白直队主丁旿，也就是刘裕的贴身护卫，率领七百多武士和一百辆战车登上北岸。这些武士在距河岸一百步的地方，以战车构筑成新月形战阵，以河岸作为月弦，新月形的外凸部分距离河岸只有一百步，两端则逐步向南收缩，与河岸相接，然后在每个战车上布置七个武士，就这样新月大阵的第一步完成了，而完成第一步后，晋军就在阵中间竖起一面白色牛尾做的标旗，向对岸的晋军示意。这个新月大阵被后人称之为“却月阵”，却月者，缺月也，也就是弯月或是新月的意思，后人都要取一个响亮的名字，因此叫做却月阵。

看到北岸飘起的白色标旗，在南岸早有准备的朱超石立即率领两千大军整船出发，然后快速登上北岸，进入到却月阵的中间，然后每车分配二十人，这样每辆战车之上就有了二十七人。当然这些士兵身上都携带有强弓利箭若干，防御盾牌若干，并且还有超级重量武器大弩（这个大弩有可能是床弩或是前文水军所用的万钧神弩改进而来）一百张，然后把大弩放在战车之后，每辆战车对应一具大弩，并且迅速在战车之上安装木板以抵御敌军的弓箭射击。这下却月阵的第二步就完成了。（是不是有些眼熟，刘裕在与南燕决战的时候差不多也是这样做的，只不过这次人更少，弩具更加精良而已。）

黄河北岸的北魏骑兵开始还有些嘻嘻哈哈的，看到晋军运来了战车也没有阻止的意思，这次朱超石的两千步兵一加入，就摆了一个很明显的防御阵形，到了此时他们哪里还不明白晋军的意思，那就是摆明车马，等你来攻。

说句实话，北魏的骑兵在道武帝拓跋珪的带领下，前些年在北方打得柔然不敢南下，后来又硬生生打散了强大无比的后燕慕容垂，就连后秦的姚兴也在柴壁之战败于北魏之手，要说北魏的骑兵可以算得上是亚洲无敌了，但是他们唯独没有和东晋交过手，这心里面对晋军难免有些轻视。虽然刘裕这些年来威名不断，战无不胜，可是他们的确没有把刘裕放在眼里，他们相信在铁骑的冲锋之下，东晋的战阵肯定会被他们给撕得稀里哗啦。

只是主将没有明确的命令，他们也没有具体的动作，毕竟这次晋军的人马多了一点，要是真的引起两国大战那就不妙了。可是随着后面传来主将长孙嵩已经率领三万大军迅速赶来的消息后，这支北魏骑兵的首领一声呼啸，便带着手下的人马冲向了对面的晋军战阵。

面对来势汹汹的魏军骑兵，战阵之内的晋军冷静无比，早在北伐南燕时，他们就感受过鲜卑铁骑冲锋的威力，这时再次看到心里不像当初那么惊讶。可能是阵内的统领朱超石看到进攻的魏军数量太过稀少，所以命令手下的弓箭手放缓力道，十箭中射个二三个人下马也就行了，其余的人手中弓箭不停，但是箭支显得有些无力。

进攻的北魏骑兵一看晋军的弓箭软绵绵的毫无力道，就像是没吃饭一样，心里大喜，他们都以为这些南人天生体弱，哪里比得上我们鲜卑人，一个个地也在马上还以颜色。魏军的弓箭虽然都很有力道，瞄得也挺准，然而晋军人少，只要往车阵后面一躲就可以抵挡魏军的齐射，完全不用担心直射而来的箭支，魏军对于晋军的杀伤力完全可以忽略不计。

两军交战不休，从场面上看杀得那是不分胜败，魏军后面率领三万大军赶来的长孙嵩等人也离战场没有多远了。听到自己后面的马蹄声响起，魏军自然知道是大帅赶来了，一个个像是吃了兴奋剂一样，悍不畏死策马扑向车阵。阵中的朱超石一看魏军的攻击力度加强，立马下令还击。阵中的晋军马上用强弓硬弩射出一阵阵密集的箭雨洒向对面的魏军。魏军也不知道怎么回事，眨眼前晋军还像一群温驯的小绵羊，怎么突然之间就变成了吃人的老虎了？魏军猝不及防顿时死伤惨重，中箭者纷纷惨叫着落马。

后面赶来的长孙嵩一看自己这边的人被晋军杀得没剩几个人了，马上下令全军出击，三万人可不是一个小数目，而且全都是骑在马上的骑兵，马蹄奔跑之间，声若洪雷，气势极为惊人，要是心理脆弱的人看到千军万马朝自己奔过来恐怕吓也吓死了。

九

只是晋军也是百战精锐，经过的大战不可胜数，等到魏军的先锋离己方的弓箭射程不远时，朱超石才令人还击。越是到关键时刻，朱超石越是冷静以对，魏军射来的弓箭有车阵和挡板阻挡，根本不用担心，只是魏军中有极为厉害的射手可以抛射弓箭，从天而落射向晋军这一边，不过幸好这些射手极其稀少，加上晋军身上也穿着防御的铠甲，只要不是被射到要害之处，根本没有什么大碍。

只不过魏军的人数实在是太多了，而晋军摆成的车阵也实在是不大，魏军就像是包饺子一样层层叠叠地扑向晋军的军阵，在为首大将的严令之下，他们不惧伤亡，前赴后继，悍不畏死地猛烈冲击着晋军的防御圈，晋军的形势一时之间也有些不妙了。

就在这个紧急关头，晋军车阵之内的大弩射出的不是一支支长箭，变成了三四尺长的短矛。这种短矛本身很重，在大弩的超级动力之下，发挥了比弓箭还要厉害的威力，往往一支短矛能够射穿四五个魏军。这种新式的“箭支”杀得北魏人仰马翻，惨叫连连。

原来，这种新式的箭支就是朱超石把以前的长槊给截断成两三截之后，然后又放在大弩上，以铁锤敲击大弩的发射机关，然后短矛就发挥出了难以想象的威力。本来短矛没有尖利的矛锋，那么它的准确度就会很成问题，但是眼下车阵四周到处都是魏军，随便一支短矛射出去都会攻击到敌人，完全不用担心准头的问题。

其实短时间之内晋军对于魏军的打击还不是很严重，只是那些魏军连续被洞穿的影像实在太过惊人，让北魏的军士实在提不起什么再战的心思，就像是当初晋军同卢循的军队决战之时，晋军的万钧神弩一箭能够把小船给洞穿一样。这种利器的杀伤力实在惊人，虽然不可能快速地连续使用，但威慑力的确很强大。

当年卢循的军队在面临晋军的强弩打击之下很快就溃不成军。如今虽然说魏军无论是素质还是军纪等方面都比卢循的人马要强了许多，但是只要是人都会有恐惧之情，眼看着眨眼之前还和自己一起呐喊着冲向敌军的战友们纷纷被这种短矛洞穿，哪有不害怕的。受伤的士兵一时之间也难以咽气，他们胸口的那个血洞清晰可见，嘴里还发出若有若无的呻吟，或是有运气好只被射掉一只胳膊或是半条大腿的士兵，嘴里则发出撕心裂肺的惨叫声。

这情景让北魏士兵们的进攻热情直线下降，身体则是吓得瑟瑟发抖，整个人就如数九寒天之中突然被人浇了一头冷水，就连心脏里的那点热乎劲都没有了。他们虽然也想要打败敌人，可是面对这种人力无法阻挡的利器，他们只有一个动作，那就是夹紧马腹，然后调转马头而逃。

当然，恐惧之下的魏军撤退时那是没有丝毫组织性、纪律性的，所以撤退之时魏军自己就要抢道，以图尽快脱离战场，脱离这可怖利器的视线。攻击阵势最前面的士兵撤退，而后面的士兵自然是不知道前面的士兵要撤退，只会喊着杀啊杀地冲向前方，两方一交击，就像两个玻璃瓶子凭空一撞，两者都是死无全尸。两方冲撞之下就会互相践踏，然后又都落马，被后面的人继续踩踏，混乱之中也不知道魏军究竟死了多少人。

全军溃退之下，长孙嵩也是无力回天，他也怕被溃兵冲击，只得带着手下的亲卫先行后撤，才能够全身而退。只是另一个北魏大将冀州刺史阿薄干就没有他的好运气了，这倒霉家伙在混乱之中也不知道被哪个晋军趁机给杀了，连人头都当做战利品给系于晋军的腰间。

早在却月阵布好之时，刘裕就率领水军登上战船，来回巡视河面，顺便给岸上的晋军补充箭矢等物资，顺便也把阵中受伤的士卒运回大船，万一有个什么突发情况刘裕也能及时做出反应。此时魏军大溃而逃，战局已定，刘裕马上下令追击魏军，发挥他一贯以来对敌人穷追猛打的作风，同时派宁朔将军胡藩和宁远将军刘荣祖率晋军骑兵上岸支援朱超石，晋军骑兵大约有四千余骑，上岸之后立即开始追击败退的魏军。

败退之中的长孙嵩发现后面追击的晋军人数实在太少，加上他们又没有战车的掩护，心里的怒火就冒了出来，你们这些南人不过是倚仗些器具之利，今日才打败了我北魏强兵，难道说你们的骑兵在同等条件下还能打败我们吗？他马上纠集了一些溃兵，调转马头又朝追击的晋军围了过来，反把追击的晋军包了饺子。晋军虽然被魏军重重包围，可是领头的朱超石与胡藩等人都是沙场猛将，士兵们刚刚大胜，士气高涨，丝毫不惧，这魏军虽然人数众多，却是新败之军，士气难免不振，有的人此时脑子里还在回想刚才战场上那血淋淋的一幕。

晋军拼死攻击，魏军却是毫无斗志，朱超石等人率着晋军连续突破晋军的包围圈，魏军一败再败之下，又再次溃退，就算是以长孙嵩之能，也不能在短时间之内组织魏军对晋军的追击进行有力的反击了。此次追击战之后，魏军又留下数千具的尸体，只是魏军的马匹的确是很快，给魏军的逃跑提供了充足的马力，晋军追之不及也只好收兵回营。

刘裕一生之中经历过大小战阵上百次，他亲自指挥过的军队会战也是不计其数，从他参军以来同孙恩的多次对战，到后来的倒桓之战，再甚至于后来的击破刘毅、司马休之，北伐南燕，这其中都是以刘裕作为主导将领的，他在每一次战斗中的表现虽然都不能说是十全十美，但是也堪称惊艳，也因此筑成了刘裕的不败威名。

但是，在他这一生之中最为有名的，为后世人广为传颂的就算这一次的却月阵之战了，究其原因，不外乎于以少胜多、以步克骑等原因。甚至现在的人们一想到以步克骑，就会联想到刘裕的这次却月阵之战，因此，这次大战在历代都是人们争相讨论的话题。

后世的人们把却月阵之所以能够摆放出来给它总结出了几条极其苛刻的条件，比如地形极其特殊，要背靠大江或是大河，并且防守的一方还要掌握制水权，再比如兵力的运用，水军、弩兵、车兵，还有少量的骑兵这些都是缺一不可的，再比如战阵之中使用的利器，那些大弩就居功不少，然后又将弩、槊结合起来，增强杀伤力。当然其中最为关键的就是发明这个阵势的人也就是刘裕，他是怎么利用这些有利的因素，然后又把它们结合起来才能以二千七百步兵打败三万魏兵，创造历史上又一次以少胜多的奇迹。

历史上的却月阵就像是昙花一现，虽然史书中对这一次的战斗过程记载得极为详细，但此役过后，中国封建历史直到清朝之后都无人使用此阵，这也引起了许多人来讨论。其实却月阵能够出现，除了有以上所述的几个条件之外，还有它本身所有的局限性，比如却月阵的精髓就在于以守为攻，在守阵的同时还能极大地打击敌人的有生力量，但是它也有一个极大的缺点就是移动速度不便，一旦骑兵脱离战阵的保护，在追击敌人中遇到强敌，那就要看骑兵的表现了，骑兵如果不敌，那就有覆灭的危险，从朱超石后来的追击过程中就可以看出来。

当然，却月阵从它所需要的条件来看，这已经不是单纯的以步制骑了，或者可以说是以水制骑更为恰当一点，但是任何的战阵运用都是要以统帅的军事能力来决定的，就算是刘裕这次没有摆出却月阵，面对北魏的挑衅，他也会想出办法对魏军还以颜色吧。只要魏军不逃跑，刘裕也会有许多的手段让他们吃足苦头。

至于这一次的却月阵之战，只不过是刘裕把在北伐南燕时所使用的车阵加步兵方阵再加以灵活运用罢了，只是证明了刘裕是一个不拘于一格，能够随时随地根据现有的条件，选择最快最有利的方法以取得胜利，这才是一个军事大家应该具备的能力。

当然，这也是刘裕在他的军事生涯中的最后一次出手，战绩就是以二千七百步兵战胜三万敌军，他的威名顿时就传颂于当时的各国之内，而北魏慑于他的威名，终刘裕在世一日都没有敢起南下的心思。这次的北伐，他也只出手了这么一次，但是刘裕的存在是不可取代的，初时大军北伐，刘裕一直坐镇彭城就是为防范北魏有可能的打击，相对来说，他就是东晋的定海神针。檀道济与王镇恶等人虽然攻城掠地无所不利，可要是没有刘裕为他们守好后门，他们哪有那么容易取得胜利又没有后顾之忧。

十

此时北魏的长孙嵩率领着残兵败将退守畔城（今山东聊城市西），独自舔舐着伤口，再加上这次大败之后，他还要担心刘裕会不会趁此时机攻打北魏，以长孙嵩现如今的情况，怕是不能阻挡晋军的兵锋了，到了此时他才感觉到自己等人当初在朝中说什么南朝的水军不能攻下潼关实在是有点……不合理。

至于北魏方面所担心的刘裕这一边，他倒是没有过分的逼迫之意，大战之后就主动撤出北岸，甚至于刘裕还主动送上了江南的特色食物与酒水，重申两国之间的友好邦交之情，这些举动缓和了晋魏两国之间剑拔弩张的紧张气氛。（《魏书·列传十三·长孙嵩传》）

前线大败的消息不久之后就传到了拓跋嗣的耳中，拓跋嗣此时才有些后悔莫及的意味，悔不该当初没有听从崔浩的建议，不然现在北魏也不用遭受这样的惨败，此后拓跋嗣就明确下令不再与刘裕纠缠，任由晋军西进洛阳，北魏则缩起头来作壁上观。当然，这种作壁上观的态度，只不过是不再袭扰晋军了，原先该尾随的，还照样尾随，但是不像以前主动去找事袭杀晋军，而拓跋嗣暗中下命令给长孙嵩说，如果刘裕西进速度过快，就发兵攻打彭城一带做牵制。

没有了北魏大军的牵制，刘裕率领大军继续西进，不过现在的速度相比原来就快了许多，大概在四月中旬的时候就到了洛阳城。洛阳城此时的负责人是冠军将军毛修之，此时官居河南、河内二郡太守，同时代理司州（就是当时的洛阳一带）事务。刘裕到了洛阳之后，巡视洛阳的城防工事，洛阳城此时被毛修之经营得有声有色，刘裕因为这个原因重重地嘉奖他，赏赐了他许多的华服珍宝，价值高达两千万钱。由此可见，刘裕此时就打算好好经营河南之地了，说不定此时他都在考虑迁都之事了。

刘裕与北魏之间的一场大战，以刘裕大胜、北魏惨败而告终。此时潼关那边紧守定城的姚绍也得到了此战具体的情况。到了此时，姚绍也有点心慌的感觉了，刘裕的大军一到，他肯定守不住潼关了，这是姚绍的判断，他统兵打仗几十年，这一点判断力还是有的。只凭刘裕轻松战胜北魏骑兵的战绩，他就知道要想在刘裕的攻击下守住潼关，这不是一件容易的事，更何况，现在檀道济和王镇恶已经占据了潼关关城，也就占了潼关的一半地盘。

姚绍想来想去，觉得只有先把檀道济这一部人马给打退了，后秦据有完整的潼关天险，才有可能和刘裕抗衡，但是晋军那一部也是死守不出，没有给姚绍下手的机会，他就只有重操旧业，再次派兵袭扰晋军的粮道。

想到就做，姚绍马上就派了手下的长史姚洽、宁朔将军安鸾、护军姚墨蠡、河东太守唐小方，率领二千人在黄河北岸的九原（今山西新绛县西北）驻扎，想依据黄河天险来切断檀道济军队的粮草供应，只要檀道济的军队断粮三天，他就是不退也要退。

只是可惜晋军得到刘裕大胜魏军的消息后，早就防着姚绍的这一手了。沈林子率领部下在后秦军队必须要经过的地方设下埋伏，然后一战而下，轻易就击溃了这支两千人的小股秦军，被杀被俘的人数加起来也快有两千人，算是打了一个漂亮的歼灭战。甚至就连姚绍手下的大将姚洽、姚墨蠡和唐小方这三人都全部被杀，至于安鸾则是下落不明。

大战之后，沈林子在给刘裕的捷报中，大胆预言，“姚绍在关中的威名传颂已久，但是现在却连战失利，他们国内也是危机四伏，恐怕不用我们提着斧子去砍他的头颅，他自己就要气死了。”

据史书记载，姚绍听闻手下的四将全部战死之后，当场便气得吐了一口血，而且这姚绍的年纪也不小了，从此就缠绵病榻，因为吐血而生病，再又引起多重并发症，没几天就呜呼哀哉，一命归天了。临死之前，姚绍把防守潼关的重任交给了新任东平公姚赞，可是姚赞的能力比起姚绍来，又差了一筹，不过此时后秦在潼关的兵力依旧很强盛。

趁着姚绍新死，姚赞这个新任潼关守将马上就下令攻打晋军，他的心里大概是抱着哀兵必胜的念头，不过晋军这边却是气势如虹，再次把秦军的攻击给打退了，沈林子打退了秦军的攻击之后，也不追赶，只是紧守城池，等候刘裕的到来，到时大军会合，粮草也会赶到，潼关还能守得住吗？

到了五月份的时候，发生了一件不大也不小的事，那就是东晋的齐郡（今山东淄博市东北）太守王懿投降了北魏，并且他还上书北魏朝廷：“刘裕此时正在洛阳城，陛下应该迅速发兵切断他的归路，这样就可以不战而胜。”

拓跋嗣知道这件事后立即怦然心动，马上大大地奖励了这个叫王懿的家伙，然后又找来崔浩，向他请教这件事的看法。要说拓跋嗣身为北魏之主，对于上次自己的军队败于刘裕之手他心里毫无芥蒂，那是不可能的。这次王懿一上书，他马上就动心了，但是有鉴于刘裕手下的军队确实战力惊人，就连常胜不败的长孙嵩都输得差点丢了性命，他才找来神算无双的崔浩来问一下如果做这件事有几成的胜算。

当然，皇帝向臣下请教也要拐弯抹角一点，面子上不好看啦，于是拓跋嗣就趁着崔浩讲经的时候问他，“刘裕讨伐后秦，一定会成功吗？”

崔浩就答道，“这是肯定的。”

“为什么？”

崔浩答曰，“当年的姚兴喜欢追求虚名而不做实事，后秦国外的邻邦都对它虎视眈眈，比如夏国的刘勃勃，北凉的沮渠蒙逊，西秦的乞伏炽磐，甚至于后仇池杨盛都敢在虎须上摸一把，更重要的是他的继承人姚泓又生性懦弱，体弱多病，不能镇服手下的一班兄弟，他们兄弟之间互相争权夺利，不能团结一心，如今刘裕是乘着后秦内忧外患的大好时机北伐，他手下的将士又都勇猛善战，训练有素，有什么理由不能取胜。”

可能是崔浩的回答不能让拓跋嗣满意，这个答案也与他心中的打算相去甚远，就问了一个关公战秦琼式的问题，“你看刘裕的才能相比慕容垂又如何？”慕容垂是慕容鲜卑中最后一位统兵天才，前秦淝水之战大败后，他统一整个关东之地，就连北魏的开国皇帝拓跋珪开始也是慕容垂的藩属。

崔浩回答说，“刘裕要比慕容垂强，慕容垂出生于慕容氏皇族之中，生下来就是比别人尊贵，凭借着父兄都是皇帝的声望，同族人都归附于他，为他效命。因此，他稍微发挥一点能力，就足以建立功业。而刘裕则不同，他出身寒微，脚下没有一尺之地可以依靠，也没有一兵一卒可以指挥，他是凭着自己的军事才能消灭桓玄，复兴晋室，北伐擒获慕容超，南征打败卢循，他率领的大军所过之处，全都俯首，这才是真正的豪杰。”

当然，任何一个皇帝听到自己的属下夸奖别国的大将，心里都会很不舒服的，所以拓跋嗣也不例外，他问出了心中考虑许久的问题，“如果我趁刘裕大军进攻潼关的时候，再突然发兵攻打南方的彭城、寿春等地，让他前无去路，后退无门，到时刘裕又会怎么办？”

崔浩是史上有名的聪明人，怎么会听不出老板口中的潜台词，拓跋嗣心里就是这么打算的，只不过刘裕的战绩实在惊人，他来问一下自己的意见罢了。当然，作为一个臣子，当直谏的时候就要直谏，只不过崔浩的话说得比较婉转一些，“如今我们西面有夏国的赫连勃勃，北方有柔然大敌，他们都在时刻窥伺我们的行动，准备乘机来攻，陛下要坐镇京师，肯定不能亲自指挥军队（拍老大的马屁，拓跋嗣善领兵吗），所以我军虽然有精兵，却没有良将，长孙嵩的长处是善于治理国家，而不善于用兵，他根本不是刘裕的对手，所以我国一旦兴兵远征，又看不到实际的利益，不如暂且按兵不动，静观事态的发展。”

为了让老板的面子上好看一点，他又给本国的将来描画了一个大大的饼，“刘裕一旦攻下后秦，他回国后一定会篡位，而关中地区胡汉混居于一处，民风剽悍，不易管理，刘裕如果打算用教化南方的方法统治关中之地，到时一定会出大乱子的。而且刘裕走后肯定会留下大将与军队镇守，可是关中之地的百姓民心早已不是百年前的关中了，这时候百姓的生活习惯、风俗文化的差异在一时之间可以克服，可是时间一长，两种不同的理念一旦相冲，关中肯定会有内乱，到时候我们就可以坐等时机到来，关中之地将来一定会是我大魏的。”（这最后一句话与史实不符，可见崔浩这个“神算”也不是什么事都能料得中的。）

听了手下人的精彩分析，拓跋嗣心中也觉得前景一片大好，当下就夸赞道，“卿真是虑事周详啊。”看到大老板高兴了，崔浩接着又说道，“臣私下里对近世的一些良相名将做过一些品评，在此也同陛下说道说道，比如前秦的王猛治国打仗无所不精，就相当于苻坚的管仲，前燕慕容恪忠心辅佐幼主，相当于慕容暐的霍光，至于刘裕嘛，他虽然平定了桓玄之乱，复兴晋室，只不过是司马德宗的曹操罢了，绝不是司马家的忠臣。”

这说着说着就有些跑题了，不过或许这就是崔浩的本意，但是拓跋嗣突如其来的一句话还是让他愣了一下，“那依你之见，先帝（拓跋珪）又如何？”

这个问题可不好回答，毕竟这可是涉及到前最高领导人，稍有差池就是君心震怒的下场，因此崔浩把自己摆得极低，“小臣的见识那只是管中窥豹，怎么能够认识到整个天地的伟大？太祖爷起于漠北荒芜之地，南下中原之后，移风易俗，教化苍生，泽被四海，他老人家应该与上古时候的圣贤伏羲氏、神农氏并列而论，这已经不是小臣能够品评的了。”

拓跋珪能与上古圣贤相提并论，别开玩笑了。即便这马屁拍得有点过了头，拓跋嗣的心里虽然清楚可还是很高兴，他接着又问道，“那刘勃勃呢？你认为他怎么样？”

刘勃勃的父亲刘卫辰当年是拓跋珪带兵平了的，他出生的部落铁弗部也被当时还是代国的北魏消灭，两者之间乃是世仇，对于阶级敌人，就应该批斗到底，崔浩答道，“刘勃勃当年家破人亡，要不是姚兴收留了他，他哪里有今天，他当初就是一丧家犬，后来托庇于后秦国内，接受姚氏的官禄，不但没有报答姚氏的恩情，反而占据一方地盘，与四邻结下了仇怨，可见他就是一养不熟的白眼儿狼，这种人即便得意一时，最终的结局也都不会太好。”

拓跋嗣听了崔浩的话，顿起知己之意，当夜两人便谈到月入中天，拓跋嗣把御用青白色醅酒三十升、水精盐一两赏赐崔浩，说：“我听了你这一席话，就像品味这盐和酒的滋味一样，回味无穷，所以我想和你一起分享这种美好的滋味。”

后来就有人把一夜谈话称之为盐酒论英雄，以区别曹操与刘备的青梅煮酒论英雄，这两人的谈话对于当时刘裕的动向与他后续的行动都做了一些猜测，甚至于北魏对刘裕的具体应对也隐含于其中，除了崔浩所说的关中归于北魏没有论中之外，其他的全被他猜中了，可见崔浩这个人还是有点斤两的，不负盛名。

十一

七月，刘裕的水军顺着黄河到达陕城，八月初进至阌乡（今河南灵宝县一带），然后刘裕的大军就与檀道济和王镇恶的潼关守军会合了。此时刘裕原来安排的沈田子那一路大军已经攻下武关，沿途的后秦将领纷纷不战而逃，进而准备进攻青泥（陕西蓝田一带）。

沈田子的那一路大军原来只是作为疑兵吸引关中兵马的注意力，人数并不是很多，没想到沈田子和傅弘之这两人也算了得，硬是靠着不多的人马突破了武关（位于陕西商洛市丹凤县东武关河的北岸，与函谷关、萧关、大散关成为“秦之四塞”），然后一路北上攻到青泥，但是秦主姚泓马上就派了秦将姚和都率领人马驻守于峣柳（陕西蓝田南），以防备他的进攻，可以说沈田子作为疑兵的任务已经完成了，因为此时沈田子所部离后秦国都长安已经不远了。

姚绍病死，刘裕的大军即将攻来的消息传到长安城之后，姚泓就已经方寸大乱，后秦的定海神针没了，姚泓又该怎么办？国家灭亡就在眼前，姚泓的表现比起其他的亡国之君要好得多，他马上下令在关中召集人马，重新聚集起一支几万人的大军出来，此时的后秦自姚绍一死，就再无良将。姚泓虽然也不是一个能够领兵打仗的料，可是现在形势逼人，他也不得不硬着头皮上了，亲任这支大军的统帅准备出征刘裕。

可是这支大军就是由一些贩夫走卒临时拼凑起来的杂牌军，再加上统帅又是姚泓这个不懂军事之人，这结果会是什么样子，我们可想而知，要是一只梅花鹿领着一群生性懒散的绵羊，能够打败由狮子带领的狼群，那可真是老天开了一个大大的玩笑。

但就在这个时候，姚泓怕自己出征之后，沈田子那一部人马会偷袭他的后路，就想先消灭沈田子等人，然后出动全国的兵力向东攻打刘裕。此时沈田子和傅弘之驻守于青泥，秦将姚和都的人马则是驻守于峣柳，两军正在对峙。

其实姚泓想要进攻沈田子更多的是想要靠着一场胜仗来提升后秦的军心，毕竟连战连败的秦军此时士气低落，要是真和刘裕干上了，也是一个输的结果。

大概就在沈田子刚到青泥的时候，刘裕那边也得到了消息，然后就派了沈田子的兄弟沈林子率领一队精兵穿过秦岭前来救援。但是此时姚泓却突然率领了步骑兵一共几万人马先沈林子一步赶到了青泥，形势极其不妙。

沈田子这一部人马当初在出发的时候就不是很多，加上沿途攻占城池，损伤不少，再加上城池留守人员，这时候在青泥的就只有一千多人，也就是说沈田子的部队要面对几十倍于自己的敌军围攻。

沈田子听说敌军是由姚泓亲自统帅，于是就准备率领手下的人马出战杀敌，可是手下的副将建威将军傅弘之却提出一个相对而言比较稳妥的建议。他认为敌众我寡，自己这边肯定是无法取胜的，当初我们的目标也只是牵制后秦的关中大军，现在这个目的已经达到了，不如据险自守，以图自保。

但是沈田子却有不同意见，“用兵之道就在于出奇制胜，而不是一定在于人数的多少，况且如今敌众我寡，实力对比悬殊，看这个形势我们两方势必不能共存，如果等到敌军把防守的阵势稳固下来，然后大军一围，我们就会无处可逃，不如乘他们刚刚到达，营地和战阵都没有建立起来，我们主动出击这样才有成功的机会。”

傅弘之一听这话也有道理，他是保守派的没错，但是形势危急，做一下激进派又如何，更何况历史已经证明这两人的选择没有错。商定之后，沈田子就率领军队首先冲锋姚泓的军阵，而傅弘之就率领着后军紧跟前锋的脚步出战。

沈田子与傅弘之率领的军队一冲出来，就被几万秦军层层包围，围得水泄不通，入眼处都是秦军的盔甲武器。沈田子一边冲一边对手下激励士气，“各位同僚不畏艰险、远道而来，就是为了参与今天这样的大会战，进行生死对决，敌军的皇帝就在前面不远，只要抓到了姚泓小儿，封侯升官的大功就在眼前。”

晋军被沈田子这句话给鼓舞得热血沸腾，他们离家北伐，不就是为了建立功业，封妻荫子吗？后秦的皇帝就在前面，只要抓住了他，什么都不再是问题。晋军口中嗷嗷叫喊着冲向敌军的中军大旗那边，高耸的旌旗上有一个大大的“姚”字，十分醒目，就是这个方向，晋军们手执兵器，奋勇杀敌，向前，向前，再向前。

一到了这个关键的时候，精锐士兵与普通民夫的区别就清楚地表现出来了，晋军们手持刀枪一刀一个，就跟杀鸡宰羊一般十分轻松。而后秦的军队大多是第一次上战场，看到对面的晋军满身杀气扑过来，刀身之上还在滴着清晰的血迹，稍一接近，秦军们便纷纷后退，这些家伙实在太疯狂了，他们哪里见过这么凶猛的士兵。

中军大旗之下的姚泓看到晋军就如同锋利的刀刃一般把自己的军队划开一条明显的痕迹，而且这刀尖直指自己的这个方向，这周围虽然有几万大军，可是姚泓看到这个景象还是忍不住心惊肉跳，他们是想擒了孤王啊！眼见那支人数稀少的晋军在领头的大将带领下，离自己越来越近，姚泓终于忍不住对左右一呼：“撤，撤退。”

中军大旗一动，周围的秦军也跟着后撤，这战场之上的形势就越发混乱起来，几万秦军一乱，相互踩踏者不计其数，更多的则是四散而逃了。沈田子与傅弘之带着手下人紧跟着那杆大旗穷追不舍，一路之上，凡是遇到的秦军都是一刀一个。前面逃跑的姚泓看到后面的晋军越追越紧，只得放弃御座马车，然后在几个亲卫的带领下，换上几匹快马逃出晋军的追杀，一直跑到灞上（长安东面，灞水岸边）才停了下来。

战后统计战果，这次大战共杀死俘虏秦军达一万多人，缴获的最大战利品就是姚泓的那辆御车，以及姚泓看到情况紧急而脱下的皇袍，还有其他皇家专用的器具不计其数。

稍后不久，翻过秦岭而来的沈林子所部与沈田子会合，只可惜没有赶上青泥的这场大战，但是此战虽然大胜，姚泓却逃走了，所以哥儿两个赶紧跟在姚泓的屁股后面一路追杀而来。

姚泓此次战败，不仅仅是损失了几万军队那么简单，要知道此前后秦的军队遇到晋军就是连战连败，早就军心士气不振了。自从姚绍死后，这情况就更加危险，姚泓作为一个皇帝领兵出征，他倒也不算是个无能之辈，只可惜皇帝战败的后果就是彻底崩盘，这一次事件就如同压垮骆驼的最后一根稻草，后秦此时不论是军心还是民心彻底完了。

沈田子哥儿两个顺着姚泓的足迹一路追赶，沿途的后秦郡县官吏纷纷派出了使节向两人商定投降的条件，尽管此时的潼关那边还不知道具体情况，但是长安的南大门已经向晋军沈田子这一部敞开了。

此时沈田子意欲一路追杀姚泓，甚至打进长安，以完成刘裕收复河洛的伟业。沈林子这个家伙就比他哥哥的政治嗅觉要强，他劝道，“凭我们两人现在的兵马，姚泓又是新败，如果真要打进长安，那是容易得很，翻掌之间就可以完成，只是哥哥要是真的攻下长安，就是获取了攻灭一国的大功，这可是不赏之功啊。你这么做了以后在太尉公面前如何立足啊？”（《宋书·自序》）

这最后一句话就是沈林子的潜台词，沈田子听了兄弟的话也是一惊，有道理。古往今来要和老大争功的都没有什么好下场，远的不说，前些年的刘某人就是前车之鉴，所以沈田子立即下令大军停止追击，原地驻扎。

八月初二，刘裕率领大军赶到了潼关，此前一直驻守定城的东平公姚赞在刘裕的大军到来之前就已退到了郑城（今陕西华县），潼关就算是破了，只是檀道济当初是三月到的此处，以晋军的强大战斗力，也花费了五个月时间才打下这整座潼关，所以潼关也算不负天险之名，名不虚传啊。

潼关被破之后，下一个关隘就是蒲阪城，这个要塞也不是一般的难打，比起潼关来也是丝毫不差。当年的拓跋珪在柴壁之战中打败姚兴，又追到这里，发现苦战不下才撤军退走的，几个月前的檀道济也止步于这处城下，可以看得出来，这座城池的防御依然很强。

那么这一次就轮到刘裕来碰这个硬钉子了，只是刘裕在这次北伐中还没有同后秦的军队出过手，所以他就任命朱超石为河东太守，让他会同振武将军徐猗之和后秦降将薛帛，再次进攻蒲阪城，只是没想到一直战无不胜的晋军此次居然在蒲阪城下遭遇到了滑铁卢之败。蒲阪城的守将姚和都与姚璞两员大将带兵迎击晋军的进攻，此时秦军大概也知道本国到了生死存亡的时候，士兵们犹如天神附体，不计性命冲杀向前，一战之下，徐猗之战死沙场，而朱超石则带着残兵败将退回潼关城。

十二

晋军居然败了，听到这个消息的后秦东平公姚赞大喜过望，他马上派了刘裕的死敌——司马国璠出使北魏，让一路尾随刘裕而来的后秦大军沿着黄河北岸西进，逐渐靠近晋军的身后。不过这个时候的北魏大军并不敢直接攻打刘裕的部队，他们只是在等待刘裕久攻不下退兵的那个时机，到时候可以趁势追杀，这样击败刘裕的可能性就会大增。

北魏的军队前些日子才败于刘裕之手，从上到下无论是大将还是士兵对于刘裕那是相当的忌惮，只不过这次刘裕的手下进攻蒲阪城失败，也让北魏的人胆气一壮，原来刘裕的手下也不是神，他们也会犯错误。只要刘裕犯了错误，那么机会不就来了么？

至于身后多了许多打酱油的看客，晋军上下都有些担心，因为那些看客不是平常人，而是拿着刀枪，穿着盔甲的北魏士兵。虽然这些士兵现在比起以前要安分了许多，这自然是因为刘裕的存在他们才会那么乖，但是万一晋军有什么错误的决策，或是战事不利，他们想必也会不介意对于晋军的不利处境来个雪上加霜的。

尤其是现在朱超石攻打蒲阪城失利而回，无论是后秦、北魏还是晋军上下都在看着刘裕要怎么解决这个难题。这种情况之下，刘裕和他手下的将领都知道，如果久攻不克，对于战局实在不利，加上这几日是夏秋之交，渭河的水位大涨，龙骧将军王镇恶，便请求率领一支偏师从黄河开进渭水，然后直趋长安，只要长安一破，那么后秦也就亡国了，至于其他各地的一些什么强关守也是白守。

经过仔细考虑之后的刘裕，同意了王镇恶这个有些冒险的计划，如果成功那自然什么都好说，如果不成功那王镇恶所部就会因为孤军深入敌人的地盘而后退无门了。此时后秦的关东之地虽然都已经被晋军所夺，但是此时长安周边各处关键的地方，都有着后秦的人马守着，比如后秦皇帝姚泓集合了上次战败的残兵守在灞上，恢武将军姚难驻防香城（今陕西大荔县东南），东平公姚赞所率的秦军主力在郑城（今陕西华县）。

王镇恶率领的水师一入渭河，便被河边的秦军发现。王镇恶手下使用的船只是晋军专门用来侦察敌情的艨艟斗舰。这种艨艟斗舰轻便好使，外面的人看去，就是看不到有人驾驶。这个船只却可以自动行驶，而且速度还非常快，比起后秦那些技术落后的小船可是快了许多。外面的秦军看了只会惊叹，没人怎么可以行驶得这么快，难道是什么新式的战船，或是像诸葛亮的那些木牛流马一样，不需要人力来操纵的奇物，再或是神人下凡？

后秦的皇帝姚泓知道这个消息之后大惊失色，马上给姚难和姚强下令，让两人阻击渭河中的王镇恶那一部人马。只不过恢武将军姚难原本就准备放弃香城，向西撤退，赶往泾上（注：泾水注入渭水处附近）。只是王镇恶知道后立即让手下的人紧追不舍，此时奉了姚泓之令的镇北将军姚强也率领了数千军民赶到此地，与姚难会师，然后两人就一起封锁了渭河的水道，准备与河中的王镇恶大战一场。

王镇恶没有亲自出马，只是派出了自己的手下龙骧司马毛德祖，一战就攻破了两人的防御阵地，把两人打得落花流水，姚强也在这一战中被杀，姚难则是仓皇逃入长安。渭河水道前面再也没有什么能够阻挡王镇恶前进的脚步，他离长安城也是越来越近。

差不多同一时间，刘裕也率兵向东平公姚赞驻扎的郑城进逼，以掩护王镇恶的行动。姚赞也承受不住刘裕的压力，只得退守灞水东岸。姚难战败而逃，姚泓一边从灞上移师石桥（注：长安城北面东侧第一门洛门外的东北），然后调集了周围所有的军队重新部署，力图打一场长安守卫战。具体的排兵情况如下，将军姚丕把守渭桥（注：即中渭桥，在长安城北偏西，渭水之上），辅国将军胡翼度屯兵石积（今陕西华县西南），东平公姚赞原地布防于灞水东岸，姚泓自己则驻守于逍遥园（注：长安西北，当初姚兴给高僧鸠摩罗什及其弟子们安排的讲经之处），以自己这一点为中心，随时策应指挥。此时后秦在长安附近还有数万大军，其势不小。

王镇恶率领的那队轻装水师驾驶艨艟斗舰沿着渭水直向长安而去，这个看不到人，只看得到船动的景象实在吓坏了不少的后秦军士，沿途守卫各据点的军士吓得落荒而逃。八月二十三日，王镇恶的水军就顺利抵达了长安城外的渭桥之下，此时天色还是凌晨，加上时已近秋，太阳出来得也比较晚，外面仍是漆黑一片，王镇恶一声令下，先让士兵们吃饱喝足了，然后带上所有的武器准备登岸，并且下了死命令哪个最后登岸就杀哪个，但是在登陆的时候也要小心行事，不得惊动不远处的守军。

晋军快速而又悄无声息地下船登岸，然后在岸上排成一个整齐的阵势，等候王镇恶的训话。看到手下人都依令行事，王镇恶很是满意，只是这渭河水流湍急，而那些艨艟斗舰因为没人打桩系好，就随着河水的流向东去，倏忽之间就不见踪影。看到这一幕的晋军之中有些人就脸色发白了，这要是没了船，我们还怎么回去啊？

其实王镇恶行的就是破釜沉舟之计，这些艨艟斗舰就是他故意任它漂走的，但是士兵们心里肯定会有恐慌之情，因此王镇恶展开他的三寸不烂之舌，鼓动手下的士兵，"兄弟们，前面不远就是长安的北门，而我们家却在江南之地，离此有万里之遥，现在战船、衣服、粮食都被流水冲走，我们已经后退无门了，唯有进攻，才能让我们保住性命，胜了就建功立业，封妻荫子，败了就是死无全尸，埋骨异乡，大家一起冲吧。"

说完这些话，王镇恶就奔在最前方，带头向后秦的渭桥大营冲杀过去，看到一向武艺很差、轻易不上战场的老大此时都身先士卒，其余的晋军都是士气高涨，踊跃奋击。此时的天色还没有亮，秦军的大将姚丕还不知道是个什么情况，手下的军队还没有聚拢过来，就被快速杀入营中的晋军给冲散了，这段日子秦军也是习惯打败仗了，一看到大势不妙就脚底抹油——溜了，逃跑的方向正是长安北门。

此时驻守在逍遥园的姚泓听说渭桥战事又起，马上带着手下的军队赶来救援，只是这些逃跑的秦军那个速度有些疯狂了，他们也只顾逃命，完全没有看清前面来的到底是敌是友，这些残兵败将没有大将的约束，一哄而上就把姚泓带来的援兵给冲散了，谁说败军力量不强，在某些方面来说，他们还是很强大的。

败军们想要逃回长安城，而姚泓带来的援军则是想要尽快赶往战场救援友军，这一下碰撞就像是火星撞地球，只不过败军们的情绪有些不对劲，冲散了姚泓的援兵也没有感觉，他们丝毫不知道刚才这里面有他们的皇帝陛下，甚至不知道在刚才的踩踏事件中，有许多的高级官员没有命丧战场之上，反而被自己给踩死了，想必那些不幸冤死的后秦大臣下了地府也会对这些败军咬牙切齿吧。

不过姚泓的运气还是不错的，他一看到情况有些不对，马上就让出了中间的大道，然后单骑逃回了长安城。这一战之后，长安城周围后秦的抵抗力量算是全部被消灭了，而晋军在王镇恶的率领下就跟随着这些败军的脚步顺势攻入长安城。

这刚刚回到皇宫还没喘口气的姚泓一听说王镇恶的大军已经进城，吓得他马上叫上亲近的姚氏宗室带着数百骑兵奔向石桥，准备投奔此时手中还有军队的东平公姚赞，只是临到出城的时候，才发现长安的城门居然都已经被晋军给封了，他也只得退守皇宫之内，而忙于占领外城的王镇恶因为兵力太少又要镇压先前的溃兵，又要封锁城门，此时也没有顾得上攻打皇宫，因此这内城之间一时也就暂时没事。

此时，驻守灞东的东平公姚赞听闻长安城下姚泓又一次战败了，他马上率军来援。灞东离长安城没有多远，大概也就四十里左右，可是这路程还没行到一半，半路上就遇到了先前的败军，姚赞一问才知道连长安城都被王镇恶给占了，随行的士兵也不是傻子，这种情况下还有人肯前去送死吗？说不定连皇帝都被晋军给杀了。这人心一散，队伍就不好带了，后秦的士兵们互相使个眼色，还没等姚赞反应过来，就一哄而散了。

第二天，也就是八月二十四日，姚泓跟自己的臣下与家人说，他准备投降。不久之前，晋军已经把姚赞来了又退走的消息传达给了皇宫之内的人，其他的人都没有什么意见，毕竟好死不如赖活着，这世上有谁愿意去死啊？不过此时有一个人提出了反对的意见，那就是姚泓年仅十一岁的儿子姚佛念，他对姚泓说，“从晋人对待南燕慕容氏的手段来看，他们肯定会杀了我们，我们就算是投降，最终也难逃一死，我看不如自杀，这样还能保全一些颜面，少受一些屈辱。”

尽管姚泓知道儿子说的话有道理，可是他生性懦弱，此前要不是实在没有办法了，他也不会亲自率军出征。尽管希望渺茫，他还是狠不下心来自杀，只是面色悲戚，没有回答儿子的话，姚佛念一看就知道姚泓不想死，也没有理他，自己登上宫墙，投地而死。

不久之后，姚泓率领自己的妻子儿女，文武百官，前往外城王镇恶的大营投降，随后，就被王镇恶的手下关入大牢。

一百多年前，西晋末帝愍帝司马邺在此投降匈奴，百年之间，这长安城换了一代又一代的主人，此时终于又回到了华夏汉人之手。长安城被收复，代表着北伐大业基本上完成了一大半，毕竟原来西晋王朝领土的三分之二都被刘裕收复了，剩下的三分之一，如果刘裕想要完成它，也只是时间问题罢了。

此时此刻，无论是北伐大军的各位将领，比如沈田子、王镇恶等人，还是统帅刘裕，他们建立的功业超过了史上任何一个想要北伐的大将，比如祖逊、桓温等人。而在后世之中，刘裕广为人传颂的功绩除了却月阵之外，就是北伐的成功，尽管最后未竟全功，可是不得不说，刘裕的北伐是除了朱元璋之外能以南统北的最为成功的一次北伐。

三十四章 平定关中

姚泓投降之后，这后秦的政局就算是彻底垮台了，关中其他的后秦将领都纷纷投降，比如辅国将军胡翼度早在之前就悄悄向王镇恶投诚了，还有东平公姚赞也率领手下不多的人马投降了晋军，至于晋军原先久攻不破的蒲阪城在长安陷落之后也献城投降。关中之地近百年来一直由胡人统率，少数民族统治关中，就像是当年的前秦氐族一样，根基不稳，一旦强敌来袭，很快就会丧失统治的基础，现在后秦败落得如此之快也是如此。

王镇恶彻底掌握长安城之后，就大肆宣扬朝廷的威德。长安城中的汉人与胡人加起来共有六万多户人家，王镇恶身为前秦宰相王猛的孙子，关中的百姓对他本来就有不少好感，再加上他入城之后对百姓加以安抚，对军队更是严加号令，没有发生什么士兵抢掠的事情，长安城中的百姓一时对于城头变换的大旗也没有什么反应，还是像平常一样安居乐业。

王镇恶此时的声望也达到了他人生之中的最顶点，攻城掠地自然是大大的功劳，可是安抚占领区的民心也是一项不错的政绩。但是，天下间的万事万物无论是兴盛衰败都有其定律，如同草木有枯有荣，月亮有圆有缺一样，有一句话叫物极必反，盛极而衰，北伐大军与刘裕达到了他们人生的最顶点之后，也免不了要走下坡路，虽然笔者心里也不是很高兴，但是历史就是如此。

九月，太尉刘裕把潼关至长安的道路打通之后，开始赶往长安城。城中的王镇恶知道之后，马上带着手下的几员大将跑到了四十里之外的灞上去迎接刘裕的到来。

要说刘裕心里对王镇恶的才能还是很看重的，这个小伙子在打仗这一方面还是很有两把刷子的，只是这个家伙太爱表现了，常常把自己的话不放在心上，当初自己让他们留在洛阳，等到自己与大军到来后一起攻打长安，没想到这家伙居然看到有便宜可占，就把自己的话当成耳旁风了。虽然在攻打长安的时候，他们又出了一些问题，但是凭着王镇恶自己的本事总是能把自己挖的坑给填好，刘裕也就不好再说什么了。

但是，这个家伙爱出风头的毛病还是让刘裕有些不爽，尤其是他攻下了长安城，这可是灭国之功啊。最重要的是他居然接受了姚泓的投降，姚泓怎么说也是一国之主，虽然是亡国之君，但是后面还有刘裕这尊大神。王镇恶此时是什么身份，只不过是一个龙骧将军罢了，怎么样也轮不到他来接受姚泓的投降吧。由此可见王镇恶在打仗这方面是个好手，可是政治这一方面可就算得上是小白了。

刘裕到了灞上之后，两人一见面，刘裕就对王镇恶说，“就是卿家帮我完成北伐的大业啊。”王镇恶一听大为惶恐，赶紧伏地跪拜，然后极端谦虚地说，“北伐能够成功都是靠您老人家领导有方，还有各位将领的鼎力相助，我是没有什么功劳的。”

刘裕看他说这样的客套话，心里也很舒服，就笑着对他说，“你难道要学冯异吗？”（注：冯异是东汉初年光武帝刘秀手下的名将，外号大树将军，为人谦退不伐，也就是从来不争功劳的人。）

此时此刻，刘裕与王镇恶之间的谈话可以奉为将帅和谐的一个经典案例，但是王镇恶真是能够像冯异那样做到谦退不伐吗？从后面的历史中我们可以看到，这显然是不可能的，王镇恶也只是表明他的一个姿态，而刘裕需要的就是他这一个谦虚退让的表现，其中的虚伪之处是个人都能瞧得出来，只不过政治就是这样。

刘裕到了长安城之后，对于姚氏的那些皇家宗室，没有二话，无论是先前带兵抵抗晋军的平原公姚璞、东平公姚赞等人，还是后来投降的蒲阪城守将尹昭，都是一个字，那就是杀。至于姚泓吗，他作为后秦的最后一个皇帝，就如同当年的南燕末主慕容超一样，都会被送往建康城，然后斩首示众，把他的人头挂在朱雀旗下，以显示刘裕的赫赫军威。

至于原来投降后秦的司马休之、司马国璠、鲁轨等人知道自己要是落在刘裕的手中，也免不了断头台上走上一遭，他们早早地就投奔了北魏司徒长孙嵩。后秦匈奴堡守将姚成都与他的弟弟姚和都，举献城池，投降了北魏，拓跋嗣出于“南北友好”的传统，对这几人大加封赏，最差的也都封了子爵。他这么做其实也是为了出自己的一口气，甚至还下诏，声称民间百姓凡是救出姚氏子弟送到平城（北魏国都）的人，都重重有赏。

刘裕对后秦宗室的大嗣杀戮终于引起全部羌民的恐慌，真是三十年河东，三十年河西，这百年之中关中的主人一直都是胡人，哪想到现在又回到汉人的手中了。因此关中的羌民部众纷纷携家带口，离开生活了几十年的关中沃土，准备迁往西北陇西之地，一路之上，沿途增加的人数不断增多，形成了十几万人的大难民潮。刘裕命沈林子率军追击，俘虏了其中一万多人。

在刘裕看来，只是辖下一些不知好歹的胡人要逃跑罢了，杀了也就杀了这没有什么大不了的，但是要知道关中百年来都是胡汉杂居，现在的胡人甚至占了关中大多数的人口，这其中也有匈奴、鲜卑、氐人等失败的胡族政权后人，刘裕对羌人这种赶尽杀绝的做法也引来了其他胡人的戒惧，也为日后长安百姓驱除朱超石埋下了祸根。

这杂事处理完了，剩下的就是如何分配战利品，以及奖赏此次北伐成功的晋军将士。刘裕下令除了把一些后秦重要的礼仪工具，比如，皇帝车驾、祭祀用的器具、浑天仪、指南车之类的东西送回建康之外，其余后秦府库里面的金银玉石、绫罗绸缎、稀世珍宝一律分发给手下的将士，这样一来晋军的士兵每个人都可以说富得流油了，跟着刘大哥混，果然没错。

士兵们得了这天大的彩头肯定是很高兴的，但是那些将领们心里却未必会满意，因为第一个攻下长安城的王镇恶早把府库里的财宝都挑过一遍了。刘裕对这些财宝不是很在意，但是那些将领可不是圣人君子，凭什么你就要比我们分得多，甚至于你先挑了才有我们的份儿，这说出去我们都丢份儿。

因此马上就有人向刘裕上奏，说是王镇恶贪污了，贪污的数目还不小，中国自古以来就是人治社会，刘裕虽然也要求戒除贪污，但是因为王镇恶的功劳很大，所以对别人来说抄家灭族的大罪，刘裕就轻轻放过了。有人一看说王镇恶贪污不起效，立马就诬告王镇恶有造反之意，至于理由就是他私藏了姚泓的一辆御用辇车，意图自立。刘裕一听这还得了，这些代表皇家权力的东西他也不敢要，全部送往建康去了，难道王镇恶真的吃了熊心豹子胆了？

所以刘裕马上就派人去查，结果却是虚惊一场，原来王镇恶是剔取了辇车上的金银珠饰，然后把辇车抛弃到城墙的外面，他完全没有私藏辇车的意图，但是经过此事，刘裕确实对王镇恶起了一丝疑心。

本来王镇恶攻下长安城，大功就不好赏，史书记载的这件事我们一听就有些不敢相信，王镇恶既然已经先把后秦的府库都挑选了一遍，还有必要做得这么夸张吗？居然把姚泓车驾上的金玉饰品给挖了藏匿家中，而且还做得这么光明正大，实在是有些不符合他的风格。

其实先前王镇恶大肆贪污府库中的财宝，刘裕就明白王镇恶是想向他表明，自己是一个贪财的人，自己没有争权夺利的心思，不会拥兵自立，更不会功高震主，所以他就自动送上了一个把柄交到刘裕的手上。王镇恶这是学秦国的王翦，他在伐楚的时候大军没有行动，反而向秦始皇多要田产，就是为了表明自己是一个贪财的人，以免引起主上的猜疑。刘裕是何等的人物，王镇恶的心思他一瞧就明白了，因此那么多人都说王镇恶有罪，他也没有处理。

只是这一次，王镇恶就表演得有些过了头，反而引起了刘裕的猜疑。毕竟王镇恶这一次做得太过让人不敢相信，他三番四次地表明自己没有野心，反而让刘裕猜疑他心里是有野心的。只不过王镇恶新立大功，又得关中百姓的支持，也没有露出明显的反意，刘裕也就把这件事记在了心里，日后他自有安排，从而也引出了后来的晋军内讧。

这大军攻下长安城后，叛逆也斩杀完了，将士们也都赏赐过了，刘裕做的第一件事就是去往长安城外祭拜汉高祖刘邦的陵墓。刘裕在刘邦的墓前说了些什么又做了些什么我们不得而知，但是我们从他接下来的动作就可以猜测一二。

拜祭完刘邦那个名义上的祖宗之后，刘裕就在未央宫大宴北伐大军的各位将领。未央宫是以前汉朝的政治中心，是皇帝处理政事的重要所在，也是皇城的权力中枢。酒足饭饱之后，刘裕在宴上向各位同僚提出了一个他早就打算好了的计划——迁都，把晋朝的国都由建康迁到洛阳，这样做不仅是为了立足中原，为进一步的恢复故土做准备，再一个原因就是建康城经过东晋朝廷的百年经营，刘裕在那里篡晋自立还是有不小的风险的，可是到了洛阳之后，那些世家大臣也就没有了根基，揉捏搓捻还是由他刘裕说了算，这一点就跟当年的曹操把大汉都城从洛阳迁往许昌有异曲同工之妙。

可惜，刘裕的这个想法刚提出来，就遭到了下属们的反对，其中最有分量的不是别人，正是太原人王仲德。

三十五章　得而复失

一

王仲德祖上是太原人，他也是在北方长大的，当年还在前秦苻坚的手下做过官，为什么他也会反对这个提议呢？王仲德是这么回答刘裕的，“晋朝的根基一百年来都是在南方，如果一旦迁都，恐怕会引起举国的骚乱，令人心震荡，更何况大军出征时日已久，人心思归，这迁都的计划还是不要在士兵们的面前提起来为好。”

其实王仲德开头所说的什么晋朝根基就在南方，这句话在刘裕眼中那是狗屁不是，他就是故意要掘了司马氏与世家们的根基，不然将来他怎么能够自立？当年桓温北伐的时候也曾提过要迁都，可是那些世家们哪个不是人精，纷纷反对，以桓温的强势也没能实行。现在刘裕要迁都最大的困难不是朝中的那些人，而是王仲德所说的最后一句话，将士们离乡已久，人心思归。

桓温没能迁都成功，是因为世家的阻挠，而曹孟德能够迁都成功，除了当时洛阳被董卓一把火烧了之外，还因为洛阳离河北的袁绍很近，有着外部的威胁，所以他才能迁都成功。可是现在，刘裕把整个晋朝内部打造得像个铁桶江山一般牢固，再加上他两次北伐，先后灭了南燕与后秦，外部的威胁可以说没有，那些大臣们怎么可能会同意迁都？

最重要的是王仲德最后那一句话点明了事情的本质，刘裕能够取得如今的成功，都是靠着手下的北府军将士们大力拥护，可是为什么士兵们会拥护刘裕？就是因为刘裕自己虽然很节俭，可是对手下人却很大方。平桓玄的时候每个建义功臣都有赏赐，后来的保卫建康战也是如此，就连大军出征之前刘裕得了一个琥珀瓷枕也捣碎了分给手下的士卒，这次攻下长安城的金银赏赐更不要说了，就连土断时京口的军户也不在土断之列，这一条恐怕是最主要的原因。

可是现在大军出征也有一年多了，大军胜利之后，士兵们只想快点富贵还乡。这厌战的心思一起，他们怎么可能还愿意留在北方。要是刘裕真的提议迁都到洛阳，将士们恐怕不知道还要在北方停留多久，这军心动荡之下会发生什么事谁也不知道。因此王仲德隐讳地一说，刘裕也就明白了，王仲德的话也代表着绝大多数的北府军的心声，他只得放下此事不提，日后再找时机行动。

再说东晋灭了后秦之后，周边他国是如何反应的，北魏拓跋嗣就不说了，虽然不能大军出动讨伐刘裕，可是他就是要收留刘裕的政敌，给他添一些堵，甚至还加封刁雍为建义将军，让他自己召集人马，活动于黄河、济水之地，侵扰晋朝的徐州、兖州之地。这个刁雍乃是当年刘裕在建康所杀的刁逵的侄子，他这样做既可以恶心一下刘裕，刘裕也没有证据直接找他开战。

至于北凉的河西王沮渠蒙逊听说刘裕灭掉了后秦之后，十分愤怒，当然这其中也有怕的成分。他手下有一个门下校郎叫刘祥的进宫向沮渠蒙逊奏事，他正好是一个汉人，而且身上穿着华服，沮渠蒙逊看了之后暴跳如雷："你是不是听说刘裕进了关中，就故意穿得如此漂亮来我面前碍眼的。"于是他二话不说就斩杀了刘祥，这个家伙实在是倒霉，正好撞在了沮渠蒙逊心情不好的时候进宫奏事，但也由此可见这个河西王恐怕是十分担心刘裕会继续进攻他的吧。

至于夏国的赫连勃勃，当初在刘裕决定北伐后，就断定他一定会攻下关中，可是他又判断出刘裕不会在关中久待，只会派出大将镇守长安，因此他早就让手下的士兵厉兵秣马，准备攻打关中。后来姚恢放弃安定郡，他就马上占据了这个军事重镇，现在刘裕大杀后秦羌人，令得大批胡人北逃，后秦岭北的各郡县、军事重镇、戍所都纷纷投降了夏国，免得遭受到刘裕的清洗，因此刘裕亲自写了一封信给赫连勃勃，相约结为兄弟之国，签约互不侵犯。

而赫连勃勃知道刘裕的使者要来，就命令中书侍郎皇甫徽先行写好诏书，自己彻夜背诵，务必做到滚瓜烂熟，让人看不出一丝破绽，等到东晋使者一来，赫连勃勃就摆架子似的要求当面口述回信，让手下人笔录，就这样赫连勃勃一番声情并茂地背诵后，一封言辞华丽的回信就出现了，而东晋使者也把这封回信带回去给刘裕看。刘裕一看，这个文采真不是一般水准的，听说赫连勃勃可以口述出来，更加佩服，要知道刘裕可是一个大字都不认识几个。于是刘裕非常赞叹赫连勃勃的文学水平，自愧不如，可是赫连勃勃虽然在回信中答应签订盟约，一边却暗中训练士卒，准备等刘裕走了之后就动手。

攻下长安之后的两个月内，刘裕都在处理着各种内政事务，同时也在为以后经营河北做着各种准备工作，这时建康城内的晋安帝司马德宗下诏加封刘裕为宋王，食邑增加十个郡的圣旨也到了长安城，可是刘裕没有答应。

没过多久，朝中发生了一件大事，那就是当朝尚书左仆射，领监军中军二府军司马之职，也就是刘裕留在建康城代替他处理朝政的心腹大臣刘穆之在去年得病之后，撑了几个月不治身亡了。

刘穆之死后，消息没多久就由朝廷加急报到了长安，刘裕知道后伤心欲绝，一连几天都是泪流不止。要知道刘穆之对刘裕的重要性，虽然比不上诸葛亮对刘备的重要，可是比起萧何对刘邦又重要了许多。刘穆之的死对于刘裕来说是个极大的打击，因为此时的刘裕身边早已没有几个值得相信的人了，刘裕能够放心使用的也就那么几个，可是刘道规病死了，何无忌也战死了，刘敬宣又被刺身亡，建义诸人早就没剩几个人了，现在刘穆之一死，他还真的找不到一个人能代替刘穆之的地位来替他坐镇建康城。

刘穆之死后，东晋朝廷准备让副留守徐羡之代替他的工作。中军谘议参军张邵虽然也不反对这个任命，可是他还是认为应该先问一下刘裕的意见再做决定。于是，这个问题就被交到了几千里之外的刘裕手上。刘裕知道后打算让自己的左长史王弘来代替刘穆之的职位，可是从事中郎谢晦却反对，他认为王弘为人有些轻率行事的感觉，不如徐羡之来得稳重。刘裕微一思考才决定任命徐羡之为吏部尚书、建威将军、丹杨尹，代管建康城的事务。

徐羡之虽然接任了刘穆之的职务，可是终究不能与他相比，刘穆之能做主的他就不能做主，所以过去朝廷中由刘穆之决定的大事，现在都送到北方，由刘裕亲自决定。这就等于说刘裕远在长安，却要决定千里之外的建康城内的大事。这样的事情就是放在如今这个网络相通的时代，都要出问题，更何况是那个封建时代了？最重要的是刘裕不仅要处理关中的军政事务，还要管着朝廷的那一摊子事，他又没有刘穆之那样一心四用的能力，这样一来刘裕的南归就要加速提上日程表了。

刘穆之没死之前，刘裕是准备经略赵、魏之地的，可是现在朝中的情况不甚明朗，他也怕自己的大后方出了什么问题那就一发不可收拾了，甚至会连累到现在的局势。不说别的，只说这十万大军的粮草要是迟了一天都会出大问题，更何况建康城中肯定会有人兴风作浪，趁机闹事的。

不过刘裕要走了，这留守的人选他就大费思量了，将士们辛辛苦苦打下来的地盘他肯定要派个比较放心的人来守着啊，因此刘裕任命他的次子、桂阳公刘义真为都督雍、梁、秦三州诸军事，安西将军，领雍、东秦二州刺史，这刘义真是刘裕最为宠爱的儿子，要不然也不会把他带在身边了，只不过这位小爷从小娇惯着长大的，今年又只有十二岁，怎么看也不像是个能理事的。

所以刘裕又仿照前例，以刘义真为主，然后派人辅佐于他，所以这关中之地的实际领导人是下面这两位，太尉谘议参军、京兆人王修为安西长史，主管关中的政务，再加封龙骧将军王镇恶为安西司马兼冯翊（今陕西大荔）太守，主管关中的防务与军权，还有其他的将领比如沈田子、毛德祖、傅弘之等人一起辅佐刘义真。这个班子看起来十分强大，让人一看就感觉到心惊肉跳，毕竟这一次北伐中立有大功的名将全都在这里面了，可就是因为如此，反而才惹下祸端。

沈田子自恃论功劳也不比王镇恶差，他在青泥大捷中一战打败姚泓几万大军，要不是因为兄弟沈林子的劝说，就是他来攻破长安城了，再论资历他从刘裕倒桓就开始跟随他，一路走来立功不少，凭什么王镇恶能够后来居上，因此他经常拉上傅弘之对刘裕谏言，“王镇恶的老家就在关中，他的祖父王猛又在关中有着很大的声望，您就不怕他自立为王吗？”

沈田子和傅弘之都是建义功臣之一，刘裕对他们俩倒是没有隐瞒自己的打算，“我之所以任命王修和王镇恶镇守关中，就是看重他们两个是北方人的身份，但是我又留下了你们这些将领和一万精兵，就是防备他的，要是他有什么不轨的心思，你们就正好灭了他，什么都不用多说。当年，钟会灭蜀立了大功准备造反，就是监军卫瓘临机处置得当，才没有造成大患，你们十几个人还怕打不过他一个人吗？”

刘裕的这个观点他自己认为是很正确的，可是这监军却是所托非人，明知道沈田子和王镇恶两人有很大的矛盾，还一个给军权，一个又监视对方，这不是明摆着让他们两人内讧吗?

二

晋军要班师回朝的消息传开之后，关中之地的父老乡亲听说刘裕要返回江南，一个个自发组织起来，跑到刘裕的大营之前痛哭流涕，“我们这些汉族遗民，一直都在被胡人统治，已经没有接受汉人的教化一百年了，直到前不久才看到汉家衣冠重现长安，人人都互相庆贺，长安城外的十座皇陵乃是刘公的祖坟，咸阳城（代指长安）中的宫殿也是您刘家的宅院，如今刘公要放弃它们，又要去到哪里？”（刘裕的祖宗可以推溯到汉高祖刘邦的弟弟楚江王刘交，所以这些老百姓才这样说。）

刘裕看到这些老百姓确实是真心诚意地恳请他留下，即便以刘裕的性子在此时也流下了感动的眼泪，他也不是不想恢复汉人祖宗的国土，但是现在他更多的却是一个政治家，他要为自己的身家性命考虑，为跟在自己身后的那一群人考虑。

因此刘裕只得好言劝慰，“诸位乡亲父老，我这次是接到了朝廷的命令不敢擅自停留，感谢诸位怀念故国的诚意，但是请诸位放心，我刘裕并不是不管这儿的乡亲了，我把自己最喜爱的次子留在这里，然后安排了一批有才能的人来辅佐他，同时也希望你们和谐共处，守好我们大家的领土。”

刘裕的话不是没有道理，在场众人都能感觉到刘裕的诚意，遂也不再纠缠。十二月三日，刘裕从长安出发，然后自洛水进入黄河，再开掘汴渠返回彭城，这是他原定返回的计划。只是刘裕这一走，轰轰烈烈的北伐大业仅仅完成了一部分，还没有彻底完成，便告一段落，实在是令人惋惜，更重要的是因为刘裕安排的留守大将不当，导致长安日后的内乱和得而复失那才是最叫人痛心的。

夏王赫连勃勃听说刘裕返回江南之后，大喜过望，他早就对关中垂涎三尺了，只是一直顾忌刘裕的存在，才不得不与他虚与委蛇，暗中却在后秦原来的重镇安定郡（今甘肃省泾川县北）训练士卒，只等时机一到，便放马入关。

赫连勃勃，字屈孑，原名刘勃勃，他出身于匈奴铁弗部落，他的父亲刘卫辰乃是铁弗部的首领。刘勃勃出身于一个匈奴贵族家庭之中，从小受到良好的教育，史上称他善骑射，多智谋，可是他的父亲在代国的拓跋珪征战时大败而归，后来为部下所杀。刘勃勃从此就过上了颠沛流离的生活，后来他投靠了后秦的姚兴，姚兴对他很是看重，大加封赏，可是这个刘勃勃纯粹就是一个白眼狼，对他有恩的人他从来都不是奉行有恩必报，对待恩主就如同仇人一样。别的不说，他当年落魄时得到过岳父没亦干的许多帮助，可是后来一发达就把岳父给杀了。

姚兴还活着的时候，他就已经磨刀霍霍地从后秦身上割下了许多的地盘，姚兴一死，他就盯上了关中这块根基之地。可是这时候刘裕来了，他思忖了许久，知道自己还不是刘裕的对手，就打算趁刘裕走后再夺取关中，那样就容易得多。

这时候他马上就召来了心腹王买德，向他询问如何取得关中的计策。王买德大夸海口，"关中的地理位置十分重要，而刘裕却叫他的幼子镇守，自己却急不可待地跑回建康城，肯定是想要篡夺晋朝的皇位，所以没有把中原这块地盘放在心上，这可是天赐良机，我们一定不能放过，至于如何进兵，小臣是这样想的，青泥（今陕西蓝田）、上洛（陕西商洛）是沟通关中南北的两个险要重镇，陛下不如先派游击部队骚扰这两个地方，切断晋军的粮道和退路，然后派人堵住潼关及崤、陕谷地那一边的古道，切断他们与外面连通的水陆通道，之后陛下就向三辅地区发布檄文，这样恩威并施之下，刘义真这个小屁孩就如同瓮中之鳖，想逃也逃不了，陛下手到擒来，不费吹灰之力。"

赫连勃勃听了之后大喜过望，果然不愧为军师之才，然后依计行事，赫连勃勃任命他的长子抚军大将军赫连璝为都督前锋诸军事，率领骑兵二万人直奔长安，命第三子前将军赫连昌堵住潼关，任命王买德为抚军右长史，屯驻青泥，而赫连勃勃本人则亲自统率大军尾随在后。赫连勃勃此时也是学着刘裕分兵前进，然后自己率大军镇守后方，以防备北魏可能出现的人马。

公元418年正月，夏军的前锋赫连璝率领二万骑兵出现在渭阳（渭水以北），关中之地有许多的百姓都纷纷前来投靠夏军，投降的人数多不胜数，络绎不绝，此时刘裕大杀后秦宗室的恶果就显现出来了。不过这也不是第一次了，早在去年闰十二月的时候，秦州、雍州的百姓就有一千多户投降了北魏，后面又有逃亡的百姓不断涌入北魏，不过这些人应该是氐、羌的胡人百姓，不是汉人。

龙骧将军沈田子此时正驻防在长安的北方，马上率军出战，可是到了之后才发现夏军势大，居然有两万骑兵，兵力相差实在悬殊，自己的人马不是敌手，就退回了刘回堡，然后派人向镇守长安的王镇恶要援军。

王镇恶老早就对沈田子这个不服自己管教的老资格将领不满了，此时此刻哪有不故意埋汰一下沈田子的，因此他就当着安西长史王修和那个信使的面把沈田子给大骂了一顿，并且对王修说，“刘公把他才十岁大的儿子托付给我们这些属下，这是对我们的信任，诸位同僚应该同心协力辅佐桂阳公（刘义真）才对啊，可是沈田子这个家伙拥兵自重，迟迟不向敌军发动进攻，那要到什么时候才能打退敌人的进攻？”

那个使者回去之后，添油加醋地说了许多王镇恶的坏话，什么那个家伙不把大人放在眼里，当众羞辱大人什么的，沈田子听了之后越加愤恨王镇恶，不过官大一级压死人，王镇恶此时是安西司马，也是刘裕任命的长安军方第一人，他沈田子也要听从王镇恶的命令，现在王镇恶不但没有派援军，反而对我大加污蔑，他是不是想要看着我被夏军杀啊？

沈田子是越想越气，在他看来，夏军势大，己方不敌，向镇守长安的王镇恶讨要援军乃是理所当然的，可是王镇恶不但不派出援军，反而有让他自生自灭的意思，这就是明显的借刀杀人了。

接着沈田子又想到刘裕在临行之前和他悄悄谈过，只要王镇恶有反意，可以先杀了他。此时此刻，沈田子也就越发怀疑王镇恶想要图谋不轨，想要先杀了自己这个长安军中第二人，然后好做关中王。沈田子本来就对王镇恶有成见，这时越想就越觉得是这么一回事，所以他不自觉之中就把王镇恶比成了钟会，而自己就成了卫瓘，他自认为是占据正义的一方，加上又有刘裕的面授机宜，这心中的火一旦烧了起来，就再也熄不了了。

此后不久，军中就流传着一条极为恐怖的流言，流言的速度很快就传遍了关中的晋军耳中，流言大概是说，王镇恶打算背叛朝廷，杀掉关中全部的南方将领，然后只派几千人护送刘义真回建康城，自己关起门来称关中王。这条流言的杀伤力可是极为惊人的，如果王镇恶真的坐实了这条罪名，恐怕满门抄斩都是轻的。

军中的流言蜚语不断，一传十，十传百，可能关中全部的守军都知道了，就是王镇恶他自己不知道，他依然率军来到北地（今陕西铜川市东），以抵抗夏军的进攻。在正月十五这一天，沈田子请王镇恶到傅弘之的大营商讨战事，然后又屏退左右的侍从，说有要事相商，王镇恶没有丝毫的怀疑，他也不认为沈田子有什么胆子敢谋害他这个上司。可就在这个时候，沈田子早已埋伏好的杀手，也就是沈田子的同族沈敬仁，突然跳出来杀死了这位武力值不高的一代名将。

杀死了王镇恶之后，这事情肯定不会就这么完了，沈田子要杀王镇恶只是出于私怨，就算是怀疑他要谋反也没有切实的证据，不能服众，于是沈田子就对外宣称他是受了太尉公刘裕的命令行事的。而沈田子早就打算好了，等这里的事情一完，他就马上前往长安城向刘义真请罪。

只可惜沈田子的老战友傅弘之，他见到沈田子杀王镇恶的情景实在是大吃一惊（史上有传说他和沈田子是同谋），马上偷偷地逃出军营，然后返回了长安城，向刘义真和长史王修禀报了沈田子杀王镇恶的事情。

刘义真听了之后大吃一惊，刘裕哪里有命令要杀王司马，怎么自己这个儿子都不知道，难道是沈田子他要谋反？王修和王镇恶都是北方人，他们两人这些日子合作得愉快，眼见王镇恶被杀，他心里自然也不好过，王修立即命令长安的军士全副武装，严阵以待，然后登上长安北面的横门，随时观察局势的变化，看这沈田子到底是不是带兵入长安的。

可能沈田子自认有功无罪，他带着几十人也没有多加防备就进了长安城中，可是他一进城就被王修的人给逮捕了，然后王修当着晋军多位将领的面上，历数他擅自杀戮大臣的罪行，然后将他斩首。

留守长安的两员名将曾经都为朝廷立下汗马功劳，在当今之世，他们两人也算是数得上的一号人物了，没想到这两人没有战死沙场，却死在了内部的权力争斗之中，实在令人无语。按说沈田子既然声称是遵从刘裕的命令杀了王镇恶，王修虽然身为长安的主政人选，但也没有权力杀害沈田子这样立有大功的将领吧，更何况这其中还牵扯到了刘裕。从这里也可以看出来刘裕手下的军队将领此时也分成了好几个派系，这次王镇恶与沈田子的死只是其中的缩影，还有更大的内耗在等着晋军了。

王镇恶与沈田子的事传到刘裕耳边时，他也感到有些无语，只是此时刘裕就算是后悔也有些晚了，东晋朝廷追赠王镇恶为左将军、青州刺史，刘裕称帝后又追封王镇恶为龙阳县侯，至于沈田子，刘裕也没有祸及他的家人，只说这家伙神经出了问题，犯了狂悖之症。

三

王镇恶既然已经死了，那么安西司马这个职位也要人来接替，于是王修就任命冠军将军毛修之为安西司马。毛修之也不是刘裕的嫡系北府军一系，他出身于益州毛氏，只是全家都被谯纵杀了而已。要知道此时的傅弘之可是排名在毛修之之前，从这个任命就可以看出留守长安的几个主要人物之间矛盾已经很深了。

正好此时夏国大军进攻，就由傅弘之临危受命代替沈田子前去抵抗敌军，此时的晋军内部尽管死了两员大将，可是士兵的战斗力还是很强的，而且长安的防御体系也建得不错，尤其是傅弘之本身也算得上是一员不错的将领，他率领晋军在池阳（今陕西泾阳）大败夏国赫连璝所率领的两万夏军，然后乘胜追击至寡妇渡（今甘肃庆阳县北），再一次大败夏军，粉碎了夏军对长安的进犯。

这两仗之中傅弘之斩杀和俘虏的夏军非常之多，夏军也因此伤了筋骨，不得已之下只得暂时退兵，至于夏国王买德先前吹嘘的要在十天之内生擒刘义真，就完全成了一个大大的笑话。赫连勃勃听说之后也大吃一惊，他的反应也让人吃惊，他出兵之前应该是倾全国之兵而来的，只是赫连璝失利之后，他也没有选择为儿子报仇雪恨，而是直接退守安定城。这个赫连勃勃也就是一欺软怕硬的主，现在看到晋军不像他以为的那么废才，就退缩了。

本来吧，只要长安城的局势一直维持下去，就算赫连勃勃再次大军进逼，想必以晋军的本事完全可以打退的，可是偏偏此时长安城里又出了一些幺蛾子，而这次“犯事”的不是别人，正是当前关中名义上的最高领导人刘义真小朋友。

刘义真，是刘裕的次子，因为刘裕早年征战在外，除了长女刘兴弟之外，没有生出一个儿子，而他的儿子都是在他四十岁以后，也就是在倒桓成功之后才出生的。这刘裕在军事政治上有着别人无法企及的智慧，同时他也是一个有血有肉的普通人，对于他的几个儿子就格外宠爱，毕竟是老来得子，我们也可以理解。

至于这个次子刘义真因为长得比较可爱、乖巧就更得他的宠爱，可是刘义真小朋友从小就在蜜罐里长大，没吃过苦或是经过风吹雨打，我们当然不能指望他能够像他老子刘裕一样英明神武了。

但是，刘义真的年纪虽然只有十二岁，可是他身上的官衔却已经不少了，比如他此时管着秦、雍、梁三州之地的军事大权，同时还兼任着秦、雍二州的省长，同时还是安西将军，手下管着几万的兵马大权，他的职务就连以前北伐第一功臣王镇恶也比不了，只不过人家有一个好爹，这也是应该的，谁让他投了一个好胎了。

或许是从小出生于一个公侯之家，这刘义真小小年纪已经开始懂得笼络人心了，只要下面的人说了几句好话或是帮他找了什么好玩意儿，刘衙内都大方得很，对那些人赏赐颇丰。这样一来，刘衙内豪爽大方的名声就传遍了整个长安城内外，有些善于投机钻营的小人这时候就像是闻到了腥味的猫一样，全都一股脑儿地跑到刘衙内的麾下拍马逢迎。当然，这不仅仅是为了一些赏赐，更重要的是刘义真身为刘裕的儿子，只要把他伺候好了，将来的荣华富贵那还用说吗？

可是这时候，刘义真不加节制地赏赐那些小人惹恼了一个人，那就是长史王修。这个王修在史上没有什么名气，也没有具体的记载，可以肯定他不是出于当时的高门大户琅琊王氏。史书上提过他是京兆人，也就是长安人，刘裕当初在临走时是把刘义真交给了他，就像王镇恶所说的一样，刘公把他的幼子托付给属下们来带，这是多大的信任啊。

因此王修一边兢兢业业地处理关中的事务，一边还要负责教导刘义真。在王修看来，刘义真的行为已经可以称得上是滥赏了，这种行为对于他将来的成长那是极为不利的。所以王修屡次阻止刘义真赏赐那些讨好他的人，这样一来，刘义真身边的那些小人就受不了了，经常构陷于他，这个王修虽然管着关中，可是大人还是他名义上的上司，他这也太不把您放在眼里了吧。

他们这样做的目的不为别的，只为搬开王修这个绊脚石，让自己的利益能够最大化，至于长安没了王修会引起什么后果，这些东西以他们的智慧想必是考虑不到的了。想到就要做，所以这些人他们天天都跑到刘义真面前说，“当初沈田子之所以杀王镇恶，是因为王镇恶要造反，而王修杀害沈田子的原因，就是因为他和王镇恶一样也想造反。”

刘义真今年十二岁，放在现在来说正在读小学六年级，即便他出身不同，可能远比同龄人早熟得多，可是在分辨一件事情的真伪时，也难免丧失了他自己的判断力，在他看来，自己身边的这些人天天陪自己玩，让自己很高兴，可是那位王先生整天就黑着一张脸，只知道教训自己，这两相一比较，加上众口铄金，群小们说的多了，刘义真也就渐渐信了。

十月，刘义真在群小的策动下，突然命令自己的亲信刘讫诛杀了王修。王修一死，整个关中地区晋朝的文武官员立即失去了主心骨，人心一下子就散了，所有人都像无头的苍蝇一样，各自为政，再也没有人能够掌握当时的局势，关中的政令不一，让百姓们更加惶恐。

这时候刘义真好像也发现事实有点不对劲了，他做了一件符合他当时年纪的蠢事来，那就是把驻防于外地的大军全都召回长安城内，然后关闭城门自守，这说明他当时很缺乏安全感啦。

关中的局势再次大乱，长安城以外的郡县没有大军的保护，只得投靠了夏国的赫连勃勃，虽然很多的汉人百姓心中肯定暗中失望了，可是这一百年来还不都是这么过来的。得到长安内乱消息的赫连勃勃大喜过望，他马上派了大军乘夜攻打长安城，可是晋军虽然龟缩于城内，这战斗力还真不是盖的，赫连勃勃愣是没法打下来，他只得先占据咸阳城（在长安西北），然后封锁长安城与外面的联系。史书上记载当时长安城外，砍柴的路都被夏国大军给封了，务必不让一只鸟儿飞出长安。

以刘义真的年纪加阅历来看，实在是不能胜任关中统帅之职，可能有人也会说，慕容垂十四岁当了先锋官，拓跋焘十二岁赴边塞防备柔然，夏完淳十三岁随父起兵抗清，年纪实在不能作为一个人失败的理由，可是成长的环境不同，这造就的人也就不一样了。

可能刘裕也没有想到刘义真会有这么大的胆子，居然敢杀他任命的辅佐大臣。要知道刘裕当初之所以任命王修和王镇恶为关中的政军首脑，就是看重他们两人是关中人的身份，毕竟关中的形势和江南不一样，现在两人一死，长安城内的局势迅速崩盘也就可以理解了。

此时已受封相国、宋公的刘裕知道刘义真在长安城的事之后，担心这个儿子会惹出更大的事来，先派辅国将军蒯恩前往长安，征召刘义真回到江南，然后才任命相国右司马朱龄石为都督关中诸军事、右将军、雍州刺史，代替刘义真镇守长安。

此时的刘裕大概知道关中连续出了这么多事以后，别说再提什么讨伐夏国与北魏，恐怕关中的基业也保不住了，因此在朱龄石临出发之前，刘裕就对他说，“你到了长安以后，让义真轻装疾速前进，最起码要出了潼关，才可以放慢脚步，另外如果关中确实难以驻守，你也可以与义真一道回来。”同时，他还派中书侍郎朱超石慰劳黄河、洛水一带（洛阳）的军民，以安定人心，同时也是为了接应刘义真和朱龄石。

辅国将军蒯恩到长安城宣布刘裕的命令，担惊受怕很久的刘义真和那帮小人终于发现天儿变蓝了，这心情也就好了，可是刘公命令他们轻装简行，那么他们在北伐中所搜集到的财物又怎么办呢？于是这帮小人再次蛊惑刘义真，大人，明公让我们轻装简行，可是那么多的财物留在这里实在太浪费了，反正我们以后也不来了，不如我们趁此时机再捞一把？

于是，十二岁的刘义真决定把坏人坏事做到底，他放纵手下的将士在长安周围大肆掠夺，只要是将士们看到的值钱玩意，都把他抢回来，甚至于当地百姓的妻女有长得漂亮的也被掳入军营。自刘裕掌权后一直军纪森严的晋军这时候就放开了心中的魔鬼，抢夺、劫掠无所不做，就只差杀人放火了。长安城中那些原来对王师的到来充满感激的百姓们此时都失望了，也由此引发了后面的驱逐朱龄石。

刘衙内抢够了，也捞够了，终于决定起程返回建康城了，跟随他出发的车辆上全部装满了金银财宝，还有美貌女子，一边是财宝，一边是美女，两车并行，缓慢地向东边撤退。此时，后秦原来的兖州刺史，也就是现在的东晋雍州别驾韦华韦大人，当初他看到晋军势大，没有经过战斗就投降了晋军，此时他又发现晋军在关中的局势很不妙，又悄悄地投降了赫连勃勃，同时还把刘义真东返的路线报告给他，赫连勃勃知道后大喜过望，立即派了自己的儿子赫连璝率三万大军追击刘义真。

四

刘义真的返行速度实在太慢了，夏军追击的消息传过来后，建威将军傅弘之很是心急，就搬出刘裕的命令，“宋公让你疾速前进，可是现在你带这么多辎重车，一天最多走不出十里，而敌人的骑兵马上就要追到，你该怎么办？你可是宋公之子，身份贵重，想要什么得不到，何必在乎这些身外之物了？现如今你最好是放弃这些车辆，轻装前进，才有可能逃过这场劫难。”

可是刘义真或许不在乎这些财物，有人在乎啊。所以傅弘之的正确谏言没有被刘义真采纳，其实这也要怪刘裕，明明知道刘义真胆子很大，连王修都敢杀了，为什么在蒯恩来时不先下令拿下刘义真，把他带回建康城再说，至于到时要杀要放，有罪没罪还不是刘裕说了算。由此可见，此时的刘裕应该不复他年轻时的令行禁止了，当初他的女婿徐逵之战死，他就对女儿很内疚，此后不管什么事一旦涉及到他的亲人，他就亲情大爆发了，不会追究，顾念亲情自然是好事，可是刘裕现在的身份不同以往，由不得感情用事啊。刘义真这件事就是刘裕此生的一大败笔。

刘义真的撤退大军此时简直成了一支运输金银财宝的运输大队。不久之后，赫连璝率领的大军就追到了，在这生死存亡的关头刘义真依然不愿意放弃他的那些金银财宝。傅弘之与蒯恩这两员大将也只得率军为刘义真断后，与夏军且战且退，奋力拼杀，以至于连续几天都不能休息一下，此时刘义真他们大概也发现潼关太远，恐怕在半路上就要被夏军给追上（或者是此时潼关已经为夏军所包围），所以就改走武关道，也就是沈田子和傅弘之北伐进兵的那条路线。

到了青泥的时候，早已埋伏在此的王买德一部人马和赫连璝前后夹攻晋军，敌众我寡之下，晋军全面溃败，傅弘之、蒯恩这两员猛将大战之后，因为力气衰竭被王买德生擒。安西司马毛修之在混战中也与刘义真失散，最后也被夏军擒获，这一战之下，晋军又有三员大将陷落于夏国之手，让本就将才凋零的东晋再次大伤元气。

至于刘义真这个惹祸孩子，因为他最先逃跑，所以跑得最远，最后夜色已深，夏军才放弃搜寻，而他也侥幸地逃脱大难。此时刘义真的左右亲兵都被乱军冲散，这倒霉孩子就一个人躲在草丛中倒也没人发现他，此时，东晋的中兵参军段宏单枪匹马，一路寻找刘义真，高声呼叫，刘义真听到他的声音才跑出来道，“前面是不是段中兵？我在这儿了，咱们一起逃跑吧，要是在路上遇见追兵，你就割下我的人头，然后带往南方，让父亲不要再想念我。”

其实从刘义真的这句话中就可以看出，刘义真虽然在大事上糊涂，可还是有些心机的，此时此刻，他知道自己能够依靠的只有段宏，所以先就把话说开了，以表明自己对他的信任，说是如有不测就可以杀他自己逃跑，把自己的人头带给刘裕，可是段宏真的要这么做了，刘裕肯定不会放过他，即使当时不说什么，以后肯定也会秋后算账。

就跟刘备临死吩咐诸葛亮一样，如果刘禅不能辅佐，就让诸葛亮取代他一样，可是最后诸葛亮的回答就是鞠躬尽瘁，死而后已。现在段宏听到刘义真说的可怜，大声疾哭，“我们要生死与共，下官也不忍心那样做，下官一定会拼死把公子带回建康城的。”于是，段宏把刘义真绑在自己的背上，两人同乘一匹马逃回南方。

赫连勃勃打算让傅弘之投降于他，可是傅弘之宁死不屈，他就把傅弘之剥光衣服，放在冰天雪地之中冻着，傅弘之最后是叫骂着被活活冻死的。蒯恩也因为不肯投降而被杀。此战之后，赫连勃勃把所有的死人头聚集在一起，建成一座大坟，堆成京观，号称骷髅台，当初檀道济不肯做的事，现在这个杀人狂魔赫连勃勃做了。

正好这个时候，或是慑于赫连勃勃的威名，怕他攻下长安后再立一座京观，再或是积怨已深的长安百姓趁着晋军主力撤出长安，主动和城外的夏军取得了联系，然后内外夹攻，才把朱龄石给赶出长安城了，但是朱龄石在临走之前也一把大火烧光了长安城中的宫殿，不肯把它留给赫连勃勃，此时距收复关中仅有一年多的时间，得而复失，殊为可惜啊。

此时朱龄石大概也发现南逃无望，他知道东晋龙骧将军王敬先镇守曹公垒后（注：位于五指峡北口的悬崖绝壁之上，潼关以北，隔黄河与蒲阪相望），就前往投奔。此时黄河以北的朱超石已经到了蒲阪城，他听说大哥就在曹公垒，马上率领手下的人马前往会合。

此时，夏国前将军赫连璝率领的大军跟着朱龄石追赶而来。敌军势大，晋军的几方人马加起来还没有赫连璝的人多，赫连璝到了以后立即将营寨团团围住，然后切断营中的水源，晋军因为没有水源渐渐全身无力，连拿把刀都拿不住了。眼看着失败在即，朱龄石就对弟弟说，“假如我们兄弟两个全部战死异乡，家中的父母亲人还不知道如何伤心了，你快从小路逃走，你走后替我尽孝，这样我就是死也无憾了。”可是朱超石这时候却舍不得留自己大哥一个人在这里，就哭着说，“人谁无死，我怎么能忍心在这个危难时刻抛弃兄长，独自逃去？”

不久之后，夏军攻陷曹公垒，朱龄石兄弟二人与守将王敬先，以及右军参军刘钦之都被俘虏，押送到长安，赫连勃勃劝说几人投降，几人都不答应，赫连勃勃就把他们全部杀害了。

曹公垒一战之后，关中的争夺就告一段落，以潼关为分界线，潼关以西、秦岭以北此时就成了夏国的地盘，潼关以东则归入东晋的治下，这次北伐不仅未竟全功，最后反被赫连勃勃这个黄雀给摘了桃子，可能这是刘裕从军以来干得最亏本的一次买卖。但是北伐，说到底还是成功了的，它打出了南方汉人的威风，即便赫连勃勃占了关中，也不敢再出兵潼关，再捋刘裕的虎须。

但是在这一仗中地盘被夺，倒还没什么，最重要的是人才的损失，王镇恶、沈田子、朱龄石兄弟、毛修之等精锐将领不是死于内讧就是为敌军所杀，甚至于刘穆之与王修这两个内政型的人才也都不在了，现在晋朝之内能征善战的大将就只有檀道济、沈林子两人。毛祖德此时资历还浅，不过还好这个时候刘裕自己还在，晋军还有一杆大旗，北方的胡人还不敢妄动，一直等到刘裕死了之后，北魏才敢发兵南征。

其实，驻扎于彭城的刘裕听说晋军在青泥大败的消息之后，那时候刘义真还生死不知，他就准备率军北伐报仇雪恨的，而这个时候侍中谢晦站出来劝阻刘裕，认为士兵这个时候都很疲惫，应该来年再战，但是刘裕不听，坚决要北伐。这个时候郑鲜之又上了一封奏章说明现在的局势，刘裕看了以后才打消了西征的念头。

这封奏章分析得相当到位，他从具体的方面来说，“如今夏虏已占据地利，就算这次刘公亲征也不一定能够再次攻克潼关了，因为赫连勃勃畏惧刘公的威名肯定会重兵驻守潼关。如果这次出兵只不过是为了保住潼关以东的土地，那就更没有必要出征了，赫连勃勃虽说占了关中，但是他的军队畏惧刘公的威名，同时也为将来留一条后路，他是断然不敢轻易攻打洛阳一带的，可是如果刘公西征攻不下潼关，反而会折损您的威名，那样就会被敌人看清我们的虚实，到时候就又要有一场恶战了，这样北疆永远不会安宁。更何况大军远征，后患很多，北伐虽然成功了，但是结果却劳民伤财，导致国内民生凋敝，盗贼横行，这都是百姓苦于服征役的缘故。南方的士大夫和老百姓，都伸长脖子盼望您的归来，忽然听说您又要北伐，如果有些人不了解其中的真实情况，难保这南方心腹之地不会发生异变成为后顾之忧。如果刘公真的担心胡夏的侵扰，最好是与北方的魏国结盟，我们与魏国关系一好，黄河之南自然就安定了，黄河之南一安定，这济水、泗水流域也会平静，到时胡夏敢来攻打我们吗？”

其实刘裕心里很清楚，郑鲜之这封言辞犀利的奏章说的是事实，现在大军刚刚班师不久，如果又要北伐恐怕士兵们都不会愿意，再加上此时段宏前来报告，说刘义真回来了，才让刘裕放弃北伐，只是刘裕心里依然不好受，他登上城楼向西眺望，想起在这一战中损失的诸位爱将就忍不住泪流满面。

刘义真回来后，刘裕就把他贬为建威将军、司州刺史，这点惩罚对他来说只是小惩大戒罢了，然后对于立功的段宏把他升为宋台黄门郎兼领太子右卫率，还任命天水太守毛德祖为河东太守，代替刘遵考镇守蒲阪城。夏国赫连勃勃得到关中就已经很满足了，再也没有和东晋起过摩擦，然后就关起门来做了皇帝。

三十六章 易鼎

一

刘裕在417年12月份从长安起程，次年正月返回彭城，他到彭城的第一件事就是解除全国的戒严，然后放琅琊王司马德文返回建康城，之后刘裕就留在彭城处理朝廷政事和协调南方与关中的粮草运输等事宜。

就在刘裕回了彭城没有多久，天上突然出现了一个奇怪的星象，一颗彗星突然从天津星穿出，进入太微星，经过北斗星，联结紫微星，八十多天以后，这颗彗星才消失。自古以来，凡是出现彗星，都代表天下有大事发生。本就喜欢天文占卜之术的北魏皇帝拓跋嗣立即把手下的儒生和方士召来研究此事，这其中包括他的心腹大臣崔浩，可是这个星象太诡异了，出现的时间长不说，还穿过了许多的星座，所以大家都觉得这个问题不好回答，但是皇帝在等着，下面的人只得把眼光看向崔浩。

崔浩胸有成竹地分析说，“古人有云，天灾异象的发生，通常都对应着人间王朝的重大事件，如果人间王朝的统治没有发生问题，那就没有什么值得畏惧的。当年王莽将要篡夺汉祚时，彗星出入的方向，正与今天相同，我们魏国上下政治清明，没有什么权倾天下的大臣，而且老百姓的日子过得也不错，应该没有人想要造反，可是现在的晋朝皇室却日趋没落，离灭亡不远了，彗星的这次出现，莫非预示着刘裕将要篡夺皇位？”

在场的大臣和儒生听了此言之后都感到有理，这事儿八成就是如此了。（《中国通史第五卷中古时代·三国两晋南北朝时期下》）

从上面崔浩和北魏其他大臣的谈话我们可以轻易发现，当时全天下各个国家对于刘裕将会篡位的事情都有了心理准备，也都认为这是大势所趋了。反正自汉末以来，篡位立国的数不胜数，这个时代的人们对这个已经有了一个相当的免疫力。

如果这个时候刘裕真能谨守臣子的礼仪，他应该会成为下一个曹操或者司马懿一样的人物，自己做晋臣，然后替自己的子孙来打基础，可是现在的情况是时不我待。刘裕今年已经有五十五岁了，而他的世子刘义符不像曹操的儿子曹丕或是司马懿的儿子司马师那样还有点才能，而且最重要的是他今年才十七岁，从小长在王侯之家，没有出去带兵打过仗，也没有体会过下层百姓的辛苦，说得好听点就是公子哥，说得不好听就是四体不勤，五谷不分。刘裕现在所处的地位已经不能容许他后退了，退一步就是万丈深渊，他也不像桓温还有一个弟弟桓冲，更重要的是刘裕他自己也不想退这一步。

当然，皇帝也不是这么好当的，这饭要一点点吃，这前进的方式也要一步步慢慢来。义熙十四年（418年）六月，刘裕终于接受了他推让了快两年的“九锡”之礼和宋公爵位，从权臣之位向皇帝的大道上迈出了实质性的第一步。

接着朝廷下诏尊崇他的继母兰陵萧氏为宋公太妃，然后在晋朝之内选十郡建立宋国，宋国之内的文武百官都是依照朝廷之例，这个时候天下人都知道刘裕现在的情况和桓玄当初要篡晋时建立楚国的性质是一个样子。

本来，一切都进展得很顺利，可是不久后就发生了关中失陷之事，这个事情对刘裕的声望虽然有点影响，可是也没有太大的动静，这个事情肯定不会影响他掌握晋朝的政权。

关键是这个时候，也不知道是哪个人告诉刘裕的，现在外面都流传着一个“昌明（晋孝武帝）之后有二帝”的谶语，刘裕知道后就高度重视，这个谶语的意思是不是说孝武帝之后就只会有两个皇帝了呢？所以，刘裕即使要篡位，也不能篡安帝司马德宗的位子，安帝是昌明之后第一帝，那么应该还有一帝，刘裕应该要篡第二帝的位子，那么这个事情就不会有反复了。只是现在安帝司马德宗虽然是个白痴，但他的年纪只有三十七岁，足足比刘裕小了十八岁，恐怕刘裕死了，安帝还活得好好的，这种情况下应该怎么办？

手下人很会揣摩上面人的意思，马上就有人献计，不如……先换一个皇帝来当这个盖章的，然后明公再行禅让之事。刘裕听后大喜，马上便派出中书侍郎王韶之联合晋安帝的左右侍从密谋毒死司马德宗，另立琅琊王司马德文。

其实司马德文要比他哥哥稍微明白点世情，他早就知道他们兄弟两人现在只不过是刘裕手上的傀儡罢了，而刘裕随时都可能杀了他们两人自立，于是司马德文就常常日夜陪着自己的哥哥司马德宗，一步都不愿意离开。可是刘裕的意思是要立司马德文为皇帝，所以不能让司马德文知道自己有意弑君的企图，王韶之也就很有耐心地等待机会。

这样过了一段时间之后，机会终于来了。这一年十二月十七日，司马德文突然生了重病，他怕传染给哥哥，就决定出宫养病，而王韶之正好抓住了这个机会用拧成绳索的衣裳在东堂勒死了司马德宗。司马德宗这个东晋历史上最悲惨的皇帝终于走完了他的一生，他的人生轨迹和西晋的第二任皇帝晋惠帝何其相似，都是脑子有问题，都是一辈子做别人的傀儡被人立了又废，废了又立，甚至于几次差点丢了性命，最终还是难逃一死，只不过那个惠帝传说是吃了有毒的胡饼而死的，而这位则是直接被人勒死。

这个傻皇帝比起他那个祖宗惠帝还要更差劲，那个惠帝起码还生了一个儿子，几个女儿，可是这位却连子嗣都没留下一个，安帝既然没有子嗣，那么身为安帝唯一弟弟的琅琊王司马德文就是最合理的皇帝继位人选。于是，相国刘裕此时就站出来声称奉了大行皇帝司马德宗的遗诏，拥立司马德文即皇帝位，改明年为元熙元年，然后大赦天下。

尽管当上了皇帝，可是我们猜想司马德文的心里一定是很不满意的吧，他心里更多的是对刘裕的恐惧。不久后司马德文正式登基，马上就表示要封刘裕为宋王，以示自己的恭顺之意，就是希望自己在以后的日子里结局不要太悲惨。可是却被刘裕严词拒绝了，其实很简单，刘裕不想让别人说自己的吃相太难看，太着急了，这个宋王是肯定要做的，只是步子还是要缓一缓的。

然后直到元熙元年的七月，刘裕才接受了宋王的封爵，同时把宋国的都城从彭城迁到寿阳，寿阳离建康城更近一些，有利于刘裕进一步控制朝廷。同时，朝廷加授特殊礼仪晋封萧氏太妃为太后，世子为太子。

史上所有权臣在改朝换代之时的步骤都是严格按照古代的礼仪一步步来的，这步子虽然缓慢，可是刘裕终究走到这一步了，他现在已经是宋王了，下一步就只剩受禅了。可是这最后一步刘裕迟迟没有迈上去，就是有两件事困扰着他。

第一个阻止刘裕篡位的障碍就是司马家的宗室。其实刘裕经过多年来不停地努力，基本上司马家有才能的人不是北上投奔了魏国，就是占山为王、落草为寇了。可是就算是现在司马家无人了，那以后呢？要是司马家的后代也出现了如同自己一般的人物，那自己子孙的皇位岂不是保不住了？所以为了子孙后代计，刘裕此时就决定要对晋朝的宗室大开杀戒，可是这件事也要慢慢来，朝里的可以先放任不管，但是外面的却要动手了。

史书上记载了这么一件趣事，当初，益州刺史司马荣期被叛将暗杀之后，他的儿子司马楚之在父亲死后扶着灵柩回建康安葬。不过益州距离建康太远了，此时宋公刘裕正在着手斩除晋室皇族司马氏中有才能、有名望的人。他半路上就听说刘裕已经动手杀害了他的叔父司马宣期和哥哥司马贞之两人，司马楚之大为惊恐，所以他决定不回建康城了，于是他带着手下的人逃到了蛮族聚居的地方安顿下来。

因为司马家毕竟是东晋宗室，外加司马楚之比较得人心，所以不久也聚集了一万多的手下准备推翻刘裕，对于刘裕来说这一万人的确不算什么，想当初他只用了几千人就推翻了桓玄，可是现在正处于刘裕要受禅的关键时刻，就算敌人才一万，他还是决定要斩草除根。于是他派出一个刺客叫沐谦的混入司马楚之军中，准备找机会暗杀司马楚之。可是最后的结果却是这个刺客被司马楚之的仁义感动，投靠了司马楚之，做了他的贴身侍卫。

这个司马楚之的确是个有才能的人，后来投降北魏的山阳公奚斤，以功爵封为王，刘裕的打算虽然没有成功，可总算是把他驱除出国境外了。

二

虽然司马家的宗族还在，并且人数众多有些实力，可是说实话，在那个时代，刘裕他就已经是属于天下无敌的将领了，一般的敌国将领只要听说他来了，掉头就跑。胡夏因为畏惧刘裕而不敢东征，北魏也因为畏惧刘裕不敢大规模南下，重要的是这个时候天下人心中都已经觉得刘裕篡位是必然的事情了。

又过了一年，此时已是元熙二年初了，此时的刘裕已经有五十七岁了，在他心里他是不想做曹孟德的，他在军事上的成就已经无人能及，所以他想更进一步做皇帝。刘裕虽然已经是宋王了，朝廷的政事也是他在管着，可是他现在却身处宋国都城寿阳城内，藩王一般都要镇守藩国，没有朝廷的命令是不能离开封地的。

要做皇帝首先就要去京城啊。只要有人提议自己入京辅政，其他的事别人都会明白了吧。所以现在就差一个首倡的人选，只要这个人先把事情提出来，然后自己来个三请三推，最后受不住别人的劝才会无奈地去当皇帝，这可是历史上最有名的范本。虽然刘穆之已经不在了，可是这种事以前的权臣也都搞过，刘裕对这个方面也是研究得门儿清了。

不久之后，刘裕便在自己的宋国都城里举行了一场宴会，宴请宋国之内的主要官员，大老板开了尊口，下面的人哪个敢缺席，一时半会儿这人都来齐了。话说中国历史上有许多大事就是借饭局成事的，比如史上有名的杯酒释兵权。

酒足饭饱之后，刘裕就先叹了一口气，说起这些年创业的艰难，“当年桓玄乱政，皇位已经被篡夺了，是我首倡大义，复兴了晋室基业，然后南征北讨，平定了天下，可谓大功告成，功绩卓著，于是承蒙陛下恩赐而有九锡之尊荣，可现如今我的年纪已经老了，地位也是尊崇得无以复加，天下的事情最忌讳的就是太满而盈溢出来，那样就得不到长久的安宁了，现在我要将爵位奉还给皇上，然后回到京师颐养天年。”

刘裕这话一说出来，当场就炸了锅，有的官员觉得有些莫名其妙的，还有的官员以为刘裕他老人家干了一辈子革命，现在老了，感到累了，所以想歇歇了。于是一个个纷纷溜须拍马，一味歌功颂德，只是一直到天黑散席，硬是没人听出他的弦外之音。

当然这个事情有点不对劲，那么多人怎么可能没有一个人明白刘裕的意思，别个国家里的人都知道刘裕要篡位了，他们怎么可能不知道，最有可能的是他们之中有些人不想刘裕代晋自立，或者是不想由自己的口中说出来，以免在史上留下一个不好的名声。

当然，事关重大，有人不想说那也是正常的，可是宴席散了之后，就有一个人又悄悄地入了宋王府，这个人就是傅亮，此时官任宋国中书令，他开始也是不明白刘裕的意思，后来他走到半路上才想明白。

于是，宋王府内，两人都打起了哑谜，展开了一小段别开生面的对话，如果是不知情的人绝对听不懂他们两人在说什么，对话如下：

傅亮：明公，臣得回一趟京城了。

刘裕：要多少人护送？

傅亮：几十个人足矣。

这小小的三句话包含了多少意思，或者其他人不懂，可是只要两个当事人都懂就行了。这就是中国古代的谈话艺术，实在是让人惊叹。说真的，在下初时也没想明白这刘裕问他要几人护送是什么意思，后来想了许久才知道，刘裕是问他知不知事情的轻重，需不需要他派人（兵）相助，而傅亮则是回答小事一桩，不用兴师动众。

傅亮出宋王府时已是半夜时分，突然看到一颗彗星从半空划过，他一拍大腿感慨地说道，“我以前不信天象，现在看来天象却是要应验了。”《宋书》中天文第三卷有记：元熙二年二月庚午，填星犯太微，解曰：革代更王，臣民失君之象也。

接下来的事情就很容易了，傅亮轻车简从入建康城，在建康城上蹿下跳，联合与自己一派的大臣，共同上书，四月，恭帝司马德文下诏，征召宋王刘裕返回京城建康，刘裕留第四子刘义康留守，都督豫、司、雍、并四州诸军事，豫州刺史，坐镇寿阳，可是刘义康的年纪还小，刘裕就任用相国参军刘湛为长史，帮助他决策和处理府、州日常军政事务。

六月初九，刘裕到达建康城，果然不用他提醒什么，先前提议他入京辅政的傅亮就主动进宫，用比较委婉的语言暗示晋恭帝应该将帝位禅让给宋王，并且草拟了一份退位诏书呈给晋恭帝，傅亮的意思已经很明显了，陛下只要颁布这份诏书就行了，不用您来自己动脑子。

其实早在司马德文登基的那一天起，他就知道这一天早晚会到，他也是经历了无数的艰难困苦才走到如今的地位，因此他的心态很是平静，没有丝毫不愿意的意思。晋恭帝欣然提笔，并对左右侍从说：“桓玄之乱的时候，晋朝早已失掉天下，后来多亏了刘公才得以延续了将近二十年，今日禅位给他，是我心甘情愿的。”于是他将傅亮呈来的草稿作为正式诏书抄写在红纸上，然后接过傅亮递过来的玉玺盖了下去……

当然，这个欣然提笔的后面，到底隐藏了怎样的辛酸或是痛楚，司马德文都要将它埋在心里，反而要高高兴兴地笑脸相迎，才能得到活下去的机会。说句实在话，司马德文的表现比起其他的末帝要好多了，起码没有大哭不止，或是歇斯底里，或是死也不肯抄，不过看不清形势的末帝们一般结局都不太好，司马德文的结局会不同吗？

接下来的过程就更简单了，傅亮拿着司马德文的诏书领着满朝文武跑到刘裕的府门外跪请刘裕接受禅让，这第一次刘裕自然是不肯的，连着三次之后，感受到现任皇帝和满朝文武的盛意拳拳，刘裕才会勉为其难地接下诏书，然后登基为帝。

六月十一日，司马德文从皇宫搬出来又回到他原来的琅玡王旧府，百官都拜谢叩别，当时只有秘书监徐广痛哭流涕，伤心不已。十四日，宋王刘裕在南郊祭天，正式即皇帝之位，立国号为大宋，还是以建康城为都城。典礼结束之后，刘裕乘坐皇帝的车驾从石头城进入建康皇宫，徐广又大哭不止，侍中谢晦怕他打扰了庆典的喜庆，就警告他说，“徐公，今日陛下继位，您有些过分了吧。”

徐广却毫不在乎，“你是宋朝的佐命元勋，我是晋朝的孤臣遗老，我们本就不是同路人，这悲喜的感觉自然不一样。”

当然，刘裕继了皇帝之位后，首先要处理的就是前朝的皇帝。刘裕封司马德文为零陵王，一律仿照晋初优待魏室的先例，在秣陵县为他建立宫殿，还建立晋室的宗庙，允许他用天子的车驾礼仪。

至于晋朝所封的爵位他也都酌情考虑，很多只不过是降了一级，让公降为侯，减少一点食邑，而对于各个随他打天下的将领则是持其爵位和俸禄不变，这一点刘裕就做得很好，没有像别的权臣一称帝就大肆封赏属下，当然，必要的赏赐肯定也是会有的，只不过没有晋朝代魏时那么多罢了。

刘裕做了皇帝，刘姓的人自然也跟着水涨船高，他追尊自己的父亲为孝穆皇帝（不知道当初那个要把刘裕丢弃的小公务员知道刘裕如今做了皇帝，他会在地下怎么想），母亲赵氏为孝穆皇后；再尊封继母王太后萧氏为皇太后。刘裕对于自己这个继母萧太后一向恭谨孝顺，他当皇帝之后，虽然他年事已高，但每天清晨肯定会入后宫给萧氏请安，从来没晚过时辰。

当然，那个在登基典礼上大放厥词的老臣徐广，刘裕连理都没有理他，这种文臣对他起不了丝毫威胁，甚至刘裕死后，这老头还活得好好的。由此可见，刘裕虽然对那些各国皇族权臣下手很黑，通常都是抓住了就抄家灭族，比如桓氏、慕容氏、再比如姚氏，但是他对于那些没有威胁的文臣还是很宽仁的。

刘裕的皇室杀手之名早已疯传内外，那么对于司马家，刘裕会放他们一马吗？这一点是显而易见的，肯定没有。其实自刘穆之死后，刘裕身边就没有一个值得他信任的心腹重臣来帮他出谋划策，行事也就比较武断粗糙，其中有一点就是喜欢大赦天下，这一点被后世的许多史官诟病。刘裕他甚至喜欢在自己完成每年例行的祭天以后，就进行全国范围的大赦。所以更不要说很多真正重要的日子，比如他的生日、他登基的日子等等了。

再一个就是刘裕杀了前朝皇帝司马德文，这一条也是史上对他最为不满的一个原因。因为从上古以来中国历朝历代的君主都没有屠戮前朝皇室的例子，也没有杀死废帝的例子，比如魏代汉的曹丕，晋代魏的司马炎，再甚至于刘裕的前任桓玄，他们都没有杀前朝皇帝的先例，至于五胡乱华后，刘聪杀司马炽与司马邺自然是不算的，他是匈奴人，可算不到汉人里面去。

只是司马德文很不幸，他遇到了皇室杀手刘裕。刘裕出身寒微，以军功起家，自然也就没有那些世家们的深厚底蕴，再说刘穆之死后，他找不到一个让他放心的重臣来托孤，再一个前文有说过，刘裕的年纪不小了，他的儿子还没有长大，他不能留下这么一个大祸患给自己的子孙。所以仔细思量之后，刘裕开始了他的第一次试探。

因为司马德文怎么说也是前朝皇帝，现在宋朝的臣子以前也是晋朝的臣子，就算是要杀，其过程也要隐秘，让人瞧不出破绽。刘裕立即找来心腹大臣张邵的兄长张伟，张伟以前是琅玡王郎中令，也是司马德文的老部下了，给了他一壶毒酒，让他找个机会去毒死司马德文。

这个张伟也算是个大丈夫，他拿着这壶毒酒一路走回家，想想自己作为臣子怎么能做出毒死前君主这样大逆不道的事情呢？他觉得这个事情不能做，但是不做的后果就是自己的身家性命不保，张伟也是犹豫再三，他可能也想到了，自己就算顺利毒死了司马德文，最后的结果也就是被刘裕找个理由杀掉，反正都是死，不如自己喝了这壶毒酒，以后还能有个忠义之名。于是，张伟回到家中就服毒自尽了。

司马德文其实也是个聪明人，而且他也很清楚自己现在的处境，要知道现在零陵王府是由刘裕的亲信冠军将军刘遵考负责“保卫”，他知道刘裕是不会放过自己的。为了防止刘裕毒杀自己，他让自己的老婆褚妃亲自做饭给自己吃，并且他要褚妃在自己的床前煮饭烧汤，自己能够随时看到，这样谨慎的行为让司马德文又暂时幸运地躲过了刘裕的暗杀，多活了几个月。

刘裕执政的第二年，估计他也觉得自己的身体不行，知道自己万一倒下去，如果司马德文在，很可能自己辛苦创下的基业就无法传承下去了，于是就下了狠心，他让司马德文的小舅子褚淡之和他的哥哥褚叔度前去看褚妃顺便杀掉司马德文。

褚淡之和褚叔度没有让刘裕失望，他们引出了褚妃，然后让伏兵翻墙入宫逼司马德文服毒自杀，司马德文小心谨慎只不过是为了保全自己的性命，所以怎么可能随意服毒自杀呢？于是他就说自己是佛教徒，佛教的教义是自杀而死的人，很难投胎，即便投胎也将堕落而不能轮回为善道，拒绝服毒自杀，不过这种文人的道理，怎么可能说服一群靠刀头舔血为生的兵老爷呢？这些士兵一拥而上用被子闷死了司马德文。

司马德文死后，刘裕率领文武百官亲临朝堂吊唁了三天，为不幸逝世的零陵王召开了一个隆重的追悼会。而更严重的后果是此后中国朝代更替的时候，皇室的后代都成了新立王朝的牺牲品。这第一个受难的就是刘裕的子孙，愿来生不再生于帝王家，从此也就成了一句广为流传的经典名言。

三十七章 三年

刘裕称帝之后，改年号为“永初”，永初是什么意思？大概是永久基业的开始吧。只是这个年号的时间太短，导致它在历史上少为人知，更没有人知道用这个年号的皇帝到底有着怎样的功绩。

刘裕称帝的第一年，什么也没有做，只是在不断稳固他的基业，加封自己的亲信掌握朝中的各个重要职位。然后任命刘氏族人镇守四方，争取从中央到地方，都要服从朝廷的管理，不能再像东晋时有地方欺压中央的事情发生，如果用一句话来说清楚，那就是建立起一个统一的集权王朝。

要知道他虽然登上了那把龙椅，可是上去容易，下去也很容易。更何况这把椅子是只能上不能下的，他既然坐上去了，他就要保证自己能够坐稳它，甚至于自己的子孙也能坐稳它。坐上龙椅又被人赶下来的，全部都没有好结果，尤其是像刘裕这种禅让得来的皇位，前些年他亲手剿灭的桓玄就是一个很好的反面例子。

其实刘裕称帝的第一年也就是司马德文的元熙二年，永初一年其实只有半年的时间，他称帝两个月后，才决定立刘义符为太子，毕竟，刘裕开创大好基业，总不能所托非人，像秦二世一样真的二世就亡那刘裕可就要喊天去了。

既然选定了太子，那么刘裕也要为儿子考虑，当今天下虽然已经姓了刘，可是肯定还有一些人是心怀故国的，刘裕对此也很清楚。当初刘裕没有篡晋之时，就替刘义符选了当时还是皇帝的司马德文的女儿司马茂英为妻，等刘义符被封为太子，她也就成了太子妃，刘裕的意思很清楚，将来司马茂英生了儿子，肯定就是刘宋的下一代继承人，他这样做就是为了安抚前朝遗民之心。

东宫储位定了之后，刘裕就加封自己其他的几个儿子为王，同时还兼任着不同的官职，然后让他们代天巡狩，镇守一方。当然，他们镇守的地方都是全国的一些比较重要的城池，比如刘义真被封为庐陵王，镇守的是江州之地；刘义隆为宜都王，镇守的是荆州；刘义康为彭城王，镇守的是徐州。从刘裕所封的地方我们可以看到，这三个地方分别掐着长江的上游、中游和下游三个地方，一旦朝中有事，他们就可以乘坐战船快速赶往建康。

等内部稳定之后，刘裕也要为朝廷、为百姓做一点事了。当时的中国可以看做是南北两大集团对立，可是刘裕北伐中原，收复了原来西晋的青、兖、司三州之地，算是当时第一强国，北方又以北魏最强，其次为夏国的赫连勃勃，至于其他的一些小国就不一一细表了。

自西晋灭亡、东晋南迁以来，南方的朝廷一直都是华夏正统，北方的那些胡人政权虽然占了地盘，可是他们还是不敢称皇帝的，而是称王或是公（当时的北魏、夏国例外），以前都是向东晋称臣，现在刘裕代晋立宋之后，那些家伙也都纷纷上表认刘宋为宗主国，自己甘为藩属国。对于这些自己送上门来称臣的家伙，刘裕自然也是报之以礼，反正他现在的国策就是要休养生息，让朝廷和百姓都恢复元气，为了拉拢他们，刘裕纷纷给他们官升一级，比如原来的仇池王杨盛由征西大将军、开府仪同三司升为车骑大将军，西凉公李歆由镇西将军升为征西将军，西秦王乞伏炽磐由平西将军升为平西大将军，高句丽王高琏由征东将军升为征东大将军，百济王扶余映由镇东将军升为镇东大将军，加封北凉武宣王沮渠蒙逊为镇军大将军。

此时华夏大地上诸多政权就只有北魏、夏国和北燕没有和刘宋建立藩属关系，对于其他的国家刘裕可以不在乎，但是北魏这个庞然大物，就是刘裕也不敢轻视的，于是他派殿中将军沈范、索季孙等人出使北魏，就是要和它建立和平共处的外交关系。北魏看到刘裕主动示好，自然不会在刘裕刚登基时就触他的霉头，两方很快就成了友好邻邦。

公元421年，朝廷里面发生了一件微不足道的小事，那就是当时的倭王赞听说中原的刘宋大国很强盛，不远万里而来，就是想成为刘宋的藩属，同时也好求得一个封号。可是刘裕对这个听也没怎么听说的倭王没有放在心上，但是人家毕竟很有诚意地向刘裕朝贡来了，刘裕也不好太过伤了人家的心，所以刘裕下令可以赏赐。至于天朝的官嘛，哈哈，你懂的，这个官职的问题是一个很严肃的问题，那是不能滥封的，等我好好考虑一下再给你们一个答复。（《宋书·倭国列传第五十七》）

倭王赞在刘裕这里没有得到他想要的东西，425年时，他又派了手下前来向当时的皇帝刘义隆朝贡，不过好像也没有达到他的目的，因为在438年时，刘义隆才封了当时的倭王珍为安东将军。（《宋书·文帝纪第五》）

外事上刘裕奉行止息干戈、偃武修文的政策，内政上就奉行以民为本。他考虑的是怎么才能更好地为百姓们减少负担，同时多多提拔人才，不以家世为考，而以人品才学为依据。

刘裕登基的时候就颁布法令，凡是行为不道德，受过舆论抨击的人，一律清除罪名，使之能够改过自新，可能刘裕考虑到这个问题，是想起了当初的自己吧。想当年刘裕可是京口有名的赌徒，可现如今却当上了皇帝，可见一时的犯错并不代表永远都会错。只不过南朝史学家裴子野对于刘裕的这个做法就很不认同，大肆抨击。

之后，刘裕又发布了一些利民的法令，比如在战争中，因罪人家属身份沦为官奴的人家，都可以重新恢复百姓的身份，甚至还可以返回老家。再一个就是以前跟着刘裕征讨过关中洛阳而牺牲的烈士家属，以后都由当地官府来赡养。再比如禁止掳掠牛车之类的工具，不能用官府的名义征用，只能花钱采买。再比如坊中的市税太高了一些，可以根据实际情况减免，还有就是废除一些严刑峻法。当然，晋朝一向是以冗官出名的，就是为了安排那些世家子弟，所以刘裕下令精简机构，减少官员的人数，其中明确规定了荆州置将不得超过二千人，吏不得超过一万人，其余州置将不得超过五百人，吏不得超过五千人……

总之，从刘裕颁布的这一系列法令来看，刘裕算得上是一个好皇帝，他也是出身寒门，知道百姓们的苦处，所以处处都是以民为本。刘裕除了在军事上有着极高的天赋之外，在治国方面也有着不输于其在军事上的才能，只不过老天让他走得太早了一点，不过刘宋初年能够有“元嘉之治”，刘裕也是功不可没的。

三十八章 刘裕之死

当然，刘裕做皇帝的时候就已经有五十七岁了，更何况这做皇帝也不是一件容易的事，尤其是做一个勤政爱民的好皇帝就更不容易了。举一个小例子，以前刘裕做宰相，如果他有事，他就可以不去上朝，暗中偷一懒那是可以的，可是做了皇帝之后，刘裕日思夜想的就是如何保障朝廷和百姓的利益，那么刘裕就要比他做宰相时更加辛苦一点，最重要的是当年有刘穆之帮他，现在他却只能靠自己，所以刘裕经常说，"刘穆之如果不死，他一定能帮我治理天下。"

人死了就不能复生，可是刘裕现在的情况又和刘穆之差不多了，也是劳累费神过度。永初三年三月后，刘裕就一直生病，身体也是时好时坏的，所以朝中的几位高级官员就经常出入皇宫，为刘裕侍奉汤药。当然侍疾只是一个明面上的说法，真实目的就是防止刘裕随时驾崩，免得身边无人。这几个高级官员有太尉长沙王刘道怜，司空、录尚书事徐羡之，领军将军谢晦，护军将军檀道济，这几个都是刘裕的兄弟、发小、心腹，都是刘裕认为信得过的人，以后刘裕不在了，辅政大臣也应该是在这几个人中产生。

这个时候刘裕的身体越发虚弱，朝臣之中就有人上书请奏，说要祭天请求神灵的庇佑，希望上天能够保佑刘裕的病快点好起来，可是刘裕对什么鬼神之说不相信，下旨不准，只是让侍中谢方明将自己患病之事禀报给刘氏宗庙。

其实刘裕此时什么都不担心，现在刘宋的政权已经稳定下来了，这几年他对百姓和军士们都连连施恩，加上国库也充盈起来，他就算是死了也没什么所求的，可是他唯一还要操心的就是他的太子刘义符。他今年才只有十七岁，从小生于公侯之家，不知民间疾苦，也不知道能不能够接下这江山大任。

正好这个时候，皇太子经常与一些小人厮混，谢晦就向刘裕禀报，“陛下年事已高，应考虑如何使大业万世长存，帝位至关重要，不能交给没有才能的人。”谢晦这句话中隐含的意思就是劝刘裕以江山社稷为重，废了刘义符，另立东宫。刘裕听了也没有表示反对，就问他，“你看庐陵王刘义真如何？”谢晦就说让他观察观察再给刘裕一个答复。

不久之后，谢晦专门去拜访刘义真，刘义真热情款待了他，并问他为何而来，可是谢晦哪里回答得出来，从刘义真府中出来后他就马上进宫，对刘裕说，“义真才能是有，可是却没有德行，恐怕也不是人主之相。”（不过以后按谢晦的所作所为，笔者实在怀疑他是不是有挟私报复的嫌疑。）刘裕这时候还是非常信赖他的，听了他的话后就让刘义真出镇地方。刘裕的儿子中太子和刘义真这两个算是最大的，其他的都还年幼，最后刘义符以长子的优势坐稳东宫。

到了五月份的时候，刘裕的身体真的到了油尽灯枯的地步，他感觉死神时刻都在自己眼前晃荡，所以他马上叫人把刘义符叫进宫里来，仔细叮嘱他，“檀道济虽然很有才干，精于谋略却无野心，不像他的哥哥檀韶那样难以驾驭，徐羡之和傅亮这两个人你完全可以放心，只有谢晦这个人，他曾多次随我出征，又善于随机应变，并且城府极深，将来如果发生什么变故，那有问题的人一定是他，所以等时局一稳定之后，你就把他外放到会稽或者江州，离得近一点也可以看管他。”

刘义符在老头子面前自然是连声应诺的，只是刘裕的话他到底听进去了几分，就只有天知道了。刘裕不愧于内政军事皆通的奇才，把今后最有可能出问题的人一下就猜中了，只是他却没想过，刘义符这个新嫩皇帝干得过老谋深算的谢晦吗？

稍后，刘裕把四个辅政大臣全部召进宫来，当着他们和太子刘义符的面儿亲自手书遗诏，在自己死后，由徐羡之、傅亮、谢晦、檀道济四大臣辅佐幼主，处理政务，并郑重声明：后世如果遇上幼主继位，政事也一律委托宰相处理，皇太后不得临朝称制。另外朝廷不需要再设置别府，宰相可以兼任扬州刺史，再配备士兵一千人，大臣中如有肆意妄为者，应该派亲信监督，以防有心怀不轨之人趁机作乱，如果遇到战事，要以台见（监督）军队，班师回朝之后，台见军队各归原处，身披甲仗的文臣武将不得进入大殿之内，重要人物可以请班剑侍卫转告。

从刘裕亲自书写的这一封遗诏就可以看得出来，刘裕把后世朝廷可能出现的一些危机都事先给规定了下来，比如皇帝年幼，要由大臣理政，后宫不得干政，再比如朝廷不能乱造宫殿，再比如大军出征，应该派监军随行等等。或许刘裕的本意是好的，他说的这些即便是在后世也是一些经常出现的大问题，但是刘裕现在快死了，他以遗诏的形式把这些规定下来，本来也没有错，如果是有孝心的子孙自然没有问题，可要是有子孙连他这个祖宗都看不起了，他的遗诏又有什么用？

二十一日，一代英主宋武帝刘裕在西殿驾崩，时年六十岁，即日太子刘义符即皇帝位，史称少帝，七月八日，大臣们把大行皇帝葬于丹阳郡建康县蒋山初宁陵，具体位置在今天的江苏省南京市东郊麒麟门外的麒麟铺。

刘裕死后，南朝失去了抵挡北方铁骑的可能。曾经被打得失魂落魄的北魏，很快就开始南窥。当年北魏宰相崔浩曾说：“南朝有刘裕在，大魏骑兵不可南下。”现在刘裕走了，北魏从兵到将都有了南下掠夺之心。历史在几十年的停顿后，再次按自身逻辑发展了。

图书在版编目（CIP）数据

嗜血战神 ：刘裕大传 / 疯狂的博士著. — 长春 ：吉林文史出版社，2011.11
ISBN 978-7-5472-0955-4

Ⅰ. ①嗜… Ⅱ. ①疯… Ⅲ. ①刘裕（363～422）－传记 Ⅳ. ①K827=391

中国版本图书馆CIP数据核字(2011)第234914号

嗜血战神——刘裕大传

SHIXIEZHANSHEN LIUYUDAZHUAN

出版人/徐潜

著/疯狂的博士

责任编辑/姜越 邱荷

责任校对/李洁华

装帧设计/柳甬泽

出版发行/吉林出版集团 吉林文史出版社

地址/长春市人民大街4646号 邮编/130021

电话/0431—86037507

网址/www.jlws.com.cn

印刷/长春市利源彩印有限公司

开本/720mm×1000mm 1/16

印张/18.5

字数/300千字

印数/1-10 000

版次/2012年2月第1版 2012年2月第1次印刷

书号/ISBN 978-7-5472-0955-4

定价/35.00元